MEMOIRES

SECRETS,

POUR SERVIR A L'HISTOIRE DE LA RÉPUBLIQUE DES LETTRES EN FRANCE, DEPUIS 1762 JUSQU'A NOS JOURS;

O U

JOURNAL

D'UN OBSERVATEUR,

Contenant les Analyses des Pieces de Théâtre qui ont paru durant cet intervalle ; les Relations des Assemblées Littéraires ; les Notices des Livres nouveaux, clandestins, prohibés ; les Pieces fugitives, rares ou manuscrites, en profe ou en vers ; les Vaudevilles fur la Cour ; les Anecdotes & Bons Mots ; les Eloges des Savans, des Artistes, des Hommes de Lettres morts, &c. &c. &c.

TOME DIX-SEPTIEME.

A LONDRES,

Chez JOHN ADAMSON.

1 7 8 2.

MÉMOIRES

SECRETS,

POUR SERVIR A L'HISTOIRE DE LA RÉPUBLIQUE DES LETTRES EN FRANCE, DEPUIS 1762, JUSQU'A NOS JOURS.

ANNÉE M. DCC. LXXXI.

1 *Janvier* 1781. C'eſt, comme on l'a déjà annoncé, M. l'abbé de Boulogne qui eſt l'auteur du diſcours qui a remporté le Prix propoſé par une ſociété, amie de la religion & des lettres. Avant de parler du diſcours, il faut faire connoître les auteurs du Prix & le candidat couronné. Les premiers ſont M. l'Archevêque de Paris, d'abord pour moitié dans les 1200 liv. annoncées en 1778, & enſuite pour les trois quarts, ayant augmenté ſa miſe de 1200 livres, pour exciter encore mieux le zele & le talent des concurrens : les autres ſont un abbé Pey, chanoine de Paris, l'abbé de Crillon, &c.

L'abbé de Boulogne, jeune prêtre habitué à Saint Germain l'Auxerrois, étoit interdit depuis deux ou trois ans par M. l'Archevêque, ſans ſavoir pourquoi, ſans que le Prélat eût jamais voulu l'inſtruire de la cauſe, & malgré les atteſtations qu'il lui avoit rapportées conformément à ce que ſa Grandeur en avoit exigé.

A ij

Se doutant bien que fon nom ne feroit point
agréable à M. de Beaumont, s'il fe faifoit connoître d'abord, il avoit prié un de fes amis
de lui fervir de prête-nom : celui-ci, quand il
fut bien conftaté que le difcours compofé par
fon ami étoit le difcours couronné, inftruifit
les juges de la petite fupercherie. Ces juges
étoient Meffieurs Chevreuil, Affeline, Royou,
Geoffroy, Crofier, Pey, Gerard & Godefcard.
Ils furent bien furpris & embarraffés, connoif-
fant l'entêtement & la prévention du Prélat.
Cependant il fallut lui apprendre cette fâcheufe
nouvelle; il en fut furieux, & vouloit que le
Prix fût transféré au difcours le plus goûté des
juges après celui-là. C'étoit un difcours de M.
de Milou, arbitre au premier concours & entré
dans la lice pour le fecond : mais ces Meffieurs
déclarerent à M. de Beaumont, que ce feroit
une injuftice d'autant plus manifefte, qu'il y
avoit une très-grande diftance entre l'un &
l'autre. Il fallut que l'Archevêque avalât la
pillule & vit le jeune abbé, victime de fes perfécutions, emporter les 1800 livres qu'il n'avoit
pas eu deffein de lui donner.

On affure d'ailleurs que l'ouvrage de M.
l'abbé de Boulogne eft d'un mérite fupérieur,
que depuis long-tems on n'a rien vu d'auffi bon
& qu'il furpaffe tout ce que l'académie Françoife a jamais couronné. L'auteur eft dans la
maniere de M. l'Evêque de Beauvais; il eft plein
d'idées, a beaucoup d'imagination, de chaleur,
d'abondance, & fon ftyle eft noble & ferme.

Son fuccès a concilié à M. l'Abbé de Boulogne tous les gens diftingués du parti des
dévots, & depuis ce tems ils ne ceffent de har-

celer M. l'Archevêque de Paris, pour qu'il lui rende ses bonnes graces & sa confiance.

1 *Janvier* 1781. Les comédiens Italiens donnent aujourdhui pour étrennes au public, la premiere représentation des *Etrennes de Mercure*, ou *le Bonnet Magique*, Opéra comique nouveau en trois actes, en vaudevilles. Il est des faiseurs à la mode, MM. Auguste de Piis & Barré.

2 *Janvier.* Extrait d'une lettre d'Amiens, du 28 décembre 1780. ,, Ce Monsieur Necker est un homme terrible, qui met notre Intendant dans un grand embarras. Celui-ci a jugé à propos de nous faire construire une Salle de comédie, qui coûte environ 160,000 livres. Elle est achevée depuis quelque tems, & l'on y a joué du commencement de cette année. M. l'Intendant se proposoit de la payer des fonds des octrois municipaux d'Amiens ; il en avoit donné sa parole à l'architecte, qui, croyant pouvoir y compter, en avoit fait les avances de son argent, ou de celui de ses associés. C'est le diable aujourd'hui ! Cet artiste n'en peut tirer un sou. Le directeur général des finances ne veut pas laisser à la disposition des commissaires départis les octrois, s'en empare & se charge des dépenses. En conséquence il nous a remis cette année 50,000 livres sur les tailles ; il nous a fait fournir 40,000 livres pour les atteliers de Charité : mais rien pour la Salle de comédie. On est obligé de prélever sur les représentations une somme pour payer les intérêts de son capital à l'architecte, qui gémit de sa crédulité & maudit le Comte d'Agai : c'est ainsi que

A iij

se qualifie notre Intendant, détestant à son tour cordialement M. Necker.

2 *Janvier* 1781. La nouvelle production de Messieurs Augufte & Barré n'a point eu hier le fuccès des premieres. Elle a généralement déplu : on a dit que le fujet ne comportoit pas trois actes : on y a trouvé beaucoup de lon- gueurs, des plaifanteries groflieres, enfin point de plan, ni fituation, ni tableaux.

Voici en deux mots le fujet de la piece. *Géronte*, en écrivant des lettres de nouvelle année fait de fages réflexions fur ce genre de politeffe : il voudroit pouvoir difcerner parmi les complimens qu'il eft fur le point de rece- voir, ceux que lui donnera l'amitié fincere d'avec ceux qu'il ne devra qu'à l'ufage ou au vil intérêt. *Mercure* lui porte pour étrennes, de la part de Jupiter, un Bonnet. Quand il en fera coëffé, tous ceux qui lui parleront, feront forcés de lui dire la vérité : il a la mal-adreffe de s'en fervir, & il apprend de la bouche de fon ami, & même de celle de fa femme, tout ce qu'il n'auroit pas voulu favoir.

3 *Janvier*. Mlle. Duranci, morte le 28 décem- bre dernier, eft une perte très - grande pour l'opéra, & elle mérite une notice particuliere. Fille de la fameufe Darimatel, renommée durant les jours brillans de l'opéra comique, elle fut confacrée au théâtre dès fa plus ten- dre enfance. Douée d'une intelligence fupé- rieure & encouragée par fes premiers effais en province, elle débuta à la comédie Françoife le 19 juillet 1759, dans l'emploi des Sou- brettes : elle n'avoit pas encore treize ans. — Elle paffa enfuite au théâtre lyrique en 1762,

où s'élevant aux rôles de reines, elle fit celui de *Cléopatre*. En 1766 elle rentra à la comédie Françoise pour doubler Mlle. Dubois, qui succédoit à Mlle. Clairon, comme chef d'emploi ; mais bientôt la jalousie de sa rivale la força de retourner à l'opéra. Celle-ci, avec beaucoup moins de talent, étoit très-jolie & dès-lors ne devoit pas manquer de l'emporter. Le célebre le Kain, dont on ne peut révoquer en doute le suffrage, chargé d'être leur médiateur reconnoissoit en Mlle. Duranci, quoique laide, une actrice pleine d'ame, de sentiment & de chaleur, dont la noblesse de sa démarche, la grace du maintien, la vérité des gestes auroit dû faire oublier la figure. Il fut indigné de voir la seconde sacrifiée aux brigues de la premiere près des Gentilshommes de la chambre, plus empressés de coucher avec l'une, que d'admirer l'autre au théâtre. Il copia toute la correspondance relative à cette querelle ; il la certifia véritable & la consigna dans un Journal qu'il tenoit de tout ce qui se passoit dans son tripot. Il a confié ce Journal en mourant aux mains d'un M. Antoine, son ami, qui conserve ce manuscrit & le montre aux amateurs. Dans plusieurs de ses lettres ce sublime acteur parle de Mlle. Duranci, comme d'un sujet fait pour honorer la scene Françoise. C'est encore à l'occasion des injustices dont elle avoit à se plaindre, que Voltaire écrivoit à le Kain : ,, je ,, mourrai bientôt & ce sera avec le regret ,, d'avoir vu le plus beau des arts vilipendé & ,, tombé en France. " Mlle. Duranci, au titre de Comédienne, le sujet le plus distingué de l'opéra, y éprouvoit encore des persécutions.

A iv

Elle n'y a point eu le fuccès qu'elle méritoit, parce qu'elle avoit une voix prefque auffi défa-gréable que fa figure. Du refte, elle étoit renom-mée par fa lubricité & l'on a parlé dans le tems de fon avanture avec M. de Louvois. Elle étoit devenue amoureufe d'un M. le Vacher de Char-nois, gendre du fieur Préville.

Ce M. le Vacher de Charnois eft en même tems un bel efprit, un auteur qui a continué le *Journal des Théâtres*, commencé par M. le Fuel de Méricourt ; il eft aujourd'hui le rédacteur en titre des articles des Spectacles pour le *Mercure*, à 150 livres la feuille. Mlle. Duranci, enchantée de trouver dans ce jeune homme à la fois le phyfique & les reffources de l'efprit, goûtoit par fon union un charme inexprimable. Mais M. de Charnois s'étant réconcilié avec fa femme, a dû, comme de raifon, renoncer à ce commerce criminel. L'actrice n'a pu foutenir une telle rupture, & fon amant s'attribue cette mort & fe fait gloire de fa victime. Il lui a, par reconnoiffance, dreffé une belle oraifon funebre dans le *Mercure*.

4 *Janvier* 1781. A l'affemblée de l'Académie Royale de Peinture & de Sculpture, du 30 décembre dernier, M. Menageot, agréé peintre d'hiftoire, a fait apporter le morceau qu'il a exécuté pour fa réception, & il a été admis avec beaucoup d'applaudiffemens, au nombre des Académiciens.

Le fujet eft allégorique ; c'eft *l'Etude qui arrête le Tems*. Sans parler de la compofition qui eft ingénieufe, mais dont les artiftes s'oc-cupent le moins, ils en vantent le ton de couleur vigoureux, le beau pinceau, la touche

ferme & moëlleufe, l'excellent goût de dra-
perie , enfin l'enfemble , qui en eſt très-agréable ; fans doute, cet ouvrage fera expoſé au
Sallon, & l'on verra fi le public déjà bien
difpofé en faveur du peintre , confirmera par
fon fuffrage celui des juges.

4 *Janvier* 1781. Extrait d'une lettre de Boulogne fur mer , du 25 décembre 1780. ,, Notre
Evêque vient d'établir dans chaque paroiſſe
dont il eſt Seigneur, un Prix de fageſſe, fous
le nom de fecond Prix de la Roſiere, en faveur
des filles pauvres & vertueuſes. Celui de la
paroiſſe de Saint Nicolas eſt de 500 livres. Il
a été décerné le jour de la fête de ce Saint,
entre trois filles à mérite égal : le Prélat a
préféré une orpheline de pere & de mere, &
qui , quoique privée des fecours de trois freres
matelots au fervice du Roi, & vivant feule ,
n'a dû la fubfiſtance qu'à fon travail, & s'eſt
gagné par fes vertus l'eſtime publique. ,,

4 *Janvier*. Ces jours derniers une femme
eſt venue chez Mlle. Bertin , la fameuſe mar-
chande de modes de la Reine , dont nous
avons eu occaſion de parler pluſieurs fois. Cette
femme a demandé des ajuſtemens pour le deuil
de l'Impératrice ; on lui en a préfenté de plufieurs efpeces qu'elle a rejettés. Mlle. Bertin
impatientée & voyant qu'elle avoit affaire à
une petite-maîtreſſe d'un goût très-difficile ,
s'eſt écriée pour finir : *préfentez donc à Madame
des échantillons de mon dernier travail avec
Sa Majeſté.* C'étoit fermer la bouche à la critique, & la Dame s'en eſt allée très-fatisfaite
d'avoir tout ce qu'il y avoit de plus moderne.

& de plus exquis, mais non fans rire de l'emphafe ridicule de l'ouvriere.

5 *Janvier* 1781. Extrait d'une lettre de Grand-ville du 1er. janvier. „ Depuis quelque tems on préparoit dans ce port & fur la côte une expédition avec le plus grand fecret ; on avoit mis un embargo fur tous les bâtimens : on fait aujourd'hui qu'il s'agit de l'isle de Jerfey, & que c'eft un Baron de Rullecourt qui a donné le projet & doit l'exécuter à la tête de la Légion de *Luxembourg*. Les chaffe-marées, les gabares & d'autres bâtimens raffemblés ici, reçurent leur monde le 28, & à l'entrée de la nuit cette flotille, portant environ 1200 hommes, s'éloigna. Les vents & le calme l'ont contrariée ; elle a été obligée de fe réfugier à l'isle de Choufey & de-là elle eft revenue à Cancale. Ce n'eft qu'une partie remife.

Parmi les officiers de la Légion de *Luxembourg*, il y a un Indien *Mir Seed*, officier au fervice du Grand Mogol, venu en France avec M. Chevalier & qui a voulu, à toute force, *aller tuer les Anglois*. Il s'eft affublé d'un beau doliman bleu, qui eft la couleur de l'uniforme de la Légion, & il n'a de nos officiers que les épaulettes. Il conferve toujours fon turban avec une bande d'étoffe verte, en qualité de defcendant de Mahomet. On raconte qu'il difoit l'autre jour : *moi manger cochon, moi boire vin & par conféquence moi chrétien ; moi toujours conferver Turban, parce que moi fang du grand Prophete.* On vouloit l'empêcher de s'embarquer ; mais il a fallu céder à fes inftances. C'eft un homme d'environ quarante-cinq ans, qui paroit fort vigoureux. Sa réfolu-

tion de venir s'inftruire en Europe annonce de
l'efprit & de l'ardeur. "

5 *Janvier* 1781. Les colporteurs commencent à annoncer une *Vie privée de Louis XV*,
avec portraits, en quatre volumes.

6 *Janvier*. M. Lieutaud, mort le fix décembre
dernier, étoit né à Auxerre en 1703. Il étoit
le dernier de douze enfans, le plus foible &
le moins bien conformé ; mais il fut dédommagé par les qualités de l'efprit. Formé fous
fon oncle Garidel, Botanifte alors très-célebre
à Aix, fes études fe tournerent naturellement
vers la médecine. Après l'avoir exercée long-
tems en province, il fut appellé d'Aix à Verfailles en 1750, & établi médecin de l'infirmerie
royale. Son mérite n'étoit pas encore affez
grand pour avoir percé jufqu'à la cour ; fon
élévation fut donc la fuite d'une intrigue, dont
on a perdu la trace. Il fut nommé, quelques
mois après, médecin des enfans de France, &
eft fucceffivement devenu premier médecin du
Roi, & de *Monfieur* & du Comte d'Artois
en même-tems, qui n'ont jamais voulu qu'il
les quitrât.

M. Lieutaud a publié plufieurs ouvrages fur
la médecine ; des *Obfervations fur le cœur &*
fur la veffie ; des *Effais d'anatomie* ; un *Traité*
de Phyfiologie, &c. Il étoit membre de l'Académie Royale des Sciences, où fon Eloge fera
traité plus amplement.

Au milieu des honneurs dont il fut comblé,
ce docteur conferva la fimplicité de fes mœurs,
fa modeftie & fon amour pour le travail. Il
aimoit les Lettres & s'etoit formé une bibliotheque choifie. *Monfieur* avoit acheté cette col-

lection de livres de fon vivant, & en avoit laiffé la jouiffance à M. Lieutaud.

Il n'a jamais mérité le reproche fouvent fait à fes confreres de prêcher peu d'exemple & d'aimer la table & la bonne chere ; il étoit fobre & frugal, & a été enlevé prefque fubitement à 77 ans.

6 *Janvier* 1781. Meffieurs le Sefne & Compagnie ayant par un lettre du 4 décembre dernier foumis au choix de Mademoifelle la Chevaliere d'Eon, le capitaine, les officiers & volontaires qui monteront la frégate corfaire qui porte le nom de cette héroïne, en ont reçu la réponfe fuivante en date du 15, digne d'être confignée ici par le ton original qui caractérife les productions de cette fille célebre.

,, J'ai reçu, Meffieurs, la nouvelle lettre dont vous m'avez honorée le 4 de ce mois. Si j'avois prévu les conféquences qui réfultent de la réponfe que j'ai cru devoir faire à votre demande gracieufe de nommer une de vos frégates, je me ferois bien gardée d'accepter cet honneur. Les louanges que cette déférence m'attire de votre part, donnent de mes talens & de mon mérite une idée qui ne peut s'accorder avec l'opinion que je dois en avoir. Il eft vrai que, remplie d'un attachement inviolable aux intérêts de Sa Majefté, mon zele pour fa gloire m'a toujours fait défirer d'être utile à ma patrie. Il n'y a donc que ce fentiment, fecondé de votre intelligence & de votre intégrité reconnues dans votre adminiftration, qui puiffent me décider à partager & à m'intéreffer, autant qu'il me fera poffible, dans vos travaux, dont l'objet répond si parfaitement à ma façon de penſer.

Quand au choix du capitaine de vaiſſeau, des officiers & volontaires, qui déſirent ſe diſtinguer ſur votre armement, je crois, MM. qu'il ſuffit d'ouvrir à nos marins & à nos militaires, une carriere de gloire & d'utilité au Gouvernement, pour les voir s'y préſenter en foule, & acheter aux dépens de leur fortune, & même de leur vie, le droit de la parcourir ; enſorte que je regarde ce choix comme bien plus difficile à faire par le grand nombre des concurrens, que par le mérite & le courage : qualités naturelles à tous les militaires François, que je ſuis plus dans le cas d'applaudir & d'imiter, que de juger. Au ſurplus, je vous promets de faire tout ce qui dépendra de moi, pour répondre à la confiance que vous voulez bien me témoigner à cet égard, d'une maniere digne de ſon objet ,,.

,, J'ai l'honneur d'être, &c.

LA CHEVALIERE D'EON.

7 Janvier 1781. Les comédiens François donnent demain la premiere repréſentation du *Jaloux ſans amour*, comédie nouvelle en cinq actes & en vers. Le nom de l'auteur, M. Imbert, prévient peu favorablement ; il eſt trop jeune pour traiter à fond un ſujet auſſi difficile, exigeant une profonde connoiſſance du cœur humain ; & ſes eſſais dans le genre dont il s'agit, n'annoncent pas, à beaucoup près, le talent qu'il faudroit. Ses partiſans aſſurent qu'il y a

des vers heureux, des tirades charmantes ; ce qui eſt très-poſſible, mais ne conſtitue pas le mérite eſſentiel d'un pareil ouvrage.

7 *Janvier* 1781. Extrait d'une lettre de Bordeaux, du 1er janvier. „ On vous a trompé, ſi l'on vous a dit que M. Dupaty eut été reçu à plaider la cauſe devant la grand'chambre ou les chambres aſſemblées pour l'admiſſion de ſa requéte civile. Au contraire, c'eſt une gaucherie de ſes ennemis ; car s'ils avoient pu le faire exclure par un arrét ainſi légal & que lui-même deſiroit, l'expulſé n'avoit plus rien à dire & étoit dans le cas de ſe retirer. Vraiſemblablement ils ont craint que ſon eloquence ne triomphât de leur cabale, & qu'il n'entraînât pour lui la pluralité des ſuffrages. C'eſt cette injuſtice, ce refus criant de l'entendre, qui peuvent le juſtifier ſur les voies d'autorité qu'il a été obligé d'employer. Voici au ſurplus les faits plus exacts que vous deſirez.

Le Roi, laſſé d'une réſiſtance téméraire, a voulu être obéi : un édit a prorogé la ſéance du parlement ; des lettres de chachet ont été diſtribuées à tous les membres qui le compoſent, pour avoir à ſe trouver au Palais le jour qui leur feroit indiqué. M. Bouvard de Fourqueux, Conſeiller d'Etat, eſt arrivé de Paris pour cette commiſſion importante, qu'il a remplie conjointement avec le Maréchal de Mouchy : ils y ont mis tous deux beaucoup de douceur & d'honnéteté. M. Dupaty a été reçu Préſident à mortier, & l'arrété concernant M. Dufaur de la Jarthe caſſé, en ce que le parlement n'a pas le droit de prononcer aucune peine contre les Gens du Roi, avant que S. M.

le lui ait permis. Alors l'Edit de prorogation fut révoqué, & les chambres eurent l'air de fe féparer ; je dis l'air ? parce qu'il eſt conſ- tant qu'il y a eu une proteſtation ſecrete contre tout ce qui s'eſt paſſé : mais j'ignore ſi c'eſt la veille, le jour, ou le lendemain de la ſéance.

A la rentrée le peuple béniſſoit le Monarque du retour des deux magiſtrats, MM. Dupaty & de la Jarthe. La fermeté modeſte de ceux - ci contraſtoit merveilleuſement avec l'air altier de leurs opreſſeurs. Cependant un bruit ſourd ſe répand : on redoute de nouveaux événemens : M. l'avocat général de la Jarthe quitte la cham- bre du conſeil, où tous les magiſtrats étoient raſſemblés, ſuivant l'uſage, & ſe retire au par- quet : d'un autre côté, M. Dupaty eſt reſté dans la ſalle des manteaux & la cour delibere. Il étoit trois heures de relevée ; rien ne tranſ- pire & le public aſſemblé depuis neuf heures dans la grande ſalle du palais attendoit le réſultat avec la plus vive impatience. La meſſe rouge n'avoit jamais été autant retardée. — Enfin la cour s'y rend à quatre heures. Le ſujet de ſa longue délibération avoit été contre les deux magiſtrats qu'il s'agiſſoit d'expulſer. On agita long-tems de ſavoir ſi M. Dupaty, en ſiégeant avec la compagnie au rang des préſidens, étoit cenſé immatriculé & faire corps ? Après bien des debats l'affirmative paſſa. On réſolut pour éluder cette difficulte d'aſſiſter à la meſſe rouge & de le laiſſer confiné à la ſalle des manteaux, & l'avocat général au parquet.

Cet expédient ne réuſſit point. M. Dupaty étoit aux aguets ; il apperçoit la compagnie ſortir & court prendre ſa place. M. de la Jarthe ſe

tient feul fur le feuil de la porte du Parquet &
fe joint à fes confreres, qui fe rendent à la Chapelle. Prefque la moitié des officiers étoit reftée
dans la chambre du Confeil.

Depuis cette époque le Parlement de Bordeaux
s'eft affemblé tous les jours, & fi la fermeté des
plus fages n'en avoit impofé à la multitude effrénée, cette Cour auroit infailliblement pouffé la
démence à fon dernier période ".

8 *Janvier* 1781. La comédie Italienne, malgré les fréquentes nouveautés qu'elle donne fans
relache depuis long-tems, ne peut empêcher
qu'on ne remarque le vuide laiffé fur fon théâtre
par la perte de *d'Hele*, mort le 27 Décembre
dernier. Né d'une famille Angloife diftinguée,
il étoit d'abord entré au fervice & avoit été
envoyé à la Jamaïque, où il refta jufqu'à la fin de
la derniere guerre. Il voyagea enfuite, & paffa
plufieurs années en Italie. Venu à Paris vers 1770
& fe trouvant dans la détreffe pour s'être livré
avec trop d'ardeur aux plaifirs de cette capitale,
il chercha dans les lettres une reffource contre
l'infortune. S'étant lié avec M. Gretry, qui
goûtoit fon genre de travail & le trouvoit propre
à lui échauffer le génie, celui-ci le préfenta à
Madame de Monteffon. Cette femme illuftre,
amie des arts, les cultivant, les accueillant
dans fon palais, fut enchantée de M. d'Hele &
voulut faire jouer fur fon théâtre *le Jugement de
Midas*, comédie relative à la révolution que
notre mufique venoit d'éprouver. Elle eut beaucoup de fuccès dans la fociété de Madame de
Monteffon, & fe foutint fur le théâtre de la
comédie Italienne. *L'Amant jaloux*, autre
piece du même auteur, dont elle fut fuivie,

acheva fon triomphe. Les *Evénemens imprévus*
effuyerent plus de contradiction. Docile & de
bonne foi, d'Hele les retira, profita des critiques & fit reparoitre fon ouvrage avec des changemens qui lui concilierent les fpectateurs les
plus difficiles. En général, les comédies de ce
poëte font fortement intriguées ; l'action en eft
vive & chaude & l'intérêt agréable. Ses vers font
un peu lâches ; le ftyle de fa profe n'eft pas
toujours très-pur : mais fon dialogue eft naturel
& preffé. On peut le regarder comme créateur
fur la Scene Italienne d'un genre à lui, qu'il
auroit encore plus perfectionné fi le tems le lui
eût permis. Attaqué de la poitrine, le départ
d'*Argentine* dont il étoit amoureux fol, lui a
porté le dernier coup : il a accéléré une mort
que cet homme paffionné auroit préféré de recevoir dans les bras & au fein de la volupté.

9 *Janvier* 1781. *Le Jaloux fans amour*, non-
feulement n'a eu aucun fuccès, mais a été hué à
peu près depuis le commencement jufqu'à la fin.
Cet excès de dégoût du public fournit un prétexte à l'auteur & à fes partifans pour demander
une feconde repréfentation. Ils prétendent n'a-
voir jamais vu de repréfentation plus fcandaleu-
fement orageufe que celle-ci, & ils attribuent
au tumulte la difgrace de la piece remplie,
difent-ils, de détails brillans & dont l'action
rallentie par d'autres déplacés & trop longs fera
plus chaude & plus faillante quand elle en fera
dégagée. On peut affurer d'avance que ce fera
toujours une très-mauvaife comédie, un caractere vague, efquiffé d'une façon triviale ; de
petits moyens & une intrigue fans conbinaifon
& fans effets.

9 *Janvier* 1781. Extrait d'une Lettre de Bordeaux du 4 Janvier. " Un trait de M. Dupaty qui mérite d'être confervé, vous prouvera combien chez lui l'intérêt public l'emporte fur l'intérêt particulier. Par un ufage refpectable, *L'Audience de la Rede*, eft confacrée à la délivrance des prifonniers que des événemens malheureux, de légeres fautes retiennent dans les liens. L'inftant approchoit de ce jour de grace & d'humanité ; M. Dupaty qui n'a ceffé d'entrer au Palais, mais prefque toujours feul, craint de laiffer échapper ce moment fi défiré pour tant d'infortunés, plus à plaindre que coupables. Il fe préfente à la Tournelle dont il étoit, & annonce aux autres officiers que, pour ne point éluder l'effet de l'audience folemnelle qui va fe tenir inceffamment, il fe retire, en proteftant qu'on ne doit attribuer fa retraite qu'à un motif de compaffion & qu'il fe réferve le droit de rentrer dès que fon devoir le rappellera à fes fonctions ".

10 *Janvier*. L'école royale vétérinaire devient de plus en plus l'objet de la curiofité, non feulement des nationaux, mais des étrangers. La collection anatomique de cette maifon royale eft la plus intéreffante qu'il y ait en ce genre, en ce qu'on y trouve une piece rare ou plutôt unique & qui certainement n'exifte dans aucun des Cabinets de l'Europe ; c'eft la Nevrologie toute entiere du cheval, fans aucune folution de continuité.

Ce chef-d'œuvre anatomique paffe pour être l'ouvrage de M. Flandrin, ancien directeur de l'école vétérinaire de Lyon & maintenant attaché à celle de Paris. Il eft neveu de M. Chabert, directeur actuel de celle-ci & le successeur du fameux Bourgelat.

11 *Janvier* 1781. Malgré le peu de succès du *Bonnet magique*, les couplets suivans méritent d'être conservés.

Life à douze ans demanda ses étrennes,
Et sa maman lui donna des rubans;
C'étoit bien peu; mais chaque âge a les siennes:
C'étoit bien peu; mais Life avoit douze ans.

Life à treize ans demanda ses étrennes,
On lui donna des almanachs chantans;
Du Dieu d'Amour elle y vit les frédaines:
Elle en sourit, car Life avoit treize ans.

A quatorze ans Life pour ses étrennes
Choisit Collin, la Perle des Amans;
Mais la maman se moquoit de ses peines,
En lui disant, tu n'as que quatorze ans.

Life à quinze ans ne reçut point d'étrennes,
Mais l'hymen vint appaiser ses tourmens;
Il étoit tems qu'elle donnât les siennes
Et son époux eût un cœur de quinze ans.

11 *Janvier* 1781. Mlle. Cécile, rentrée à l'opéra, comme maîtresse de M. de la Ferté, intendant des Menus & commissaire du roi en cette partie, a reparu dans le Prologue de *Silvie*, depuis qu'on l'a joint au *Seigneur bienfaisant*. Elle a reçu les applaudissemens les plus vifs & a beaucoup acquis dans cet intervalle, contre l'ordinaire; elle faisoit déja les délices du théâtre Lyrique & en est aujourd'hui l'admiration ".

12 *Janvier*. Extrait d'une Lettre de Strasbourg du 2 Janvier. " La Pyramide triangulaire

du maréchat de Turenne, dont les proportions ont été données peu exactement, aura 27 à 29 piés de hauteur, au lieu de 16, & la Grille de fer qui fermera l'enceinte où elle fera pofée, en aura 72, au lieu de 35. Il faut ajouter que s'il ne fe trouvoit pas dans le régiment de *Turenne*, un foldat vétéran Invalide, en état de venir occuper la maifon & s'acquitter des foins que le local exige, on le prendroit dans le régiment de *Rohan-Soubize*".

12 *Janvier* 1781. *Mémoire préfenté au Roi & à fon Confeil en* 1780, *par Meffieurs les députés & procureur général fyndic des Etats de Bretagne à la Cour, fur le droit que les Etats ont toujours eu d'élire librement leurs députés : précédé de la délibération des Etats qui en ordonne l'impreffion, & de l'Arrét du Confeil du premier Mars* 1777. Tel eft le titre d'un nouvel imprimé arrivé de Bretagne & dont le Gouvernement fe foucie peu de voir les exemplaires fe répandre dans la capitale. On dit l'ouvrage très-bien fait.

13 *Janvier* M. Maloet, homme de lettres, autant qu'eft imable médecin, trouvant le vers hexametre de M. Delaftre fur l'Impératrice reine trop languiffant, l'a changé en un pentametre, pour y jetter plus de vivacité & d'énergie. Il faut rappeller le premier, afin de mieu les comparer :

Femina fronte patet, Vir pectore, Diva decore.

Voici le fecond ;

Pectore Vir, vultu Femina, mente Dea.

Quelques gens préferent celui-ci ; cependant

il manque de la gradation d'idées & d'images, qui fait la principale beauté de l'autre.

M. de Sancy, qui a découvert le vers de M. Delaftre, a essayé de rendre ainfi en François l'un & l'autre :

Cœur mâle, air de Vénus, fageffe de Minerve.

Il faut avouer que, malgré ce laconifme, le latin perd beaucoup à la traduction & qu'elle eft bien inférieure à l'original.

13 *Janvier* 1781. Depuis la defcente extraordinaire faite à Jerfey, M. de Rullecourt eft aujourd'hui l'entretien de Paris. Il eft d'Artois. C'eft le fils d'un fecrétaire du roi, qui s'eft fignalé de bonne heure par fon étourderie & s'eft fait décréter au parlement de Douay. Il étoit allé en Pologne lors des troubles de cette république & avoit été à la veille d'y être pendu. C'eft un roué dans toute la force du terme, abimé de dettes & payant fes créanciers à coups de fabre. Ne fachant où donner de la tête, il s'eft mis à la tête de ces volontaires de *Luxembourg*, gens de fac & de corde, qui ont pillé tout le pays où ils ont paffé en Normandie. Il n'eft pas étonnant que des bandits de cette efpece aient fait un coup de main ; mais tout le monde eft perfuadé qu'il ne réuffira pas & qu'ils ne feront pas foutenus. Il court même des bruits déja que l'expédition eft manquée. On parle d'un procès verbal dreffé à Grandville fur le retour de l'arriere-garde de la troupe & de l'artillerie. On ajoute que l'Officier qui l'a figné, avoit encore une telle frayeur que la main lui trembloit.

14 *Janvier* 1781. Dans le mémoire des Etats de Bretagne annoncé, on expofe ainfi le fujet de la querelle avec M. le duc de Penthievre.

Les Etats crurent pouvoir ufer fans crainte en 1776 d'un droit qu'ils avoient paifiblement exercé en 1770 : ils nommerent des deputés qui n'a-voient point été recommandés par le gouver-neur. Les commiffaires du roi leur firent notifier une déclaration, qui leur annonçoit que S. M. ne recevroit aucuns autres députés à la cour & ne permettroit pas qu'il en affiftât d'autres à la chambre des comptes, que ceux qui avoient été recommandés. Les Etats fe trouverent dans la cruelle alternative d'abandonner leurs droits qui n'avoient point encore pu être examinés & jugés par le Confeil, ou de perféverer dans une délibération qui pouvoit feule les maintenir. Ils fe bornerent à faire des repréfentations pour obtenir le retrait de la déclaration ; il fut refufé : ils protefterent pour conferver leurs droits contre cette déclaration & contre la défenfe notifiée aux députés de la Nobleffe & du Tiers de fe rendre à Paris.

Ils crurent devoir faire une défenfe particu-liere au procureur général fyndic de faire au-cune fonction fans le concours des députés. Ils nommerent, non plus des députés pour gérer les affaires de la province, mais des procura-teurs, pour défendre au Confeil la légitimité des députés.

La nomination des procurateurs étoit telle-ment néceffaire & indifpenfable, que le roi ne crut pouvoir prononcer fur le droit réclamé par la province, fans l'intervention des états. Le Confeil, fut obligé de refter pendant deux ans dans le filence. Depuis l'ouverture des Etats S. M. a perfifté dans le defir de ne les entendre que par les députés recommandés par le gouvernent: les états fe font conformés à la volonté du Monarque; ils les ont nommés & ils les ont autorifés à accepter la recommandation du gouverneur, feulement afin de pourfuivre au confeil la décifion de la conteftation.

Voilà où les chofes en étoient, lorfque le mémoire a paru. Ce qu'il y a de fingulier , c'eft que M. le duc de Penthievre femble par fon filence défavouer la prétention & attend la décifion fans comparoir.

Ce mémoire très bien écrit , avec la dignité qui convient au corps qu'il défend , eft cependant très-modéré & rempli du refpect des états pour leur gouverneur & de leur haute vénération pour fes vertus.

14 *Janvier* 1781. Nous avons négligé d'annoncer un Cours de Commerce qui fe fait aux confuls, dont l'objet eft en réuniffant la théorie à la pratique, de rendre plus fértile cette fource de l'opulence des états. C'eft M. Benoît, homme très eftimé dans fa profeffion, qui s'eft chargé de ce cours. Il a prononcé le 4 Novembre dans la Salle d'audience du confulat un difcours d'ouverture très-intéreffant & qui mérite d'être infiniment plus connu que tant d'autres difcours académiques, vagues & fans utilité. En voici un paragraphe.

,, Nous vous parlions, meffieurs, il n'y a qu'un inftant, des monarques, nos fuprêmes bienfaiteurs. Et à qui devons-nous plus d'hommages & de reconnoiffance, qu'au fouverain affis aujourd'hui fur le trône ? Voilà le rigide

défenfeur des loix, leur ange tutelaire. Oui,
meffieurs, fes premiers foins ont été pour la
confervation & les progrès du commerce. Il s'eft
armé du glaive; ce n'eft point pour fe couvrir
d'une gloire ftérile, pour ravager, pour con-
quérir des vaftes domaines; c'eft pour défendre
& foutenir les droits du commerce, & en raffu-
rer la liberté à la France & à l'Europe entiere;
non content de nous protéger, il nous crée
des appuis dans de dignes miniftres qu'il infpire : c'eft fous fes glorieux aufpices qu'ils font
chargés d'examiner fes ordonnances fur le commerce & de dreffer un nouveau corps de loix
& de réglemens. Puiffe ma foible voix fe méler
aux acclamations publiques pour bénir un regne
qui annonce tant de fplendeur au commerce. „

14 *Janvier* 1781. Extrait d'une lettre de Tours,
10 Janvier. „ M. Rougeot, maître de deffin
de cette ville, enthoufiafte de fon art & convaincu du befoin que tous les autres, & fur-tout
les plus utiles, tels que la menuiferie, l'or-
fèvrerie, la ferrurerie, &c. ont de lui, ouvrit,
il y a trois ans, fon école à tous les jeunes
gens qui pouvoient manquer de quoi fe procurer ce fecours; il ne tiroit de fon travail journalier que de quoi fournir aux fraix indifpenfables du local, du luminaire, du chauffage, &c.
Le defir de fervir fes concitoyens & d'acquérir
la forte de gloire convenable à fon entreprife,
étoit le principal motif de fa générofité. Le
gouvernement voulant reconnoître fon zele &
éclairé par cet effai fur les avantages d'un pareil
établiffement, vient d'ériger en académie royale
l'école gratuite de deffin ouverte par M. Rougeot. Il lui a accordé 500 livres d'appointemens,

mens, dont deux années payées d'avance.
Notre ville n'oubliera jamais le nom de ce fondateur patriote &, fans doute, les autres villes
commerçantes profiteront de l'exemple qu'il
leur donne ".

15 *Janvier*. Extrait d'une lettre de Rennes
du 12 janvier. ,, Je vous envoye pour joindre
au Mémoire imprimé des Etats, des *Obferva-*
tions du fecond Ordre de la Chambre de l'E-
glife, fur l'Arrêt du Confeil des Dépéches,
du 4 Novembre 1780, *lu à l'Affemblée des*
Etats. " Comme elles ne font que manufcrites,
elles en deviennent plus précieufes : leur précifion & leur énergie les font d'ailleurs regarder
comme un chef-d'œuvre.

,, La deftruction du droit naturel des Etats de
Bretagne, la difcuffion des moyens à employer
pour fon rétabliffement, & pour exprimer la
douleur vive & profonde de l'affemblée, ont
dû feuls occuper hier tous les membres des
Etats.

Le cri de la Patrie doit toujours être unanime ;
c'eût été le troubler & en affoiblir l'énergie,
que d'y méler dans le premier moment les
plaintes particulieres fur les infractions faites à
leurs droits.

Nous ignorons quelle marche dictera aux
Etats leur fageffe relativement à l'arrêt du 4
novembre.

La liberté détruite & mife jufques au tombeau, obfervera-t-elle le filence de la mort ?
Ou bien employerons-nous ce qui nous refte
de force pour faire les juftes réclamations des
Etats ?

Dans ce dernier cas, le fecond Ordre du clergé

Tome XVII.   B

ne pourra fe difpenfer de joindre fes plaintes
perfonnelles à la réclamation générale.

Pourrions-nous n'être pas vivement affectés
de l'exclufion formelle & de droit à la grande
députation prononcée contre nous par l'arrêt
du Confeil ?

Il eft vrai que depuis longtems nous en
fommes exclus par le fait. Mais des exemples
ne font pas des loix. A ces exemples modernes
nous avons à appofer des exemples anciens.
Nous citerions entre autres ceux de *Mathurin
de Montale*, abbé de Saint Melaine de Rennes,
& de *Jean le Prevot*, chanoine & tréforier de
l'Eglife de la même ville, qui dans les tems
les plus difficiles remplirent avec fuccès les
fonctions honorables & pénibles de la grande
députation.

Ces fonctions, dans d'autres pays d'Etats,
tels que la Bourgogne & l'Artois, font encore
remplies aujourd'hui à l'alternative par les
membres du premier Ordre, les Abbés & les
membres des Chapitres. Enfin tous les réglemens qui font le texte de la loi, nous confer-
vent expreffément notre droit, & fi nous
fommes rarement élus, nous étions des trois
Ordres, de l'aveu même du Gouvernement,
toujours reconnus & déclarés éligibles.

Nous conviendrons fans peine que dans bien
des circonftances il peut être avantageux que
le choix de l'affemblée fe fixe fur un des membres du premier Ordre. Les égards dûs à leur
dignité, à leurs talens, à leur mérite connu
& récompenfé par le Souverain lui-même, doivent leur donner chez les Miniftres un accès plus
facile & augmenter les moyens pour le fuccès

& la prompte expédition des affaires : mais dans
cette circonftance même nous ne négligerions
rien pour que notre zele fuppléât à notre crédit.

Les membres du premier Ordre favent tous
que les places que nous occupons aujourd'hui
leur ont fervi de degrés pour parvenir aux plus
éminentes qu'ils occupent. Ils fe rappellent
tous le zele dont ils étoient animés pour le
Peuple, pour le Souverain, pour la Patrie ; ils
reconnoiffent, ils applaudiffent en nous les
mêmes fentimens.

Nous ne doutons pas qu'à ce titre ils ne
veuillent bien foufcrire eux-mêmes à nos juftes
réclamations, & approuver le zele qui nous
rend jaloux de partager avec eux l'honorable
fonction de porter aux pieds du Trône les
fupplications des Etats & d'être les organes du
peuple auprès du pere de la patrie.

Cette perfuafion a été pour nous un nouveau
motif de commencer à faire part au premier
Ordre de notre arrêt de réclamation , fi les
Etats fe déterminent à en dreffer une au Roi
fur l'arrêté de fon Confeil du 4 de ce mois. "

Ces obfervations convenues entre tous les
membres du fecond Ordre , ont été fuivant
leur vœu lues en pleine chambre de l'Eglife, le
10 novembre 1780.

16 *Janvier* 1781. On a parlé plufieurs fois
de l'établiffement des Ecoles Nationales de M.
le Comte de Thélis, qui peu à peu acquierent
quelque confiftance. Dans une lettre du 17
décembre dernier, il répond à des objections
qui lui ont été faites.

1°. L'on lui a repréfenté d'abord que c'étoit
aller contre fon but que d'approcher les enfans

du féjour de la corruption , en les occupant aux environs de Paris, cette Babylone nouvelle , centre des crimes, de la débauche & du fcandale. Il paroît qu'il a fenti cet inconvénient autant que perfonne , mais il favoit auffi que ce n'eft qu'en frappant les yeux de ceux dont il vouloit avoir les fecours qu'il pourroit les obtenir & il fe propofa bien après le fuccès de fon établiffement parfaitement confolidé , de fouftraire fes éleves aux dangers qui les environnent ici de toutes parts.

2°. Enfuite il a reçu dans fes écoles beaucoup d'enfans de douze à treize ans, parce que fon principal but eft de travailler à la réformation des mœurs publiques, en donnant aux enfans du peuple une éducation chrétienne & patriotique ; éducation dont ils font plus fufceptibles à mefure qu'ils font moins avancés en âge.

3°. Mais il en a réfulté plus de lenteur dans la confection des chemins, auxquels les enfans font occupés. De-là l'indifférence ou la critique d'une multitude de perfonnes qui , croyant l'argent mal employé à favorifer un établiffement dont les travaux leur fembloient trop foibles , ont refufé d'y contribuer par cette raifon.

Il a également fenti la force de ce reproche , qu'il croyoit balancé par les avantages d'une bonne éducation donnée à la nobleffe pauvre & aux enfans de la claffe du peuple , qu'elle rendra fingulierement propres à l'agriculture , lorfqu'ils n'auront point de vocation pour l'état militaire.

Afin de le prévenir déformais, M. le Comte de Thélis fe propofe de choifir un certain nom-

bre d'éleves plus âgés, & de n'en point admet-
tre d'autres qu'il n'y ait des places vacantes pour
leur âge. Voici le nouvel arrangement.

Chaque chambrée fera compofée de feize éleves, dont deux enfans de douze ans, deux
de treize & ainfi de fuite jufques à vingt.

Le premier plan avoit été de donner pour
chefs aux enfans de la feconde claffe d'anciens
fergens ou foldats éprouvés du côté de la religion & des mœurs ; l'expérience ayant fait connoitre qu'ils n'avoient pas toujours les qualités
requifes pour cet emploi, ils feront confiés déformais aux gentilshommes les plus âgés de
l'école.

L'auteur du projet apprend au public qu'en
Berry on vient de fupprimer les corvées & de
propofer une foufcription pour les établiffemens utiles de la province ; que les propriétaires ont déjà offert près de 120,000 livres,
payables en fix ans. Exemple mémorable qu'il
cite aux Parifiens afin d'exciter leur zele. Il
ne demande aujourd'hui aux bienfaiteurs des
écoles nationales qu'une fomme de 12 livres.

Comme rien n'eft tel que la préfence de
l'objet, M. le Comte de Thélis a profité du
renouvellement de l'année & le deux janvier
l'école nationale de Paris eft allée rendre hommage à M. l'Archevèque de Paris, à M. le
Garde des Sceaux, au Miniftre de la Guerre
& à Meffieurs les Maréchaux de France.

17 Janvier 1781. On a parlé plufieurs fois
de M. Sage, comme d'un chymifte très-eftimé,
faifant des Cours gratuits ; & le profeffeur à la
mode de cette fcience, à laquelle veulent
aujourd'hui s'initier les gens les plus frivoles,

les petits-maîtres , les femmes , les militaires ,
&c. Dans le cours de ſes expériences il a cru
en avoir fait de propres à introduire du doute
ſur *l'art actuel d'eſſayer l'or & l'argent* , &
il a compoſé un, ouvrage ſous ce point de vue
qui excite des réclamations. Quoique membre
de l'académie des ſciences , il ne s'eſt point décoré
de ce titre à la tête, n'ayant point la ſanction
de ſon corps. On lui reproche d'y avancer une
doctrine contraire aux faits , capable d'inquié-
ter le commerce des matieres d'or & d'argent
& renfermant en outre des perſonnalités contre
un confrere eſtimable , M. Tillet , commiſſaire
du Roi pour les eſſais & affinages du royaume.
En conſéquence ſon livre fait bruit dans le
monde ſavant & y cauſe un grand ſcandale.

18 *Janvier* 1781. L'induſtructibilité reconnue
de l'or & de l'argent par le feu , donne la
faculté de les ſéparer des autres métaux qui
leur ſont alliés , ſoit par la voie ſeche , ſoit par
la voie humide : ces deux opérations ſont ,
l'une la coupellation , l'autre le départ. Faites
en grand , elles conſtituent l'art de l'affineur ,
en petit celui de l'eſſayeur. Tel eſt le ſujet
de l'ouvrage de M. Sage.

On croyoit que l'art de l'eſſayeur , pratiqué
néceſſairement chez toutes les nations depuis
l'uſage de l'or & de l'argent comme ſignes
repréſentatifs de toutes les denrées , intéreſſant à la fois le commerce , la politique &
l'avarice , devenu ainſi un art de premiere né-
ceſſité chez les peuples policés , auroit atteint
à la perfection depuis long-tems. M. Sage a
découvert le contraire ; il a allarmé l'adminiſtration ſur le procédé uſité dans les monnoies

pour le départ. Il prétend que l'acide nitreux, employé à cette opération, diſſout l'or. Le Miniſtre des finances a conſulté ſur cet objet important l'académie des ſciences & dans ſon aſſemblée du 22 décembre dernier, elle a décidé, ſur le rapport de la claſſe de chymie, que l'opération des eſſais d'or, telle que les eſſayeurs la font journellement, eſt très-exacte, & qu'il n'y avoit rien à y changer, parce qu'il ne réſultoit aucune diſſolution de l'or, quoique l'eau forte que l'on employât, fut portée à un haut degré de concentration.

On reproche à M. Sage d'avoir eu l'imprudence de prévenir par la publicité de ſon livre le jugement de ſa compagnie, parce qu'il ſentoit d'avance qu'il lui ſeroit contraire. On lui reproche de ſe trop laiſſer guider par ſon zele & ſon ardeur d'innover, d'avoir cherché à ſe faire des proſélytes par des aſſertions plus hardies que juſtes, de n'avoir voulu être le diſciple de perſonne & de s'être fait des principes à lui.

19 *Janvier* 1781. Les comédiens italiens avoient donné en 1778, le *Porteur de chaiſe*, opéra comique, dont les paroles ſont du ſieur Monvel & la muſique du Sr. Deſaides. Cet ouvrage aſſez gai n'eut alors qu'un médiocre ſuccès. Les auteurs n'ont pas voulu y renoncer. Ils l'on reproduit le 11 de ce mois avec des changemens; ils en ont déguiſé juſqu'au titre & ont ſubſtitué d'abord celui de *Jérome & Champagne*, ou le *Porteur de chaiſe*. Enſuite ils l'ont reſſerré de deux actes en un : mais il n'a pas été mieux accueilli & le ſpectateur a paru deſirer encore beaucoup de ſacrifices. Il

y a trop peu de fond dans le poëme & la mufique n'eft pas affez faillante pour remplir le vuide.

19 *Janvier* 1781. Le Sieur Préville, après une abfence de plufieurs mois, pendant laquelle il avoit fait courir le bruit qu'il étoit mort, pour fe rendre plus intéreffant, a enfin reparu le 15 de ce mois dans *Turcaret & le Mercure galant*. Au lieu de l'accueil froid qu'il auroit dû recevoir du public, pour s'être ainfi fouftrait à fon devoir, le public s'eft laiffé aller à fon enthoufiafme & l'a applaudi comme il applaudiffoit autrefois le Kain à chacune des dix ou douze repréfentations par an qu'il daignoit accorder à fes admirateurs.

19 *Janvier.* Madame la Comteffe de Beauharnois, virtuofe très-renommée par fon goût pour les lettres & pour ceux qui les cultivent, ayant adreffé le 20 novembre dernier au roi de Pruffe une épitre au fujet de la grand'meffe chantée à Breflau pour le repos de l'ame de Voltaire, critique indirecte de la conduite du Gouvernement de France, en a reçu la réponfe fuivante, en date de Berlin le 5 de ce mois.

„ Madame la Comteffe de Beauharnois, l'épitre que vous avez la bonté de m'adreffer par votre lettre du 20 novembre de l'année derniere, fur la grand'meffe chantée à Breflau pour le repos de l'ame de Voltaire, vient de m'être préfentée; elle réunit à beaucoup de facilité le goût qui caractérife le génie d'un fexe aimable, & Voltaire lui-même ne manqueroit pas de vous en faire compliment, en joignant fon admiration à la mienne. Je me borne à de fimples remercimens, priant Dieu fur ce, Madame la Comteſſe de Beauharnois, qu'il vous ait en ſa ſainte & digne garde ".

(*Signé*) FREDERIC.

„ A Berlin le 5 Janvier 1781 ".

20 *Janvier* 1781. M. Sage, piqué des leçons que lui a données au nom de l'académie M. le Marquis de Condorcet dans différens articles inférés au *Journal de Paris* qu'on lui attribue, n'a pas voulu ſe rendre à la déciſion de ſon corps. En oppoſition aux expériences faites par MM. Macquer, Cadet, Lavoiſier, Baumé, Cornette, Bertholet, il en a pratiqué d'autres hier devant ſon aſſemblée, compoſée de plus de ſix cens perſonnes, pour démontrer que l'acide nitreux diſſolvoit plus ou moins d'or, ſuivant ſon état de concentration. Il n'avoit eu garde d'annoncer publiquement ſon projet, dans la crainte que l'académie ne l'empêchât de l'exécuter ; mais il avoit fait avertir ſous main ſes adeptes, qui, comme l'on voit, s'y étoient rendus en foule & ont publié & atteſté l'excellence & l'exactitude des obſervations de leur maître.

Ce ſyſtème, au ſurplus, n'eſt pas ſeulement celui de M. Sage ; il l'eſt auſſi de pluſieurs chymiſtes modernes d'une réputation bien méritée, tels que MM. Brandt, Schæffer & Bergman. Mais la queſtion que l'Académie étoit priée de réſoudre, concernoit particuliérement l'opération du départ pratiquée aux monnoies, c'eſt-à-dire la ſéparation, avec toute l'exactitude dont la phyſique eſt ſuſceptible, de l'or

B v

& de l'argent alliés enfemble: fondée fur la propriété qu'a l'acide nitreux de diffoudre parfaitement l'argent & de ne point diffoudre l'or, il s'agiffoit de favoir fi la découverte de ces novateurs pouvoit influer fur la méthode ufitée dans le départ d'effai & c'eft à la folution négative du problême que l'académie s'eft bornée jufqu'à préfent.

L'indocilité de M. Sage & fa mauvaife foi en ne prenant pas l'état véritable de la queftion, indifpofent fort l'académie contre lui.

20 *Janvier* 1781. Si M. le Comte d'Eftaing de retour de fa campagne continue à fe plaindre de l'infubordination du grand nombre des officiers de la marine, il rend juftice à ceux qui le méritent. On en pourra juger par fa lettre fuivante à M. de Caftries. ,, M. le Marquis de Vaudreuil a donné une nouvelle preuve de fon zele & de fon humanité, en offrant 70 quintaux de bifcuit & 20 barriques de vin, que j'ai fait remettre à *l'Amphion*, il y a quatre jours, pour l'ufage des bâtimens marchands ".

,, J'ai remercié cet officier général au nom de S. M. de cette action, que j'ofe efpérer, Monfieur, que vous trouverez digne d'être mife fous les yeux du Roi. C'eft un nouvel hommage que je m'empreffe d'ajouter à ceux que j'ai déjà rendus aux talens & à la fermeté de M. le Marquis de Vaudreuil, après ma derniere campagne ".

Les armateurs & négocians de la ville de Nantes, on fait préfenter par les députés du commerce de Paris, une lettre de remerciment à M. le Marquis de Vaudreuil, pour lui témoigner leur jufte reconnoiffance.

21 *Janvier* 1781. La féance publique de l'Académie Françoife pour la réception de MM. le Miere & Comte de Treffan eft enfin fixée au 25 de ce mois. Ce dernier avoit, dit-on, élévé des tracaceries de vanité, qu'il a fallu appaifer; il ne vouloit pas avoir une féance commune avec fon confrere.

21 *Janvier.* Quelques perfonnes qui ont déjà lu la *Vie privée de Louis XV*, en femblent affez contentes. Elles affurent qu'en y repréfentant ce Monarque fous l'afpect philofophique de l'homme, on n'a négligé aucun des faits remarquables de fon regne & que tous y font rapportés avec plus ou moins de détails, fuivant les proportions convenables. On trouve dans les pieces qu'on y a jointes en nature, des morceaux très-curieux, tels que le *Mémoire du Parlement contre les Ducs & Pairs*, la *lifte des taxés à la Chambre de juftice*, les *Philippiques* dans leur plus grande exactitude & étendue, avec des notes intéreffantes, &c. &c. Ce livre fe vend trois louis, quant à préfent.

21 *Janvier.* La querelle élevée entre M. de Vifmes, le directeur de l'opéra, & M. Marmontel, l'entrepreneur de la refonte du poëme d'*Atys*, dont M. Piccini devoit refaire la mufique, obligea celui-ci d'abandonner cet ouvrage déjà commencé, par les hautes prétentions du poëte, qui vouloit pour fon raccommodage les mêmes honoraires que pour un opéra fait à neuf. M. Dubreuil alors préfenta au muficien Italien fon poëme d'*Iphigénie en Tauride*. M.

B vj

Piccini n'ignoroit pas que le Chevalier Gluck
avoit emporté à Vienne un poëme de M. Gaillard fur le même fujet. En conféquence, malgré l'ufage de fon pays, où trente compofiteurs
travaillent quelquefois fur le même ouvrage,
il refufa le poëme; on l'affura, on lui prouva
même que M. Gluck dégoûté renonçoit à revenir en France, tant que fubfifteroit la nouvelle adminiftration de l'opéra : il céda; il ache-
voit fon troifieme acte, lorfque le muficien
allemand arriva comme la foudre & fit jouer
fon *Iphigénie en Tauride* : il fallut renoncer
à fon projet. Mais aujourd'hui que le fuccès de
fon rival, confirmé depuis deux ans, ne laiffe
plus rien à craindre à M. Gluck, M. Piccini
croit pouvoir hafarder à fe montrer, d'autant
mieux qu'il affure qu'il n'y aura pas dans les
deux ouvrages deux morceaux qui fe reffem-
blent. Tels font les faits dont il a cru devoir
inftruire le public avant de fe faire jouer, ce
qui doit avoir lieu inceffamment.

22 *Janvier* 1781. L'ifle de Malthe, fondée fur
un roc prefque dépourvu de terre, n'a qu'un feul
cimetiere, ou les caveaux de l'églife de Saint
Dominique dans la Cité Valette, conftruite en
1567. Le tremblement de terre du mois de
Janvier 1780, a rendu indifpenfable la démolition de cette églife. Le college de médecine
& de chirurgie, auffi bien que le bureau de
fanté établi à Malte, ont prononcé qu'une re-
conftruction fur les ruines de l'ancienne églife
pouvoit avoir les fuites les plus fâcheufes; ils
ont infifté fur la néceffité de murer les caveaux,
& de prendre les plus grandes précautions pour
empêcher que dans la démolition on n'enfonce

quelques-uns des pavés qui les recouvrent.

D'après cet avis le conseil de la religion à Malthe a proposé plusieurs questions, que M. l'ambassadeur a été chargé de communiquer à la société royale de médecine, ainsi qu'aux facultés de médecine de Paris & de Montpellier. Celles-ci ne se font pas encore expliquées; mais la première, dans la séance du 5 décembre, a donné sa réponse, dont il résulte :

1°. Que l'on a pris un parti très-prudent en défendant d'ouvrir & faisant murer les caveaux de l'église de Saint Dominique, à raison des dangereux effets des fouilles & des exhumations précipitées, prouvés par une multitude d'accides & d'observations.

2°. Qu'il faut encore laisser écouler un quart de siecle avant de fouiller le terrein où font les caveaux; ensorte qu'il y aura environ 128 à 129 ans, depuis la peste de 1676.

3°. Qu'il ne faudra pas même alors ouvrir ces caveaux fans les plus grandes précautions que la société indique; fages & favans procédés qui peuvent fervir de regles dans tous les cas femblables.

4°. Enfin qu'on ne fauroit, en général, trop éloigner les tombeaux des églifes & des villes; précaution fuggérée par toutes les lumieres de la raifon, fondée fur les autorités les plus refpectables, fur les exemples les plus funeftes, & qu'il eft à fouhaiter qu'un abus aufli dangereux, repugnant même à la dignité & à la pureté de nos temples, foit détruit entiérement & à jamais.

22 *Janvier* 1781. On affure que M. le comte de Treffan a effectivement écrit une lettre à

l'académie françaile, pour demander que fa réception n'eût pas lieu le même jour que celle de M. le Miere, ou du moins pour avoir une tribune particuliere, afin que Madame la Comteffe de Treffan & fa compagnie ne fuffent pas confondues avec la femme de fon confrere & fa fociété.

On ajoute que M. d'Alembert lui a répondu au nom de la Compagnie, qu'elle n'admettoit aucune diftinction de rang & que fa délicateffe étoit très-mal placée; que M. le prince de Beauveau n'avoit pas répugné à être reçu avec M. Gaillard & que Madame la princeffe de Beauveau s'étoit fait un devoir de faire les honneurs de la loge à la fœur de M. Gaillard.

Madame la Comteffe de Treffan, au furplus, pouvoit avoir un motif d'amour-propre mieux fondé; c'eft qu'étant vieille & laide, & Madame le Miere jeune & jolie, celle-ci n'attirât tous les regards & les hommages des fpectateurs.

23 *Janvier.* L'opéra a donné aujourd'hui la repréfentation de l'*Iphigénie en Tauride* de M. Piccini, en quatre actes. M. Dubreuil, l'auteur du poëme, a fuivi, comme fon prédéceffeur, le plan de Guimon de la Touche, & ne pouvoit mieux faire en effet. Cependant les deux imitateurs different dans des points effentiels.

Thoas, dans la piece de M. Gaillard, n'eft qu'un tyran fuperftitieux : dans celle de M. Dubreuil, il eft amoureux d'*Iphigénie.* L'un commence par le naufrage d'*Orefte* & de *Pylade*; l'autre employe fon premier acte aux préparatifs de l'hymen de *Thoas* & d'*Iphigénie.* Le premier fait arriver devant le tyran *Orefte*

& *Pylade* enchaînés : le fecond offre le naufrage même & *Thoas* vient les chercher pour
qu'on les enchaine. *Iphigénie* ne voit dans le
fonge, de M. Gaillard, rien que de finiftre ; elle
envifage dans celui de M. Dubreuil, le terme
de fes malheurs. Là, cette princeffe émue de
pitié & defirant donner de fes nouvelles à fa fœur
Electre, trompe le tyran & veut fauver *Orefte* ;
ici elle demande au tyran fon amant, la grace
de l'un des deux prifonniers & l'obtient. Enfin
M. Gaillard place la reconnoiffance au moment
où la prêtreffe, armée du fer facré, eft prête à
percer la victime : le nouvel auteur donne à
Iphigénie le defir de favoir le nom & le rang de
la victime ; elle apprend, dans fon dialogue
avec lui, qu'il eft fon frere.

Il paroît, au furplus, que M. Dubreuil fe conformant au génie de fon muficien, a cherché
tout ce qui pouvoit le faire briller & fournir
plus de moyens à fon talent. M. Piccini ayant
la touche moins forte que le Chevalier Gluck,
étant plus propre à exprimer le tendre & le gracieux, le poëte a plus varié fon fujet & fans le
défigurer y a introduit tout ce qu'il a pu d'analogue à ces deux genres de mufique ; en quoi
fans doute, M. Piccini a parfaitement réuffi : il
y a auffi dans fa compofition des morceaux fublimes & auxquels on ne fe feroit pas attendu
de fa part.

24 *Janvier* 1781. *Le Seigneur bienfaifant*,
comme tous les bons ouvrages, eft mieux goûté
à mefure qu'on le joue. Ce qui prouve combien
le public eft aifé à entraîner par la cabale des
jaloux, & combien il revient facilement lorfqu'on fait céder à propos ; c'eft que la même

ariette de bravoure chantée par le Sieur Laïs, qui aux répétitions avoit eu le plus grand succès, tellement huée ensuite à la premiere représentation que les auteurs avoient pris le parti de la retirer, a reparu il y a environ quinze jours & a produit le même plaisir que ci-devant.

25 *Janvier.* L'intrigue de l'*Amour conjugal*, ou l'*heureuse crédulité*, piece nouvelle en un acte, jouée avant-hier sur le théâtre de la comédie italienne, est fondée sur l'effronterie & l'adresse d'un valet qui, pour servir les feux de son maître, se joue de la crédulité des deux honnêtes époux. La rapidité du dialogue & des situations d'un bon comique, ont fait applaudir plusieurs scenes de cette piece, qui auroit eu un plein succès, si l'on n'avoit pas trouvé le dénouement un peu trop brusque. La jeunesse de l'auteur & ses talens déjà connus par la comédie des *deux Oncles*, doivent faire excuser ce défaut, qu'il lui sera peut-être aisé de réparer.

26 *Janvier.* L'assemblée publique de l'Académie Françoise pour la réception de M. le Miere & du Comte de Treslan, a eu lieu hier avec une affluence de femmes plus considérable encore que ce qu'on avoit vu. L'empressement n'a pas été moins grand de s'y rendre de bonne heure & Madame la Duchesse de Chartres s'y est trouvée en place à deux heures & demie. Les académiciens, au coin du feu dans leur salle d'assemblée, ont laissé son Altesse se morfondre impitoyablement. Au surplus, elle ne sembloit pas s'ennuyer. Des virtuoses plus zélées encore que les autres, malgré leur diligence,

n'ayant pas trouvé à s'affeoir, font restées debout.

Le difcours de M. le Miere, du moins fon début, s'eft trouvé neuf par la fierté rare qu'il y a montré : au lieu de fe profterner aux genoux de l'académie, à l'exemple de fes dévanciers, il a prétendu que cette modeftie déplacée dégradoit également & le récipiendaire & les juges : il s'eft rendu le noble témoignage de n'avoir brigué fa place que par fes travaux & fes fuccès ; il a reproché indirectement à fes confreres nouveaux de l'avoir fait attendre fi long-tems, comme s'ils ne le vouluffent couronner qu'au bout de fa carriere ; ce qui, fuivant lui, devroit être l'objet de l'inftitution de fa compagnie. Ce début, dans lequel certaines gens ont trouvé trop de morgue, a eu en général les fuffrages de tous les hommes de lettres, capables de fentir la dignité de leur être, malheureufement M. le Miere ne s'eft pas foutenu fur le même ton & a fini par fe rendre long & ennuyeux.

M. le Comte de Treffan a affecté de mettre dans fon difcours la naïveté & la loyauté de nos anciens chevaliers. Mais on n'y a plus trouvé que les efforts languiffans d'un vieux paladin.

L'abbé de Lille, le directeur, dans fes deux réponfes a fort amufé l'affemblée ; on a cru voir revivre en lui l'abbé de Voifenon, fi fécond en faillies gaies & fpirituelles : il faut convenir cependant que le premier a un ftyle plus noble, plus ferme, & n'eft point affecté & maniéré, comme fon dévancier.

M. le Miere a rempli le refte de la féance par quelques fcenes de fa tragédie de *Barnc-*

velt, qu'il prépare. Malgré le commentaire dont il a précédé cette lecture, il n'a pas eu l'art d'intéresser le spectateur ; & sa versification dure n'a pas flatté.

Le directeur a fini la séance plus heureusement, & le chant de son poëme sur *l'art d'orner les jardins*, a prouvé que le public n'étoit rien moins que dégoûté de la poésie, quand elle est bonne & que l'harmonie est jointe à la richesse des images & à la vérité des idées. Tous ses vers ont été sentis & applaudis avec transport.

26 *Janvier* 1781. Il y avoit à Paris depuis onze ans un concert établi sous le nom du *Concert des amateurs* ; il se tenoit à l'hôtel de Soubize & après le concert spirituel étoit sans doute le plus brillant spectacle harmonique de l'Europe. Depuis long-tems on attendoit l'ouverture de la session, cette année devant avoir douze représentations, comme les précédentes. On avoit même annoncé des virtuoses nouveaux, entr'autres Madame Scemann, née Cesari, Cantatrice déjà célebre dans plusieurs Cours étrangeres ; on avoit donné pour raison du retard l'indisposition de plusieurs sujets, dont les talens devoient y être employés. Enfin on déclare aujourd'hui que ce concert n'aura pas lieu du tout : on parle même de la dissolution de la société musicale qui l'a fondée. Ces messieurs n'en donnent pas la raison véritable, qu'on croit être le dérangement dans la fortune de M. Audry, fermier général, l'un de leurs plus puissans soutiens : ils disent qu'ils ne se déterminent à abandonner leur établissement, que parce qu'ils craignent de ne pouvoir faire en-

tendre dans ce moment des concerts auffi brillans & auffi variés que ceux qu'ils ont exécutés jufqu'à préfent.

Quoi qu'il en foit, les enthoufiaftes de la mufique ne peuvent que regretter ce Concert qui avoit amené le goût de la mufique italienne, où exécutée par fragmens détachés & choifis, elle avoit produit le plus grand effet. C'étoit une école où s'étoit formée une foule d'amateurs, qui à la longue avoient beaucoup contribué à la révolution de notre mufique.

26 Janvier 1781. Extrait d'une lettre de Bordeaux du 22 Janvier 1781. ,, Il court ici plufieurs pamphlets imprimés fur les diffentions du parlement; entr'autres *lettre à M. Linguet, en réponfe à l'article inféré dans fes annales, concernant les difficultés élevées dans le Parlement de Bordeaux.* Cette lettre, datée du 16 décembre 1780, eft fort gauche, en ce qu'elle eft adreffée à un homme qui certainement ne pouvoit pas la recevoir, étant à la Baftille depuis près de trois mois, & d'ailleurs au moment où toutes les nouvelles qu'il pouvoit donner de lui étoient interceptées, où même il couroit un bruit de fa mort. Je ne l'ai pas encore lue; mais elle intrigue fingulierement nos magiftrats, qui fe difpofent à févir contre; ce qui la rendra plus rare encore ".

27 Janvier M. François de Neuf-Château a eu l'honneur d'être dernierement admis chez M. le Prince de Condé, pour lire un chant de fon poëme du *Roland* de l'Ariofte en vers. On obferve à cette occafion que les gens de lettres ne rendent pas affez d'hommage à ce prince, qui les aime & toutes les femaines en admet quelques-uns à fa table. Ceux qui ont l'honneur d'approcher de fon Alteffe & de converfer avec elle, affurent qu'elle eft très-inftruite, qu'elle daigne même prendre quelquefois la plume & compofer. Ce prince a travaillé principalement fur le Grand Condé, digne de lui fervir de modele & d'en être célebre. Mais fa modeftie l'empêche de rien communiquer de fes ouvrages.

27 *Janvier* 1781. Les comédiens Italiens annoncent encore une nouveauté pour lundi ; c'eft la *Mélomanie*, comédie nouvelle en un acte, mélé d'ariettes, mufique de M. Champein. On a peu d'efpérance du poëme, dont le titre feul annonce un fujet trivial & rebattu cent fois ; mais on efpere davantage du fecond auteur.

28 *Janvier*. Il paroît une nouvelle brochure fur la querelle qui fubfifte depuis long-tems entre la faculté de médecine & la fociété royale. Comme elle eft fort fage, fort honnête, fon auteur ne fe cache pas abfolument. Elle eft d'un jeune docteur nommé Hallot. Ses amis craignent cependant que cet aveu ne lui caufe du chagrin ; ils voudroient qu'il gardât l'incognito ; mais fon zele bouillant l'emporte.

28 *Janvier*. On eft fort furpris de la lenteur avec laquelle on procede à la publication du *profpectus* de l'édition nouvelle des Œuvres de Voltaire, annoncée depuis fi long-tems. On le promet enfin : quelques amateurs l'ont lu : en attendant qu'il foit pleinement répandu, on voit un *avis* imprimé aux perfonnes qui ont des écrits particuliers, des pieces fugitives ou des lettres de Voltaires, par lequel on les invite à les communiquer & à donner tous les renfeignemens dont on auroit befoin. On déclare

en même-temps à ceux dont on a trouvé dans les manufcrits de ce grand homme des miffives qu'il fe plaifoit à conferver, qu'on eft difpofé à les leur rendre & à n'en faire du moins aucun ufage contraire à leur volonté.

Il paroît que ce qui a retardé fi longtems l'opération, c'eft qu'il ne reftoit en Angleterre qu'un feul ouvrier de Baskerville en état de graver les accens françois, qui manquoient à fa fonderie. Ces accens font gravés maintenant ; les matrices viennent d'en être frappées & la Franche eft enfin enrichie des types les plus parfaits de l'Europe.

29 *Janvier* 1781. Il court dans les provinces dés bulletins manufcrits de Nouvelles fi parti-culieres & fi contraires, dit-on, au refpect dû aux perfonnes de la famille Royale, que M. le Lieutenant Général de Police eft chargé de remonter à la fource & qu'on vient d'arrêter M. Boyer, connu pour auteur de Nouvelles à la main, puifqu'il a été longtems le correfpon-dant du *Courier de l'Europe*. On le dit à la Baftille. On parle auffi d'autres perfonnes arrê-tées dans des cafés.

29 *Janvier* 1781. Les connoiffeurs en chef-d'œuvres typographiques favent que l'art de l'imprimerie & furtout l'art de la gravure des types ou poinçons, ont été portés au plus haut dégré de perfection poffible par le célèbre Baskerville. Une fociété de gens de lettres & de riches amateurs de beaux arts a fait l'acqui-fition de ces types. Elle a acquis fon art de liffer le papier, le fecret de fon encre & de fes autres principes & procédés relatifs à la fon-derie, à la papeterie & à l'imprimerie.

Cette fociété fe propofe de faire l'emploi de cette acquifition importante aux éditions des fameux Auteurs de plufieurs nations : devenue propriétaire exclufive de tous les manufcrits de Voltaire, par la ceffion que Madame Denis , niece de l'auteur , & le fieur Panckoucke , le premier acquéreur, lui en ont faite, elle doit commencer par imprimer les Oeuvres de ce grand homme. Elle a choifi pour fon corref- pondant général le fieur Caron de Beaumarchais, & s'eft enfin entre fes mains que va s'ouvrir la foufcription.

Il y aura deux fortes d'Editions de Voltaire. L'une en 60 volumes in-8°, dont 20 nouveaux ; l'autre en 40 volumes in-4° : le tout prêt à être porté à la fois à l'adreffe des foufcripteurs à la fin de 1782.

La nouvelle Edition fera compofée des Oeu- vres connues , corrigées par l'auteur, accom- pagnées de variantes , notes & fragmens prin- cipaux tirés de fes porte-feuilles ; de fa vie , avec les anecdotes qui y ont rapport ; de fes œuvres pofthumes ; d'un choix de fes lettres , avec des notes hiftoriques ; & d'une table rai- fonnée des matieres.

Le prix de l'in-8°. fera de quinze louis ; de l'in-4°. de vingt-cinq louis. Tel eft le precis du *Profpectus* , fuivant que l'annoncent ceux qui l'ont dejà parcouru.

30 *Janvier* 1781. Un enthoufiafme, fou de mufique , grand partifant de la *Période*, & qui prétend qu'on ne doit *parler qu'en chantant* , eût réfolu de donner fa fille à un fameux com- pofiteur Italien, M. *Fugantini* ; mais la jeune perfonne a fait un choix tout différent. Son

amant, aidé par un valet adroit, vient à bout
de tromper le vieillard, en se faiffant paffer
pour un des premiers virtuofes d'Italie. Tel eft
le fujet de la *Mélomanie*, qu'on a donné hier,
& qui a eu du fuccès à raifon de la mufique
variée, fraîche, fouvent riche & faifant honneur au jeune compofiteur. Il eft à fouhaiter
feulement qu'il foit plus févere déformais dans
le choix des paroles, fur lefquelles il voudra
travailler.

30 *Janvier* 1781. Il paroît des lettres patentes,
données au mois de novembre 1780 & régiftrées en Parlement, le 16 janvier de cette
année, portant établiffement d'un nouveau
marché rue de Beaune, à l'hôtel qui fervoit de
logement à la première compagnie des Mouf-
quetaires de la garde du Roi, fous le nom de
Marché de Boulainvilliers. Ainfi ce nom, fi
baffoué il y a quelques années, va figurer parmi
les noms patriotiques. C'eft d'autant plus gratuitement que M. de Boulainvilliers a fait en
cette circonftance une entreprife très-lucrative,
ainfi que toutes celles qu'il forme.

30 *Janvier*. Il paroît un Arrêt du confeil
lu 14 de ce mois, concernant les Domaines
engagés, compofé de quinze articles, dont les
difpofitions font préfentées en fubftance dans
cette phrafe. „ Sa Majefté renonçant à priver
, aucun de fes fujets, des domaines dont ils fon
, en poffeffion, a cru devoir fe borner à exiger
, d'eux une redevance annuelle, qui, en
, affurant leur jouiffance, établiffe une pro-
, portion plus égale entre les finances & les
, produits des engagemens. ".
Le préambule de cette loi, fuivant l'ufage

de M. Neker, eft fort long & rempli de *Pathos*. Malgré toutes ces belles phrafes, ceux qui con- noiffent la Cour & le Miniftere, appellent cela *de la graine de niais* ; mais ils fe doutent fort que la loi ne fera jamais exécutée, furtout envers les grands feigneurs. L'affectation de l'auteur d'affurer le contraire, d'affurer que cette opération d'ordre public ne fera point arbi- traire, qu'on ne fe contentera pas de pourfui- vre au nom du Roi des Engagiftes obfcurs & fans crédit, confirme encore mieux leur idée à cet égard. Au refte, on doit s'attendre à voir ouvrir inceffamment un emprunt, dont ces mor- ceaux d'éloquence font toujours précurfeurs.

31 *Janvier* 1781. L'Enigme fuivante, affez bien faite, manufcrite encore, originale, mérite à ces différens titres de trouver place ici. Elle eft de M. le chevalier de Montelet.

Aux gens de robe, aux gens d'églife
Je fers affez communément.
Ma taille eft mince, affez bien prife,
Et très-légere affurément.
Sans être ennemi de la joye,
Prends bien garde, mon cher Lecteur,
Qu'à ma fuite l'on ne la voye,
Ce feroit figne de malheur (*).

31 *Janvier*. Enfin, le fameux Profpectus paroît, fous le titre d'*Edition des Oeuvres de M. de Voltaire, avec les Caractères de Basker- ville*. C'eft un volume entier fort bavard, fort obfcur, comme tout ce qui fort de la plume

---

(*) Le mot eft *Rabat-joie*.

du

du fieur de Beaumarchais. On y trouve un *Avis*
préliminaire, un *Avertiffement des Rédacteurs*,
un *Avertiffement des Éditeurs*, un *Projet de*
Loterie.

L'*Avis préliminaire* n'eft qu'une répétition
de ce qui a été dit fur la naiffance de la Société
Littéraire typographique , fur fon objet, fur
fes acquifitions & fur la maniere dont elle fe
propofe de les employer.

Dans l'*Avertiffement des Rédacteurs*, ceux-ci
cherchent à exciter la curiofité & le concours
des amateurs, en leur annonçant toutes les
richeffes littéraires nouvelles dont ils auront la
jouiffance. Ils affurent que les porte - feuilles
du défunt contiennent des fragmens précieux
de fes œuvres anciennes, des morceaux deftinés à de nouvelles compofitions , & des ouvrages entierement achevés qu'il différoit encore
de livrer au public. Voltaire a laiffé trente-un
volumes de fes Oeuvres corrigés en entier de fa
main fur la derniere édition , avec des notes :
c'eft de tout cela qu'il réfultera une maffe de
foixante volumes in-8°.

Les Editeurs, dans leur *Avertiffement* , nous
apprennent, qu'ils ont déjà avance des fommes
énormes, dont 100,000 livres pour l'acquifition des types inimitables de Baskerville , &
300,000 livres pour les manufcrits cédés par
le ceffionnaire de Madame Denis. Ils donnent
enfuite des modeles du papier, du caractere &
du format de l'édition in-8°. & ces modeles ne
font rien moins que féduifans : ils font fi pâles ,
qu'ils ont l'air d'efquiffe & fatiguent fingulierement la vue.

La foufcription entiere fera de 5000 exem-

Tome XVII.   C

plaires pour les deux éditions, favoir 4000 de l'in-8°. & 1000 de l'in-4°. ; ce qui doit rendre plus de deux millions, dont plus de la moitié de gain.

C'eft fur ce million de bénéfice que, pour exciter la cupidité des joueurs, autant que la curiofité des gens de lettres, le fieur de Beaumarchais a imaginé de confacrer 200,000 livres employées à une Loterie au profit des foufcripteurs. De-là un détail très-verbeux, intitulé : *Motifs & Plan de la répartition des* 200,000 l. Nous n'entreprendrons point d'expliquer cette loterie, où les plus habiles calculateurs ne comprenent rien; il faut attendre que fon inventeur, le fieur de Beaumarchais, fourniffe les explications qu'on lui demandera.

1 *Février* 1781. Monfieur le Marquis de Paulmy eft un grand Seigneur qui a une des plus fuperbes bibliotheques que puiffe poffëder un particulier, & qui aime les lettres & les cultive. Il eft actuellement occupé, outre la Bibliotheque des Romans, dont il a imaginé le plan & l'exécution, de donner fous le titre de *Mélanges tirés d'une grande Bibliotheque*, tout ce que la fienne peut fournir de plus curieux. Dans le nombre eft une *Vie privée des François*, dont le précis occupe un volume entier. Un M. le Grand publie aujourd'hui le Profpectus du même ouvrage plus étendu. M. de Paulmy réclame contre l'ingratitude de cet auteur, qui, enrichi de fes dépouilles, des inftructions qu'il lui a données, voudroit s'attribuer fon travail.

M. le Grand fe défend à fon tour, & veut conftituer juges du différend les Académies

Françoiſes & des Belles Lettres, dont M. le Marquis de Paulmy eſt membre. Il a préſenté à cette occaſion une requête à la derniere, mardi 30 de janvier, & une autre à la premiere aujourd'hui 1 février. Il faut attendre ce que ces compagnies décideront, ſi elles veulent s'en mêler.

En général, M. de Paulmy n'a pas à ſe louer des gens de Lettres : il s'eſt déja plaint que M. de Baſtide, qu'il avoit mis à la tête de la Bibliotheque des Romans, l'avoit payé d'ingratitude & avoit abuſé de ſa facilité à ſon égard, en le compromettant vis-à-vis des créanciers qu'a M. de Baſtide, au point qu'il a été obligé de lui fermer ſa Bibliotheque.

1 *Février* 1781. Extrait d'une Lettre de Saint Jean d'Angely. „ Nous venons de perdre Dom Fonteneau, religieux Bénédictin de la Congrégation de Saint Maur. Il avoit entrepris en 1741, conjointement avec Dom Joſeph Marie Boudet, non-ſeulement l'*Hiſtoire du Poitou*, mais encore celle de *toute l'Aquitaine* : la mort ayant enlevé ſon compagnon en 1743, il ne perdit pas courage, il s'appliqua, ſans relâche à la recherche des Diplômes, Chartes, Actes & autres monumens relatifs à ſon travail. — Ces matériaux ramaſſés pendant vingt-ſept ans, formerent une collection très-nombreuſe ; il eſt fâcheux qu'il n'ait pu lui-même mettre en œuvre un tréſor Littéraire ſi précieux : on ne doute pas que la Congrégation ne charge quelqu'un de ſes membres de rédiger cet ouvrage & de le publier. "

2 *Février.* On parle beaucoup d'un fameux ſuicide d'un ſieur Bronod, Notaire, qui s'eſt

coupé le cou. On ne doute pas que son dérangement n'en soit cause; ce qui est d'autant plus étonnant, qu'il étoit le plus riche de ses confreres & par son patrimoine & par ses pratiques & par les grandes affaires qu'il faisoit. Il étoit le notaire du clergé; emploi qui seul auroit suffi pour faire la fortune d'un autre.

2 *Février* 1781. Le Sieur Boyer est sorti de la Bastille; il n'y a été que 8 jours. Il attribue sa détention à l'abbé Aubert, dont il avoit été le coopérateur pour les petites affiches : il prétend que cet abbé l'avoit calomnié auprès du gouvernement, qui a reconnu son innocence.

3 *Février*. Le parti des Gluckistes a été fort humilié hier au concert spirituel, à l'occasion de M. Piccini. On sait avec quelle fureur il se déchaîne aujourd'hui contre l'*Iphigénie* de ce compositeur. On y a exécuté un motet de lui, où l'on a reconnu la touche fraîche & légere & la mélodie pure qui caractérisent les ouvrages de ce grand musicien : bravant la rage de ses ennemis, il s'est présenté en personne pour faire exécuter son motet & il a été reçu avec des applaudissemens généraux, qui ont fait taire les sifflets de l'envie.

Madame Cezari, venue pour le concert des amateurs & n'ayant pu y briller par la dissolution de cette assemblée, a chanté au Concert spirituel hier & a reçu les suffrages de tous les connoisseurs : cependant on a jugé que son organe étoit plus propre pour la société que pour le théâtre.

Les Gluckistes sont réduits à dire aujourd'hui qu'il faut faire une distinction entre la musique du théâtre & celle des concerts. Ils ne trouvent point M. Piccini propre à exciter les émotions, les mouvemens de l'ame par l'expreffion vraie des paffions; mais lui accordent le talent de charmer l'oreille, foit par le luxe de fa compofition, foit par la perfection de l'exécution.

3 *Février* 1781. Il fe répand une aventure fi publique qu'elle fait l'entretien de tout Paris. On raconte que M. de Cavanac, le mari de Mlle. de Romans, mauvais fujet, joueur, abufant des bontés de fa femme au point de la ruiner, avoit obligé celle-ci de fe refferrer & de lui refufer de l'argent; qu'outré de ne pouvoir plus fatisfaire fa paffion pour le jeu, il avoit réfolu de faire un efclandre. Madame de Cavanac, à raifon de fon fils l'abbé de Bourbon, eft dans le cas de voir beaucoup de prélats & de membres du clergé de toute efpece. Un abbé de Boifgelin, Grand-vicaire d'Aix, Agent général du clergé, beau brun & fuperbe cavalier, faifoit fa cour à cette dame. Un foir qu'après avoir foupé feul avec elle, il étoit retiré dans la chambre de madame de Cavanac: le mari affecte de rentrer brufquement, de vouloir entrer chez fa femme & trouvant quelque réfiftance à la porte, il fait grand bruit, il l'enfonce avant qu'on l'ouvre; il apoftrophe durement madame de Cavanac & l'abbé: dans fa rage, il paroît en vouloir à celui-ci & le frapper: l'abbé fort & vigoureux le prévient & de la pelle du feu le marque au front. Madame de Cavanac ouvre fa fenêtre, appelle la garde; ce dont il réfulte un fcandale effroyable. La garde & le commiffaire arrivent; on verbalife. Le lendemain le miniftere en eft inftruit. M. de Maurepas mande l'abbé de Boifgelin & le reprimande fur ce qu'il

fe trouve à pareille heure tête à tête avec une jolie femme. Il s'excufe, il dit qu'il ne croyoit pouvoir mieux faire que de fuivre l'exemple de tel & tel prélat qu'il nomme. ,, Point du tout " lui obferve le miniftre plaifant : ,, attendez que vous foyez évêque ". La chofe en eft reftée-là & l'on ne fait encore quelle fuite elle aura ".

4 *Février* 1781. Une *Lettre de M. le cheva-lier de *** à Me. Treilbard, avocat*, a fait grand bruit au palais. On en pourra juger par le requifitoire de M. Seguier, qui s'exprime ainfi.

,, Cette ouvrage anonyme ne préfente qu'un tiffu d'injures aufli groffieres que déplacées, de plaifanteries aufli froides qu'indécentes, d'al-lufions. triviales & de farcafmes mal-honnêtes. L'auteur accoutumé, fans doute, à tremper fa plume dans le fiel de la fatyre, femble avoir pris plaifir à en faire paffer toute l'amertume dans cet écrit. On ne fait ce qui doit étonner le plus, ou de fa méchanceté, ou de fa pru-dence à garder l'anonyme. Il peint fon carac-tere dans fon libelle ; il a pouffé l'audace jufques à faire diftribuer dans toutes les chambres de la cour une de ces productions éphémeres, dont la caufticité publique s'amufe quelques inftans, & qu'elle rejette bientôt avec le mépris qu'elles doivent infpirer. Nous rougiffons d'être en quel-que forte forcés de tirer une feuille aufli mé-prifable des ténebres qui la redemandent. Elle eft plutôt digne de l'animadverfion de la juf-tice. C'eft le fruit de la haine & l'ouvrage de l'envie. Les talens s'honorent, fe refpectent & ne doivent exciter que l'émulation. Les perfon-nalités répandues dans cet imprimé, ne peuvent

affecter une profeffion faite pour s'élever au-
deffus des invectives. Un avocat fe confacre à
la défenfe de fes concitoyens ; un jurifconfulte
ne connoit que la modération & la vérité , &
après qu'il a rempli avec décence les fonctions
que lui impofent l'honnêteté & la nobleffe de
fa profeffion, c'eft aux magiftrats à févir contre ceux qui ofent attaquer fa réputation. C'eft
ainfi que vous avez toujours pris la défenfe
d'un ordre auffi précieux à la fociété que néceffaire à la juftice. Nous lui rendons cet hommage , & notre miniftere, chargé de veiller au
maintien du bon ordre & à la manutention de
la librairie, nous met encore dans la néceffité
de requérir l'exécution des réglemens ". Cependant, cette Lettre n'a été que fupprimée comme
diffamatoire & calomnieufe.

3 *Février* 1781. Les arts ont fait une perte véritable en la perfonne de Mlle. Luzuries. Elle
s'étoit livrée à celui de la peinture & commen-
çoit à y développer des tallens au-deffus de fon
fexe. Elle peignoit très-bien une tête & fupérieurement les vêtemens; elle connoiffoit l'harmonie du tableau & les effets de la lumiere.
Eleve de M. Drouais, elle tenoit à la maniere
de fon maître ; c'eft-à-dire , qu'elle répandoit
trop d'éclat fur le haut de fes têtes, ce qui leur
donnoit le tranfparent du verre ou de l'émail.

Mlle. Luzuries n'étoit point encore en état
de lutter contre Mlle. Vallayer, ni même contre
Madame Filleul plus rapprochée de fon genre ,
encore moins contre madame le Brun, pouf-
fant fon art jufques à la compofition hiftorique
& allégorique ; mais, avec le tems, elle auroit
pu devenir leur émule : malheureufement elle

a été moiſſonnée à la fleur de ſon âge & dans le fort de ſes études.

6 *Février* 1781. Le Sieur Grammont, reçu à la comédie Françoiſe à penſion, a perdu à Rochefort tous ſes effets de théâtre & de ville, conſumés dans un incendie de l'auberge où il étoit. Pour réparer ce malheur autant qu'il eſt en eux, ſes camarades ont arrêté de donner mardi treize une Repréſentation à ſon profit. Ce qu'annonce le Sieur Fleuri, ſemainier, dans une lettre du cinq février, inſérée au *journal de Paris.*

6 *Février* 1781. Ce qu'on avoit prévu eſt arrivé. M. de Laſſone, le premier médecin, ſe trouvant indirectement injurié dans une note de la Lettre du docteur Hallot, a obtenu une lettre de cachet contre lui & il eſt à la Baſtille depuis quelques jours.

M. le Lieutenant de police l'ayant interrogé pour ſavoir de lui quel étoit le nom de l'imprimeur de ſa lettre, il a répondu avec une fierté noble à ce magiſtrat : ,, me prenez-vous, monſieur, pour un ſociétaire " ? M. le Noir penſant trop noblement lui-même pour ne pas ſentir & apprécier cette réponſe, s'eſt trouvé forcé malgré lui d'exécuter ſes ordres. Ils étoient mêmes ſi ſéveres, que ce priſonnier a été d'abord ſans feu ; mais M. le Noir a ſi bien fait qu'on a tempéré cet ordre rigoureux & l'on eſpere que, graces aux bons ſoins de M. le Lieutenant de police, il ſortira bientôt.

5 *Février.* La faculté, ſenſible au malheur d'un de ſes membres, eſt allée en Grand cérémonial à Verſailles demander à M. le garde des Sceaux l'élargiſſemet du docteur Hallot. Le

chef de la juftice leur a répondu que cela ne le regardoit pas. On n'a pas été peu effrayé à la cour de voir tous ces miniftres de la mort, dont le cortege lugubre n'étoit point attendu.

7 *Février* 1781. On parle beaucoup d'une perte énorme, faite au jeu par le fils de M. de la Haye : on la porte à 800, 000 livres. Il étoit tellement ivre que le lendemain il ne s'en fouvenoit pas. On dit que c'eft chez M. de Genlis que c'eft paffé la fcene & que M. de Fenelon eft un des gagnans. On efpere qu'à force de crier contre ces coupes-gorges, le gouvernement remédiera à ce fcandale & fera fermer des lieux où fe paffent de pareilles cataftrophes.

9 *Février* 1781. Le *Procès des trois Rois* commence à percer dans cette capitale. C'eft une brochure écrite d'un ton mauffade & apocalyptique : mais à travers ce galimathias on fent facilement que l'auteur a eu fes raifons pour déguifer ainfi fon ftyle, qui n'eft pas le véritable ; qu'il entend très-bien la langue françoife & ne fe trompe pas fur le choix du mot, toujours employé dans fa véritable acception. Quand au fond des chofes, il faut bien de la patience pour le faifir & le fuivre à travers cette contexture dégoûtante. Il y a fur-tout des calomnies atroces contre la reine ; ce qui doit rendre l'ouvrage déteftable pour tout bon François. On voit en tête une immenfe caricature, où figurent tous les potentats, Souverains, petits princes, miniftres principaux de l'Europe, dont l'explication emblématique mériteroit feule un long commentaire.

10 *Février*. M. Cailhava d'Eftandoux, des ajouté dans la nouvelle édition de fes œuvres, a

réflexions nouvelles à fon *Traité des caufes de la décadence du théâtre.* On y lit celle-ci. Les Italiens fe font noblement chargés de leur en-lever leurs acteurs (aux fpectacles des Boule-vards.) Le crifpin du Bois de Boulogne a dé-buté fur leur théâtre : le fameux Jeannot des *Variétés amufantes* eft paffé à leur théâtre ".

Les comédiens italiens outrés de ce repro-che, qui ne veulent avoir rien de commun avec les fpectacles forains, on écrit au Sieur Panckoucke, le breveté du *Mercure*, où l'on avoit cité cette phrafe, une lettre pour fe juftifier ; il en réfulte.

1°. Que le Sieur Boucher, qui a quitté le Bois de Boulogne pour débuter à la comédie italienne, n'y a paru qu'en vertu d'un ordre fupérieur, follicité par quelques perfonnes puif-fantes.

2°. Que le Sieur Volange y a débuté en vertu d'un pareil ordre ; que l'intention des comé-diens italiens n'a jamais été de le conferver & qu'après fept mois de féjour parmi eux, le Rofcius des remparts s'étant convaincu de fon peu d'aptitude à ce théâtre, ils fe font em-preffés de folliciter fon ordre de retraite.

3°. Que M. Cailhava, enfin a contribué plus qu'eux au début de Jeannot, puifque de con-cert avec M. d'Hele il s'étoit donné la peine de rédiger pour lui *les trois freres jumeaux Vénitiens*, comédie de Colato, dans laquelle Volange avoit defiré faire fa première appa-rition.

11 *Février* 1781. M. d'Argens, Agent de la ville d'Amiens & vice-conful d'Efpagne, a été arrêté ces jours-ci comme auteur des faux bil-

lets de la Loterie royale & conduit à la Baſtille, ainſi que le Sieur Defaint, l'imprimeur,
qui les avoit imprimés. C'eſt un jeune homme
fort bien né, d'une belle figure & l'amant
de la Dlle. Colombe. Il paroît que le deſir de
ſatisfaire au luxe de cette actrice l'a conduit
à cette friponnerie. Celle-ci, au reſte, en eſt
vivement affectée & a obtenu de ſes ſupérieurs
la permiſſion de s'abſtenir de jouer dans les premiers tems de ſa douleur : mais tout conſidéré,
pour éviter qu'on ne la ſoupçonnât complice
du crime, on lui a conſeillé de ſe vaincre & d'affecter, au contraire, de ſe montrer davantage.

11 *Février* 1781. Les deux Académies dont
M. le Marquis de Paulmy eſt membre, n'ont
fait aucun cas des requétes de M. le Grand
contre lui, & ont même cru inutile de recevoir les originaux des preuves inconteſtables de
ſa propriété & du mauvais procédé de cet auteur, que M. de Paulmy vouloit mettre ſous
les yeux de ces compagnies. Du moins c'eſt
ce que ce Seigneur annonce. On trouve qu'il
met trop de chaleur & d'amour-propre dans une
pareille querelle, qu'il devoit s'élever au-deſſus
& mépriſer ſon adverſaire ; ce qui auroit été
plus noble de ſa part.

12 *Février*. M. Mercier, dont les Drames
ſont joués en province avec beaucoup de ſuccès, mais qui, depuis ſes conteſtations avec les
comédiens François, a lieu de déſeſpérer de
paroître jamais ſur leur ſcene, ſe trouve obligé
de ſe vouer abſolument aux Italiens ; malgré
le peu d'aptitude de ceux-ci à repréſenter des
pieces auſſi graves, auſſi ſérieuſes, il oſe leur
confier ſon *Jenneval*, en cinq actes & en proſe.

On fait que ce fujet, d'une touche très-fom-
bre, très-noire, très-atroce même, n'eft autre
chofe que le *Barnevelt Anglois*, imprimé depuis longtems. Les troupes de province s'en
étoient emparées. Nous allons voir quel effet il
produira dans la capitale. C'eft demain que les
Italiens en donnent la premiere repréfentation.

13 *Février* 1781. Le Parlement avoit mandé
au commencement de ce mois les Gens du Roi
du Châtelet, & leur avoit ordonné de faire
des recherches fur les différentes Banqueroutes
qu'il y a eu à Paris depuis cinq à fix mois,
ainfi que fur les fuites qu'elles ont entraînées.
Il leur avoit été enjoint en même tems, de
faire promptement leur rapport à la Cour, pour
être ftatué par elle ce qu'il appartiendroit. Il
étoit également queftion des fuicides, on vouloit remettre en vigueur le fupplice ordonné
par les loix en pareil cas. On pouffoit les recherches jufques à vouloir faire exhumer le
Notaire Bornod. Les Gens du Roi s'étoient,
en conféquence, rendus le neuf au Parlement.
Il paroit que tout ce bruit-là fe réduira à faire
un réglement contre les jeux: c'eft ce dont doit
s'occuper aujourd'hui cette Cour, où les Pairs
fe font rendus d'office & où M le Lieutenant
général de Police doit fe trouver.

13 *Février* 1781. Il paroît conftant que M.
Haudry de Souci, Fermier général, fait une banqueroute décidée. Mlle. la Guerre n'y a pas
peu contribué & n'a pas pris cet amant en traî-
tre. Elle lui a déclaré qu'elle ne lui donnoit
pas plus de deux ans; elle lui a dit que l'exemple du Duc de Bouillon devoit l'inftruire. Il
n'a pas voulu en profiter; elle a travaillé en

conféquence & quand il n'a plus eu rien à lui donner, elle l'a mis à la porte.

14 *Février* 1781. Il y a eu effectivement hier à l'affemblée des chambres une dénonciation des maifons de jeu publiques : M. le Lieutenant général de Police a lu un mémoire extrêmement bien fait fur ce fujet, dont il a réfulté que, malgré le bénéfice confidérable qui en provenoit pour fon département, malgré les œuvres de bienfaifance auxquelles il appliquoit cet argent, il ne pouvoit difconvenir que cette tolérance ne produifoit infiniment plus de mal que de bien.

La matiere étant trop importante pour ne pas mériter la plus férieufe attention, étant d'ailleurs fort délicate relativement aux perfonnes en place, chez lefquelles fe tiennent de ces fortes de jeux, & même pouvant compromettre les Miniftres étrangers, étant effentiel de faire un réglement folide que perfonne n'ofât enfreindre, on a arrêté que les Princes & Pairs feroient invités de venir prendre leur place au Parlement le mardi 20 ; que M. le Lieutenant de Police y recommenceroit la lecture de fon mémoire & les Gens du Roi donneroient leurs conclufions, &c.

14 *Février* 1781. La piece de *Jenneval*, ou *le Barnevelt François*, n'a point réuffi généralement à la premiere repréfentation ; il s'en faut de beaucoup auffi qu'elle ait généralement déplu. On peut dire que la piece eft arrivée à la fin au milieu des huées & des plus grands applaudiffemens. Une partie du public s'écrioit : *c'eft horrible* ; une autre : *voilà qui eft beau, parfait, fublime.* Les uns difoient : *quelle fuberbe*

leçon de morale on peut puiser ici ! Les autres :
quel tableau affligeant pour l'humanité ! Ja-
mais il n'auroit dû paroître aux yeux du pu-
blic François ! Dans ce conflit d'opinions il
faut attendre la seconde représentation & peut-
être les suivantes, pour juger quel parti l'emportera.

15 *Février* 1781. Une jeune & jolie personne attachée à la cour, ayant éprouvé un de
ces accidens, suite fréquente d'une passion trop
aveugle ; on a fait la chanson suivante d'un
genre neuf & qui mérite place ici à raison de
l'anecdote : on la trouve digne du Chevalier
de Boufiers.

I.

J'allai chez Life hier au soir,
   Et quoique charmante,
On pouvoit l'appercevoir
   Triste & l'anguissante.
Vous croyez qu'avec Licas
Ce sont de nouveaux débats,
Non, non, vous ne savez pas
   Ce qui la tourmente.

2.

Dans un bosquet, l'autre jour,
   La jeune innocente
A cueilli des fleurs d'amour,
   Mais trop imprudente
Elle tremble d'avoir pris
Avec les fleurs quelques fruits,
Et voilà, mes chers amis,
   Ce qui la tourmente.

3.

Déjà Phœbé dans son cours
   Lui paroît plus lente :

Un courier depuis trois jours
  Trompe fon attente.
Mais chacun peu confterné
De fon fort infortuné,
Lui voudroit avoir donné
  Ce qui la tourmente.

15 *Février*. Quelques perfonnes s'étant plaintes au fieur de Beaumarchais qu'elles n'enten-
doient rien au grimoire de fa Loterie, il a voulu
en donner un explication dans le *Journal de
Paris*. Ce commentaire, auffi obfcur que le
texte, ne fait pas fortune & il y a apparence
qu'il trouvera peu de dupes. On dit que les
foufcriptions n'arrivent pas en affluence, comme
il l'efpéroit, & l'entreprife exigeant de gros
fonds d'avance pour commencer, on ne s'y
doit livrer que lorfque la foufcription fera complette à peu près.

16 *Février*. Extrait d'une lettre de Vienne
du 1er. février. ,, On fait que l'Empereur avoit
defiré que le Pape rendit à fon augufte mere
des honneurs particuliers : il eft d'ufage qu'on
célebre dans la capitale du Monde Chrétien
un fervice pour les Impératrices. Celle-ci étant
d'un ordre fupérieur & ayant gouverné long-
tems feule & avec des qualités peu communes,
le Prince fon fils avoit lieu de s'attendre à une
exception : mais la Cour de Rome très-ftricte
fur l'étiquette n'a pas voulu innover en rien.
Sa Majefté Impériale piquée a réfolu d'apprendre à l'Evêque de Rome ce que c'étoit que de
manquer à un Souverain comme lui. Il eft queftion de deux Ordonnances qu'il doit rendre :
l'une, pour empêcher qu'aucun Ordre Reli-

gieux de fes vaftes Etats ait un Général hors
de fes Etats : l'autre, pour qu'aucun Refcrit
de Rome n'y foit exécuté fans fon ordre ; ce
qu'on appelle l'*Exequateur.*

17 *Février* 1781. On parle beaucoup d'une
lettre de M. le Comte d'Artois à M. le Noir.

On avoit fait courir le bruit qu'une maifon
nouvellement conftruite fur le Boulevard & où
ce Prince a choifi fon jeu de peaume , alloit
être établie en maifon de jeu. S. A. Royale
dément cette rumeur & déclare au Magiftrat
qu'il n'en eft rien. On ne doute pas que M.
le Chevalier de Cruffol n'ait influé beaucoup
dans cette réfolution du Prince. Il eft Gouverneur du Temple , & une compagnie s'eft préfentée à lui pour obtenir du Comte d'Artois la
liberté de jouer dans ce lieu privilégié : felle
offroit un bénéfice effrayant. Pour mieux conf-
tater le fait , ce Seigneur a paru acquiefcer aux
propofitions, les a bien éclaircies & après en
avoir rendu compte au Prince, lui a fait fentir
quel gouffre de perdition devoit être un pareil
lieu. M. le Comte d'Artois a été effrayé lui-
même du calcul & a rejetté avec indignation
cet infame marché.

17 *Février* 1781. Le Docteur Hallot, qui avoi
été arrêté avec la plus grande tranquilité & jouant
de la flûte, a foutenu fon féjour à la Baftille ,
avec la même férénité. On a fait rougir M. de
Laffone d'une vengeance auffi atroce & le Docteur eft forti après douze jours de captivité.

18 *Février.* Extrait d'une lettre de Bordeaux
du 13 février. ,, L'affaire de M. Dupaty ne finif-
fant point & le parlement ayant déclaré qu'il
ne le regardoient point comme reçu , qu'il n'eût

fait entendre fes doléances auprès du trône &
n'eût reçu les ordres de la bouche de S. M.
même ; le premier Préfident & quelques autres
membres de cette compagnie font mandés à
Verfailles , & doivent y être rendus inceffamment. Les membres qui accompagnent le premier Préfident, font fon gendre M. Linche ,
l'abbé Feugeres, MM. de Conteneuil, un autre
& un des Gens du Roi. "

18 *Février* 1781. On parloit depuis quelques
jours de donner à la comédie Italienne , l'*Amant
Statue* , opéra comique en un acte & en vaudevilles, exécuté cet hiver à Brunoy. La repréfentation a été fufpendue : on préfume que
c'eft pour en fupprimer ce qu'il y a de trop
fort, des gravelures , qui, excellentes dans un
fpectacle particulier, ne peuvent fe tolérer par
la police dans un fpectacle public.

Les changemens annoncés dans la *Mélomanie* , qui devoient avoir lieu hier, fe font
réduits à quelques phrafes fupprimées dans le
dialogue du dénouement, & en quelques vers
ajoutés , dont le muficien a fait *une finale.* Le
public a été indigné de cette fupercherie &
vraifemblablement n'y fera pas repris.

On prétend aujourd'hui que c'eft la perfonne repréfentant à Paris l'auteur de la *Mélomanie* , qui n'a pas voulu adopter les changemens affez confidérables qui avoient été faits.

19 *Février* 1781. On parle beaucoup d'une
brochure contre les jeux publics, adreffée à
M. Duffaulx, qu'on fait avoir écrit fur cette
matiere. On dit que dans ce pamphlet fort rare
on réleve tout ce qui fe paffe dans les tripots ,
on en peint les héros & après en avoir montré

toute l'horreur, on appelle fur eux la foudre du ciel.

19 *Février* 1781. *Compte rendu au Roi par M. Necker, Directeur général des Finances, au mois de janvier* 1781, *imprimé par ordre de S. M. in-4'., de* 116 *pages, avec deux Cartes.* Comme cet ouvrage eft broché & couvert d'un papier bleu, les perfifleurs ne manquent pas de dire que c'eft un *Conte bleu.*

20 *Février.* M. Dumon le Roman, peintre du Roi, Chancelier, Recteur & ancien Directeur de l'Académie Royale de Peinture & de Sculpture, vient de mourir. Son gand âge rendoit fon talent inutile depuis plufieurs années.

M. François Bourgeois de Châteaublanc, ancien Ingenieur, privilégié du Roi, inventeur & entrepreneur des Illuminations de Paris, vient de mourir auffi très-vieux. C'eft un homme à qui la capitale a l'obligation d'être mieux éclairée; mais comme tous les premiers auteurs des découvertes, il n'en a pas recueilli le fruit; on avoit eu bien de la peine à lui faire accorder par les entrepreneurs actuels une modique penfion, & lui conteftant jufques à fa gloire, ils le traitoient de radoteur & auroient voulu faire oublier fes utiles travaux.

20 *Février.* Un jeune homme, afin de jouir de la vue d'une veuve qu'il aime & qui affecte de paroître infenfible à fes feux, employe différens moyens pour s'introduire chez elle. Il imagine en dernier lieu, de fe mettre à la place d'une ftatue, dont le pied d'eftal eft cenfé organifé: là il joue plufieurs airs de flûte, qui difpofent favorablement pour lui le cœur de fa maîtreffe. Tel eft en fubftance le

fujet de la farce exécutée aujourd'hui , qui reffemble beaucoup , comme on voit , à l'*Abbé du plâtre*. Elle a réuffi, c'eft-à-dire, qu'on a ri ; ce qui eft la meilleure façon, la plus naturelle d'applaudir.

20 *Février* 1781. Hier on a donné la premiere repréfentation du *Roi de Cocagne*, piece de carnaval qui a beaucoup amufé , avec une nouvelle mufique du fieur Beaudron , premier violon de la comédie Françoife , auteur déjà connu par celle de *Pygmalion*.

21 *Février*. Les comediens italiens qui ont déja cinq ou fix pieces nouvelles en train, & marchant à la fois , en préparent encore une autre qui doit avoir lieu inceffamment. C'eft un Opéra comique en un acte , en vaudevilles , intitule *les deux Morts* : en voici le fujet.

Deux valets, qui ayant introduit chez leur jeune maitreffe un amant libéral , imaginent, pour fe fouftraire au courroux du pere & de la mere , de faire tour à tour femblant d'être morts ; & confeillent enfuite à l'Amant de fe déguifer en Commiffaire , pour intimider ces bonnes gens & les forcer à lui donner leur fille : à en juger par les répétitions , le pronoftic n'eft pas heureux , & la froideur de l'ouvrage doit néceffairement paffer dans l'ame du fpectateur.

21 *Février*. L'affemblée du Parlement au fujet des Jeux a eu lieu aujourd'hui. Tous les Princes du fang y étoient & beaucoup de Pairs : on a été fâché de n'y pas voir les freres du Roi. M. le Lieutenant général de Police a repris la lecture de fon compte rendu ; les Gens du Roi ont donné leurs conclufions & enfuite

l'on eft allé aux voix. Parmi les Princes du fang
M. le Duc d'Orléans s'eft fignalé furtout, &
quand il a été queftion d'adopter l'Arrêt propofé
par M. Lamoignon & d'en rédiger les termes,
il a fort infifté qu'on ajoutât à cette formule
de défenfes, *à toute perfonnes*, *de quelque
état & condition qu'elles foient*, ces autres
mots plus précis : *de quelque rang & dignité
qu'elles foient*. On a fenti quelle raifon le portoit à cette addition & le duc de Chartes en a
paru décontenancé. Plufieurs Pairs ont auffi
très-bien parlé.

Un de Meffieurs, dans le cours des opinions,
ayant dans la peinture qu'il a faite du défordre
de ces jeux publics introduit jufques dans les
intendances de provinces, défigné ces commiffaires départis comme le fomentant par leur
exemple ; un intendant préfent & voulant prendre à parti le Magiftrat comme calomniateur des
intendans, M. de Cipieres, intendant d'Orléans, homme fage & judicieux, lui a confeillé
de fe taire, en convenant que ce reproche
n'étoit que trop vrai à l'égard de plufieurs de
fes confreres.

Enfin, il a été rédigé un Arrêt des plus rigoureux, non feulement contre les banquiers, mais
encore contre les propriétaires des maifons où
fe tiennent les tripots.

Quand aux Miniftres étrangers, on a pris
toutes les précautions convenables pour, fans
bleffer leur dignité, leurs prérogatives & pri-
vileges, les engager d'honneur à fe conformer
à l'exemple général.

Comme il faut auparavant l'agrément du Roi,
cet Arrêt ne paroîtra que précédé d'une décla-

ition , & ceux qui trouvent le réglement trop
ur , efperent qu'il fera modifié en qulque chofe.

Du refte, on a déja donné l'exemple à la
our & les banquiers de la Reine font réformés.

22 *Février* 1781. On doit exécuter aujourd'hui
ur le théatre Lyrique *la Fête de Mirza* , ballet
antomime, pour fervir de fuite à celui qu'on
onnoit déja & qui a reçu tant d'applaudiffe-
iens: on y a joint une petite comédie en mufi-
ue , qui en fait partie , de la compofition de
J. Gretry. Les avis font déja très-partagés fur les
épétitions. Les connoiffeurs admirent le choix
les airs , l'ufage heureux qu'on y a fait de plu-
.eurs morceaux de mufique du Chevalier Gluck
& l'intelligence avec laquelle tout ce qui eft
iantomime eft exécuté. A l'égard du petit opéra
ju'on y a joint , ils trouvent egalement heureufe
:ette nouveauté , qui devoit d'autant mieux
éuffir qu'elle préfente une actioin complette ,
iien filée & dans laquelle il n'y a à reprendre
jue quelques négligences de ftyle. Des gens
ilus feveres fur les convenances , fur la nature
ie la pantomime theatrale , ne penfent pas de
néme de la *Fête de Mirza* & de fon enfem-
ile ; ils la jugent un affemblage monftrueux
le diverfes actions de la vie , qui ne font pas
'aites pour être admifes au théatre & encore
noins pour s'exécuter en cadance & au fon des
inftrumens.

22 *Février.* Il a déja paru en 1777 un mémoire du marquis de Quincy contre le comte
de Limbourgs-Syrum fe difant prince , &c.
Jans laquelle on dévoiloit tous les refforts que
cet étranger artificieux avoit pour myftifier fa
dupe crédule & s'en approprier les biens. Ce

perfonnage revient fur la fcene : c'eft aujour-
d'hui un laboureur nommé Charlemagne qui
l'attaque : il répand un mémoire à confulter très-
volumineux & prétend dévoiler toute la conduite du comte de Limbourg, le fuivre dans
les principales époques de fa vie & de fes intrigues, éclairer le gouvernement, la juftice &
le public fur fes démarches les plus fourdes &
les plus fecrettes, nommer & dépeindre fes
principaux complices, afin qu'on puiffe fe
garantir déformais de leurs infames féductions
& de leurs aftuces. On conçoit qu'un pareil
détail ne peut qu'infiniment amufer les lecteurs,
dont la malignité fe plaît à parcourir le roman
de ces fameux aventuriers. Celui-ci eft des plus
incroyables.

Il eft fuivi d'une confultation en date du fix
Décembre 1780, où l'on approuve fon attaque,
fi le fieur Charlemagne eft en état d'adminiftrer, tant par titres que par témoins, la preuve
de ce qu'il avance.

23 *Février* 1781. Toute la France fait que
madame Necker, participant dans fon genre à
l'adminiftration bienfaifante de fon mari, s'eft
chargée d'un bureau analogue & d'une efpece
nouvelle au contrôle général. Il eft intitulé
Bureau de commifération. Dans fon département eft compris l'hofpice de charité qu'elle a
inftitué fur la paroiffe de faint Sulpice & dont
on a vu le compte rendu pour la premiere année : celui pour la feconde, qui eft 1780, fe
publie depuis peu imprimé à l'imprimerie royale.

Les deux comptes fe rapportent relativement
à la dépenfe de chaque mois pour les divers articles de confommation ; il en réfulte qu'au moyen

l'une fomme de 33000 livres on eft parvenu, lès le premier effai, à fournir les fecours les plus abondans à 1430 malades ; que pour moins le 17 fous par jour, on leur a donné les alimens & les remedes de la meilleure qualité, tels que les perfonnes riches de la capitale n'auroient pu s'en procurer de meilleurs : qu'on les a tenus dans l'état de la propreté la plus recherchée, jufqu'à les changer de linge deux ou trois fois par jour ; &, ce qui furpendra encore davantage, eft que ce réfultat a été tiré, en réuniffant à dépenfe propre des malades, la nourriture des fœurs, la nourriture & les gages des domeftiques, les apointemens de l'aumônier, du médecin, du chirurgien & les achats du linge neuf

Cet exemple encourageant a déjà produit un heureux effet : deux des principales paroiffes de Paris, celles de Saint Euftache & de Saint Jaques du haut pas, & les adminiftrateurs de fon fecours, préparent un afyle femblable aux pauvres malades de leurs diftricts.

23 *Février* 1781. M. l'abbé de Bourbon prenant, comme de raifon, le parti de fa mere dans fa querelle avec M. de Cavanac, a obtenu une lettre de cachet contre celui-ci, qui l'exile à quarante lieues de Paris.

L'abbé de Boifgelin triomphe, & par la même raifon on ne doute plus aujourd'hui qu'il ne refte grand grand-vicaire de M. l'archevêque d'Aix & Agent général du clergé.

23 *Février.* Après un préambule très-adroit, très-honnête & tout-à-fait fpécieux, mais où l'on critique cependant l'affertion erronée & inconftitutionnelle, que *l'augmentation des impôts eft foumife à la puiffance*

du Roi, M. Necker divise son compte en trois parties.

La premiere concerne l'état actuel des finances du royaume & toutes les opérations qui font relatives au tréfor royal & au crédit public.

La feconde développe des opérations qui ont réuni des économies importantes à des avantages d'adminiftration.

Dans la troifieme le directeur général des finances fait valoir les difpofitions générales, qui n'ont eu pour but que le plus grand bonheur des peuples & la profpérité de l'état.

Il réfulte de-là, que deux grandes parties d'adminiftration fon remifes entre les mains du miniftre des finances, dont les élémens n'ont malheureufement aucun rapport enfemble, & cependant s'il ne réunit les connoiffances & le génie qu'elles exigent, il ne peut occuper dignement fa place : voilà pourquoi tous les prédéceffeurs de M. Necker ont échoué, & voilà pourquoi il a réuffi. Tel eft la conféquence qu'il tire modeftement *in petto* de fon compte rendu, & qu'il indique au lecteur : amour-propre puant, qui a révolté beaucoup de gens. On trouve dans le courant de l'ouvrage différens autres paffages de cette efpece, qui ont également déplu & qui indépendament du fond, qu'ils regardent comme plein d'inexactitudes & de fauffetés, en rendent la forme très-propre à lui fufciter autant d'ennemis qu'il y a eu d'adminiftrateurs, ainfi que la foule immenfe de leurs partifans.

24 *Février* 1781. On trouve dans le *Compte rendu* par M. Necker, plufieurs faits épars, bons à recueillir & à conferver.

1°. Le

1°. Le dernier état, mis fous les yeux de S. M. par M. de Clugny, annonçoit un deficit de vingt-quatre millions de la recette à la dépenfe ordinaire.

2°. Tant par l'effet des foins de ce directeur général des finances, & des diverfes réformes que S. M. a permifes, que par l'amélioration des revenus, ou par leur augmentation naturelle, & enfin par l'extinction de quelques rentes & de quelques rembourfemens, l'état actuel des finances eft tel, que, malgré le deficit en 1776, malgré les dépenfes immenfes de la guerre, & malgré les intérêts des emprunts faits pour y fubvenir, les revenus ordinaires excédent en ce moment les dépenfes ordinaires de dix millions deux cens mille livres.

3°. En ne compofant le chapitre de revenus que des verfemens faits au tréfor royal par les différentes caiffes, déduction faite des charges qu'elles font tenues d'acquiter, & en ne portant pareillement dans la colonne des dépenfes que les parties qu'il paye; la recette n'eft que de 264 millions & les revenus paffent 430 millions; mais le furplus eft confommé, foit par des charges affignées fur les recettes générales, foit par les rentes fur l'hôtel de ville & les autres objets hypothéqués fur les fermes, foit par les dépenfes dont le payement eft indiqué fur le domaine, fur le produit des régies, fur les impofitions des pays d'état, &c.

4°. Par exemple, les vingtiemes, la taille, la capitation fe montent à environ 149 millions; mais par des états du confeil, les charges affignées fur cette recette s'élevent à environ 29 millions.

5°. M. Necker demande au Roi que ce compte foit examine chez M. le Garde de Sceaux, ou chez M. le Comte de Maurepas, par un comité compofé de quelques perfonnes de fes confeils, auxquelles il en communiquera les détails.

6°. Il voudroit que tous les cinq ans un pareil compte fût rendu d'une maniere authentique.

7°. On a compris dans les dépenfes ordinaires 17,300,000 livres de rembourfemens, qui devant fe regarder comme un fuperflu des revenus, forment un accroiffement éventuel, lorfque les capitaux feront éteints.

8°. Les rentes viageres fe montent à 50 millions & diminuent tous les jours. Il y a 28 millions de penfions, s'éteignant de même. Enfin S. M. n'eft pas au bout des économies & des ameliorations de divers genres qu'elle peut fe propofer: par exemple, l'augmentation que peut procurer la loi qui vient de paroître fur les domaines engagés, n'eft pas comprife dans l'état actuel des finances.

9°. M. Necker a été obligé de pourvoir à 150 millions de dépenfes extraordinaires par an depuis la guerre & n'y eft fubvenu que par le crédit public.

10°. Lorfqu'il eft entré en place, les contrats fur l'hôtel de ville, portant quatre pour cent d'interêt, ne valoient que foixante pour cent: ainfi les capitaliftes pouvoient placer leur argent à un interêt de fix pour cent & deux tiers en rentes perpétuelles: au contraire, au commencement de la précédente guerre, l'on avoit peine a trouver des placemens à quatre & demi pour cent & les contrats fur les poftes , qui ne perdoient que trois pour cent d'intérêt , étoient montés jufques à quatre-vingts.

11°. Dans ce moment-ci les refcriptions ne perdent que fept & demi pour cent & les ac-tions des Indes font à 1940 livres. Il a emprunté à un prix plus modéré que dans les autres guerres. La loterie ouverte , il y a deux ans, étoit calculée fur le pied de cinq pour cent d'in-térêt en 1777. On a négocié des rentes via-geres jufques à 13 pour cent d'intérêt fur une tête & S. M. n'a encore emprunté qu'à neuf & à un intérêt proportionné fur plu-eurs têtes. La loterie derniere rembourfable en neuf années n'eft qu'un emprunt à fix pour cent.

12°. Il s'eft fouftrait à la domination d'un feul banquier de la cour pour les anticipations, en a pris plufieurs : il a cependant été forcé d'avoir plus d'anticipations qu'il n'auroit voulu, par l'abus des billets des tréforiers , & cepen-ant ces emprunts , qu'il auroit maintenus à cinq & demi pour cent, fans cette infidé-té , ne font qu'à fix , en y comprenant tous les fraix.

13°. M. Necker a propofé au Roi de faire figner par le premier commis des finançes , les billets des tréforiers , dont il promettoit la négociation.

14°. Il a ramené au Roi le bénéfice fur la fabrication des monnoies , laquelle s'eltvant à 40 à 50 millions en tems de paix, ce bé-néfice ne doit point s'abandonner aux parti-culiers.

15°. Il a établi un comité contentieux , nécef-

faire pour une perception de près de cinq cent
millions, en ajoutant à celle qui se fait pour le
Roi, le compte des villes, des hôpitaux & des
communautés. Il y a eu depuis cet établisse
ment plus de 2000 arrêts rendus, sans compte
un très-grand nombre de difficultés particulie.
res, sur lesquelles il a donné son avis à M. le
directeur.

16°. Il voudroit bien supprimer les gabelles
mais comment se priver d'un impôt qui rap
porte 54 millions net, c'est-à-dire autant que
celui sur toutes les propriétés foncieres du
royaume, représenté par les deux vingtiemes &
les quatre sols pour livres du premier. Il prétend
cependant qu'en établissant le prix de cette den.
rée de cinq à six sols la livre dans le pays exempt,
ou non exempt, la somme en résultante seroi
à-peu-près la même.

17°. M. Necker estime qu'en tems de paix
les dépenses occasionnées par nos arts de luxe
occasionnent en France un versement de l'étranger de plus de 30 millions par an. Il se félicite
aussi de l'institution d'un prix annuel en faveu
de l'invention la plus utile au commerce & aux
manufactures.

18°. Il s'est occupé des moyens à employe
pour rendre les poids & les mesures uniformes
dans tout le royaume, & il a vu avec satisfac
tion que l'assemblée de la haute Guienne l'avoi
prise en considération.

19°. Il approuve l'établissement du Mont de
piété & voudroit qu'on y joignit l'argent des
consignations pour qu'il ne restât pas mort.

20°. Enfin il n'a rien accordé au crédit, à la
puissance, à l'amitié; si quelqu'un doit à sa

fimple faveur une penfion, une place, un emploi, qu'on le nomme.

24 *Février* 1781. Extrait d'une lettre de
Bruxelles du 18 fevrier. ,, On n'a rien vendu
des meubles de M. Linguet; fa maifon eft toujours dans l'état où il l'occupoit & fon homme
d'affaires continue d'en avoir foin. Madame
Bulté, fa maîtreffe, appellée vulgairement Madame Linguet, qui étoit reftée ici jufqu'à ce
moment, défefpérant fans doute de le revoir
de fitôt & craignant de n'être pas en fûreté
dans cette ville, où fon mari auroit pu la faire
enlever, vient de partir pour Londres, où vraifemblablement elle jetera un trifte coton. Il
eft bien à craindre, fi la détenfion de M. Linguet dure, qu'elle n'y meure de faim, fes
charmes ne pouvant plus lui être d'un grand
fecours.

Quand à M Linguet & fes Annales, on n'y
penfe plus ici. Cet ouvrage périodique par fon
égoïfme & fon acharnement contre les perfonnages obfcurs de votre littérature, étoit devenu
faftidieux & ne pouvoit avoir vogue que chez
vous ,,

24 *Février.* Extrait d'une Lettre de Bordeaux du 20 Février. ,, Voici des circonftances
plus détaillées de la mort de M. Fabre & de fa
caufe. Ces particularités méritent d'être connues
& lui procureront, fans doute, les regrets des
ames fenfibles. Depuis la prife des *états d'Ar-*
tois, n'ignorant pas les propos injurieux auxquels cet événement donnoit lieu, il revint dans
fa patrie & crut y trouver des confolations chez
fes amis; il ignoroit fon plus grand malheur, il
ne lui reftoit plus un feul ami à Bordeaux. Ceux

qu'il faluoit, ne lui rendirent point le falut ;
ceux qu'il vouloit aborder, fe détournoient & le
fuyoient : poffeffeur autrefois de l'eftime publique, il prouva qu'il n'en étoit pas encore indigne
par fa fenfibilité extrême à tant d'humiliation.
Son efprit fembla s'affoiblir d'abord. Il chercha
enfuite dans la réligion des confolations qu'il ne
pouvoit plus trouver ni dans lui-même ni dans
les hommes. On ne le rencontroit plus que dans
les églifes & toujours profterné fur la pierre : enfin
ne pouvant foutenir fon malheur, il s'eft jetté,
il y a environ un mois, en plein jour par fa
fenêtre, ainfi que je vous l'ai marqué ".

24 *Février* 1781. L'Académie françoife, dans
fon affemblée du huit de ce mois, avoit adjugé
pour cette année le legs de 1200 livres du comte
de Walbelle à M. Garat : celui-ci n'ayant point
jugé à propos de l'accepter, a prié l'Académie
de vouloir bien lui permettre de le rendre, par
une lettre, dont voici l'extrait.

„ L'Académie " (écrit-il fur ce fujet à M.
d'Alembert) „ m'honore infiniment dans le
choix qu'elle a fait de moi pour m'adjuger le legs
inftitué par M. de Walbelle. Un fecours qu'un
homme de lettre fans fortune reçoit des mains
de l'Académie, n'eft pas feulement un fecours,
c'eft encore une diftinction & un honneur. C'eft
ainfi que j'envifage l'établiffement de M. de
Walbelle ; mais je n'ai point voulu, Monfieur,
entrer en concours avec les hommes de lettres
qui ont pu defirer ce legs. Je ne l'ai demandé à
aucun des Académiciens qui m'honorent de leur
amitié ; je me ferois fur-tout reproché de le dif-
puter à M. Court de Gebelin, dont j'eftime les
ouvrages & dont je confidere la perfonne ".

M. Gebelin qui, ainſi que M. Garat, n'avoit demandé ce legs ni l'année derniere, ni celle-ci, avoit partagé preſque également les ſuffrages dans la ſéance du huit, la différence n'ayant été que d'une voix ; il a eu à-peu-près l'unanimité dans la ſéance du dix-ſept, où l'on lui a adjugé ce legs pour la ſeconde fois.

25 *Février* 1781. Il y avoit au château de Ham en Picardie un homme qui depuis vingt-ſept ans étoit confiné dans un cachot de huit pieds en quarré : là, couché ſur la paille, environné d'inſectes, de reptiles & d'animaux dégoûtans, ſans feu, ſans lumiere, ſans vêtemens, il maudiſſoit ſon exiſtence. Deux priſonniers & une perſonne de l'Etat-Major, inſtruits du ſort de ce malheureux, qu'on ſavoit être un homme de qualité, ont écrit à Madame Necker. Le courier ſuivant a apporté un ordre de rendre ce malheureux à la lumiere. Il a été mis dans une chambre, raſé, pourvu de vêtemens, & l'on va examiner quel eſt le crime qui a pu lui attirer une punition ſi cruelle & en même tems ſi peu exemplaire par ſa clandeſtinité. On ſait que ce priſonnier porte un nom illuſtré autrefois par la premiere dignité militaire, qu'il étoit capitaine & agé de vingt-quatre ans lorſqu'il fut renfermé.

25 *Février.* M. Duvignau, après avoir commandé pendant plus de dix ans ſur des vaiſſeaux marchands, s'y être diſtingué par ſon intelligence & ſon activité, avoit partagé avec M. Dion, député des états d'Artois, tous les ſoins de la conſtruction de la frégate portant leur nom & en avoit reçu le préſent d'une boëte d'or avec une lettre honorable. Il étoit Lieutenant en ſecond dans cette frégate commandée par

Fabre & après le combat, dans un accès de fievre chaude, il se brûla la cervelle, dont est résultée la fausse rumeur que par son insubordination il avoit été la cause de la révolte de l'équipage & de la prise des *états d'Artois*; ce qui l'avoit provoqué à se donner la mort par désespoir. Son pere revient aujourd'hui contre cette calomnie consignée dans plusieurs papiers publics & en prouve la fausseté par une attestation même de M. Fabre. Cette anecdote, ainsi que mille autres, prouve que nous ne nous repaissons que de fables & que les historiens les plus véridiques sont souvent, sans le vouloir, les organes du mensonge & de l'imposture.

26 Février. On parle beaucoup des menaces que Madame de Cassini, sœur du Marquis de Pezai, a faites à M. Necker de publier la correspondance de celui-ci avec son frere & de dévoiler les manœuvres & les intrigues qu'il a mises en œuvre pour parvenir au Ministere par le canal de ce protecteur, s'il ne lui accordoit une pension considérable, qu'on fait monter jusqu'à 30,000 livres, pour racheter cette correspondance. On assure que M. Necker a eu la hauteur de refuser de lui accorder cette grace & ne craint point le défi. Cette anecdote donne lieu à éclaircir la maniere dont le Marquis de Pezai étoit parvenu à la haute faveur dont il a joui pendant un certain tems.

Le Roi actuel étant Dauphin, pria M. de Monteynard de lui procurer un Officier de mérite qui ne marquât point & qui le mît au fait de l'art de la guerre, mais d'une maniere secrette & sans que son grand-papa le sût. M. de Monteynard effarouché de la proposition, se consulta avec

M. de Maillebois, qui saisit l'occasion avec
empressement, rassura le Ministre & lui dit avoir
un homme excellent pour cela : c'étoit le Mar..
quis du Pezai qui, introduit ainsi au près du
Dauphin, lui plut, gagna sa confiance & la con-
serva même après son avénement à la couronne :
de-là son grand crédit & les égards du Comte &
de la Comtesse de Maurepas pour lui.

Un jour qu'il y avoit beaucoup de grands Seigneurs à l'audience de M. de Saint Germain,
celui-ci ayant fait entrer par préférence M. de
Pezai, tout le monde en fut scandalisé & M. le
Baron de Wimpffen, Maréchal de camp & l'ami
du Ministre, crut devoir lui en témoigner sa surprise : le comte lui rit au nez & lui dit qu'il
savoit bien ce qu'il faisoit ; que M. de Pezai
étoit l'homme ayant le plus de crédit & qui iroit
le plus loin.

27 *Février* 1781. Le *Compte rendu* de M.
Necker, aujourd'hui que les gens le plus en état
d'en juger l'ont lu, produit une sensation diffé-
rente suivant le caractere & la façon de voir de
ceux qui en parlent. Les uns ne trouvent rien de
plus touchant & de plus flatteur pour la nation
que cet exemple, donné pour la première fois
par un Ministre des finances. Ils regardent l'ouvrage comme également admirable & dans le
fond & dans la forme ; ils le jugent intéressant
par sa nature, son importance, recommanda-
ble par l'élévation des idées, l'élégance & la
noblesse du style ; ils prétendent qu'il fera une
époque à jamais mémorable & glorieuse dans les
fastes de la Monarchie. Les autres n'y voient
qu'un charlatan qui pare sa marchandise & la
vante pour attirer les chalans : ils critiquent un

D v

égoïfme puant, une forfanterie révoltante, une
infolence impardonable dans tout Miniftre &
fur-tout dans un parvenu comme M. Necker:
ils veulent que fa recette en foit enflée, la
dépenfe diminuée; que tous les calculs en
foient faux & ils obfervent que c'eft d'autant
plus mal-adroit, qu'il y a des erreurs fenfibles
& pouvant fauter aux yeux des plus ineptes.
C'eft au tems feul à éclaircir ce problême effentiel & que perfonne ne peut réfoudre au moment
actuel.

27 *Février* 1781. On ne publie point encore le
Réglement du Parlement concernant les jeux
publics, parce que le premier Préfident ayant
été porter au Roi l'Arrêté de la Cour des Pairs à
ce fujet, S. M. s'eft réfervé d'y ftatuer & de
faire connoître fes volontés. On croit qu'en confirmant les fages difpofitions de cetteC our, elle
en affoiblira quelques articles comme trop rigoureux.

28 *Février.* Dans la nuit il y a eu une tem-
pête fi affreufe dans Paris & les environs, que
le nombre de cheminées & de toits enlevés n'eft
pas peu confidérable, que dans les jardins des
Tuilleries & du Luxembourg plufieurs arbres de
la premiere grandeur ont été déracinés ou cou-
pés par le milieu; & que le vent a jetté bas la
belle grille du château de Verfailles.

28 *Février.* Tout l'Opéra eft en rumeur à
l'occafion des nouvelles qu'on reçoit de Londres.
On fait que les deux Veftris y font: on prétend
qu'ils ont été mal accueillis du public un certain
jour & que, fans refpect pour le *Diou de la*

Danfe (*) & pour fon fils, on les a hués, on leur a jetté à la tête des pommes & des pelures d'orange fur le théâtre.

1 *Mars* 1781. Une aventure affez plaifante ar-rivée ce carnaval fait en ce moment la matiere des converfations. M. de la Frenaye, ancien Notaire, voit dans la rue un petit poliçon fort occupé à ramaffer à terre une facoche qu'il ne pouvoit feul enlever, & fe plaignant beaucoup de fon embarras. M. de la Frenaye très compa-tiffant, met fa canne & fon chapeau fur une borne & aide l'enfant à foulever le fardeau, & à le mettre fur fes épaules : comme il lui ren-doit ce fervice, l'enfant ouvre la facoche & il en découle une grêle de cailloux qui innondent le trop obligent Notaire : affailli des huées du tems.. *il a chié au lit !* ... furieux il reprend fa canne & fon chapeau, court après le Savoyard qui fe refugie chez un parfumeur ; il ne refpecte point cet afyle, entre dans la boutique & veut frapper le petit ingrat. Un Suiffe qui piloit, trouve cela mauvais & lui applique une paire de foufflets ; puis recommence fon rôle. Cepen-dant la foule s'amaffe ; le maitre & fes gens entourent le Notaire ; on lui demande ce qu'il veut ? on crie *à la garde*, qui arrive.... M. de la Frenaye ne pouvant remplir fa vengeance, veut qu'il vienne un Commiffaire. Survient l'Of-ficier de Police, qui, après s'être fait expliquer le cas, dit à M. de la Frenaye qu'il a tort, qu'il ne devoit point chercher à fe faire juftice lui-

---

[*] Expreffion dont fe fert un frere Veftris aîné, en parlant de fon frere le danfeur.

même, qu'il falloit qu'il eut recours à la voye légale.... En conféquence, accablé de cailloux, hué, baffoué, fouffleté, il eſt encore obligé de donner 15 livres au Commiffaire pour fa vacation; le parfumeur ayant bien voulu n'exiger aucune indemnité.

1 *Mars* 1781. Un particulier qu'il ne s'eſt point fait connoître, a dépoſé 1200 livres chez un Notaire, pour un *Traité élémentaire de morale, qui expliquât & prouvât les devoirs de l'homme & du citoyen.* Ce prix fera adjugé par des perfonnes inſtruites, éclairées & connues, que l'auteur du programme à diſtribuer doit prier d'être juges du concours.

2 *Mars.* L'auteur anonyme du prix dont on vient de parler, eſt un particulier zelé pour le bien public, penſant qu'une bonne éducation y peut beaucoup contribuer. En conféquence il defiroit que le traité demandé fût compofé d'après les principes du droit naturel; qu'il fût clair, méthodique & propre à toutes les nations.

Comme il eſt deſtiné aux écoles, il voudroit qu'il fût court, écrit dans un ſtyle fimple & n'excédant pas cent ou cent vingt pages d'une impreffion in-12°., caractere ordinaire, afin que fervant aux enfans qui apprennent à lire, il pût être lu & retenu dans le cours de l'éducation & acheté à bas prix.

Il faut que l'ouvrage foit imprimé & approuvé, ou, fi l'on ne veut pas rifquer les frais de l'impreffion, il faut que le manufcrit foit revêtu d'une approbation ou permiffion d'imprimer.

3 *Mars.* M. Carter, célebre graveur anglois, a compofé une très-belle eſtampe, repréfentant la fin du combat entre le *Surveillant &*

le Quebec, dans le moment où Fermer reste
seul avec son Lieutenant Roberts, & où le Chevalier du Couëdic donne des ordres, afin qu'on
sauve tous les malheureux qui se sont jettés à la
mer pour éviter d'être dévorés par les flammes.
Il l'a fait passer par M. le Marquis de Castries à
Madame du Couëdic, avec cette Lettre.

„ Madame... Souffrez qu'en vous rappellant
le souvenir douloureux d'un Epoux illustre &
dignement chéri, je vous le représente dans le
plus bel instant de sa vie. Si d'un côté je renouvelle votre douleur, je crois de l'autre vous en
offrir la plus douce consolation, en cherchant
à éternifer une action qui seule doit rendre son
nom immortel : c'est un hommage qui vous est
justement dû, & quand la postérité saura que
ce tribu fut payé par un étranger & par un
ennemi, la gloire du vaillant Couëdic n'en
paroîtra que plus complette. Telle fût mon
intention, & je croirai avoir tout fait pour moi-
même, si vous daignez accepter cette foible
esquisse du grand & noble tableau que ce héros
a donné à l'Europe entiere en combattant un
ennemi digne de lui.

3 *Mars* 1781. Hier le Parlement s'est assemblé
pour entendre les volontés du Roi au sujet de
l'Arrêté de la Cour des Pairs porté à S. M. par le
Premier Président. *Monsieur*, le Comte d'Artois & les Princes & Pairs s'y sont trouvés. *Monsieur* a remis une déclaration de S. M. en date
de la veille, qui a été enrégistrée sur le champ.
Elle confirme ce qu'on a dit, avec des additions; car le Roi y annulle tous contrats, obli-
gations, promesses, billets, ventes, cessions,
transports & tous actes de quelque nature qu'ils

foient, ayant pour caufe une dette de jeu, foit qu'ils aient été faits par des majeurs ou des mineurs, &c.

3 *Mars* 1781. On voit ici une médaille frappée à Amfterdam en mémoire de la Confédération pour la Neutralité armée entre la Ruffie, le Dannemarc, la Suede & les Provinces-Unies.

D'un côté, elle offre le Bufte de l'Impératrice de Ruffie, couronnée de lauriers, avec cette infcription : *Catharina magna*, *Dei gratiâ*, *Imperatrix*, *Autocratrix Rufforum*. Au revers on voit un matelot confterné, fon bonnet, qui eft celui de la liberté, eft jetté à terre : un gouvernail & un pavillon font à fes pieds. Mercure, dans le dernier abattement, eft affis fur une corne d'abondance qui eft vuide : d'une main il porte fon caducée devant fa poitrine, de l'autre il montre les privilèges violés de la liberté de la Navigation. Neptune eft d'un autre côté dans fon char marin, tenant fon Trident élevé, & promet, ainfi que Mercure, de partager le droit des mers. Pour peindre en même tems la fraude & la violence, on voit un vaiffeau de la Baltique, fans défenfe, contraint par un corfaire armé, qui fait une décharge fur lui. de fe livrer à la merci des Barbares avides & fans frein. Sur le char de Neptune, font les Armes des Confédérés, qui n'ont d'autre but que de rendre la mer libre. On voit dans le Ciel une étoile brillante, pour montrer que cette Alliance eft un nouveau Météore politique dû au génie de l'immortelle Catherine. On eft fâché qu'il ne foit point queftion de M. de Vergennes dans toute cette allégorie, de ce Miniftre qui n'a pas peu contribué à exciter la Confédération & peut-être à la faire naître.

4 *Mars* 1781. Extrait d'une Lettre de Bordeaux du 27 Février. Voici ce qu'écrit le Maréchal Duc de Richelieu au sujet de la Députation de notre Parlement.

„ La Députation du Parlement de Bordeaux a eu audience du Roi le 20 Février à cinq heures & demie du foir. Le Premier Préfident avoit l'air fot, comme un coupable qui vient d'entendre fon Arrêt. M. Linche, fon gendre, reffembloit au Lazare reffufcité. (ce Magiftrat eft pâle, maigre, fec, étique M. de Conteneuil, malgré les paroles mortifiantes du Monarque, n'avoit pas moins l'aïr de Bacchus dans les orgies. Ce Confeiller eft gros, vermeil, a la figure d'un Roger Bontems. ; Pour MM. de la Salle & Abbé Feugeres, on les auroit pris, moins pour des Magiftrats, que pour des pauvres diables de procureurs qui venoient de perdre leur caufe. Du refte, le Roi a défendu qu'on donnât aucune fuite à toutes les procédures & mauvais procédés contre M. Dupaty. Il a déclaré au Premier Préfident, qu'il l'en rendoit perfonnellement refponfable, qu'il le chargeoit de veiller fur la compagnie, d'y entretenir la paix & de maintenir l'exécution de fes ordres ".

4 *Mars* 1781. M. de la Curne de Sainte Palaye vient de mourir dans un âge fort avancé; il laiffe deux places vacantes, l'une à l'Académie des Belles-Lettres, & l'autre à l'Académie Françoife. C'étoit un littérateur érudit, eftimable & d'une grande douceur de caractere; il avoit beaucoup vécu dans la fociété de Mame Doublet, & l'on ne doute pas que dans

les *Mémoires Secrets de Bachaumont* il n'y
ait plufieurs articles de lui ; il payoit certainement fon tribut à cette fociété dans les matieres qui le concernoient.

5 *Mars* 1781. M. Junker, Cenfeur Royal, compofant parfaitement bien en Allemand , eft
chargé par un des pricipaux Libraires d'Alle-
magne , de traduire le *Compte rendu* de M.
Necker, dans la langue de ces contrées. On
le traduit actuellement en Anglois.

5 *Mars.* Les Comédiens Italiens donnent
aujourd'hui la premiere repréfentation de *Blanche & Vermeille* , comédie nouvelle en trois
actes, mêlée d'ariettes. Elle eft de M. de Flo-
rian, l'auteur des *deux Billets* : ce qui eft déjà
d'un bon augure. La mufique a été compofée
par M. Rigel, connu fur le même théâtre par
des fuccès mérités : on fait que cet artifte a du
nerf, un caractere à lui & eft vraiment original.

6 *Mars.* La Société Royale de Médecine
doit tenir aujourdhui fa féance publique. On
fait d'avance que le prix deftiné à celui qui
auroit le mieux réfolu la queftion fuivante :
*Déterminer qui eft le meilleur traitement pour
la rage*, ne fera pas décerné. Il avoit été
annoncé dès la premiere féance publique de
cette compagnie en 1778. Trois ans n'avoient
pas paru un terme trop long pour le concours.
Le prix d'abord de 600 livres, a été porté à
1200 livres, & il eft connu aujourd'hui qu'il
eft dû à la bienfaifance de M. le Noir, Lieutenant général de Police, dont la modeftie avoit
defiré garder l'anonyme.

7 *Mars.* Le premier acte de *Blanche &
Vermeille* a été jugé très-agréable ; le fe-

cond a moins plu, & le troifieme a fingulierement
bien réuffi. On retrouve dans cette comédie tout
l'efprit, toute la grace qui ont fait accueillir
les autres ouvrages de l'auteur ; mais le public
ayant défiré des changemens, il faut les attendre pour en raifonner pertinemment. Quant à
la mufique, elle n'a pas eu un fuccès complet ; on y a rencontré des morceaux peu faillans, & des motifs qui n'ont pas paru neufs ;
on y a critiqué furtout des airs de bravoure
déplacés, en ce qu'ils arrêtent le cours de
l'action.

8 *Mars* 1781. Il falloit pour avoir des droits au
prix de la Société Royale de Médecine, annoncé, ajouter quelques connoiffances nouvelles
à celles que l'on avoit déjà acquifes fur le traitement de la rage ; répandre par des obfervations exactes & authentiques, un nouveau jour
fur la queftion ; en un mot, rendre le traitement de cette maladie plus fûr qu'il n'étoit
auparavant.

Aucun auteur n'ayant répondu à la queftion
d'une maniere complettement fatisfaifante, le
prix a été remis : mais elle en a diftingué plufieurs, aux travaux defquels elle a donné des
éloges.

M. le Noir, membre honoraire de la compagnie, mais non préfent, informé de ces détails, n'a point voulu que ces athletes reftaf-
fent fans récompenfe. En conféquence il a fait
frapper à fes frais trois médailles d'or, chacune
de la valeur de 100 livres, ayant la même em-
preinte que le jetton de la Société, pour leur
être diftribuées.

9 *Mars*. Rien de plus plaifant que ce

qui fe paffe à Londres au fujet de *Veftr'Allard*
On ne croiroit pas que les féances du Parlement ont été fufpendues dans cette crife, la
plus importante où le peuple Anglois fe foit
trouvé depuis plufieurs fiecles, pour le voir
danfer. Le fieur Veftris, qui s'affimiloit déjà
aux plus grands hommes de l'Europe, & ne
trouvoit au-deffus de lui que le Roi de Pruffe
& Voltaire, va revenir bien bouffi de cette
nouvelle gloire, de fe voir furvivre dans un
rejetton déja fi précieux à l'Europe entiere.

10 *Mars* 1781. L'anecdote du jeune Veftr'Allard, étant des plus curieufes & très-vraie, on ne
fauroit la configner ici avec trop de détail. Le
jeudi 22 février il devoit y avoir une repréfentation de bénéfice au profit de ce Danfeur. Le
fameux orateur Burke, le Demofthene de Londres, avoit propofé pour ce jour-là au Parlement la lecture de fon fameux Bill Economi-
que. Le Lord Nugent, fou de la mufique &
furtout de l'opéra, propofa de remettre la
féance, & pour ne pas donner un motif auffi
futile que celui qu'il avoit, repréfenta que
c'étoit un jour de jeûne pour le royaume. M.
Burke ne fut pas dupe de fon excufe & en
dévoila l'objet; malgré cela la remife que defiroit le Lord paffa à la pluralité de trente
voix.

Le jour indiqué étant venu, il y eut beaucoup de tumulte à l'occafion d'une innovation
faite dans l'annonce, où l'on mettoit les fecondes places au même prix que les premieres.
Le tapage fut fi grand, que Veftr'Allard voulut venir haranguer le public avec un inter-
prête, & fut fifflé, hué & renvoyé deux fois

à coups de pommes & d'oranges : la troifieme
un membre du Parlement l'amena lui-même &
par fa préfence d'efprit calma les mécontens.
Le jeune homme en fut quitte pour des
excufes, des révérences, pour refter profterné
devant le parterre durant la valeur d'environ
cinq minutes : enfin on lui cria *Bravo* & les
deux Veftris triompherent, en remportant tous
les fuffrages.

Cette repréfentation de bénéfice a dû rapporter à Veftr'Allard 1200 guinées.

Une anecdote finguliere pour les Veftris,
c'eft que le jour de l'anniverfaire de la naiffance de la Reine, ils avoient paru au bal de la
cour ; ce qui avoit occafionné des brocards dans
tous les papiers publics ; on difoit qu'ils ne
devoient paroître aux bals de la cour, que
lorfque ce feroit celui de *Ninette à la Cour*,
& c'eft celui qui fut exécuté le jour de fon
humiliation & de fa gloire.

10 *Mars* 1781. Un M. Zacharie & compagnie ont projetté un Canal, qui doit joindre
le Rhône & la Loire & former la communica-
tion des deux mers au travers de la France. Ce
projet vafte porte avec lui-même une utilité fi
marquée, que le gouvernement l'a accueilli.
Ce Canal eft avancé & peut déjà, dans l'état
où il eft, procurer de grands avantages.

11 *Mars*. La Déclaration du Roi donnée à
Verfailles le premier mars, concernant les jeux
défendus, modifie un peu les difpofitions de
la Cour des Pairs & les adoucit.

Elle renouvelle les Edits, Ordonnances,
Arrêts & Réglemens fur cette matiere.

On répute jeux prohibés tous ceux à chances

inégales & préfentant des avantages certains à
l'une des parties au préjudice des autres.

On fait défenfes à toutes perfonnes, de
quelque qualité & condition qu'elles foient,
de s'affembler en aucuns lieux, privilégiés ou
non privilégiés, pour jouer auxdits jeux prohibés.

Les commiffaires au Châtelet & les officiers
de Police, font tenus de veiller à ce qu'on ne
contrevienne point à ces défenfes dans la
capitale & dans tout le royaume.

La première fois, les banquiers contreve-
nans feront condamnés en 3000 liv. d'amende
& les joueurs en 1000 livres, payables par
corps.

En cas de récidive, amende du double &
enfuite les convaincus punis fuivant la rigueur
des Ordonnances & des peines afflictives ou
infamantes.

Ceux qui auront prêté ou loué fciemment
leur maifon aux joueurs, condamnés en 10,000 l.
d'amende.

12 *Mars* 1781. Le fieur Creites, inventeur
d'une machine pour dételer, enrayer & défen-
rayer à volonté les roues d'une voiture, dans
la courfe la plus rapide, en a fait voir hier
l'expérience dans un enclos près le Colizée &
doit la continuer pendant quelques tems aux
yeux du public, à des jours déterminés.

13 *Mars*. Dans la féance publique de la Société Royale de Médecine, tenue le 6, outre
le détail relatif au Prix dont on a parlé, 1°.
le Secrétaire a fait mention d'un avis qui doit
être publié par cette compagnie dans les provinces, dont le but eft d'expofer le plan de la

correfpondance entretenue par elle avec les Médecins & Phyficiens, Regnicoles & Etrangers. Il a enfuite donné une autre courte notice d'un Mémoire fur la meilleure maniere de faire les obfervations météorologiques, lequel doit être diftribué aux correfpondans de la Société. Il a lu un extrait d'un rapport fur plufieurs queftions relatives aux Sépultures de l'isle de Malthe, lefquelles ont été propofées à cette compagnie de la part de Monfeigneur le Grand Maitre, par M. l'Ambaffadeur de la Religion. Ce rapport a été imprimé d'après le vœu & aux dépens de l'Ordre de Malthe.

2°. M. Lorry a lu enfuite un mémoire fur les odeurs des médicamens, divifés en cinq claffes naturelles.

3°. M. Carrere a lu le plan d'un catalogue raifonné fur tous les ouvrages qui ont été publiés fur les eaux minérales du royaume. Ce travail a pour but de faciliter les expériences à faire fur l'analyfe & les propriétés de ces différentes eaux.

4°. M. de Fourcroy a lu un mémoire fur une nouvelle maniere d'employer certains réactifs dans l'analyfe des eaux minérales.

5°. M. Vicq-d'Azir, Secretaire de la Société, a lu l'éloge de feu M. Navier, Affocié Regnicole, Médecin & Chymifte célebre à Châlons-fur-Marne.

6°. M. Caille a lu des recherches chymiques fur les différens procédés employés jufqu'ici par les Pharmaciens pour la préparation du tartre ftibié.

7°. M. l'Abbé Teffier a fait la lecture d'un mémoire fur une maladie très-meurtriere, appelfée *Maladie Rouge*, qui enleve chaque année une grande partie des moutons de la Sologne, & au traitement de laquelle il a été employé par le gouvernement.

8°. La féance a été terminée par la lecture d'un mémoire de M. Mauduyt, fur les effets de l'Electricité appliquée à l'incubation & à la végétation.

14 *Mars* 1781. M. l'Abbé Mauri, eccléfiaftique ha di, intriguant, avide de parvenir, à quelque prix que ce foit, profite de l'honneur qu'il a de prêcher devant le Roi pour fe fignaler : il n'eft point rebuté des dégoûts qu'il a reçus en diverfes occafions pour avoir voulu faire parler de lui & l'on cite déjà plufieurs de fes fermons qui font bruit à Verfailles. Il a pris la méthode pour fe diftinguer de les femer de traits hiftoriques analogues à ce qui fe paffe aujourd'hui, ou même de les enrichir tout fimplement des anecdotes du jour. Cette méthode peu évangélique, d'autant qu'elle eft le plus fouvent fatyrique, eft très-propre à rendre fes difcours piquans, mais auffi à lui procurer des ennemis & à lui faire des affaires. On affure que le Roi eft peu content de cet orateur pour cette raifon.

15 *Mars*. On lit dans le *Mercure de France* du 10 mars, ces *Vers à M. Necker*, par les Ouvriers de l'Imprimerie Royale :

Pour Dieu, Monfieur, ceffez d'écrire,
Nous payons trop cher vos honneurs ;
On n'eft point laffé de vous lire ;
Mais à la foule des Lecteurs

Notre zele ne peut suffire :

Si vous n'avez pitié de notre fort,

Votre immortalité nous donnera la mort.

Il y a grande apparence que l'anonyme auteur étoit un plaisant, dont le rédacteur du *Mercure* a été dupe. On a fait fentir, fans doute, au Directeur général des Finances, le ridicule de ce prétendu madrigal ; & l'on a excité les Ouvriers de l'Imprimerie Royale à le défavouer par l'organe du fieur le Roi, l'un d'eux, qui a fait inférer à ce fujet un petit bout de lettre en date du 11 mars, dans le *Journal de Paris* d'aujourd'hui.

15 *Mars* 1781. On parle beaucoup d'un écrit de M. Bourboulon, contre le *Compte rendu* de M. Necker. On affure que celui-ci, aux affuts de tout ce qui peut attaquer fon ouvrage, a ete inftruit à tems que cette critique étoit à l'impreffion, & a eu l'art de faire enlever le manufcrit.

16 *Mars.* M. Bourboulon eft aujourd'hui Intendant des Finances de M. le Comte d'Artois; il avoit été premier Commis des Finances fous l'abbé Terrai & renvoyé par M. Turgot, redoutant un homme qui avoit travaillé fous un prédéceffeur auffi décrié. Quoi qu'il en foit, ce Bourboulon s'eft affocié avec M. Radix de Saintfoix, avec M. le Clerc & autres détracteurs de M. Necker, pour compofer fa critique, fondée fur les connoiffances qu'il croyoit avoir de la matiere. Comme fon ouvrage tend à inculper de fauffeté, de charlatanerie & de mauvaife foi décidée le directeur des finances,

celui-ci a été allarmé & a cru devoir arrêter
l'effor d'une brochure capable d'affoiblir le crédit public dans un tems où il en a fi grand
befoin. On prétend qu'il exige même que le Sr.
Bourboulon foit puni.

On a compofé à Paris un ouvrage intitulé,
*Etat Militaire, Naval, Nobiliaire, Eccléfiaf-
tique, Civil & Municipal de la Grande Bretagne.* Ce recueil, vraifemblablement formé
fur d'autres écrits en Anglois & compofés à
Londres, fournit ce réfultat de la marine Angloife.

Vaiffeaux ou Bâtimens en Commiffion.

Du premier rang	3	de 100 canons.
Du fecond, idem. . . .	13 . . .	de 98 à 90, idem.
Du troifieme, idem. . .	84 . . .	de 80 à 64, idem.
Du quatrieme, idem. .	20 . . .	de 60 à 50, idem.

120.

Frégates ou Corvettes.

Du cinquieme rang. . .	56 . . .	de 44 à 32 canons.
Du fixieme, idem. . .	59 . . .	de 28 à 20, idem.

115.

On compte en outre 75 Sloops de 8 à 18 canons, 22 bâtimens de 8 à 10 canons, 24
Cutters, 12 brûlots, cinq Galiotes à bombes,
4 Yachts.

Le Réfumé en général eft de

Bâtimens non en fervice. . .	20
En Commiffion.	377
En Conftruction.	74

Total 471.

18 *Mars*

18 *Mars* 1781. Vaudeville chanté dans une
société, où étoient M. & Madame la Ruette,
Mlle. d'Oligny & M. de la Rive.

Air : *du Vaudeville de la Rosiere.*

Quel plus beau champ pour nos chansons;
Que l'heureux instant qui nous lie,
Avec les plus chers nourrissons
De Melpomene & de Thalie !
Honneur aux talens précieux
Qui sont réunis en ces lieux.

A celle (*) qui sçut à la fois,
Nous charmer d'un double délire,
Enchanter nos sens par sa voix,
Et nous attendrir pour *Zémire*;
Honneur aux talens précieux
Qui sont réunis en ces lieux.

A celle (†) qui dans chaque trait,
De la vertu tableau fidele,
Sur la scene en est le portrait,
Dans le monde en est le modele;
Honneur aux talens précieux
Qui sont réunis en ces lieux.

A ce peintre de l'enjouement, (§)
Qui, toujours vrai, toujours aimable,
Peignit *Caffandre* si plaisant,
Et *Mathurin* si respectable;
Honneur aux talens précieux
Qui sont réunis en ces lieux.

(*) Madame la Ruette.

(†) Mlle d'Oligny.

(§) Le Sr. la Ruette.

Tome XVII.   E

A celui, (*) qui de tous les cœurs,
A fu raffembler le fuffrage,
Et trouvant Melpomene en pleurs,
Lui fit oublier fon veuvage;
Honneur aux talens précieux
Qui font réunis en ces lieux.

On a vanté dans tous les tems,
Le fameux feftin des fept fages;
Près de nos convives charmans
Que feroient ces froids perfonnages !
Honneur aux talens précieux
Qui font réunis en ces lieux.

Heureux qui peut dans un banquet,
Affis auprès de *Colombine*,
En trinquant avec *Mahomet*,
Boire à la fanté de *Nanine*;
Honneur, aux talens précieux
Qui font réunis en ces lieux.

Lorfque le cœur eft de moitié,
Il n'eft point de plus doux éloges,
Et le tribut de l'amitié
Vaut ceux du parterre & des loges;
Honneur aux talens précieux
Qui font réunis en ces lieux.

19 *Mars* 1781. Depuis la premiere repréfen‑
tation de la *Fête de Mirza*, fi mal accueillie du
public, on parloit de remettre cette Pantomime
avec des changemens confidérables & effentiels ;
mais il y a apparence que ce n'étoit qu'une tour‑
nure pour ménager l'amour-propre de l'auteur.

_____

(*) Le Sr. la Rive, qui a remplacé le Kain au
théatre.

Comment corriger ce fpectacle incorrigible ?
Comment en bannir toutes les fituations faites
pour affliger l'ame, tous ces maffacres, ces
fupplices, objets auffi déplacés que repouffans
dans une Fête.

20 Mars 1781. Extrait d'une Lettre de Turin,
du 28 Février. ,, Amateur de l'art du chant
comme vous l'êtes, enthoufiafmé de la voix
touchante, flexible & jufte, que madame Todi
vous a fait entendre dans les concerts de Paris,
vous apprendrez fans doute avec plaifir, que
cette cantatrice eft devenue actrice à Turin.
Elle a eu le plus grand fuccès fur notre théatre
dans le premier rôle de l'opéra d'*Andromaque*,
poëme de Metaftafe, mufique du fieur Vincent
Tartoni, maître de chapelle de fon Alteffe
royale, le Prince des Afturies.

21 *Mars.* Les changemens faits à *Blanche &
Vermeille* nous mettent dans le cas d'en rendre compte aujourd'hui.

Blanche & Vermeille font deux jeunes filles,
qui ont été élevées à la campagne par une Fée
qui veut faire leur bonheur. Elles ont chacune
un galant. *Vermeille* n'eft fenfible qu'à l'amour :
Blanche devient infidele & fe laiffe gagner par
ambition. Auffi, quand leur protectrice leur
permet de former chacune un fouhait, *Vermeille* demande à époufer fon amant villageois,

Blanche fouhaite époufer le Prince qui lui a
propofé fa main. La Fée exauce le premier vœu :
quand à Blanche, elle lui permet d'aller paffer
un jour à la cour, avec promeffe de l'y faire
regner, fi elle s'en trouve bien. Elle y eft conduite & tandis qu'on la revêt des habits convenables à fon nouvel état, *Colin* qu'a delaiffé

Blanche, vient implorer la pitié du Prince &
lui raconte la perfidie de fa maîtreffe. Cette
ouverture engage celui-ci à éprouver par lui-
même la tendreffe de *Blanche* ; il feint que
pour la féduire il a pris un nom & un rang qui
ne lui appartiennent point , que le Prince qui
l'a apperçue s'eft enflammé pour elle d'une
paffion très-violente : il lui demande fi l'amour
qu'il lui a infpiré lui fera obtenir la préférence
fur un rival redoutable ? L'embarras, la furprife de *Blanche* indigne le Prince , qui fe
dévoile & l'abandonne à l'inftant même, où
les courtifans viennent chanter fon bonheur &
fa gloire. Elle eft obligée de retourner au village ; elle y arrive au moment où fa fœur vient
d'époufer fon amant. Ce fpectacle fait renai-
tre le remords dans fon cœur ; *Colin* lui pardonne & l'époufe.

Ce fujet offroit beaucoup de difficultés à
l'auteur, par la reffemblance qu'il a avec quantité d'autres & notamment avec *le Prince noir
& blanc*, piece des boulevards très-courue,
qu'on jouoit à la même époque : mais la fageffe
du plan, l'efprit & la délicateffe du ftyle, quoiqu'ayant befoin d'être plus foigné en quelques
endroits, ont fait oublier ces divers paralleles,
pour ne s'occuper que de la piece, dont l'auteur eft d'ailleurs fort aimé du public.

21 *Mars* 1781. Les fondemens de la nouvelle
falle pour la comédie italienne vont fe jetter
C'eft décidemment fur le terrein du Duc de
Choifeul ; mais il paroît que c'eft une fpécu-
lation lucrative de fa part, qu'il forme & fuit
l'entreprife à fes frais.

22 *Mars*. M. Turgot, Miniftre d'état, eft

mort le 18 d'une goutte remontée, avec toute la préfence d'efprit & toute la philofophie qu'il a toujours montrée. Sans l'examiner du côté de fes qualités miniftérielles, devenues très-problématiques, on ne peut lui enlever la gloire de s'être diftingué dans fon intendance de Limoges, de façon à y laiffer encore des regrets ; on ne peut lui ôter une probité intacte, une humanité, une popularité, une philantropie ; qualités qui rendront fa mémoire d'autant plus précieufe, qu'elles font de plus en plus rares dans les gens en place.

22 *Mars* 1781. Extrait d'une lettre de Toulon du 12 mars 1781.,, La ville de Marfeille vient d'acheter l'arfenal que le Roi avoit dans cette ville : elle en donne dix millions. L'état trouve par cet arrangement une reffource dans le moment préfent ; & gagne pour l'avenir les dépenfes confidérables qu'il falloit faire pour l'entretien des bâtimens & pour les appointemens des perfonnes employées dans ce département de marine.

C'eft M. Malouet qui, comme Commiffaire du Roi, a confommé cette vente, en train depuis long-tems, mais dont on n'offroit que fept à huit millions.

23 *Mars* M. le Maréchal Duc de Clermont Tonnerre vient de mourir âgé de 93 ans.

Pour qui compte les jours d'une vie inutile
L'âge du vieux Priam paffe celui d'Hector ;
Pour qui compte les faits, les ans du jeune Achille
    L'égalent à Neftor.

24 *Mars*. M. le Marquis de la Salle, auteur de la comédie de *l'Officieux*, encouragé par

ce fuccès vient de faire jouer aux Italiens, mardi dernier 20 de ce mois, une autre piece intitulée *Chacun a fa folie*, en deux actes & en vers. Elle répond à fon titre, qui n'annonce pas une piece d'intrigue. L'action eft compofée principalement de trois perfonnages, dont l'un eft entêté des mœurs & des ufages anciens, l'autre n'aime que ce qui eft moderne, & le troifieme a la fureur de jouer la comédie. On voit que ces caracteres peu faillans & peu neufs, qui plutôt ne font pas des caracteres, mais des ridicules, fourniffent peu de fonds & ne pouvoient fe foutenir que par les détails. Il faut attendre une feconde repréfentation pour prononcer.

25 *Mars* 1781. Madame la Ducheffe de Mazarin vient de mourir. Elle avoit été une des plus belles femmes de la cour & fon amour pour le plaifir n'a pas peu contribué à accélérer fa fin dans un âge encore floriffant. Son mari forti de captivité depuis peu, a pu profiter de la leçon d'un pareil fpectale; car ils fe font rapprochés & la religion a déterminé la Ducheffe à recevoir en grace le coupable de tant d'infidélités & de perfidies, qu'elle lui avoit bien rendues, il eft vrai.

25 *Mars*. La comédie Françoife eft dans un tel délabrement, qu'il en eft réfulté jeudi dernier une fingularité piquante. La Dame Preville, après avoir joué dans *Nanine* le rôle de la *Baronne*, avec cette fupériorité de talens qu'on lui connoît, a rempli dans le *Médecin malgré lui*, celui de la femme de *Sganarelle*. Une chofe plus extraordinaire encore, c'eft que la Dlle. Raucourt s'eft piquée de fe rendre utile: elle a fait dans l'une la vieille Comteffe

& dans l'autre la Nourrice. Elle s'en eſt très-
bien tirée : du moins le public a beaucoup ri.
On a paru lui ſavoir gré de ſa complaiſance,
car, ſans elle, des maladies & le ſervice de
la cour auroient fait fermer le ſpectale.

26 *Mars* 1781. M. Necker a, ſans doute, été
très-vivement affecté de la critique de M. Bourboulon, puiſqu'il en a porté des plaintes à M.
de Maurepas, en demandant que l'auteur fût
exemplairement puni, non relativement à lui,
mais pour avoir tenté d'ébranler le crédit public dans un inſtant de guerre, où il eſt eſſentiel de le conſerver. Il paroît que ces plaintes
avoient été ſi efficaces, qu'on étoit ſur le point
de décerner une lettre de cachet pour l'envoyer
à la Baſtille, lorſque le Comte d'Artois a mandé
le directeur général des finances & lui a reproché de ſe plaindre à d'autres qu'à lui d'un
homme qui lui appartenoit & dont c'étoit à lui
à faire juſtice. Cet incident a obligé M. Necker
de ſe relâcher de beaucoup, ſur-tout quand le
Prince lui a objecté que ſon tréſorier n'avoit
fait que ramaſſer le gant que lui auteur du
Compte rendu avoit jetté dans l'arene en pro-
voquant & défiant tout critique qui auroit des
objections à lui faire. Son Alteſſe Royale a
ajouté que diſpoſée à punir le Sieur Bourboulon dans le cas où ſon ouvrage le mériteroit,
par des erreurs volontaires, par une mauvaiſe
foi décidée, ou par des perſonnalités calom-
nieuſes, elle vouloit qu'on nommât des commiſſaires pour examiner le mémoire en queſtion. On ne croit pas que le roi le permette
& vraiſemblablement l'affaire en reſtera là.

27 *Mars.* Le lundi deux avril prochain

commenceront dans le parc du château de Vincennes les courfes des jumens Françoifes & des
jumens étrangeres, pour lefquelles il a plu au
Roi d'établir des prix. C'eſt ainſi que S. M.
fera tourner en établiſſement utile, un jeu d'a-
bord futile & tendant uniquement à occuper
le loiſir de nos Princes & grands Seigneurs.

Ces courfes auront lieu les 2, 6, 10 & 14
avril, & en tout on décernera huit prix.

Les jumens Françoifes qui fe préfenteront pour
concourir aux prix, feront montées par des
François; les étrangeres par les monteurs qui
conviendront aux propriétaires.

Tout propriétaire de jumens Françoifes, ou
étrangeres, fera admis à faire courir fa jument,
en fe conformant au réglement pour la police
des courfes que S. M. fera connoître inceſſam-
ment.

28 *Mars* 1781. *La Matinée & la Soirée Villageoiſe*, ou *le Sabot perdu*, nouveau divertiſ-
fement en deux actes, en vaudevilles, de MM.
Auguſte de Piis & Barré, a fur-tout réuſſi hier
par les jolis tableaux qu'il préſente. *Babet*, pour
aller voir *Colin* qui l'attend à la porte, eſt
obligée de prendre de vieux fabots de fa mere.
La terre eſt couverte de neige. *Babet* furprife
pendant fon rendez-vous, prend la fuite & laiſſe
un de fes fabots. Le Bailli qui furvient le ramaffe,
foupçonne qu'il appartient à *Babet* dont il eſt
amoureux, & d'après des traces d'homme qu'il
voit aboutir à la maifon de *Colin*, fon rival,
il conclut qu'ils fe font vus furtivement. Pour
tâcher de confondre *Babet*, il va déclarer à
toutes les femmes du village qu'il a trouvé un
fabot, qui prouve qu'une de leurs filles eſt

i

coupable. On fe décide à l'effayer à chacune
des filles en particulier ; comme il ne va à
aucune, l'un des maris veut qu'on l'effaye auffi
aux meres elles-mêmes, & l'on reconnoît que
le fabot appartient à la mere de *Babet* : mais
celle-ci, pour ne pas la laiffer calomnier, avoue
l'hiftoire du rendez-vous, & par fes prieres &
celles de fon amant obtient enfin l'aveu de fes
parens pour époufer *Colin*.

On a trouvé quelques momens de langueur
dans l'action, & du *découfu* dans l'intrigue ;
mais on a applaudi de charmans couplets &
traits d'efprit, tels qu'on en trouve dans toutes
les pieces des deux auteurs de celle-ci. Ce dernier ouvrage ne déparera point leur agréable
collection.

28 *Mars* 1781. On travaille à la nouvelle falle
pour les comédiens italiens, en vertu de lettres
patentes enrégiftrées en parlement le 14 octobre
1780, qui ordonnent la tranflation de la comédie dite *italienne* dans le jardin de l'hôtel de
Choifeul, fur l'offre faite par M. le Duc &
Madame la Ducheffe de confentir à l'abandon
gratuit d'environ 1800 toifes de fuperficie de
leur terrein, pour y conftruire ladite falle & y
former une place au-devant, & les rues néceffaires à fon débouché.

La falle de fpectacle fera ifolée : elle aura
une place au-devant & la ville confent que la
partie de derriere fur le boulevard foit élaguée,
nettoyée & pavée, pour en faciliter les abords.
On a vaincu là-deffus la fauffe délicateffe de meffieurs les comédiens ; en forte que la falle fera
entre deux places & deux rues.

Dans les deux rues latérales, à qui l'on donne

E v

les noms de *Favart* & de *Marivaux*, on prati-
quera pour les gens de pied un trottoir, formé
par des bornes placées à cinq ou six pieds de
distance des murs. En tout cinq rues y abou-
tiront, sans compter un passage qui sera ménagé
pour les gens de pied en face même de la comédie.

29 *Mars* 1781. Extrait d'une lettre de Bordeaux du 24 Mars. ,, M. Dupaty, quoique jouis-
sant de la place de président, n'en est pas moins
en butte à des persécutions indirectes. Le parlement a pris occasion de pamphlets imprimés &
répandus sur son affaire, pour instruire une
procédure & faire une information, comme si
l'on l'en soupçonnoit l'auteur, le coopérateur
ou l'instigateur. On a entendu en déposition
presque toute la ville : on a surtout interrogé
trois avocats extrêmement liés avec ce magistrat, Messieurs Seize, Bousquet & Garat: tous
trois lui ont rendu justice & l'ont déclaré inca-
pable d'une vengeance pareille. Il pourroit se
faire que des ennemis de M. Dupaty auroient
poussé la scélératesse jusques à fabriquer ces
pamphlets & à s'injurier eux-mêmes pour l'en
faire soupçonner complice. Quoi qu'il en soit,
la cour, pour arrêter cette affaire, qui continue à mettre la ville en discorde & en feu, ne
veut pas que le parlement la suive.

30 *Mars.* On prétend que ce qui a surtout
envenimé M. de Saintfoix contre M. Necker,
c'est que celui-ci a découvert qu'il avoit été
remboursé d'une pension viagere qu'il continuoit
à toucher, & qu'encouragé par la sécurité où
l'on le laissoit, il en sollicitoit le remboursement une seconde fois. Le directeur général lui

en a fait les reproches les plus amers & exige qu'il regorge les intérêts qu'il a reçus mal à propos. Cet officier du Comte d'Artois profite de la confiance du prince, pour lui faire partager son ressentiment & lui donner des insinuations fâcheuses contre M. Necker : ce qui éleve un orage considérable sur la tête du directeur des finances.

31 *Mars* 1781. Extrait d'une lettre de Limoges du 27 Mars. „ Nous sommes affligés jusqu'aux larmes de la mort de M. Turgot. Il a gouverné cette province pendant douze ans, dans un esprit d'équité, de popularité, de bienfaisance, avec une application constante à lui procurer toutes sortes d'avantages. On n'y oubliera jamais les dons généreux qu'il répandit dans le sein des pauvres, lors de la cruelle disette qui nous accabla pendant plusieurs années ; les soins infatigables qu'il se donna pour nous procurer des subsistances de premiere nécessité dont nous manquions, le zele actif & presque importun avec lequel il parvint à éclairer le Ministere sur la surcharge énorme qu'éprouvoit la généralité dans ses impositions, d'après une erreur de calcul malheureusement consacrée par un long usage. C'est à sa bienfaisance, autant qu'à ses lumieres, que le journalier, le malheureux habitant de la campagne, doivent l'exemption de la cruelle servitude qui les forçoit à travailler, sans salaire, sur les chemins, & à voiturer gratuitement les équipages des troupes.

„ La conversion de la corvée personnelle en argent, dont il donna l'exemple aux autres provinces, porte avec elle cet esprit d'équité si conforme au caractere de M. Turgot, qui diri-

geoit toutes fes opérations. Dans l'ancien fyftême, le propriétaire, l'homme riche, qui doivent tirer le plus grand avantage de la confection des chemins, ne contribuoient cependant
pour rien à la dépenfe; le pauvre feul étoit
accablé. Dans le nouvel ordre, les proportions
naturelles furent établies; & ce qui doit étre
regardé comme un bienfait ineftimable, la province commença à efpérer d'avoir enfin des
routes praticables.

„ Depuis cinquante ans notre culture fouf-
froit, les gens de l'art s'agitoient, les adminiftrateurs s'excédoient de foins & de peines
& nous n'avions pas encore deux lieues de route
qui ne préfentaffent aux voyageurs les obftacles les plus dangereux & les plus rebutans;
& cela doit étre ainfi dans un pays où le phyfique préfente tant d'obftacles à vaincre, des
montagnes, des rochers, des ruiffeaux, des
rivieres, des fources qu'on trouve à chaque
pas, des marais dans quelques parties; tout
cela néceffite des travaux au-deffus de la portée
des manouvriers. A peine l'art le mieux dirigé
peut-il y fuffire.

„ Graces à cette heureufe révolution qu'a
procurée M. Turgot & qu'il n'a pas perdue de
vue pendant fon miniftere, fon fucceffeur a pu
continuer & réalifer ces entreprifes d'utilité publique. Au moyen des fonds accordés pour des
atteliers de charité, le Limoufin préfente aujourd'hui au voyageur étonné les routes les plus
fuperbes de l'Europe, & indépendamment des
grandes communications avec Paris, avec l'Efpagne, avec Bordeaux, on en voit s'établir
d'année en année de particulieres, qui font de

la plus grande utilité & les abords des villes
fe faciliter & s'embellir. "

31 *Mars* 1781. Aujourd'hui, que ceffent les
fpectacles, il n'eft pas hors de propos de donner un réfumé du travail extraordinaire fait à
chacun des théâtres royaux, depuis le 4 Avril
1780 jufqu'à cette clôture.

On a remis à l'opéra fix grands ouvrages :
Caftor & Pollux, *Roland*, *Alcefte*, *l'Iphigénie en Tauride* du Chevalier Gluck, fon *Iphigénie en Aulide*, *Echo & Narciffe*, & fix petits
actes : *Bathile & Cloé*, *Philemon & Baucis*,
la Cour d'Amour, *Vertumne & Pomone*, *le
Devin du Village & Pygmalion*. Ses pieces
nouvelles font au nombre de fept ; trois grandes tragédies : *Andromaque*, *Perfée* & *l'Iphigénie en Tauride* de M. Piccini : un opéra Ballet en trois actes, le *Seigneur Bienfaifant*, &
trois intermedes en un acte, *Laure & Pétrar-
que*, *Damete & Zulmis*, & *Erixene*. Il faut
ajouter à ce travail, la remife des *Caprices de
Galathée*, de *la Chercheufe d'efprit* & *la fête
de Mirza*. Ce dont il réfulte un tableau de
vingt-deux ouvrages, tant mis que remis : travail prodigieux à ce fpectacle. Il eft des amateurs qui obfervent même le danger d'une trop
grande variété, foit par la crainte d'ufer promptement un repertoire encore peu nombreux, à
caufe des révolutions de la mufique en France
depuis quelques années, foit par celle d'une
dépenfe trop exceffive en décorations & habits,
qui doivent fe fouiller, fe brifer, fe déchirer
dans des tranfports auffi fréquens, foit enfin
par les répétitions trop multipliées, capables
de fatiguer les fujets, d'obliger à des efforts,

d'altérer leurs organes & de nuire à l'intérêt général.

Quant à la comédie Françoise, elle n'a donné en tout que sept nouveautés: une tragédie, *Thamas Kouli-kan*; deux pieces héroïques, *le Siege de Saint Jean de Losne* & *la Réduction de Paris*; une comédie en cinq actes, *le Jaloux sans amour*: deux petites pieces; *l'Antipathie pour l'amour* en deux actes & *le Bon-ami* en un; enfin un Drame en cinq actes, *Clementine & Desorme*. L'indisposition de Mlle. Sainval a empêché de jouer la tragédie de *Richard III*, tragédie de M. de Rozoi, à l'étude depuis long-tems. Ils ont remis six tragédies: *la Veuve du Malabar*, *la Mort de Pompée*, *Orphanès*, *Pierre le Cruel*, *Oedipe chez Admete* & *Pyrrhus*. *Le retour des Officiers*, *les Carosses d'Orléans* & *le Roi de Cocagne* font les seules comédies remises.

Jamais ce Spectacle n'avoit été d'un travail si stérile. On attribue cette pénurie à la querelle des comédiens avec les auteurs, qui a aliéné ceux-ci & a empêché les autres de donner à l'étude un tems dissipé en intrigues & en cabales. Cette revue de la comédie Françoise ne peut que faire desirer plus ardemment une seconde troupe, le seul remede à la décadence du théâtre national.

Jamais les comédiens Italiens, au contraire, n'ont fait des efforts aussi considérables; ils ont exécuté: 1°. cinq comédies de l'ancien repertoire; *le Mari garçon*, *le Tour de Carnaval*, *la fausse Suivante*, *le Sylphe* & *le Déguisement*. 2°. Onze comédies nouvelles; *la Demande imprévue*, *le Déguisement forcé*, *l'Officieux*,

Jeannot & Colin, *le Dormeur éveillé*, *Jenneval*, *la Comédie à l'impromptu*, *les deux Oncles*, *le Somnambule*; *l'Amour conjugal*, *Chacun a sa folie*. 3°. Six Drames Lyriques; *les Torts du sentiment*; *Florine*, *Rosanie*; *Pygmalion*, *la Mélomanie*, *Blanche & Vermeille*. 4°. Enfin neuf Opéra-Comiques: *Cassandre Oculiste*, *Aristote amoureux*, *la Veuve de Canœule*, *les Vendangeurs*, *Cassandre astrologue*, *les Etrennes de Mercure*, *l'Amant statue*, *les deux Morts*, *la Matinée & la Veillée villageoise*. Ce qui donne un total de trente-trois ouvrages, dont le repertoire des Italiens a été augmenté cette année.

1 *Avril* 1781. Le fils de M. de Rochambeau, qui a dû repartir pour l'Amérique Septentrionale fur la même frégate où s'est embarqué M. de Barras, qui va succéder à M. de Ternai, avant de quitter Versailles est allé prendre les ordres de la Reine. S. M. l'a chargé de témoigner fa bienveillance à fon pere & a ajouté avec gaieté : "*faites-lui part de mon bonheur*". Ce qui ne laisse plus aucun doute fur fa groffeffe désirée.

1 *Avril*. Les comédiens François ont donné hier pour leur clôture *Jodelet Maître & Valet*, comédie en cinq actes & en vers de Scarron. Cette farce ayant près d'un fiecle & demi, puifqu'elle est de 1645, prouve dans quelle pénurie d'acteurs est ce théâtre pour exécuter le tragique. C'est peut-être la premiere fois qu'on joue une pareille piece en carême & à la fin de l'année dramatique. Il faut attribuer auffi la bizarrerie de cet événement à la trop grande indulgence du fupérieur, qui a laiffé les meilleurs acteurs prendre leurs vacances avant le

tems & partir pour la province , où ils gagnent en huit jours plus que ne leur vaut ici part entiere.

2 *Avril* 1781. C'est aujourd'hui que doivent commencer à Vincennes les courses pour les prix fondés par le Roi. Il y en aura trois de cent louis chacun , conformément au réglement rendu pour la police de cet exercice. C'est M. le Marquis de Conflans que S. M. a nommé, afin de présider aux courses & à la distribution des prix.

2 *Avril.* Il paroît que M. le Duc de Chartres , malgré la réclamation des propriétaires réunis des maisons donnant sur le Palais Royal, persiste dans le projet lucratif qu'on lui a suggeré , de convertir son jardin en une espece de foire ou d'enclos privilégié. Ils ont déja présenté plusieurs Mémoires à son Altesse infructueusement , ils ont même eu recours à Madame la Duchesse toute débonnaire , mais qui a employé sa médiation sans succès; enfin il doit y avoir vendredi une députation composée des principaux d'entr'eux , pour tenter un dernier effort auprès de ce Prince.

3 *Avril.* MM. Auguste de Piis & Barré, auteurs de *la Soirée villageoise* , ont cousu à la fin de leur piece, exécutée pour la troisieme fois à la clôture , des couplets en forme de compliment: cette tournure plus piquante que la formule ordinaire, a très bien pris: on a sur-tout fait repéter le couplet suivant , chanté par la Dlle. Carline sous le nom de *Therese;* il faut se rappeller que ce sont des paysans qui chantent :

Air : *Robin turelure.*

Rien qu'un feul mot en paffant :
Marquais lui, j' vous en conjure,
Qu' fon r' tour pour mon p'tit talent
    S' ra, j' l'affure,
C' qu'eft l'printems à la verdure ;
J' bornons là not' écriture.

3 *Avril* 1781. M. Bouquet, Avocat au Parlement, commiffaire du tréfor des Chartres, Bibliothécaire & Hiftoriographe de la ville de Paris, vient de mourir. C'étoit un favant homme, dont on a eu occafion de parler plufieurs fois, ainfi que de fes ouvrages : il avoit écrit du tems de la révolution en faveur du fyftême du Chancelier ; il eft à préfumer, au refte, qu'il étoit de bonne foi ; il n'étoit point du tout intriguant, il avoit même de la bonhommie & de la fimplicité : il étoit devenu fort lourd, fort épais, dormant toujours, & l'on ne pouvoit concevoir comment il avoit acquis toutes les connoiffances qu'il poffédoit.

3 *Avril.* Les ennemis de M. Necker continuent à répandre des pamphlets contre lui, & fon *Compte rendu* leur donne beau jeu ; il paroît *Lettre d'un ami à M. Necker*, fans date & de 16 pages feulement.

4 *Avril.* M. le Gros, directeur du concert fpirituel, qui a finguliérement amélioré ce fpectacle, ainfi qu'on l'a obfervé plufieurs fois, va le perfectionner encore dans ce tems-ci, où ce fera bientôt le feul dont jouira le public. Non

feulement il a fait venir différens virtuofes dignes
d'être entendus des connoiffeurs, mais il a encore
cherché les morceaux de mufique les plus intéreffans, les plus rares, les plus propres à exciter la curiofité. Il fe propofe entr'autres nouveautés de faire exécuter un *Stabat Mater* de
Heyden & un autre du Pere Vito. Il donnera
enfuite celui de Pergoleze, toujours en poffeffion de ravir l'auditoire : les amateurs feront
ainfi en état de comparer les différentes manieres
de ces trois grands maîtres & de les juger.

4 *Avril* 1781. C'eft demain que l'Académie
Françoife doit procéder définitivement à l'élec-
tion du fucceffeur de M. de la Curne de Sainte
Palaye. Il paroît qu'elle n'eft partagée qu'entre
deux concurrens, M. Bailly & M. de Champfort.

5 *Avril*. La *Lettre d'un ami à M. Necker* ;
tend à établir qu'il y a beaucoup d'inexactitude
& d'illufion dans fon *Compte rendu*. C'eft un
écrit rempli de calculs, où l'on prétend relever
fes erreurs. Il faudroit être bien au fait de la
matiere pour en juger. On compare à fa méthode
celle de Demarets & de l'Abbé Terrai, & l'on
trouve que ceux-ci avoient beaucoup plus de
clarté & de franchife. Du refte, l'ironie eft la
figure favorite de l'auteur ; il accable de louanges
M. le directeur général & il les tire des propres
expreffions & phrafes de fon ouvrage. Il s'excufe
de garder l'incognito & de refter dans l'obfcurité, fur l'éloignement qu'a M. Necker de tout
éclairciffement, de toute difcuffion honnête,
quoiqu'en publiant fon travail il paroiffe le fou-
mettre à l'examen de quiconque voudra le critiquer. Ce pamphlet feroit précieux par le rappro-
chement des calculs, s'ils étoient exacts.

5 *Avril* 1781. Extrait d'une Lettre de la Guadeloupe du 15 Janvier. "Nous avons vu avec plaisir revenir ici pour intendant M. de Montdenoix ; mais nous sommes fâchés que le motif en ait été aussi désagréable pour lui. C'est une suite de sa division avec M. de.... le Gouverneur de la Martinique. C'est d'autant plus funeste que cet administrateur a des ressources que n'aura pas son successeur. Dans les tems les plus difficiles du séjour du Comte d'Estaing & de son Escadre, il a trouvé jusques à 500,000 livres de crédit pour le Roi & nous doutons que M. Peynier puisse en faire autant.

M. de Montdenoix est environ depuis le commencement d'Octobre dans cette Colonie ; mais nous craignons qu'il ne nous reste pas longtems, soit à raison de ses mécontentemens personnels, soit par les intrigues de M. de..., qui le trouvera encore près de lui. Ce Gouverneur, qui fut la fin du Ministere de M. de Sartines étoit fort mal en cour & devoit s'attendre à son rappel, se flatte d'avoir repris consistance sous le Marquis de Castries. Il a du courage & de l'activité ; mais il est bouillant, entêté, brouillon & ne peut que nuire aux intérêts du Roi, par sa mésintelligence avec tous les chefs qui viendront successivement aux Isles du vent commander les armées navales & qui exciteront nécessairement sa jalousie, plus ils seront recommandables par leurs talens.

Au surplus, il est très mal avec les habitans. Nous entendons parler d'un Mémoire envoyé contre lui en Cour, où il est fort mal traité : heureusement pour lui Madame Blot, du Palais

Royal, qui a l'oreille du Miniftre actuel, racom-
modera tout cela.

Je ne vous parle point des Anglois, qui tiennent la mer actuellement dans nos parages &
font tout ce qu'il veulent, jufques à ce que nous
ayons une efcadre qui leur en impofe".

5 *Avril* 1781. C'eft M. de Champfort qui l'a
emporté cette après-midi ; il a eu feize voix
contre douze.

6 *Avril.* On parle depuis quelques jours
d'une autre brochure fort courte auffi, où l'on
attaque le *Compte rendu* de M. Necker. Elle eft
intitulée *les Comment.* On veut qu'elle foit
vive & preffante.

6 *Avril.* Le prédicateur le plus renommé
cette année, au gré de ceux qui fuivent les fermons, c'eft un Abbé Mafle, qui monte depuis
peu en chaire à Paris. Il prêche à Notre-Dame
& c'eft un concours prodigieux ; on le trouve
déja fupérieur à tout ce que nous avons de plus
brillant actuellement.

7 *Avril.* On parle beaucoup de la féance
qui a eu lieu hier matin au Palais Royal. M.
de Maudreuil, Confeiller d'Etat, M. le Comte
de Talaru & M. le Marquis de Voyer s'étant rendus à l'heure indiquée par M. le Duc de Chartres, pour écouter les repréfentations qu'ils
avoient à lui faire au nom des propriétaires des
maifons fur le jardin ; le Prince, après s'être
fait attendre longtems, a paru en robe de
chambre, fans bas & fans culotte. La difcuffion
a été vive, & fon Alteffe Séréniffime fe retran-
chant conftamment fur le befoin qu'elle avoit
d'argent, M. de Voyer outré a fini par lui dire :
Monfeigneur, nous en avons, non pas pour

vous le donner mais pour nous défendre. La conversation en est restée-là & l'on s'est retiré. Ces Messieurs semblent décidés à recourir au Roi.

7 *Avril* 1781. Une Dame amatrice d'Horace, promet pour prix à celui qui traduira quelques Odes de ce poëte, une veste rose & argent, qui est sur son tambour. C'est dans le n°. 93 du *Journal de Paris*, qu'on lit cette annonce singuliere.

7 *Avril.* Les *Comment* font une grande fortune. On trouve dans cette brochure, à ce que publient les détracteurs de M. Necker, le ton de l'honnêteté & de la vérité, la touche fine & délicate de l'homme de goût ; ils veulent que la cour & la ville l'aient lue avec avidité. On en parlera plus pertinemment, quand on l'aura discutée.

7 *Avril.* Le sieur Lavenant, Agent de Change, a été conduit aujourd'hui à la Bastille. On l'accuse d'infidélité dans sa charge & de s'être approprié un récépissé des nouvelles rentes viageres, qu'un particulier lui avoit donné à négocier.

7 *Avril.* On ne fait que parler de la séance du Palais Royal & il paroît que le public voit de mauvais œil M. le Duc de Chartres, depuis que les détails en ont transpiré : on assure même que son Altesse Sérénissime a été huée hier chez Nicolet. On ne peut voir sans une sorte de mépris un grand Prince fort riche, afficher une cupidité aussi sordide & se refuser à tout sentiment de justice & de commisération.

8 *Avril.* M. le Lieutenant général de Police, accompagné des officiers de sa jurisdiction, a fait jeudi l'ouverture d'un nouveau marché arrangé au fauxbourg Saint Antoine. Le clergé

de Sainte Marguerite s'y est rendu pour en faire la bénédiction : cérémonial assez surprenant en pareil lieu.

8 *Avril* 1781. C'est aux auteurs du *Journal de Paris*, que la Dame anonyme s'en rapporte, pour décerner le prix qu'elle destine au meilleur traducteur d'Horace.

9 *Avril*. M. le Duc de Chatres a fait afficher dans le Jardin du Palais Royal, une Ordonnance, où il renouvelle le Réglement pour la police de ce lieu ; on y a remarqué cette phrase : *les propriétaires des maisons autour du Jardin, qui tiennent de la bienveillance de Monseigneur des jours & des issues sur ledit Jardin,* &c. On la regarde comme insérée à dessein pour attaquer leur propriété & l'on croit qu'ils se disposent à faire expliquer le Prince, dont la religion a été surprise.

9 *Avril*. Encore une brochure contre le *Compte rendu* de M. Necker. elle est intitulée : *Troisieme suite des Observations du Citoyen.* On y a joint le *Compte rendu au Roi par l'abbé Terrai en* 1774, & cette piece rend l'ouvrage très-curieux.

10 *Avril*. Un certain abbé de Marjinville, fort renommé dans le parti Janseniste, s'est trouvé légataire d'une grosse succession qu'on a jugé être en *Fidei-Commis* entre ses mains pour la fameuse *Boîte à Perette,* très-vuide depuis quelque tems, que le zele des fideles se rallentit & s'éteint. M. le président Roland, à qui devoit revenir une grande portion de cet héritage, quoique lui-même entiché de Janse-nisme, n'a point trouvé bon de s'en voir frustré : il s'est cru tout aussi propre pour faire des œu-

vres pies que le légataire & a intenté un procès
à l'abbé de Marjinville ; mais il a fuccombé &
vient de le perdre en entier ces jours-ci.

10 *Avril* 1781. Tous nos Princes femblent
vouloir fe ménager aujourd'hui par eux-mêmes
des reffources utiles , qui les mettent en état
de faire face aux dépenfes énormes qu'ils font
d'ailleurs. C'eft ainfi que *Monfieur*, pour être
en état de rétablir fon Palais du Luxembourg ,
fans fe déranger, fe propofe de vendre une
partie du jardin , compofant environ un tiers ,
& déjà la muraille de féparation s'éleve.

10 *Avril.* Une anecdote finguliere, rapportée dans la *Troifieme fuite des Obfervations
du Citoyen*, éclaircit merveilleufement tout ce
qui a été dit à l'occafion de M. Bourboulon.
,, Cet ancien premier Commis des finances ,
perfuadé que M. Necker cherchoit fincerement
la vérité, a fait des obfervations honnêtes &
raifonnables fur le *Compte rendu* : l'argent &
l'intrigue ont fait tomber le manufcrit dans les
mains du Directeur général des Finances, qui
a couru fur le champ demander avec violence
qu'on mît les auteurs à Bicêtre.... Déjà M Bourboulon alloit être immolé, quand un Prince ,
auffi jufte que grand & généreux, a réclamé
contre la furprife, & demandé qu'avant tout on
nommât des Commiffaires , pour juger duquel
il falloit faire juftice, ou de l'accufateur ou de
l'accufé. ,,

11 *Avril.* On fe rappelle que dans les *Fac-
tums* contre le fieur Martin, le fieur Beaumarchais fe plaignoit de n'avoir pu profiter des
avantages de fon premier contrat de mariage
par défaut d'infinuation ; mais il avoit l'impu-

dence d'invoquer la famille de fa femme & de prétendre qu'il étoit très-bien avec elle. Et cependant c'étoit cette même famille à laquelle il refufoit de reftituer la dot de la défunte, & qu'il a accablé de chicanes depuis plus de trois ans qu'il eft condamné à la payer, fans fatisfaire aux Arrêts de toute efpece rendus en faveur des parens. Enfin ce cauteleux perfonnage s'eft tellement retourné, que lundi dernier il a été non-feulement difpenfé d'acquitter ce qu'il devoit, mais qu'il fe trouve avoir, compenfation faite, des répétitions à exercer contre eux.

Dans le mémoire que les héritiers Aubertin ont répandu contre lui, on trouve une lettre curieufe & qui développe à merveille fon caractere de féduction, fon ame corrompue & les vues criminelles qu'il avoit déjà fur la malheureufe victime d'une paffion aveugle, dont il l'avoit enivrée. Il faut obferver que le fieur Franquet, le mari de fa premiere femme, vivoit encore : ce qui rend l'Epitre plus remarquable. Il lui dit :

,, Croyez-vous qu'il vous foit bien permis de difpofer des jours que vous m'avez deftinés ? Ne vous reffouvenez-vous plus que vous devez regarder l'épreuve paffagere où vous êtes foumife, comme un moyen qui vous eft offert, d'adorer la main qui conduit tous les événemens, qui vous afflige actuellement pour vous faire goûter avec plus de douceur le plaifir de la comparaifon, lorfque vous aurez changé d'état ? Si j'écoutois les fentimens de compaffion que vos chagrins m'infpirent, j'en détefterois l'auteur ; mais lorfque je penfe qu'il eft votre

mari, qu'il vous appartient, je ne puis que
foupirer en filence, & attendre du tems & de
la volonté de Dieu qu'il me mette en état de
vous faire éprouver le bonheur pour lequel
vous femblez deftinée. "

11 *Avril* 1781. Il n'eft point encore décidé
fi les comédiens François iront à la Salle qu'on
leur fait conftruire ; ils y répugnent toujours
& *Monfieur* ne feroit pas fâché d'y avoir une
troupe à lui ; ce dont il réfulteroit une concur-
rence qui feroit encore plus défagréable pour
eux & fait le vœu des auteurs, qui voient la
chofe le plus avantageufement pour les progrès
de l'art.

12 *Avril.* Dans la *Troifieme fuite des Obfer-*
vations du Citoyen, on fait des reproches graves à M. Necker, tendant à infirmer la véracité de fon *Compte rendu.* On établit d'abord
que, bien loin qu'il y eût un déficit de 24 millions dans les finances, lorfqu'il eft parvenu à
les diriger, la recette étoit au pair de la dépenfe.
On l'accufe enfuite de beaucoup d'autres erreurs
volontaires ; & c'eft au pied du trône, au tribunal de la nation, à la face de l'Europe, qu'on
porte cette accufation & qu'on le fomme de
répondre. Du refte, cet écrit de pure difcuffion
n'a rien d'agréable ni de piquant comme littéraire ; il paroît fortir de la même plume que
les autres & fe diftribue toujours *gratis.*

12 *Avril.* On s'occupe très-férieufement
de la nouvelle Salle de la Comédie Italien
ne & les travaux fe pouffent avec vigueur :
on prétend même qu'on a enlevé les ouvriers
occupés à la conftruction de l'Eglife de la Ma-

Tome XVII.   F

delaine, pour les tranſporter à cet édifice pro-
fane ; ce qui ſcandaliſe fort les dévots.

13 *Avril.* On a déjà vu par la premiere lettre rapportée du ſieur de Beaumarchais, combien ce *Lovelace* trop réel étoit dangereux
pour une femme trop crédule & amoureuſe ;
on va juger par un autre, rapportée dans le
même mémoire, juſqu'à quel point il eſt capable de pouſſer la perfidie, en cherchant à
entretenir l'illuſion de cette malheureuſe dont
il troubloit le repos, tandis qu'il en excitoit
trop juſtement la jalouſie.

,, Ne ſavez-vous pas, à n'en point douter,
que je vous aime de tout mon cœur, & quand
je voudrois le taire, quand même on pourroit
me ſoupçonner extérieurement, n'ai-je aucune
défenſe à eſpérer de votre cœur ? Ah ! Julie,
vous le dites trop juſtement que les tems ſont
changés. Tout nous interdiſoit autrefois l'amour
que nous avions l'un pour l'autre ; qu'il étoit
vif alors ! & que mon état étoit bien préférable
à celui dont je jouis actuellement ! Ce que vous
appellez ma froideur, n'eſt ſouvent qu'une retenue de ſentimens, dont je cache la trace,
crainte de donner trop de priſe ſur moi à une
femme qui a changé ſon amour en domination
impérieuſe. Cependant, ma Julie m'épouſe ;
mais cette Julie qu'un tendre regard faiſoit ex-
pirer de plaiſir dans les tems d'ivreſſe & d'illuſion, n'eſt plus qu'une femme ordinaire, à qui
des difficultés d'arrangement font à la fin penſer qu'elle pourroit bien vivre ſans l'homme
que ſon cœur avoit préféré à toute la terre. ,,

13 *Avril* 1781. M. de Brunoy vient de mourir à Villers en Normandie, âgé de trente-trois

ans. Ce perfonnage fera cité dans la poftérité, comme un des étres des plus finguliers de la nature. *Monfieur*, qui avoit acheté Brunoy en viager, aura par ce moyen eu cette terre à très-bon compte.

14 *Avril* 1781. Longchamps n'a pas été brillant cette année en équipages ; mais on y a vu *Monfieur*, Monfieur le Comte d'Artois & Madame la Comteffe d'Artois, M. le Duc de Bourbon, Madame la Ducheffe de Bourbon, qui s'y font trouvés le même jour. Le Duc de Chartres y étoit aufli à cheval & s'y eft remarqué caufant longtems à la portiere du carroffe d'une fille, Mlle. Beaupré. Ce qui n'a pas augmenté pour lui la vénération publique.

14 *Avril.* On a exécuté fucceffivement cette femaine fainte au Concert Spirituel les trois *Stabat*, qu'on fe propofoit d'offrir aux amateurs pour exercer leur goût & leur fournir matiere à comparaifon. Le réfultat des jugemens a été, que celui del Signor *Padre Vito*, Portugais, n'étoit qu'une imitation de Pergoleze, foible & ferville. Le *Stabat* d'Heyden en eu, au contraire, le plus grand fuccès. On y a trouvé des morceaux fublimes & pleins d'énergie. Cependant, rien n'approche de la belle unité de l'auteur Italien, qui, avec des moyens fimples, produit les plus fuperbes effets.

15 *Avril.* Les *Comment* ne ceffent d'être courus avec la plus grande avidité ; il n'eft pas jufqu'aux partifans de M. Necker qui ne les recherchent ; car la critique fe fait toujours lire avec plaifir, même de ceux qui la defapprouvent & n'y croient pas. Dans celle-ci, l'objet du differtateur eft de détruire l'illufion dange-

reufe, fuivant lui produite par le *Compte rendu*,
que les rieurs appellent plaifamment le *Compte
bleu*, parce qu'il eft relié en papier bleu. Leur
procédé eft d'oppofer M. Neker à lui-même :
ce qu'il a dit en 1776, à ce qu'il dit aujourd'hui ;
ce qu'il dit dans un endroit, à ce qu'il dit
dans un autre, & ce qui eft fu de tout le
monde, à ce qui n'eft fu que de lui. Ils fe
fervent furtout du mémoire donné par ce directeur des finances au Comte de Maurepas, au
mois de juillet 1776, lorfqu'il s'efforçoit de
parvenir au Miniftere : alors il préfentoit tout
comme poffible & faifoit envifager des reffources évanouies depuis.

Après douze Queftions ou *Comment*, tous
plus embarraffans l'un que l'autre, l'auteur devient plus confolant, en affurant qu'il fe fait
d'autant moins de fcrupule d'expofer le véritable état des chofes, qu'intrinfequement il eft
tel que nos ennemis ne fauroient s'en prévaloir,
ni la nation s'en allarmer. Il n'eft pas befoin,
fuivant lui, d'avoir recours au menfonge, pour
perfuader ce qu'on peut prouver géométrique-
ment ; que les moyens de la France font à
ceux de l'Angleterre, comme l'opulence eft à
l'épuifement : une population triple, un numé-
raire plus que double, un meilleur fol, un climat plus heureux & tout ce que l'amour du
Souverain ajoute au Patriotifme : voilà nos vrais
avantages fur nos ennemis.

Cet écrit clair & méthodique, eft en outre
d'un ftyle noble & vigoureux & ne peut qu'affliger beaucoup M. Necker.

16 *Avril*. M. l'abbé Maffe eft un homme
de cinquante-cinq ans, ayant une figure noble

& approchant beaucoup de celle de Bossuet. Il
compose longuement, mais il est fort de preuves & de raisonnemens ; on trouve que c'est
le sermonaire qui, depuis Bourdaloue, ait eu
une logique plus pressante ; il est en outre plus
orné que celui-ci, a un très-beau style, &
quoique son élocution ne soit pas sans défaut,
elle ajoute encore au fond des choses excellentes qu'il débite.

Le Chapitre de Notre-Dame a été si content
de cet orateur, qu'il a fait une exception pour
lui & a porté à 9co livres les honoraires de la
station qui, jusques à lui, n'étoient que de
650 livres. Il est malheureusement tombé malade dans la semaine sainte, & les fideles qui
s'étoient rendus en foule le jour du Vendredi
Saint, pour entendre sa Passion, vantée comme
un chef-d'œuvre, ont été bien étonnés de
voir monter en chaire un Capucin. Madame
la Duchesse de Duras vouloit s'en aller ; mais
le Maréchal de Broglio l'a retenue, lui a demandé si c'étoit la parole Masse ou la parole
de Dieu qu'elle venoit entendre ? Que, si c'é-
toit celle-ci, elle étoit bonne dans toutes les
bouches & qu'il ne falloit point que des gens
de leur espece donnassent un pareil scandale.

19 *Avril* 1781. *Esquisse des travaux d'a-
doption dirigés par les Officiers de la Loge
de la Candeur, depuis son établissement à
l'Orient de Paris.* Tel est le titre d'une brochure qui, quoique ancienne, puisqu'elle est
datée de 1778, ne commence qu'à percer depuis peu parmi les profanes, & ne laisse pas
que de leur dévoiler des choses curieuses &
intéressantes.

D'abord, on entend par *Loge d'adoption* une Loge de Francs-maçons, où les femmes font admifes pour participer à ceux de leurs myſteres qu'elles font fufceptibles de connoître. On fe doute bien que c'eſt au François qu'eſt dûe cette heureufe innovation, & que dans le pays de la galanterie il n'auroit pu fufifter long-tems dans tout fon luſtre une fociété dont le fexe auroit été totalement exclu. Du reſte, on lit à la fin un tableau des fœurs, compofé des femmes de la plus haute qualité : à la tête defquelles eſt Madame la Ducheſſe de Bourbon, Grande-Maîtreffe des Loges d'adoption. Nous reviendrons fur cette finguliere production.

17 *Avril* 1781. Sous le feu Roi on avoit commandé à un jouallier une riviere de diamans pour la Comteffe Dubarry, montant à 750,000 livres. Le poffeffeur en étoit fort embarraffé : enfin ayant fu que la Reine fe propofoit de ramener la parure des diamans, pour favorifer ce genre de commerce extrêmement tombé, il l'a fait voir à Sa Majeſté. Le Roi inſtruit qu'elle la defiroit, en a fait faire l'acquifition depuis fa groffeffe, à fon infu, & par une galanterie qui n'a pu qu'être agréable à fon augufte compagne, il l'a fait trouver fur fa toilette, au moment où elle s'y attendoit le moins : attention qui a flatté extrêmement la Reine.

17 *Avril.* Suivant une cérémonie ridicule & même indécente, mais qu'on confervoit à caufe de fon ancienneté, la nuit du jeudi au Vendredi Saint on exorcifoit à la fainte chapelle de prétendus poffédés. Ce fpectacle dé-

goûtant & horrible, par l'espece d'individus qui s'y présentoient, attiroit beaucoup de curieux. La philosophie & l'honnêteté publique gémissoient depuis long-tems des indécences qui se commettoient dans cette église à cette occasion. Enfin cette année on a supprimé la cérémonie. Le peuple, qui n'étoit pas instruit des nouveaux ordres, s'est présenté en foule, à l'ordinaire ; il a vu des gardes qui l'ont repoussé : dans le nombre il y a eu des mutins qui n'ont pas trouvé cela bon ; il y a eu des épées tirées & un soldat a été blessé : ce qui a donné lieu d'arrêter deux quidams, qu'on a conduit au corps de garde : il s'est trouvé que c'étoit le Comte de Du *** & le Duc de Bour ***., deux freres, fils du Maréchal de Du ***, déjà très-tarés & regardés comme de très-mauvais sujets ; ce qui ne contribuera pas à rétablir leur réputation.

18 *Avril* 1781. Ce qui rend précieuse l'*Esquisse des travaux d'adoption*, &c. qu'on a annoncée, c'est un détail historique des persécutions suscitées à Naples contre les Francsmaçons, dont les papiers publics ont beaucoup parlé, mais très - imparfaitement & avec une réserve qui ne leur permettoit pas de dévoiler tout ce mystere d'iniquité. Il se trouve dans un discours du frere de la chevalerie, un des Orateurs du Grand Orient, prononcé le 17 mars 1777. Les faits en avoient été fournis par le frere *Lioy*, un des plus fameux Avocats de Naples, qui en cette qualité & Maçon zélé & distingué par les dignités le plus éminentes de l'ordre, avoit établi l'injustice du décret porté contre ses freres & de la détention de quel-

ques-uns. Lui-même, victime de son zele, sur
la déposition de trois copistes de ses mémoires,
il avoit été proscrit des deux royaumes comme
criminel de Leze-Majesté : retiré à Venise, il
ne s'y étoit pas trouvé en sûreté & étoit passé
en France & venu à Paris. Voici le résumé
de ce qu'on a su par lui.

Tanucci, maître tout-puissant à la cour des
deux Siciles, détestoit depuis long-tems les
Francs-maçons. Une femme de qualité admise
à une loge d'adoption à Naples, fut surprise
quelque tems après d'une maladie violente : elle
tenoit de très-près au premier Ministre d'une
cour voisine, prépondérante dans celle de
Naples; on lui persuada que cette maladie imprévue prenoit sa source dans les épreuves auxquelles elle avoit été livrée : en conséquence
il porta, tant en son nom, qu'au nom de son
maître, les plaintes les plus vives à la cour
de Naples.

Tanucci paroissant ainsi, en satisfaisant sa
propre haine, remplir seulement les vues d'une
cour étrangere, & avoir égard à sa requisition,
surprit à son maître la signature d'un décret;
proscrivant non-seulement toute assemblée Ma-
çonique dans l'étendue du royaume des deux
Siciles, mais même qui déclaroit ceux qui y
affilieroient, criminels de Leze-Majesté.

Par une noirceur plus grande, ayant cor-
rompu un frere, Tanucci parvint à faire con-
voquer une loge depuis le décret rendu, & le 2
mars 1775, les travaux commencés, il fit in-
vestir la loge, arrêter ceux qui la tenoient &
on instruisit leur procès.

Ils auroient infailliblement succombé sous

l'accufation, fi la Reine ne s'étoit attendrie fur leur fort & n'avoit obtenu la délivrance des prifonniers. Cet acte de juftice avoit été fuivi de la démiffion de Tanucci & de la difgrace des coopérateurs de fa haine.

Cependant les ennemis de l'ordre fe prévaiant des bulles de profcription que l'ignorance avoit fulminées contre lui fous les pontificats de Benoît XIII & de Benoît XIV, les atteliers Maçoniques étoient encore fermés à Naples & le frere *Lioy* éloigné de fes foyers.

D'après ce récit la loge de la candeur arrêta : 1°. que le frere *Lioy* lui feroit agrégé en qualité d'affocié étranger : 2°. que la fanté de l'augufte Reine de Naples feroit à perpétuité célébrée au rang & avec celles de la Maifon Royale de France : 3°. que la loge adrefferoit à cette Reine bienfaifante un jufte tribut de fa reconnoiffance : 4°. que le grand Orient de Naples recevroit une lettre de félicitation de la part de la loge.

18 *Avril* 1781. Extrait d'une lettre d'Angers du 30 mars. ,, Le nombre des naiffances en 1780 dans le reffort de cette Sénéchauffée, a été de 10336, & celui des morts de 10578 ; nombre bien inférieur à celui de 1779, qui étoit 13995 : fuite de la diffenterie qui défola la province l'été & l'automne de cette année-là. Le nombre des mariages a été de 3023 ".

18 *Avril.* Extrait d'une lettre de Montpellier du 23 mars. ,, Il eft né dans cette ville en 1780, 1129 enfans ; il eft mort 1253 perfonnes, & il n'y a eu que 243 mariages. On remarque une diminution fenfible dans ces derniers depuis quelques années ".

19 *Avril* 1781. On parle beaucoup d'une dénonciation qui doit se faire au parlement des assemblées provinciales. On ne croiroit pas qu'une institution aussi sage, aussi patriotique en apparence, fût susceptible de critique & d'inconvéniens assez dangereux pour exciter la réclamation des cours, dont certaines les avoient demandées avec instance. Voici les principales objections, sur lesquelles l'on assure que doit rouler le mémoire.

1°. L'on trouve que les membres du clergé sont trop nombreux dans la plupart de ces institutions.

2°. Que cet ordre, comme le premier, présidant nécessairement dans ces diverses assemblées, c'est lui donner trop de prépondérance, c'est faire courir au royaumes & à nos Rois le le risque de retomber sous le joug des prêtres, dont on s'étoit affranchi.

3°. Comme ce n'est point la noblesse qui élit les membres qui font partie de ce bureau d'administration, ce n'est pas l'ordre qui est censé y concourir; & ce ne sont pour l'ordinaire que les gentilshommes les plus souples, les plus ignorans, les plus dévoués au ministere.

4°. Dans le tiers, on trouve mauvais qu'il n'y soit admis aucun Magistrat; ce qui est en exclure la portion la plus saine, la plus propre à ce genre de travail.

5°. Enfin, le but des cours a toujours été de restreindre le pouvoir des commissaires départis; elles se sont constamment élevées avec force contre ces Magistrats amphibies, qui par leur nature se trouvent presque toujours opposés aux véritables intérêts de la province confiée à leurs

foins : comment fouffriront-elles qu'ils acquierent plus de confiftance que jamais par ces af-
femblees provinciales, dont ils font nommer
en quelque forte les divers membres, qui ne fe
tiennent que fous leur influence & dont, par
la formation de ces affemblées, par la liberté
qu'ils ont de les réunir, de les diriger, de les
féparer, ils font les chefs & l'ame ?

19 *Avril* 1781. On parle beaucoup d'un mandement rendu dans la quinzaine par l'Evêque
d'Amiens. (Machault) Ce prélat très-fanatique
s'y eleve avec un zele amer contre la nouvelle
édition de Voltaire, dont on a répandu le
profpectus avec la plus grande profufion, &
défend à fes ouailles de foufcrire pour cet ouvrage de ténèbres.

20 *Avril.* Entre les virtuofes qui ont brillé
au concert fpirituel, il faut fur-tout diftinguer Mlle. Renaut, jeune fujet âgé de onze
ans & qui, dans cette extréme jeuneffe, a déjà
la fermeté de gofier, le goût & l'expreffion des
cantatrices les plus confommées : c'eft dans
l'italien qu'elle excelle principalement. Seulement il eft à craindre que le travail exceffif
dont on l'a furchargée, ne lui devienne nuifible, & que fon talent naiffant ne puiffe parvenir jufques au degré de perfection & de ma-
turité dont il eft encore fufceptible, & ne dégé-
nere même par un ufage immoderé de l'organe.

21 *Avril.* On reprochait à M. le préfident
Rolland d'avoir inferé au mémoire pour les héritiers du Sr. Rouillé des Filletieres deux pieces fort indécentes ; l'une *copie figurée du régif-
tre verd* du défunt, contenant la recette & la
dépenfe de fes revenus depuis janvier 1772 ,

où se trouve la liste de tous ceux auxquels ils faisoit des aumônes, ou du bien ; ce qui ne pouvoit qu'humilier de très honnêtes gens y dénommés : l'autre, une *lettre* de lui préfident : où l'on lit cette phrase : ,, l'affaire seule des Jéfuites & des colleges me coûtoit de mon argent plus de 60,000 livres, & en vérité les travaux que j'ai fait & furtout relativement aux Jéfuites, qui n'auroient pas été éteints fi je n'avois confacré à cette œuvre mon tems, ma fanté & mon argent, ne devoient pas m'attirer une exhérédation de mon oncle. '' Phrafe très propre à jetter fur lui de l'odieux, ou au moins du ridicule : depuis qu'il a perdu fon procès, il a fenti la jufteffe de ces reproches & il retire autant qu'il peut les exemplaires de fon mémoire ; ce qui ne le rend que plus curieux pour les amateurs, qui le gardent précieufement.

22 *Avril.* 1781. L'enthoufiafme occafionné dans le public crédule relativement au *Compte rendu* de M. Necker, s'eft manifefté par tous les témoignages de différentes efpeces qu'il peut enfanter : il dure encore & l'on diftingue furtout une eftampe en maniere noire du Sieur Borel, où l'on trouve cependant plus de zèle que de vrai talent. Elle a pour titre *la vertu récompenféc.* Elle repréfente la France, qui tient le *Compte rendu* & qui indique à la nation une pyramide portant le nom du directeur général des finances ; au bas de laquelle font l'équité, la charité, l'humanité & l'abondance. l'Economie ordonne à la mufe de l'hiftoire d'effacer de nos faftes le mot *impôt* & la renommée publie les effets de fa fage adminiftration,

dont elle étend la gloire dans les quatre parties du monde.

23 *Avril.* Depuis longtems on parloit d'un nouveau genre de fpectacle que des gens avides d'argent avoient imaginé d'offrir à Paris ; celui d'une *courfe de taureaux à l'efpagnole & d'un taureau mis à mort par les Tauréodores* , c'eft-à-dire par des hommes combattant contre cet animal. Ce combat a eu lieu le 16 de ce mois, malgré la police qui avoit précédemment fait défenfes aux entrepreneurs de donner pareil fpectacle, où la vie des hommes pourroit être expofée en combattant le taureau ; quoique , pour éviter tout accident , on eût pris la précaution de faigner copieufement le taureau & de l'avoir préfenté dans l'arene prefque inanimé. Les annonces & imprimés s'en étoient diftribués fans permiffion ; du moins tel eft l'avis affez incroyable qu'on publie à cette occafion.

23 *Avril* La rentrée des Italiens avant-hier a eu beaucoup de fuccès par le compliment du Sieur Favart en forme de divurtiffement. Il fait fuite à la petite piece qu'ils avoient jouée à la clôture. Le village avoit gémi fur le départ du Seigneur : ici *Lucas*, M. *Richard*, *Henriette & Babet* fe félicitent de fon retour, & fe propofent de ne rien négliger pour le fixer au milieu d'eux. Tout refpire la gaieté ; le pere *la Joie* la ranime encore en accompagnant les vaudevilles avec fon tambourin.

RICHARD.

Air : *le petit mot pour rire.*

Le fentiment par fa douceur
En tout tems parvient jufqu'au cœur:
   Son charme doit féduire ;
Mais Monfeigneur eft mieux fêté,
Quand on y joint par la gaieté
Le petit mot, le joli mot,
   Le petit mot pour rire.

HENRIETTE.

Ne perdons pas un feul inftant.
Vers Monfeigneur, qui nous attend,
   Notre cœur nous attire.
Pour reconnoître fes bienfaits,
Mélons pour lui, dans nos bouquets,
Le petit mot, le joli mot,
   Le petit mot pour rire.

LE PERE LA JOIE.

Que la gaieté, que les amours
Veillent fans ceffe fur fes jours
   C'eft ce que je defire.
Pour conferver fa belle humeur,
Je dirai toujours de bon cœur
Le petit mot, le joli mot,
   Le petit mot pour rire.

24 *Avril* 1681. On ne peut douter aujour-
d'hui qu'il n'y ait eu une très-grande fermentation dans le parlement contre M. Necker à
l'occafion des affemblées provinciales; mais on
n'eft pas bien d'accord fur la maniere dont

:lle s'eſt élevée & fur l'eſpece de fuite qu'elle
/ doit avoir.

24 *Avril. Invitation aux amateurs des abeil-*
les, par l'orateur improviſte des boulevards,
auteur de différens petits ouvrages qu'il vend
lui-même.

Tel eſt le titre d'une feuille imprimée, quoique non revêtue de permiſſion, que diſtribue
fur les boulevards un quidam aux paſſans, dont
il cherche à exciter la curioſité.

L'avis trop long eſt fur le même ton de folie
& finit ainſi : ,, Humaniſez-vous donc en paſ-
fant près de ce fou d'outre-mont ; abjurez pour
un inſtant les airs, la dignité, le ton ; peut-
être ne vous repentirez - vous point de cette
faveur, & que, pour prix de cette grace, vous
recevrez de lui des fleurs, non de celles dont
l'odeur fait mal à la tête, mais fleurettes des
champs, où les abeilles vont faire leurs emplet-
tes, excelentes pour tout le monde, excepté
pour ceux qui ne ſont pas mal bêtes. "

En voilà plus qu'il n'en faut pour apprécier
l'auteur. Il faut lire un tel avis pour juger à
quel degré de démence ſe peut porter l'eſprit
humain dans un prétendu homme de lettres ;
ſpectacle bien propre à faire gémir le philoſophe fur notre triſte humanité.

24 *Avril* 1781. Deux morceaux qui doivent être lus aujourd'hui à l'aſſemblée de l'a-
cadémie des belles-lettres, pourront y attirer
plus de monde que de coutume. C'eſt d'abord
l'éloge de M. l'Abbé Batteaux, attaqué depuis
ſa mort dans différens écrits ; M. Dupaty, le
ſecrétaire, doit venger la mémoire de ce confrere cher aux lettres : enſuite un mémoire que

doit lire M. Brotier nouvellement reçu, *sur les jeux du Cirque, confidérés dans les vues politiques des Romains & sur le nombre des jours de l'année qui étoient confacrés à ces jeux.* On voit que l'ouvrage eft intéreffant, furtout de la part d'un homme auffi verfé dans l'antiquité, auffi profond littérateur. Sa qualité de *ci-devant foi-difant Jéfuite* n'eft pas peu propre encore à exciter la curiofité.

Les autres mémoires qui doivent occuper la féance, font un fecond mémoire de M. de Keralio fur les connoiffances que les anciens ont eues des pays du Nord, un de M. Larcher fur Phydon, Roi d'Argos, où le but de l'auteur eft de concilier la chronique de Paros avec la chronique d'Eufebe.

Une préface, que doit mettre M. de Roche-fort à la tête d'une tragédie de fa compofition, intitulée *Electre*, n'eft pas ce qui piquera le moins l'attention des auditeurs.

25 *Avril* 1781. L'annonce que doit publier aujourd'hui à fa rentrée publique l'académie des fciences par l'organe de fon fecrétaire, M. le Marquis de Condorcet, ne pourra qu'en aug-menter la foule, toujours immenfe. Il s'agit d'une nouvelle fondation confacrée à l'avance-ment des fciences. Il lira auffi l'éloge de M. Lieutaud.

Le titre des autres mémoires n'annonce que des chofes très fcientifiques & très feches.

1º. Un de M. Bertolot fur l'acide Arfénical.

2º. L'annonce d'une nouvelle Comete obfer-vée par M. Meffier.

3º. Un mémoire de M. Defmarets fur la for-mation des glaces dans la riviere.

4°. Un de M. l'abbé Rochon fur la vifion.

5°. Un de M. le comte de Milly fur l'analyfie végétale.

6°. Un de M. de Fouchy fur un moyen d'employer un quart de cercle à pied aux mêmes ufages qu'un inftrument azimuthal.

25 *Avril* 1781. Mlle. Luzzi, dont on annonçoit depuis plufieurs années la retraite, quitte le théâtre au moment où l'on s'y attendoit le moins. Une maladie cruelle l'avoit déja mife dans le cas d'y renoncer & de fe jetter dans la dévotion, elle étoit retournée à fon ancien péché : on verra fi cette fois elle fera plus ferme dans fa réfolution.

25 *Avr.* Le Sieur Riguet, qui lundi dernier 23 Avril devoit exécuter dans fa chaloupe infubmergible fon fameux voyage de Paris à Auxerre & d'Auxerre à Paris en douze heures, non feulement ne l'a pas fait, ne l'a pas même tenté; mais des curieux qui fe font informés de lui à l'hôtel indiqué, ont appris qu'il étoit en effet arrivé une infinité de lettres à l'adreffe de ce quidam, qu'on ne connoiffoit point & qui n'avoit point paru ni écrit lui-même.

25 *Avril*. On veut aujourd'hui que M. Necker étendant le projet des affemblées provinciales ait donné fur cela au Roi un mémoire fecret, dont l'objet foit de rendre les parlemens abfolument inutiles à l'adminiftration, (ce que le gouvernement defiroit depuis longtems) & de les réduire à la fimple fonction de juger. Le Roi a communiqué le projet à M. de Maurepas, qui a cru en devoir faire part au premier préfident : ce qui a jetté l'allarme dans la magiftrature. Telle eft l'origine qu'on donne de la querelle, que les ennemis du directeur des

finances , fes jaloux , fes envieux , fes concurrens, cherchent à rendre plus grave ; ce qui
fait courir le bruit de fa difgrace prochaine.

26 *Avril* 1781. On eft abfolument incertain de la maniere dont le mémoire qui allarme
fi fort le parlement & le confeil, (car les Intendans y font auffi très mal - traités) eft tombé
aux mains du premier préfident. On veut aujourd'hui qu'il lui foit venu anonymement avec
une lettre , où l'on lui marquoit que M. de
Gafcq (préfident à Mortier du parlement de
Bordeaux & Premier préfident de cette compagnie durant la révolution , partifan du maréchal
de Richelieu & logeant chez lui) avoit remis
ce manufcrit entre les mains d'un ami, en le
priant de ne le faire connoître qu'après fa mort.
On ajoutoit que cet événement rendant le dé-
pofitaire libre , il croyoit ne pouvoir en faire
un meilleur ufage que de l'adreffer au chef d'une
compagnie refpectable qu'il intéreffe auffi effentiellement. On prioit en même tems M. d'Aligre
de brûler & la lettre & le manufcrit , quand il
auroit tiré une copie de celui-ci.

Les partifans de M. Necker imaginent que
cette tournure a été concertée entre M. de
Maurepas & le Premier préfident, pour couvrir aux yeux du Roi & du public l'indifcré-
tion de ceux qui l'ont fait connoître, le préfident de Gafcq ne pouvant revenir de l'autre
monde pour démentir cette affertion. Elle femble d'autant plus invraifemblable, que le plus
cher & le plus intime confident du magiftrat
Bordelois étoit M. Valdec de Leffart, dont il
paffoit pour le véritable pere & qu'il a fait fon
légataire univerfel. Or , M. de Leffart, étant

le bras droit de M. Necker, eft-il croyable
qu'il eût eu la perfidie de publier un écrit capable de chagriner cruellement le directeur général des finances & de lui attirer des ennemis
fi redoutables & fi puiffans ? Quoi qu'il en
foit, afin de tourmenter mieux celui-ci, on a
fait imprimer le mémoire. On a envoyé des
exemplaires à différens membres du parlement
& M. d'Epremefnil le doit dénoncer aux chambres affemblées; il a déja même preffenti le
premier préfident, en l'invitant de faire part à
la compagnie de l'anecdote & du contenu du
mémoire; ce que M. d'Aligre a évité adroitement, en répondant qu'il avoit en effet reçu
un manufcrit anonymement ; ce qui le lui
avoit rendu d'abord fufpect, qu'il l'avoit parcouru & jugeant que c'étoit un libelle indigne
d'attention l'avoit jetté au feu.

On ne doute pas que M. d'Aligre ne re-
çoive des ordres d'empêcher qu'il foit queftion au parlement de ce mémoire; on veut
même qu'il ait été mandé aujourd'hui à Marly
pour cela.

26 *Avril* 1781. Extrait d'une lettre de Marfeille du 19 Avril. „ M. Malouet, le commiffaire
du Roi, qui a fait un marché fi avantageux
pour S. M. de la vente de l'arfenal, vient de
répandre un *Profpectus* en date du 11 de ce
mois, par lequel il s'agit d'en tirer le meilleur
parti poffible pour la ville, en trouvant un
produit net de huit millions dans les empla-
cemens à vendre, diftraction faite des rues,
quais & place projettée; car vous favez qu'il
s'agit d'élever au milieu de cette derniere une
ftatue pour Louis XVI.

Tous les plans & mémoires de distribution doivent être remis dans l'espace d'un mois, à compter du 15 Avril. Ils feront adressés au conseil municipal, après qu'il aura été communiqué à tous les membres dudit conseil qui desireront en prendre connoissance & le plan le plus agréable au conseil recevra un prix de 600 livres de la part de S. M., qui se réserve néanmoins d'ordonner l'exécution de celui qu'elle aura agréé, encore qu'il n'eût point été présenté au concours. "

26 *Avril* 1781. On a oublié de nommer les trois concurrens qui ont participé aux prix particuliers concédés par M. le Noir dans la séance de la société royale de médecine du 6 Avril. Le premier est M. Mathieu, maître en chirurgie à Conze en Sarlandais, près de la Linde en Perigord : le second M. Bouteille, médecin à Manesga en Provence : le troisieme, M. Baudot, médecin à la Charité sur Loire.

27 *Avril.* Les *Petites Affiches* de Marseille, qui étoient déjà les mieux faites de toutes celles de province, vont encore se perfectionner entre les mains d'un M. Beaugeard, sous le titre de *Journal de Provence.* Il sera composé de trois feuilles par semaine de huit pages d'impression in-8°. Dans chacune seront compris les avis, annonces, affiches de Marseille, Aix, Arles, Toulon & du reste de la Provence. Mais la premiere sera destinée aux Edits & Déclarations, Arrêts du Conseil & de Réglemens des Parlemens & Cours des Comptes, Ordonnances d'Intendance & de Police; aux précis des causes majeures que leur importance rendra plus intéressantes; à l'agriculture, aux arts méchani-

jues & libéraux, aux modes; à ce qui regar-
lera les fpectacles, la langue françoife, l'hif-
.oire, la géographie, les obfervations météo-
·ologiques, événemens, cataftrophes, naiffan-
:es & morts remarquables, &c.

La feconde contiendra tout ce qui pourra
avoir rapport au commerce de l'intérieur ou de
l'étranger, la notice des marchandifes qui, d'a-
près les circonftances, feront permifes, prohi-
bées ou chargées de droits dans les différens
Etats; la connoiffance des révolutions, innovations, accidens, &c. qui auront trait au Commerce; le détail des prifes actives ou paffives;
l'arrivée, les chargemens, patrons, &c. des
navires dans les ports; le prix courant des effets
de commerce; le cours des changes, effets
royaux & généralement tout ce qui aura trait
aux manufactures, &c.

La troifieme fera principalement deftinée à la
Littérature. On y trouvera la notice des ouvrages & livres nouveaux, les pieces de vers qui
auront toujours le mérite de la nouveauté, l'annonce des féances académiques, avec le précis
des ouvrages couronnés & des difcours: fans
oublier les chanfons nouvelles, fouvent les airs
notés, quelquefois avec accompagnement.

27 *Avril* 1781. M. l'Evêque d'Amiens avoit
adreffé fon Mandement aux auteurs du *Journal
de Monfieur*, qui fe font déjà fignalés par une
dénonciation vigoureufe au Parlement de la nouvelle édition de Voltaire, & ceux-ci étoient fur
le point d'en donner l'extrait, lorfque le Prélat
leur a écrit pour fufpendre cette levée de bouclier. Il paroît qu'on a engagé M. de Machault
à modérer fon zele anti-philofophique & il retire

le plus qu'il peut les exemplaires de fa diatribe courte, fougueufe, mais mal écrite. Elle devient rare de plus en plus.

L'efprit minutieux de ce Prélat l'avoit déjà porté à menacer fon imprimeur à Amiens de le deftituer, parce qu'il avoit fait courir des avis où il annonçoit qu'on trouveroit chez lui des exemplaires des nouvelles Editions de Voltaire & de Roufſeau. Il a fallu que cet imprimeur renonçât au commerce de ces ouvrages, ou ne le fit que clandeftinement.

27 *Avril* 1781. M. Necker a été très piqué de la publicité du Mémoire en queftion & il paroît conftant que craignant le crédit des infligateurs de fa nouvelle perfécution, à laquelle il alloit fe trouver en bute, il avoit donné fa démiffion au Roi; c'eft la Reine qui le protege aujourd'hui & a engagé S. M. à fe conferver cet excellent Serviteur. Le Duc de Choifeuil s'eft rangé abfo‐lument du parti de celui‐ci & lui a concilié les bonnes graces de la Souveraine.

Dernierement la Reine, en entrant dans le Sallon de Marly, vit quelques Seigneurs occu‐pés à lire & cachant brufquement la brochure à l'approche de S. M. Elle voulut favoir ce que c'étoit. Inftruite que c'étoit le Mémoire de M. Necker: ,, c'eft, dit‐elle, l'ouvrage d'un homme bien zelé pour la gloire du Roi & le bonheur de fes Peuples ,,. Un propos auffi flatteur ne peut que confoler bien agréablement M. Necker, qui défavoue l'ouvrage au furplus & prétend qu'il a été falfifié, afin d'en rendre l'auteur plus odieux au Parlement & au Confeil.

28 *Avril.* Le *Compte rendu* de M. Necker eft actuellement imprimé prefque dans toutes

les langues connues & ne ceffe de recevoir des éloges. Les partifans de l'auteur homme d'Etat regardent cet empreffement des différentes nations à fe procurer la lecture de cette piece importante, comme la réponfe la plus victorieufe aux écrivains obfcurs qui ont effayé de ternir une gloire fi légitimement, fi noblement & fi défintéreffement acquife; d'altérer par leur opinion folitaire, l'opinion générale; enfin de facrifier, autant qu'il eft en eux, à une animofité perfonnelle, les plus grands intérêts de l'Etat. Un graveur, par une idée fimple & ingénieufe, a cru exprimer énergiquement le vœu public : il a dans un deffin, pofé le bufte de M. Necker fur le corps de l'Envie; ce poids, qui accable le monftre, lui fait vomir de fa gueule affreufe des pamphlets fatyriques, caractérifés par le titre. On regrette d'ailleurs la mauvaife exécution de ce trophée, où le directeur général des finances n'eft point du tout reffemblant.

28 *Avril* 1781. Extrait d'une Lettre de Metz du 24 Avril. ,, Hier 23, M. Bertrand de Boucheporn, Intendant de Corfe, a été reçu Confeiller d'honneur en notre Parlement & cet événement eft mémorable dans la Magiftrature par la fenfation qu'il a caufée dans le public.

M. de Boucheporn s'étoit d'abord diftingué dans notre Barreau comme Avocat, & paffa bientôt à la place d'Avocat général & y brilla fpécialement dans l'affaire célèbre de M. le Bœuf de Valdahon contre M. le Marquis de Monnier. On fut gré à ce jeune orateur de la chaleur intéreffante avec laquelle il fit fentir la plus barbare des erreurs, celle qui fait réjaillir fur une famille innocente l'opprobre d'un parent flétri;

les fales du palais retentirent des applaudiffemens qu'on lui prodiguoit, & les acclamations
recommencerent avec la même effervefcence,
lorfqu'il parut au fpectacle.

Les révolutions de la Magiftrature ne lui per-
mettant pas de continuer fes fonctions, il paffa
au Confeil, d'où il fut nommé Intendant de
Corfe : il y a encouragé l'agriculture, le commerce, la population, fait ceffer l'arbitraire
dans les impofitions, procuré des fecours néceffaires dans un pays dévafté par trente années
de guerre, par des troubles inteftins, par plufieurs années de famine : il y a fait connoître le
meilleur emploi des foréts, & les a rendus utiles furtout au Port de Toulon, pour les conftructions durant la guerre actuelle. Tels font
les principaux motifs qui ont déterminé le Roi
à accorder à M. de Boucheporn la diftinction
flatteufe dont il jouit aujourd'hui „.

29 *Avril* 1781. Extrait d'une Lettre de Marfeille du 19 Avril. „ Le premier numéro de nos *Affiches, Annonces & avis divers*, ou *Journal de
Provence, premiere feuille de Commerce*, paroit aujourd'hui, précédé d'un difcours préliminaire fur le Commerce, très bien compofé &
dans un ftyle pur & noble „.

29 *Avril*. De Sens le 23 Avril. „ Beaucoup
de gens s'étoient raffemblés ce matin pour voir
paffer des bords de l'Yonne la chaloupe infur-
merfible du Sieur Riguet; mais rien n'a paru.
Les partifans de cet impofteur foutiennent qu'effectivement il eft parti de Paris, mais qu'étant
arrivé à Montereau, au lieu d'enfiler le pont
de l'Yonne, il a remonté la Seine jufqu'à No-
gent; d'autres, après avoir très férieufement
réfléchi

réfléchi fur les moyens de procurer une viteſſe aſſez conſidérable pour faire dix lieues par heure, concluoient pour la négative; d'autres enfin, fâchés apparemment d'avoir été dupes de leur curioſité, tâchent de perſuader à tous ceux qu'ils rencontrent, qu'ils l'ont vu réellement paſſer à Sens, & font de la chaloupe une deſcription magnifique; de maniere qu'il y aura ce ſoir peut-être autant de monde que ce matin.

Tout cela prouve combien l'homme avide du merveilleux eſt crédule, facile à tromper & court lui-même au-devant de l'erreur qu'il aime, quelque abſurdité qu'on lui annonce.

30 *Avril* 1781. On aſſure que M. l'abbé Maury a fini ſa ſtation à la cour ſans recevoir aucune marque de ſatisfaction de la part du Monarque. On croit qu'il n'aura pas d'abbaye, comme il s'en flattoit. Voici ce qu'on en raconte.

Dans un ſermon ſur *l'aumône* il a parlé des hôpitaux &, ſuivant ſa coutume, nourriſſant ſon diſcours d'anecdotes, il a obſervé que la multitude des enfans-trouvés augmentoit tous les jours à Paris; qu'en 1780 il y en avoit eu 13,000, dont 7,000 étoient morts faute de ſoins & de bonnes nourrices. Le Roi, mécontent de cette obſervation, en a parlé au Grand-aumônier, qui a envoyé chercher le Prédicateur & lui a dit: „ Monſieur l'abbé, ſongez que vous prêchez devant le Roi & non pas le Roi. Evitez de faire venir dans vos diſcours des choſes étrangeres & relatives à l'adminiſtration, que vous devez ignorer, ainſi que le public, & ſurtout prenez garde au moins de débiter de fauſſes anecdotes „. Il lui cita enſuite celle des enfans-trouvés comme peu exacte.

Tome XVII. G

Malgré cet avertiffement , M. l'abbé Maury, quoique plus réfervé, n'a pu fe retenir & dans un Sermon fur *la calomnie*, a cité des exemples profanes de Miniftres en bute aux méchans, a rappellé Sully, Colbert &, fans le nommer, il a defigné M. Necker fi fenfiblement, qu'on n'a pas douté de l'objet du difcours & du but du prédicateur. Ce qui a déplu beaucoup aux courtifans, prefque tous coupables du crime contre lequel s'élevoit l'orateur.

30 *Avril* 1781. Depuis longtems on parloit d'une maifon bifarre , élevée en forme de temple ou de palais au bout de la rue d'Artois. Quoiqu'on eût d'abord fait myftere de la Divinité qui devoit l'habiter, le bruit général s'eft enfin accrédité que c'étoit pour Madame Teluffon , la veuve d'un Banquier , & l'on n'en peut douter aujourd'hui. Cette maifon prefque finie eft maintenant l'objet de la curiofité des Parifiens & c'eft un empreffement général pour l'aller voir; ce qui ne s'accorde que par une grace fpéciale: il faut des billets pour y entrer. C'eft le Sieur le Doux qui en eft l'architecte. On y retrouve les talens & les écarts de cet artifte, plein de grandes idées, d'un goût exquis dans les détails : mais n'ayant pas affez de tête pour combiner l'enfemble de fes ouvrages , leur donner de juftes proportions & furtout les mefurer au rang & aux facultés de ceux pour lefquels il bâtit. Madame Teluffon vouloit mettre 400,000 livres à fa maifon & elle lui coûtera peut-être deux millions. C'eft une particuliere riche, qui defiroit fes aifes, fes commodités, un luxe bourgeois; & il a fait un hôtel qui exigeroit la préfence, le train & le nombreux domeftique d'un Prince.

Ce font par-tout des colonnes, des flatues ; c'eft
un efcalier d'Ambaffadeurs ; en un mot, une
extravagance complette.

30 *Avril* 1781. Mlle Luzzi étoit entretenue
par un M. Landry, Receveur général des finances qui lui prodiguoit l'argent avec un luxe digne
de fa qualité. Elle pouvoit par ce moyen mettre de côté tout ce qu'elle gagnoit à la comédie
& d'ailleurs ; enforte qu'elle a environ 17 à
18,000 livres de rentes de fon chef. M. Landry
l'a quittée depuis quelque tems &, quoiqu'il
eût des enfans de la comédienne, a époufé
une autre maîtreffe ne valant, dit-on, pas
mieux. C'eft ce qui a donné de l'humeur à Mlle.
Luzzi, au point de quitter le théâtre & de fe
retirer du monde.

30 *Avril.* Madame la Ducheffe de Polignac
étant groffe, pour être plus à portée de faire fa
cour à la Reine cet été, avoit prié Madame de
Boufiers de vouloir bien lui louer fa maifon d'Au-
teuil, renommée pour fes jardins à l'Angloife
du meilleur goût & qu'on va voir par curiofité.
Cette Dame extrêmement attachée à cette poffeffion, fans cependant vouloir défobliger la
Ducheffe, lui répondit par les vers fuivans :

Tout ce que vous voyez, confpire à vos defirs,
Vos jours toujours fereins coulent dans les plaifirs,
L'Empire en eft pour vous l'inépuifable fource.
Ou fi quelque chagrin en interrompt la courfe,
Le courtifan, foigneux à les entretenir
S'empreffe à l'effacer de votre fouvenir.
Moi je fuis feule ici, quelque ennui qui me preffe,
Je n'en vois dans mon fort aucun qui s'intéreffe
Et n'ai pour tout plaifir, Madame, que ces fleurs
Dont le parfum exquis vient charmer mes douleurs.

Madame de Polignac ayant montré les vers, tournure obligeante de la refufer, fes flatteurs les trouverent mauvais, croyant qu'ils étoient de Madame de Bouflers : on ne manqua pas de rendre à celle-ci le jugement qui en avoit été porté dans le cercle de la Duchefse. ,, J'en fuis fâchée, répondit-elle, pour le pau-,, vre Racine, car ils font de lui. ,, En effet, on les lit dans *Britannicus*, Acte II, Scere III.

1 *Mai* 1781. C'eft en 1778 qu'il paroît que M. Necker a préfenté au Roi fon Mémoire contre les Parlemens, en faveur des Adminiftrations Provinciales, c'eft-à-dire, dans un tems où ces compagnies & furtout le Parlement de Rouen le tracafsoient beaucoup au fujet des vingtiemes. De-là l'humeur violente qu'il y témoigne contre les magiftrats, & peut-être n'eft-ce qu'à cette humeur qu'on doit l'établifsement defdites afsemblées imaginées longtems avant lui, par l'idée qu'il avoit dès-lors de les fubftituer infenfiblement aux Cours.

Pour commencer à donner confiftance aux Adminiftrations Provinciales, à la rentrée du Parlement M. Necker y a fait porter un Edit créateur de ces afsemblées ; il auroit ainfi fait concourir les magiftrats à l'érection d'établifsemens qu'il prétendoit un jour leur oppofer. C'eft le moment qu'on a cru devoir choifir pour donner de la publicité au fameux mémoire & faire connoître aux Cours les intentions de fon auteur.

On a déjà fait l'extrait des propofitions repréhenfibles dans cet écrit, & de la façon dont elles font préfentées : il y a très-fort matiere à décréter le Miniftre des finances.

Comme Meſſieurs n'ont pas encore ſtatué ſur le fameux Edit & que, ſuivant la formule, ils ont nommé des Commiſſaires qui traînent en longueur depuis pluſieurs mois, malgré les ordres du Roi, il eſt difficile qu'il ne ſoit pas queſtion, du moins indirectement, du mémoire avant de procéder à l'enrégiſtrement : ce qui, ſans doute, cauſe les délais dont on uſe.

1 *Mai* 1781. On parle beaucoup de la luxure effrénée d'un militaire qui, devenu amoureux d'une jeune perſonne ayant fait ſa première communion à Saint Germain l'Auxerrois, avec les autres de la paroiſſe, le jeudi 19 avril, n'a pu réſiſter à ſa paſſion & l'après-midi, après les vêpres, l'a entraînée à l'écart & s'eſt permis les actes les plus obſcenes, au point qu'elle a crié : on ajoute que, pour ſe débaraſſer de la foule ſurvenue, il a tiré l'épée, s'eſt ouvert un paſſage & s'eſt enfui. On dit pourtant qu'il a été arrêté. On ignore ce que cela deviendra. On préſume que, pour le ſouſtraire au ſupplice, on le fera paſſer pour fou.

2 *Mai*. M. Necker, en prétendant que la caiſſe d'eſcompte n'entre pour rien dans ſon Plan d'adminiſtration, n'eſt qu'un établiſſement du commerce & une reſſource pour les particuliers, cherche à la propager le plus qu'il eſt poſſible, avec un zele qui dément trop bien ce qu'il oſe avancer là-deſſus dans ſon *Compte rendu.* Ce n'eſt, ſans doute, que par ſon impulſion qu'on agite à Rouen, d'y établir une ſuccurſale de cette caiſſe, ſemblable à celle de Paris. Cette caiſſe, dit-on, ſera appuyée des fonds & crédits des meilleures maiſons de Paris & de la capitale de la Normandie.

2 *Mai* 1781. La direction de l'opéra, en attendant qu'elle puisse donner quelque nouveauté plus intéressante, annonce pour demain l'Acte d'*Apollon & Coronis*, tiré des *Amours des Dieux*, remis en musique par Mrs. Rey, l'un maître de musique de la chambre de S. M. & de l'opéra, l'autre musicien ordinaire de la chapelle du Roi. Cet acte assez bien fait, dont les paroles sont de Fuzelier, prête aux compositeurs & ils ont pu y déployer leur talent.

2 *Mai.* C'est au 29 de ce mois qu'est fixée la cérémonie du service ordonné par la Cour pour l'Impératrice-Reine & c'est à Notre-Dame que sera élevé le catafalque, suivant l'usage ; ce qui va singulierement gâter cette Basilique réparée à neuf. Un amateur, afin d'éviter l'inconvénient de ces monumens passagers qu'il faut sans cesse élever & détruire à grands frais, avoit proposé de consacrer à jamais à ces fêtes funéraires l'Eglise de Saint Louis, ci-devant celle de la maison professe des Jésuites, très-convenable en effet ; mais Messieurs de Notre-Dame, jaloux d'une possession ancienne, craindroient de se la voir enlever, malgré tout le soin que l'auteur du projet avoit pris de leur conserver leur privilege & leur droit.

C'est M. l'Evêque de Blois (Themines en son nom) qui doit prononcer l'oraison funebre.

2 *Mai.* Les ennemis de M. Necker ne cessent de glisser des pamphlets contre lui. On voit aujourd'hui une petite feuille intitulée *Extrait des papiers*, signé *Anti-Charlatan*, & datée du Bureau de l'Amirauté le 31 mars. Il y a cent contre un à parier que cet écrit est factice. Cependant, pour faire une sorte d'il-

lufion, on a mis l'Anglois à côté ; mais ce qui décele la fraude , c'eſt qu'il eſt rempli de gallicifmes , tandis que , pour rendre la traduction plus vraifemblable, on a affecté d'y répandre des anglicifmes en grand nombre. Quoiqu'il en foit , l'objet du prétendu auteur Anglois eſt de répondre aux éloges outrés & abfurdes que le parti de l'oppofition prodigue au Directeur général des finances. On y réfume en peu de mots tous les reproches qu'on lui a déjà faits féparément.

1°. D'avoir fupprimé un grand nombre d'offices , avec promeſſe de rembourfement immédiat en argent comptant, & de n'avoir rien rembourfé.

2°. D'avoir forcé les différens autres financiers confervés , fous peine de renvoi , de prêter environ 25 millions à l'Etat à cinq pour cent d'intérêt.

3°. D'avoir forcé les hôpitaux de vendre leurs immeubles, pour en remettre les fonds entre les mains du Roi.

4°. D'avoir mis une impofition annuelle & vexatoire fur tous les tenanciers des domaines & bois du Roi.

5°. D'avoir augmenté la Taille & la taxe des terres , fans la fanction de la Loi.

6°. D'avoir vendu certaine branche du revenu pendant huit ans pour celui de fix ans.

7°. D'avoir anticipé le libre revenu de l'Etat pour plus de dix mois.

8°. D'avoir encouragé & amélioré la plus infame des Loteries ' fous le titre de Loterie Royale de France) dans laquelle le Roi paye 100 livres avec 2 livres 10 fols, c'eſt-à-dire ſur laquelle il gagne $\frac{32}{45}$.

9°. De faire monter, ſuivant même ſon *Compte rendu*, à 33,740,000 livres le Département de la maiſon du Roi, qui, en 1775, ſuivant celui de l'abbé Terrai, ne coûtoit que 33 millions.

On revient enſuite ſur les inſinuations déjà malicieuſement données de ſes liaiſons avec le miniſtere Anglois, ſur ſa parcimonie à fournir des fonds d'avance pour approviſionner nos arſenaux, pour envoyer des ſubſides aux Américains, &c. Enfin on rappelle la maniere malhonnête & perfide, dont il a fait ſa fortune aux dépens de ſes bienfaiteurs & par la prévarication de ſes fonctions, lorſqu'il trahiſſoit les intérêts de cette même compagnie des Indes, qu'il étoit chargé de défendre.

Cette feuille eſt d'autant plus fâcheuſe, qu'elle quinteſſencie en bref toutes les autres & groſſit d'une façon monſtrueuſe les iniquités miniſterielles de M. Necker.

3 *Mai* 1781. On a trouvé dans la nouvelle muſique d'*Apollon* & *Coronis* beaucoup de réminiſcences, des endroits foibles, froids, mais de la vigueur & du génie dans le morceau qui termine l'acte où *Apollon* exprime ſes regrets d'avoir tué les deux amans ; on y a reconnu la maniere du Chevalier Gluck, que les nouveaux compoſiteurs ſe ſont efforcés d'imiter.

Le rôle de *Mercure*, quoique le plus court, a plu généralement, moins à raiſon de la muſique que des beaux ſons que le ſieur Cheron a tirés de ſa voix.

2 *Mai*. L'Edit porté au Parlement concernoit

l'adminiſtration provinciale de Moulins ; enfin
il en a été rendu compte à l'aſſemblée des chambres mardi dernier & il a été décidé que la
compagnie ne pouvoit l'enrégiſtrer ; que S. M.
feroit ſuppliée de le retirer & de ne point
donner conſiſtance à ces aſſemblées, par les
raiſons qu'on indique, devant être , au ſurplus ,
mieux développées dans les Remontrances que
la compagnie ſe propoſe de préſenter au Roi.
C'eſt dans ces Remontrances qu'on doit inférer
tout ce que le parlement a à répondre au mémoire de M. Necker.

Il paroit que le Roi en effet a déclaré au premier préſident, que ce mémoire n'étant fait
que pour lui, n'ayant été divulgué que par une
trahiſon, il attendoit de la ſageſſe de ſon parlement qu'il ne ſtatueroit rien deſſus & ne s'en
occuperoit pas. Ce à quoi il ſe conforme, en
s'abſtenant de décréter l'auteur, comme il auroit fait ; mais il ne compte pas moins en refuter les aſſertions repréhenſibles & c'eſt ce dont
font ſpécialement chargés les commiſſaires nommés pour la rédaction des remontrances.

3 *Mai* 1781. On a déja épluché le mémoire
donné au Roi par M. Necker en 1770 , & il paroit
Lettre d'un bon François, brochure de 22 pages,
où l'on en extrait les propoſitions les plus repréhenſibles , afin d'exciter la vigilance des magiſtrats & de ſoutenir leur courage ébranlé par le
crédit de leur ennemi.

4 *Mai.* Les divers changemens annoncés
concernant l'adminiſtration de l'opéra n'ont pas
eu lieu ; le comité eſt compoſé d'un plus grand
nombre de perſonnes, voilà toute la différence :

G v

il paroît que les chofes refteront en cet état encore pendant un an.

La feule retraite qui faffe fenfation jufqu'à préfent au théâtre lyrique, eft celle de Mlle. Beaumefnil, danfeufe agréable, excellente muficienne, actrice non moins bonne. Elle réuniffoit beaucoup de talens. Elle avoit débuté le 27 Novembre 1766 dans le rôle de *Sylvie*, de l'opéra de ce nom, & avoit dès-lors été jugée très-favorablement : elle a foutenu fa réputation , & , quoique plus propre aux rôles de la paftorale, qu'à ceux de la tragédie, elle a eu du fuccès même dans celle-ci. La foibleffe de fon organe & une certaine aigreur dans les fons de fa voix font les feuls défauts qu'on lui ait reprochés.

Le Sieur Durand s'eft auffi retiré; fa voix avoit fouvent mérité les applaudiffemens du public, fur-tout avant l'introduction du nouveau fyftême de mufique à l'opéra. Son organe ne pouvoit plus fe déployer aux étranges modulations, ou plutôt aux criailleries des novateurs.

4 *Mai* 1781. Avant d'extraire les propofitions du mémoire de M. Necker, préfentées au parlement par *le bon François*, comme dignes de fon animâdverfion, il fait quelques réflexions fur la maniere dont cet écrit a percé dans le public; il trace au miniftre des finances l'efquiffe du difcours qu'il auroit pu tenir au Roi, fi, au lieu de fe rendre auprès de S. M. le délateur amer & fecret de l'adminiftration & de la magiftrature, il eût uniquement voulu éclairer fa juftice, émouvoir fa bienfaifance, défendre les droits de la nation & engager le monarque

à l'en faire jouir : il en difcute enfuite le plan
& les principes; il prouve qu'ils tendent, au
contraire, à ébranler la conftitution de la monarchie & à la renverfer jufques dans les fondemens. Tel eft l'efprit de ce pamphlet vigoureux & patriotique.

5 *Mai* 1781. On commence à fe louer beaucoup de M. de Ségur, qui affecte un zele vif
pour la difcipline militaire & exige que les
colonels aillent paffer exactement les quatre
mois de regle à leurs corps.

On ne vante pas moins l'exceffive économie
qu'il commence à introduire dans les diverfes
parties de fon département : il eft fur-tout
décidé que les troupes ne voyageront pas auffi
facilement qu'elles le faifoient.

Quoique toutes ces améliorations roulent fur
le compte du miniftre, on les attribue cependant au comité, à la veille de perdre le Marquis de Poyanne, qu'on regarde comme ne
pouvant aller loin, à raifon d'une hydropifie
de poitrine dont il eft attaqué.

6 *Mai*. Si M. Necker a des cenfures qui
l'épluchent, fur-tout le contrarient & le traitent
fouvent très-durement, il a auffi des prôneurs,
qui ne fe laffent point de l'encenfer. Voici de
nouveaux vers à fa louange :

Difciple d'une Loi qu'à Genève on profeffe,
Infigne Réformé, que l'Eglife profcrit,
Que l'Europe révere & qu'un grand Roi chérit,
On te voit à la fois fervir par ta fageffe
Tes Freres, le François, l'Honneur & Jefus-Chrift!
Et lorfque dans tout lieu la Gloire te proclame,

Quand tes hautes vertus par leur célébrité
T'appellent dès ce monde à l'immortalité ?
Qui peut douter encor du falut de ton ame.

6 Mai 1781. Le pere Vitot, Auguftin, Portugais de nation, dont on a execuré le *Stabat*
dans la femaine fainte, fe propofoit de donner
aux Auguftins du grand couvent un Concert Spirituel de divers ouvrages Latins de fa compofition, les dimanche 29 & lundi 30 Avril ; il
devoit enfuite toucher de l'orgue : on a trouvé
peu convenable à la modeftie d'un religieux de
s'offrir ainfi en fpectacle ; il a été arrété dans
fon projet par M. l'Archevêque.

6 Mai. Dès 1720 le quartier de Gaillon, au-
delà du rempart de la ville de Paris, depuis le
Fauxbourg St. Honoré jufqu'au fauxbourg St.
Denis, a fixé l'attention du gouvernement,
qui, à cette époque, projetta l'établiffement
d'un grand égout & le percement de différentes rues ; ce quartier a pris depuis 1760 un
accroiffement fi confidérable, que le Roi a ordonné l'établiffement d'une chapelle fuccurfale
de la paroiffe Saint Euftache, dont la conftruction a été autorifée par lettres patentes du
mois de feptembre 1779, enregiftrées au parlement. Il a auffi arrété d'y transférer les capu-
cins du fauxbourg Saint Jaques.

C'eft le Sieur Bronguiart, architecte, qui a
fourni les plans & deffins de l'églife, approuvés
& fignés par le Roi & confirmés par lettres patentes du 9 juin 1780, régiftrées en parlement le 29 août fuivant. L'églife & les bâtimens fe conftruifent avec activité ; on efpere

que le tout fera couvert à la fin de l'hiver
prochain & qu'aux fêtes de la pentecôte en
1782, la maifon conventuelle fera habitée
& qu'on y célebrera la meffe. Cet édifice fera
d'un genre très-fimple, mais noble, & fa pofition d'un accès facile & commode, par les
rues anciennement ouvertes & celles qu'on doit
ouvrir inceffamment.

7 *Mai* 1781. Extrait d'une lettre de l'Ifle de
France le 30 feptembre 1780. ,, M. Maillart
Dumefle, notre ancien intendant, a imaginé
de faire conftruire dans cette ifle & dans celle
de Bourbon des étuves à grains, pour conferver ceux qu'elles produifent, fans être obligé
de les remuer, & en garder une grande quantité dans un petit efpace : double avantage
très-économique.

,, Après les procédés néceffaires pour étuver
le grain, on le verfe dans une caiffe fabriquée
exprès : celles de l'Ifle de France contiennent
trente-cinq milliers pefant de bled ; il y en
a même deux qui contiennent chacune cinquante quatre milliers. Dans trois heures de
tems elles font remplies, & fe vuident de
même avec la plus grande facilité. Le grain
une fois renfermé dans ces caiffes, on n'y touche plus & il n'exige aucun frais de main-
d'œuvre pour fa confervation. "

,, Nous favons que cet Intendant à fon retour
en France ayant voulu connoître ce qui réfulteroit de l'embarquement des farines provenant
de bled étuvé, a été très-fatisfait de fes expériences. Il paroît qu'on a reconnu d'après fes
opérations, qu'il étoit préfér ble d'étuver les farines qu'on envoye dans les Colonies & que c'eft

l'objet des étuves établies dans le département de Bordeaux.

« Quoi qu'il en soit, nous confommons actuellement les bleds que M. Maillard a fait étuver en 1774 & 1775, & le pain qui en provient est excellent. Ainfi l'on doit lui avoir une très-grande obligation de fa découverte, d'autant plus effentielle dans ce pays, que des ouragans terribles viennent ravager nos moiffons au moment où elles font dans leur plus grande beauté. «

7 *Mai* 1781. On annonce encore un pamphlet contre M. Necker, intitulé : *Dialogue entre Madame Necker, M. de Leffart & M. le Marquis de Pezai.*

7 *Mai.* M. le Tellier. Avocat de Chartres, confervoit depuis plus de vingt ans le manufcrit de *Zulime*, tragédie de M. de Voltaire, qui lui étoit tombé entre les mains, on ne fait comment. Les corrections nombreufes qu'il contient font de la main même de l'auteur ; elles font littéralement conformes à toutes les éditions qui ont précédé celle de 1772 ; dans laquelle on fait que Voltaire, âgé pour-lors de 78 ans, a fait des changemens à quelques-unes de fes pieces de théâtre.

Les corrections de ce manufcrit doivent être regardées comme d'autant plus curieufes, qu'elles font faites en interlignes ou fur cartons. Ainfi, en même tems qu'elles donnent la liberté de lire les vers raturés, dont les vers corrigés ont pris la place, elles laiffent appercevoir la merveilleufe facilité avec laquelle l'homme de génie, devenant en quelque forte fupérieur à lui-même, fait rompre & renouer rapidement

le fil de fes idées, changer à fon gré les nuan-
ces d'une paffion, marquer la gradation de fes
mouvemens, & par-là découvrir & développer
toute la magie de fon art.

M. le Tellier, inftruit que la bibliotheque
de M. de Voltaire devoit paffer du château de
Fernay au palais de Petersbourg, par les foins
du baron de Grimm, miniftre plénipotentiaire
de la cour de Saxe-Gotha & chargé de la confiance de l'Impératrice de Ruffie en cette partie, lui a adreffé ce manufcrit pour l'envoyer
à cette Souveraine, qui en reconnoiffance vient
de faire don à l'Avocat d'une médaille d'or.
C'eft celle qu'elle a fait frapper en 1777, à
l'occafion de la naiffance du grand-duc Alexan-
dre Powlowitfch. La face repréfente Catherine
II, & le revers l'hommage qu'elle fait de fon
petit-fils à la divinité. La perfection de l'ouvrage annonce combien les arts deviennent
floriffans dans cet empire, tout-à-fait barbare
avant le commencement du fiecle, graces à
la protection de l'augufte Impératrice.

8 *Mai* 1781. *Madrigal.*

> Pourquoi l'amour eft-il donc le poifon,
> Et l'amitié le charme de la vie?
> C'eft que l'amour eft fils de la folie,
> Et l'amitié fille de la raifon!

8 *Mai.* C'eft la famille de Madame de Machault qui a jufques ici empêché l'évêque d'A-
miens de donner à fon zele tout l'effor qu'il
vouloit prendre contre Voltaire & fes œuvres;
enfin le prélat l'a emporté & l'abbé de Fonte-
nay, le rédacteur des feuilles des Affiches de

province, doit inférer en entier le mandement du prélat dans celle de demain. On craignoit que le cenſeur ne fît le difficile; mais c'eſt M. de Sancy, très religieux & qui n'a pas craint de ſe mettre à dos le parti encyclopédique.

C'eſt le jour de pàques que le mandement dont il s'agit a été lu au prône & aux prédications dans les égliſes des villes du diocèse d'Amiens; il n'y a que les curés d'Abbeville qui ont refuſé de ſeconder les bonnes intentions du prélat: comme il eſt queſtion dans ce mandement de la malheureuſe cataſtrophe du chevalier de la Barre & de ſes camarades, arrivée dans cette ville, ils ont craint d'exciter une trop grande fermentation: enſorte que l'évêque mécontent leur intente un procès ſur ce refus.

8 *Mai* 1781. Il y a quelque jours qu'au débotté à Marly, le Roi ſe livrant à toute ſon indignation contre M. le Marquis de Voyer qui, par une cupidité indigne d'un homme de ſa qualité & d'un lieutenant-général des armées du Roi, fait un commerce très lucratif de chevaux, tient la poſte & l'auberge à ſa terre des Ormes, lui reprocha toutes ces infamies en termes très durs. On ne peut qu'applaudir au monarque ami des mœurs & de l'honnêteté, quoique beaucoup de courtiſans qui ſe trouvent dans le cas de reproches du même genre, ſe permettent de critiquer S. M. On préſume que M. le Duc de Chartres, auquel M. de Voyer a répondu avec beaucoup de vivacité lors de l'aſſemblée au ſujet des maiſons du palais royal, aura inſtruit le Roi de toutes ces vilenies.

9 *Mai.* C'eſt au ſujet, en effet, de l'annonce

dans les affices de Picardie, imprimées à Amiens le trois février, d'une édition nouvelle de toutes les œuvres de Voltaire, que le zele du prélat s'est échauffé. Il n'a pu tolérer les louanges honteusement prostituées à cette criminelle entreprise par le journaliste, & le faste philosophique du *prospectus*, répandu avec la plus grande profusion, l'a indigné. Sa proscription est motivée, sur ce que ce coryphée des incrédules a opéré en France une affreuse corruption & que ses œuvres tiennent le premier rang parmi les mauvais livres dont le royaume est inondé; sur ce qu'il y en a eu dans le diocese même de l'Evêque d'Amiens une preuve éclatante, lorsqu'une société de jeunes gens, abusée par le *dictionnaire philosophique*, afficha hautement l'irréligion & le scandale; ce qui conduisit l'un d'eux à l'échaffaud & au bucher. Vient ensuite une digression sur la maniere dont cet abominable auteur se formoit des disciples & séduisoit son siecle, sur ses écarts dans la religion, dans la philosophie, dans l'histoire, sur sa licence & son impiété dans ses poésies.

M. de Machault regarde le projet d'une collection complette des œuvres d'un pareil auteur, comme un attentat non-seulement contre la religion, mais contre la police civile & le juge digne de la sévérité des loix & de l'animadversion publique. Il s'éleve enfin contre l'annonce du prix proposé pour couronner les hommes studieux qui marcheront, dit-on, dans la noble carriere de Voltaire, d'un homme qui a abusé de tous ses talens pour se rendre le corrupteur de son siecle, & dont la mort, aussi détestable que la vie, l'a fait rejetter avec horreur de la fépulture chrétienne, qu'on n'a pu lui procurer que par fubtilité dans un pays éloigné.

En conféquence, le fougueux évêque déclare à fes ouailles, qu'elles ne peuvent, fans fe rendre coupable devant Dieu, ni foufcrire, ni contribuer en aucune maniere pour l'édition du recueil abominable qu'on ofe leur propofer : que les citoyens qui ont quelque autorité, ne feroient pas moins condamnables devant Dieu, en n'empêchant pas, autant qu'ils le pour-roient, ce recueil de parvenir à ceux qui leur font foumis.

Telle eft l'analyfe de ce mandement, où il y a plus de fanatifme que d'éloquence.

9 *Mai* 1781. Les amateurs de danfe gail-larde font fâchés de voir Mlle. Allard obligée de fe retirer de l'opéra. Le comité n'a pu to-lérer plus longtems. On avoit auffi congédié Mlle. Peffin ; mais celle-ci a trouvé grace. Il eft certain que la premiere, groffe, courte & vieille n'auroit pas dû attendre ce renvoi hon-teux ; cependant après avoir fait longtems les délices du public, & ne fe montrant pas même encore fans exciter les applaudiffemens, elle méritoit d'être ménagée davantage. On a pris le prétexte qu'il falloit laiffer prendre leur effor aux jeunes talens.

10 *Mai*. Extrait d'une lettre de Bordeaux du 5 Mai. „ Depuis que le parlement eft obligé de laiffer jouir M. Dupaty des honneurs, pré-rogatives & droits de fa charge, ne peut lui en contefter les fonctions, il boude le public & ne juge point d'affaires, afin d'être difpenfé de prendre fa voix. Les plaideurs gémiffent &

toute la ville eſt indignée. La cour n'apporte aucun remede à ce déſordre. *Senatus decipit, Conſul videt & tacet.* J'ai oublié de vous marquer que le Grand Banc, à une proceſſion d'uſage, pour ſe diſpenſer de fraterniſer avec M. Dupaty, s'eſt abſenté de la cérémonie ; en ſorte qu'il y a préſidé ſeul. Ses ennemis ſont ſurtout furieux de ſe voir arrêtés par le Roi dans l'éclat qu'ils ſe propoſoient de faire au ſujet des pamphlets répandus à l'occaſion de ce magiſtrat & de ſa querelle. "

10 *Mai* 1781. L'abbé Maury, un peu humilié de ſon rôle à Verſailles pendant ſa ſtation, affecte de dire aujourd'hui qu'il s'eſt juſtifié auprès du Roi ; que S. M. a reconnu qu'il ne lui en avoit point impoſé au ſujet de l'anecdote des enfans-trouvés & avoit bien voulu déclarer devant ſes courtiſans qu'elle s'étoit trompée. En conſéquence il compte être dédommagé de l'orage paſſager qu'il a eſſuyé, par une faveur inſigne & être fait évêque *in partibus.* Son ambition exceſſive de parvenir à la prélature lui a fait ſuſpendre ſes démarches pour entrer à l'académie. On lui a fait obſerver qu'on voyoit fréquemment des évêques devenir académiciens, mais qu'il n'y avoit point d'académicien devenu évêque. Ses rivaux s'indignent de voir le fils d'un ſavetier du Comtat aſpirer aux honneur du corps épiſcopal.

10 *Mai.* Il y a quelque tems qu'on a joué devant la Reine, que ſa groſſeſſe empêche de venir à Paris, *la veillée villageoiſe* : S. M. en a été ſi contente qu'elle a fait donner aux auteurs 1200 livres de gratification.

Ces jours derniers on a exécuté à Marly les

Vendangeurs, où le pere *la Joie* chante les couplets fuivans :

> Pour animer nos chanfons,
>   La gaieté fe paffe
> De violons & de baffons
>   Et de contre-baffe.
> Mais l'ennui parmi les grands
>   Seche tant leurs ames,
> Qu'il faut beaucoup d'inftrumens
>   Pour ces grandes Dames.

Ces couplets critiques & gaillards ont fort déplu à la cour & il s'eft élevé un murmure qui a fait remarquer la mal-adreffe des auteurs de ne les avoir pas fupprimés en pareille cir-conftance.

M. le comte de Maurepas, qui s'y eft fait porter & fe faifoit répéter les paroles par Madame de Flamarens à caufe de fa furdité, a obfervé que c'étoit gai, mais poliffon. On croit que fi les auteurs n'avoient pas eu leur gratification, ils auroient couru rifque de ne pas la toucher.

L'anecdote eft d'autant plus finguliere, que la piece avoit déjà été exécutée à Verfailles le 10 Novembre 1780 devant leurs Majeftés, fans qu'elle eût caufé aucun fcandale.

11 *Mai.* Extrait d'une lettre de Marfeille du 1er Mai. ,, Ce qui a déterminé à préférer le corps municipal pour l'aliénation des terreins de l'arfenal de marine, ou plutôt ce qui a engagé celui-ci à en faire l'acquifition, c'eft le projet d'y former une place, pour élever au Roi la premiere ftatue que l'amour des peuples lui ait décernée jufqu'ici. L'infcription doit être

*i Louis-Augufte, bienfaiteur de fes fujets,
reftaurateur de la marine, protecteur du commerce.* M. Malouet, le commiffaire de S. M.,
n'a pas peu contribué à faire prendre confif-
rance au projet; &, en conféquence, les députés du confeil municipal lui ont décerné le
titre de *citoyen de Marfeille.* "

11 *Mai* 1781. Extrait d'une lettre du contrôle général du 11 Mai. ,, M. Necker n'a travaillé de la femaine avec perfonne, pas même
avec fon fergent-d'affaires. (le Sieur Hamelin,
ainfi défigné dans les brochures.) On dit qu'il
fonge férieufement à fa retraite & que Madame
fon époufe, malgré fon ambition, l'en preffe
vivement.

On craint actuellement que ce ne foit pré-
cipité & que celui qu'on defireroit pour le
remplacer n'ait pas le tems de diriger toutes
fes batteries. "

11 *Mai.* L'académie royale de fculpture &
de peinture a perdu depuis quelque tems deux
fujets qu'elle regrette. L'un eft M. Moitte,
graveur, qui, fans avoir rien d'original dans
fa maniere, n'étoit pas fans talens. Il eft remarquable par quatre fils, tous entrés dans la carriere des arts: l'un eft peintre, l'autre fculp-
teur, le troifieme s'eft fait architecte & le dernier fuccede au burin de fon pere.

Le fecond artifte mérite plus de détails.
C'eft M. Dumont le Romain, peintre d'hiftoire,
reçu en 1782; il eft mort octogénaire. La nature l'avoit doué d'un phyfique & d'un caractere pleins de force & d'énergie. Il fe jetta
avec emportement vers la peinture & curieux
de fe former fur les grands modeles de l'Italie,

il entreprit le voyage à pied & fans argent.
Son enthoufiafme lui fit furmonter tous les obftacles ; & fes talens, à fon retour, lui vaiurent
fon admiffion à l'académie. C'eft cette époque
de fa vie qui lui a fait donner le furnom de
le Romain. La vigueur de fon ame paffant
dans fon pinceau, le rendoit fouvent dur ; il
étoit tranchant dans fon coloris, qui manquoit
de l'harmonie fi admirable chez les grands maîtres. Il fe plaifoit à préfenter dans fes tableaux
beaucoup de parties en raccourci, ce que l'on
évite le plus poffible, parce que ces tours de
force font rarement heureux & nuifent toujours
aux graces d'un ouvrage. Un des beaux de M.
Dumont eft dans les Chartreux.

On reproche furtout à cet artifte de s'être
arrêté trop tôt, d'avoir négligé de perfectionner de plus en plus fon talent par une étude
conftante de la nature. Il paroît que fon amour-
propre l'a aveuglé & le rendoit intraitable avec
fes confreres ; il repouffoit tout le monde : il
portoit ce défaut jufques dans la fociété ; enforte que, malgré les qualités les plus effen-
tielles, il étoit fans amis, & n'a pu fe flatter
de voir pleurer fa mort par perfonne.

11 *Mai* 1781. M. Poiffon, frere de Madame de
Pompadour, fucceffivement Marquis de Vau-
dieres, de Marigny & en dernier lieu de Menars, vient de mourir des fuites d'une goutte
qui l'avoit tourmenté pendant longtems, &
après lui avoir laiffé quelques années d'intervalle l'a enfin entraîné au tombeau.

12 *Mai.* Extrait d'une lettre de Strasbourg
du 25 Avril. ,, Vous êtes curieux de favoir au
jufte ce qui concerne le comte de Calioftro ;

dont depuis quelque tems les papiers publics parlent avec tant d'emphafe. Il eft arrivé ici au mois de feptembre dernier; il étoit fans fuite & fans équipage : logé d'abord chez un fimple bourgeois & fort fimplement, l'on fit fort peu d'attention à lui. Ce ne fût que fur la fin d'octobre qu'il commença d'avoir de la célébrité. On dit que c'étoit un homme de la premiere qualité, né en Arabie, lequel avoit des fecrets merveilleux & guériffoit toutes fortes de maladies fans aucune efpece de retribution & même il donnoit de l'argent aux pauvres qui en avoient befoin pour fe médicamenter. C'eft à cette époque que le public a couru en foule chez lui & que, pour fatisfaire à fon empreffement, il s'eft monté avec magnificence dans un des quartiers les plus fréquentés de la ville, où il donne tous les jours des audiences publiques depuis onze heures jufqu'à une heure.

On ne peut nier qu'il n'ait fait de belles cures; mais il a échoué dans d'autres, furtout à l'égard d'un fourd, & il a fini par déclarer qu'il ne fe foucioit plus d'entreprendre de furdité.

Son remede favori confifte dans une liqueur, qu'il donne par gouttes & qui eft à peu près le *Lilium* de Paracelfe. Il a une telle confiance en cet élexir, qu'obligé de fortir de Ruffie, à ce qu'il dit, par l'effet de la jaloufie du premier médecin de l'Impératrice, il lui propofa un duel d'un genre nouveau. C'étoit d'avaler réciproquement le poifon le plus fubtil, compofé par l'adverfaire, & de s'en préferver : le médecin Ruffe n'ofa accepter.

Il eſt vrai que M. le Comte de Calioſtro diſtribue gratuitement de ſon élixir; il eſt vrai
qu'il n'a point reçu d'argent des malades qu'il
a traités : mais il a avec lui un chirurgien Gaſcon, qu'on paie ordinairement fort cher.

A l'égard de ſa naiſſance, il eſt viſiblement
Sicilien pour tous ceux qui ont voyagé en Italie.
Cet accent eſt auſſi facile à reconnoître, qu'en
France l'accent Gaſcon ou Normand.

On vient de dreſſer un procès verbal concernant un malade qu'il a traité depuis le 9
Avril juſqu'au 1 Mai, & il réſulte qu'il l'a réduit à l'état le plus déplorable. "

13 *Mai*. En attendant que le Sallon qui
doit s'ouvrir cette année ait lieu, on va voir à
la bibliotheque du Roi deux morceaux précieux, dont les connoiſſeurs impartiaux parlent avec enthouſiaſme. L'un eſt une ſtatue de
M. Houdon : une *Diane* exécutée en marbre,
dont on avoit déja admiré le modele ; elle
s'éleve au milieu des roſeaux qui fléchiſſent
mollement ſous ſes formes arrondies. L'autre,
un tableau de M. Bonnieu, qui repréſente
Adam & Eve bannis du paradis terreſtre : la
profonde douleur de l'homme, accablé ſous
le poids du repentir; celle de la femme, qui
n'eſt que troublée & confuſe, ſont parfaitement différenciées. L'artiſte a eu le talent de
rendre la nudité d'Eve ſi pure, qu'il y a tout
lieu de croire que les envieux parmi ſes confreres ne trouveront aucun prétexte pour l'exclure de l'expoſition prochaine.

13 *Mai*. M. le curé de Saint Sulpice
actuel, pourſuivant avec le même zele que
ſes prédéceſſeurs la ſuperbe baſilique commen-
cée

cce fous. M Languet, vient de l'orner d'un
buffet d'orgues, le plus vafte & le plus riche en
décorations qu'on ait encore vu ici. Les amateurs
fe plaignent même, qu'ayant moins d'égard à
l'oreille qu'à l'œil, on ait plus fongé à l'em-
belliffement de cet inftrument qu'à perfectionner fon harmonie. Quoi qu'il en foit, le mardi
15, Meffieurs Couperin, Balbaftre, Sejeau &
Charpentier en feront la réception : le tems
n'étant point fuffifant pour faire toucher Meffieurs les profeffeurs, Meffieurs Luce, l'orga-
nifte de la paroiffe & Clicot, le facteur de l'orgue, les invitent pour le lendemain. Déjà la
foule des amateurs fe difpofe à fe rendre à un
pareil fpectacle & la piété du pafteur l'a
obligé de prendre toutes les précautions que
lui a dictées fon zele pour empêcher le tumulte
& les applaudiffemens trop bruyans qui trou-
bleroient la majefté du lieu faint.

13 *Mai*. Cette nuit le feu a pris à une maifon feize-rue des foffés monmartre près la place
des victoires, par l'imprudence d'un domeftique. Dans cette maifon logeoit M. Nogaret,
receveur des domaines & bois de M. le Comte
d'Artois. C'étoit un curieux qui avoit un riche
cabinet & furtout des tableaux. On craint bien
qu'ils n'aient été la proie des flammes. M. Racine, intendant général des finances de *Monfieur*, habitoit la même maifon.

14 *Mai*. On parle toujours de la retraite de
M. Necker & l'on penfe aujourd'hui que c'eft
lui-même qui profite de la fermentation élevée
par fes ennemis pour la demander & fe retirer
adroitement d'un pofte qu'il a rempli jufqu'ici
avec gloire. Il fent bien que l'illufion fe diffi-

peroit, fi la guerre duroit & fi, obligé d'en venir à des moyens extrémes, il ne pouvoit plus laiffer les peuples dans la fécurité où ils font. Afin de fe faire encore mieux regretter, fi cet événement a lieu, il vient de promulguer des lettres patentes, données à Verfailles le 22 Avril & enrégiftrées en Parlement le 11 Mai, concernant l'Hôtel-Dieu de Paris & les changemens avantageux qu'il y veut introduire. Cet acte de bienfaifance, furtout envers les claffes inférieures de la nation, eft bien propre à s'en faire regretter & à caufer une grande fenfation auprès de ceux qui ne connoiffent pas le faux de fes opérations & leur danger pour l'avenir.

14 *Mai*. M. Pitra, l'auteur des paroles d'*Andromaque*, opéra dont M. Gretry a fait la mufique, avoit confervé le dénouement de Racine, autant que le comportoit le genre du fpectacle pour lequel il avoit travaillé. Il a cru s'appercevoir qu'obligé d'étrangler les deux fuperbes fcenes de la tragédie, il en réfultoit de la langueur ; ce qui avoit empêché le fuccès complet de l'ouvrage. En conféquence, il a imaginé que, par une innovation heureufe, s'il déroboit *Pyrrhus* avec *Aftianax*, aux fureurs des Grecs, il produiroit un intérêt plus attendriffant & plus doux & fe ménageroit des fêtes & des danfes plus favorables au théâtre lyrique & fi defirées des amateurs. C'eft ainfi qu'on va remettre *Andromaque*, & les connoiffeurs jugeront fi le poëte a bien trouvé la caufe véritable du peu de fuccès de cet opéra.

15 *Mai*. L'objet des nouvelles lettres patentes concernant l'Hôtel - Dieu, eft furtout de

remédier à l'inconvénient affreux dont on se
plaint depuis si longtems, de faire coucher jusqu'à sept & huit dans un lit des personnes atta-
quees d'infirmités differentes & des malades
avec des mourans & même des morts : en conséquence il doit être disposé de maniere, qu'il
puisse contenir au moins trois mille malades
couchés seuls & placés dans des salles sépa-
rées, suivant les principaux genres de maladies, & en observant encore que les hommes
& les femmes soient mis dans des corps de
logis distincts & qu'il y ait des promenades &
des salles particulieres pour les convalescens.

Ce nombre sera plus que suffisant, puisque celui du commun des malades réunis annuellement
à l'Hôtel-Dieu & à l'hôpital de Saint Louis est
au plus de 2400 à 2500. Il peut augmenter, il
est vrai, lorsque l'on n'en sera pas repoussé par
la crainte de maux plus grands que ceux qu'on
éprouve, ou de secours dégoûtans ; mais d'un
autre côté, on l'a diminué, en préparant des
infirmeries dans tous les hôpitaux destinés aux
valides & en formant quelques hospices assi-
gnés particulierement aux paroisses : d'ailleurs
le plus grand ordre à résulter des nouveaux
plans rendra les maladies moins longues, &
en procurant une plus grande circulation de
malades, il s'en trouvera une moindre quantité à la fois. Enfin les nouveaux réglemens
dont on s'occupe, remédieront aux abus &
usurpations du vice ou de la paresse sur les
véritables malades.

Cependant, pour subvenir à la possibilité
d'une trop grande foule excitée par le meilleur
traitement, on ménagera un espace qui pourra

H ij

contenir 1000 malades de plus, mais placés comme ils le font actuellement, jufqu'à ce qu'on puiffe faire mieux. L'hôpital Saint Louis fera toujours réfervé pour les malades fufcepti-bles de contagion, ou pour fervir de fupplé-ment dans des circonftances extraordinaires.

Quant aux arrangemens pécuniaires, M. Necker évalue la dépenfe de chaque journée de malade à vingt fols, & fur ce pied a cal-culé que l'hôtel-Dieu avoit des revenus fuffi-fans pour fubvenir à peu-près à 3600 journées de malades : il prétend que le furplus fe payera par l'augmentation des revenus de la maifon, lorfqu'elle vendra fes immeubles, par le zele & le défintéreffement des adminiftrateurs, par les charités qu'excitera le fpectacle d'une ad-miniftration plus humaine & mieux entendue. Du refte, S. M. veut donner les fecours qui lui paroîtront néceffaires.

La dépenfe extraordinaire & momentanée pour effectuer les nouveaux arrangemens, foit à l'égard des conftructions, foit des immeu-bles & uftenfiles à acquérir, n'excédera pas 600,000 livres, fuivant l'évaluation faite par M. Necker. Le Roi y pourvoira, ainfi qu'il l'a fait à l'égard des nouvelles prifons, fans rien détourner de fon tréfor royal. Il y deftine 1°. un fonds qui lui eft particulier & myfterieux (puifqu'on ne l'affigne pas.) 2°. les droits que l'Archevêque de Paris avoit acquis fur cette ca-pitale ; mais qu'il a cédés en partie à S. M. & confacrés à un établiffement d'utilité publique : 3°. le montant des offres que les Fermiers gé-néraux, les Adminiftrateurs des Domaines & les Régiffeurs généraux ont reçu l'infinuation de faire à la fignature de leur dernier traité , également dans la vue de quelque objet charitable.

Dans l'efpoir d'exciter plus efficacement l'activité des chefs dans toutes les parties de cet hôpital , les Etats de fituation de l'hôtel-Dieu feront imprimés tous les ans à l'imprimerie royale & aux frais du Roi ; ils contiendront le nombre des journées des malades reçus & traités pendant l'année, ainfi que la quantité des perfonnes attachées & employées au fervice dudit hôpital ; & les recettes & dépenfes de toute nature , avec des obfervations fur tous les objets qui en feront fufceptibles.

Lefdites Lettres-patentes font précédées d'un long préambule rempli de *Pathos* , & qui excite l'attendriffement des Lecteurs , plus occupés à fentir qu'à réfléchir.

15 *Mai* 1781. Il paffe pour conftant que M. Necker a déclaré au Roi dimanche à Marly , qu'il n'avoit aucun travail de prêt à apporter à S. M. & qu'en même tems il lui a préfenté un mémoire relatif à fa pofition , où après s'être de nouveau juftifié des reproches dont on le charge, il lui a fait fentir pour le bien même du royaume, la néceffité d'accepter fa démiffion qu'il avoit l'honneur de lui préfenter ; où en le couvrant d'une protection éclatante , d'intimider fes ennemis de façon à ce qu'ils ne revinffent plus à la charge contre lui. On ajoute que le Roi a pris le mémoire & la démiffion. Depuis M. Necker eft refté dans la même inaction & tout le public eft dans l'attente. La Bourfe s'en eft reffentie hier par une baiffe affez fenfible. On le dit mandé aujourd'hui à la cour

& l'on espere sortir de cette incertitude qu
allarme les bons patriotes.

16 *Mai* 1781. M. Necker est revenu très-satis
fait de Marly; il a dit en riant à son ami Hamelin
,, ah çà! nous pouvons actuellement-travaille
,, ensemble avec sécurité. ,, Le bruit est qu'i
a déterminé le Roi à le faire entrer au Consei
& par cette haute faveur, non-seulement d'en
imposer à ses puissans ennemis, mais de le mettre en état d'y défendre ses projets.

16 *Mai.* M. Pitra, dans son nouveau dénoue.
ment de l'opéra d'*Andromaque*, ayant paru
vouloir faire porter tout l'intérêt sur le fils de
cette Princesse, les connoisseurs s'accordent à
convenir qu'il auroit fallu aussi changer le titre
& y substituer le nom d'*Astyanax*. En effet,
il en resulte une autre tragédie, qui fait perdre de vue totalement Racine. De-là un effet
très-imposant, tant par le spectacle, que par
plusieurs morceaux de musique fort applaudis :
de-là aussi quantité d'invraisemblances, qui dé-
truisent la fable entiere : en un mot, beaucoup d'absurdités en faveur de la magnificence
& du chant, qui arrive souvent au théâtre lyrique & faisoit dire au severe Despréaux à l'officier qui donnoit les places : ,, *Monsieur, met-*
,, *tez-moi dans un endroit où je n'entende*
,, *que la musique.* "

Quant à la musique, on trouve que M. Gretry
a quitté son style & sa maniere : qu'il a voulu
se rapprocher alternativement & du Chevalier
Gluck & de M. Piccini, & qu'inférieur à tous
deux, il n'a ni l'énergie du premier, ni le chant
gracieux du second.

17 *Mai* 1781. Depuis longtems une partie des phyficiens regardoient l'électricité comme un remede puiffant : une autre partie nioit qu'elle fût utile en médecine. Ce probléme ne pouvant fe réfoudre que par des obfervations nombreufes, entreprifes & fuivies avec foin, fans partialité, fans prévention, le Gouvernement defirant qu'un objet auffi important, intéreffant autant le bien général de l'humanité, fixât l'attention de la Société Royale de Médecine, nouvellement établie fous fon influence & deftinée à être fpécialement dirigée dans fes vues ; cette compagnie nomma en 1778 le Docteur Mauduyt, l'un de fes membres, comme le plus propre à fe charger de cette partie de fes travaux & de lui en rendre compte. Le Roi approuva ce choix & M. le Directeur général des finances lui accorda par fes ordres une gratification annuelle & forte en proportion des frais indifpenfables attachés à fon travail.

Au commencement de 1780 M. Mauduyt ayant lu dans les féances de la Société un mémoire, qui contenoit l'hiftoire du traitement électrique adminiftré depuis deux ans à 82 malades, la compagnie chargea les Docteurs Geoffroy, Lorry & Andry, de l'examiner en particulier, & de lui en rendre compte.

Le réfultat fut que l'Electricité eft un moyen de foulager & de guérir la paralyfie, qu'elle peut être employée avec avantage dans le traitement des différentes maladies de cette efpece ; mais qu'il étoit néceffaire de multiplier les faits propres à réalifer cet efpoir & furtout à déterminer la méthode d'employer avec toute l'efficacité poffible un pareil agent. En conféquence

H iv

M. Mauduyt fut chargé de pourſuivre ſes recherches & ſes découvertes.

Au commencement de 1781 ce Docteur a rendu un nouveau compte & l'on en a été ſi content que M. le Directeur général des finances lui a écrit une lettre, pour lui apprendre que S. M. veut bien lui continuer pendant quatre ans encore le même traitement.

17 *Mai* 1781. M. Bonnieu ſoutient parfaitement dans ſon nouveau Tableau d'*Adam* & *Eve*, la haute réputation que lui avoit déjà faite ſa *Belzabéc*. Cette fois il s'eſt élevé juſqu'aux grandes & belles proportions de l'antique : la femme eſt ſuperbe, elle eſt en marche & dans la nudité parfaite qui caractériſe la mere du genre humain. Elle n'eſt couverte que de ſes cheveux ; & l'artiſte, pour éviter le moyen trivial d'une feuille ſur ſes attraits ſecrets, les dérobe à l'œil par cet ornement, dont les boucles ondoyantes reviennent en avant & lui ſervent de voile à cette partie de ſon corps ; ce qui dans le fait ſe rapproche ingénieuſement de la vérité. Du reſte, cette figure, quoique droite, préſente les contours les plus moëlleux, les formes les mieux arrondies ; elle eſt pleine d'une grace ingénue : les chairs ſont vivantes & tout le phyſique du corps eſt ſupérieurement deſſiné. L'expreſſion de la tête ſeroit, ſans doute, très-ſuſceptible de critique ; elle n'eſt pas à beaucoup près d'une douleur proportionnée à la circonſtance. Le peintre l'a voulu réſerver toute entiere pour l'homme, qui de la main ſe couvre le viſage & marque ainſi ſa confuſion, ſes remords & ſon déſeſpoir ; il eſt aſſis, & cette attitude, ainſi que

le coloris de fa carnation, contrafte très-
bien avec l'autre figure & contribue à la faire
fortir davantage.

On voit dans le lointain l'Ange qui les a
chaffés du paradis terreftre & en garde encore
la porte, le glaive à la main. Cette figure,
auffi petite, auffi dérobée que celle du David
dans le Tableau de Betzabée, eft beaucoup
plus pardonnable, en ce qu'elle n'eft qu'accef-
foire, pour indiquer le moment de fa fituation,
que ce n'eft pas un acteur principal, & que
d'ailleurs la perfpective permet de l'éloigner
autant que l'on veut : ce qui ne pouvoit fe fuppofer de la part du Roi-prophéte, devant étre
affez près de Betzabée, pour en découvrir tous
les charmes & s'enflammer à leur vue.

17 *Mai* 1781. Le Grand Confeil jouiffant
affez paifiblement de fa jurifdiction depuis quelque tems, n'eft plus tourmenté que par le Parlement de Dijon, relativement à l'attribution
qui lui a été faite des affaires de l'Ordre de
Malthe. Elle caufe tant de jaloufie à la Cour,
qu'elle a deux députés à Paris, chargés de fuivre
cette affaire avec chaleur.

Au furplus, le Grand Confeil voit avec une
fatisfaction fecrette la fermentation élevée dans
le fein du Parlement de Paris, au fujet de M.
Necker, & il efpere tirer avantage de l'humiliation ou de la réfiftance de cette cour.

18 *Mai.* Contre l'ufage de l'opéra on avoit
annoncé hier le début de Mlle. Buret cadette,
dans le *Devin du village.* Ce qui a reveillé la
curiofité des amateurs. On s'eft informé qui
elle étoit : on a fu que c'étoit une des Demoifelles Babelin, jouant avec fuccès fur un

H v

théâtre bourgeois de Paris très-bien monté,
compofe & fubfiftant depuis plufieurs années.
Son début en eft devenu plus curieux & plus
piquant. Elle a rempli le rôle de *Colette* affez
mal .quant à la partie du chant, mais n'a point
été embarraffée comme actrice ; malgré fa timi-
... elle n'a nullement eu l'air gauche. Sa voix
naturellement foible, a acquis de la vigueur
pour chanter l'ariette Italienne du Seigneur Ber-
t... fubftituée a celle de Jean-Jacques Rouf-
...au. Elle a reçu beaucoup d'applaudiffemens
dans cet air de bravoure, où fon organe a paru
très-flexible & plein d'agrement : fes fons font
brillans dans le haut ; il eft fâcheux que le
medium n'y réponde pas. L'opéra donne 4000 l.
à ce fujet, quoique affez mince, à ce qu'on
voit.

18 *Mai* 1781. M. l'abbé Raynal s'étoit long-
tems défendu d'avouer comme fien le livre de
l'*Hiftoire philofophique du Commerce & des
Etabliffemens Européens dans les deux Indes* :
depuis quelque tems en le reconnoiffant, il
avoit du moins eu la précaution de ne pas mettre fon nom à la tête : enfin l'amour-propre
l'a emporté ; il a voulu jouir de toute fa gloire
& il en paroit une Edition nouvelle, ou l'on
lit au bas, *par M. l'abbé Raynal*. On avoit
dit que fon intention étoit de purger cette édition de tous les morceaux de déclamation capables d'offenfer le Clergé & le Gouvernement :
point du tout. On prétend, au contraire, qu'il
les a augmentés & renforcés ; enforte que le
bruit a couru qu'il étoit à la Baftille. Ce bruit
s'eft foutenu pendant quelque tems ; on a lieu
de croire aujourd'hui qu'il eft faux.

18 *Mai* 1781. M. Mauduyt , pour une plus grande authenticité de fon traitement des maladies différentes de la paralyfie par l'électricité, a lu dans la féance de la Société Royale de Médecine , tenue au Louvre le 20 Avril dernier , un Avis donné au public par ce Médecin, où il déclare qu'il continuera pendant quatre ans à traiter gratuitement les malades qui fe préfenteront daes des cas où l'électricité pourra leur être utile Ces cas font , en général , le rhumatifme , foit fimple , foit goutteux ; le rachitifme des enfans , le lait épanché , les fcrophules ou écrouelles , la cataracte commençante , la goutte fereine recente , la furdité , &c. Il ajoute que ce traitement , à fa connoiffance, même en ne réuffiffant pas , n'a encore occafionné aucun mal réel. Afin d'infpirer plus de confiance aux malades , ce Docteur apôtre de l'électricité médicale n'en admettra aucun fans avis de fon Médecin ou de tout autre.

Le compte rendu par plufieurs Affociés & Correfpondans de la Société , foit Regnicoles, foit étrangers , d'Effais dans le même genre , confirmant le fyftême & les fuccès de M. Mauduyt , eft un préjugé de plus en plus favorable.

M. Vicq d'Azyr , Sécrétaire perpétuel de la Société de médecine , eft intervenu le 22 Avril & a donné un certificat à M. Mauduyt , par lequel il attefte que la Compagnie a approuvé fon avis & a défiré qu'il fût rendu public.

19 *Mai*. On eft plus inquiet que jamais au fujet de M. Necker. Les conditions principales qu'il exigeoit pour refter dans fa place, étoient d'entrer au Confeil & d'obtenir un Lit de juftice pour l'enrégiftrement des Lettres] pa-

rentes concernant l'Affemblée provinciale de
Moulins : il paroît que fes ennemis l'ont emporté & comme le Roi a mis néant à fes demandes, on ne doute pas qu'il ne donne aujour-
d'hui fa démiffion.

19 *Mai* 1781. Un Imprimeur de Touloufe,
nommé Rayet, ayant contrefait les *Contes Mo-
raux*, du vivant & fans le confentement de
l'auteur, toute l'Edition a été faifie & mife au
pilon, & par Arrêt du Confeil du 20 Avril il a
été condamné à 6000 livres d'amende, dont
2000 livres au profit de l'auteur, M. Marmontel, & le furplus à tel ufage qu'il plaira à S. M.
M. de Neville a voulu par cet acte de vigueur,
en maintenant fes Arrêts nouveaux du Confeil
concernant la Librairie, objets de tant de réclamations & de fcandales, prouver combien
il eft zélé pour conferver aux auteurs leur propriété, bien loin de l'attaquer, ainfi qu'on l'en
accufe.

20 *Mai*. M. Houdon, pour s'écarter de fes
confreres, qui depuis peu nous ont offert plufieurs Dianes, a repréfenté la fienne en Chaffe-
reffe & en action. Le fwelte eft fon attribut
brillant. Elle marche. Elle eft cenfée traverfer
un marais, & pour mieux le franchir s'appuye
fur un buiffon de rofeaux qu'elle rencontre.
Rien de plus charmant que cette figure, où les
fpectateurs trouvent réunies la légereté, la nobleffe, la pudicité, les graces & la beauté.
Son arc, fes fleches font d'un fini précieux;
mais la pofition hardie où l'artifte l'a placée,
étonne furtout les connoiffeurs. Le marbre d'ailleurs eft d'une blancheur éblouiffante, d'une
pureté qui répond à merveille à celle de la Déeffe.

20 *Mai* 1781. Rien de plus certain aujourd'hui que la démiſſion de M. Necker, donnée hier & acceptée. On eſt perſuadé que c'eſt Madame la Ducheſſe de Polignac qui, trompée par les ennemis du Directeur général, lui a porté les derniers coups & qui, en lui ôtant la protection de la Reine, l'a laiſſé ſans appui auprès du Roi. C'eſt M. de Fleury de la Valette qui le remplace. Tout le parti du Comte de Maurepas s'en félicite & reproche au Directeur général expulſé ſon ingratitude envers ſon bienfaiteur. Les honnêtes gens, qui ne font d'aucune cabale, gémiſſent, en ce qu'ils ne doutent pas que cet événement ne faſſe tort au Royaume & ne réjouiſſe nos ennemis.

20 *Mai.* Le Mémoire préſenté au Roi par M. Necker en 1778 eſt toujours très-rare. On n'en a imprimé que douze exemplaires, pour être envoyés aux gens qui avoient intérêt de le connoître & de le refuter. D'ailleurs, c'étoit une tournure pour prétexter & en favoriſer la dénonciation. Aujourd'hui le Parlement eſt le plus actif pour en empêcher la publicité & la réimpreſſion : comme il n'eſt pas extrémement long & n'a gueres qu'une feuille d'impreſſion, beaucoup de gens l'ont copié. On ne peut nier qu'il n'y ait des choſes excellentes, ſpécieuſes, des morceaux écrits éloquemment : cependant on peut auſſi lui reprocher du bavardage, de l'incohérence dans les idées, des contradictions. au point de fournir à quiconque voudroit le refuter, des moyens, des raiſonnemens, des principes tirés même de l'ouvrage & qu'on tourneroit contre l'auteur. Au ſurplus, ceq u'il contient de meilleur, c'eſt le portrait des

Intendans, la critique de leurs fonctions, du
genre de leur adminiſtration dans l'aſſiette des
impôts. Et tout cela eſt tiré des ſuperbes Remontrances de la Cour des Aides en 1775.

21 *Mai* 1781. Extrait d'une Lettre d'Amſter-
dam du 17 Mai. „ Nous ſommes ici enchantés
de notre nouvelle liaiſon avec la France ; nous
exaltons le Regné de Louis XVI, qui gouverne
ſans maîtreſſe ; ce qui n'étoit pas encore arrivé
chez vous depuis 140 ans. On boit dans nos
compagnies publiques & particulieres à ſa ſanté
& enſuite à celle de M. de la Motte-Piquet. On
chante continuellement des chanſons à la gloire
des François, le bas peuple en langue flaman-
de, & les gens comme il faut, dans la vôtre.
Voici une chanſon faite récemment en l'honneur du Chef-d'eſcadre dont je viens de vous
parler & au ſujet de ſa capture du 2 de ce mois.
Elle eſt maligne & gaie ; vous la trouverez
digne de vos Collet & de vos Beaumarchais de
Paris „.

Les Suites de la Priſe de St. Euſtache.

Sur l'air : *il n'y a qu'un pas du mal au bien.*

Grande eſt la derniere victoire
Du fameux Amiral Rodney,
L'univers en eſt étonné !
Saint Euſtache comble ſa gloire :
Voyez quel bonheur eſt le ſien,
Il a tout pris & ne tient rien !

Il étoit entré ſans obſtacle
Dans un fameux Port Hollandois,
Où chacun croyoit être en paix.

Quel trait de valeur! Quel miracle!
Voyez quel bonheur eft le fien,
Il a tout pris & ne tient rien.

 Pour montrer qu'en faifant la guerre
L'Anglois agiffoit galamment,
Il avoit généreufement
Tout embarqué pour l'Angleterre:
Voyez quel bonheur eft le fien,
Il a tout pris & ne tient rien.

 Tout le butin de Saint Euftache
Que croyoient tenir les Anglois,
Repris par un brave François,
Leur a paffé fous la mouftache:
Piquet l'a pris, Piquet le tient,
Et ce qu'il tient, il le tient bien.

21 *Mai* 1781. Il paroît conftant que les trois conditions mifes par M. Necker pour reprendre fa démiffion étoient: 1°. fon entrée au Confeil, ou du moins aux Comités fecrets des affaires d'Etat: 2°. des Lettres de juffion & un Lit de juftice, s'il le falloit, pour l'enrégiftrement de l'Edit de création des Adminiftrations provinciales: 3°. la punition de M. Gueaux de Reverfeau, Intendant de Moulins, qui avoit traverfé les vues du Directeur général, lors de l'établiffement de l'affemblée de cette Province, qui avoit cabalé pour la rendre inutile & la faire diffoudre l'année derniere.

 M. Necker, ayant remis mardi ces conditions, fuites du mémoire qu'il avoit fourni au Roi le dimanche, s'étoit flatté par l'accueil de S. M. qu'elles feroient acceptées. Les chofes avoient changé de face dans l'intervalle. On a prétendu que les adverfaires de M. Necker

avoient cherché à lui aliéner la Reine par l'entremife de Madame la Ducheffe de Polignac,
en lui faifant fentir le danger de recevoir ainfi la
loi d'un étranger parvenu, guidé moins par le
bien public que par fon ambition.

M. Necker étant revenu vendredi à Marly
pour travailler avec le Roi, ne put le voir. Il
fut chez M. de Maurepas, qui ne l'admit point
en fa préfence & s'excufa fur une attaque de
goutte : il paffa chez la Reine, où il refta quelques minutes. S. M. lui confeilla de revenir le
lendemain chez le Comte de Maurepas ; ce qu'il
fit. Ce Miniftre lui dit que le Roi acceptoit fa
démiffion : ce fut un coup de foudre pour le
Directeur général, qui, atterré, tourna le dos
& alla chez le Marquis de Caftries, fon ami,
pour y recevoir quelque confolation ; de-là il
revint à Paris. Il eft réfugié à fa maifon de Saint
Ouen. *Sic tranfit gloria mundi !*

21 *Mai.* Les comédiens Italiens donnent
demain la premiere repréfentation du *Printems*,
divertiffement paftoral en un acte & en vaudevilles. C'eft encore une production de MM.
Augufte de Piis & Barré, qui fe propofent, fans
doute, de peindre ainfi fucceffivement les quatre faifons. Ils ont commencé par l'Automne,
dans les *Vendangeurs ;* l'Hiver a fuivi dans *la
Matinée & la Veillée Villageoife :* les voilà à
la troifieme aujourd'hui. On ne parle pas, au
furplus, de celle-ci auffi favorablement. La
piece a été exécutée à Marly & il paroit qu'elle
n'y a pas été fort goûtée.

21 *Mai.* Le Parlement avoit retardé le
travail de fes Remontrances ; dans l'efpoir que
le Directeur général des finances ne refteroit pas

long-tems en place; aujourd'hui qu'il eſt ſatis-
fait, il eſt à croire qu'il en demeurera-là. Voici,
au ſurplus, les propoſitions ſur leſquelles il
devoit inſiſter le plus & l'eſquiſſe du travail de
M. Necker ſous le point de vue attaquable.

„ Les Intendans abuſent: les Parlemens gê-
nent: les anciens corps offrent des obſtacles &
des réſiſtances à l'autorité: réformer & reſtrein-
dre les premiers: réduire les ſeconds au ſeul
métier de juges: abroger toute forme, toute
dénomination, toute trace d'anciens Etats &
de leurs prétentions, en les remplaçant par
des Adminiſtrations locales & de choix, qui
s'aſſembleroient rarement, qui n'offriroient jamais de réſiſtance, qui ne pourroient que faire
des obſervations rapides de trois ans en trois
ans, qui ſeroient faciles à corrompre, & qui
au beſoin deviendroient un moyen *de force*
pour convertir & corriger la conſtitution actuelle
de la Bretagne, du Languedoc & de l'Artois „....
Voilà ce qu'on appelle dans le mémoire un premier pas à l'amélioration générale.

22 *Mai* 1781. De Londres le 11 Mai. „ S. M.
Britannique, toujours diſpoſée à favoriſer les
progrès des lumieres, vient de donner les ordres les plus précis pour préſerver des dangers
de la guerre M. Foucherot Architecte, & M.
Fauvel Peintre, que M. de Choiſeul-Gouffier,
auteur du *Voyage pittoreſque de la Grece*, a
envoyés ſur les lieux, afin d'ajouter de nouvelles recherches à celles qu'il a déjà faites lui-
même, & de contribuer par leurs talens à perfectionner de plus en plus ce bel ouvrage „.

22 *Mai*. Le ſujet du *Printems* conſiſte dans
l'indifférence de deux jeunes bergeres, qui ne

pouvant réfifter à la conftance de leurs amans,
à l'exemple de leurs compagnes & à la fermentation que la faifon occafionne dans leur fang,
finiffent par reconnoître le pouvoir de l'amour.
On voit que ce fujet eft très fimple.: auffi les
moyens en font petits & mefquins ; cependant
la gaieté des tableaux, le fpectacle, & l'habitude d'applaudir les auteurs, ont foutenu l'ouvrage & on a fait repéter plufieurs couplets.

23 *Mai* 1781. Les amateurs, en général, ne
font point contens de l'orgue de Saint Sulpice :
malgré le talent des grands maîtres qui l'ont
touché, ils l'ont trouvé extrémement dur &
ne produifant qu'une fenfation défagréable à
l'oreille.

23 *Mai*. L'engouement pour M. Necker s'eft
manifefté dans le public dès le premier moment
de fa difgrace. Le dimanche, où la nouvelle
s'en répandit, on jouoit aux François *la partie
de chaffe de Henri IV*. On fait qu'il eft beaucoup queftion de Sully ; qu'en un endroit, après
lui avoir pardonné le Roi s'écrie : *les malheureux, ils m'ont trompé !* une voix du parterre a répondu : *oui, oui*, & à l'inftant mille
voix l'ont répété. Ce même tumulte a recom-
mencé à chaque phrafe où il étoit queftion de
Henri.

On a bientôt rendu compte à M. le Lieutenant général de police de ce brouhaha, & les
comédiens pour fe juftifier auprès de lui ont
été obligés de lui députer quelques-uns de
leurs membres chargés du repertoire, par lequel
ils ont prouvé que le hafard feul avoit caufé
cet à propos, & que la piece étoit indiquée

dès le commencement de la femaine pour ce jour-là.

A l'opéra, le même jour M. le Bailly du Rollet étant dans le foyer, ne fembloit pas de l'avis de beaucoup d'autres & traitoit affez mal M. Necker : un chevalier de Saint Louïs préfent s'eft écrié qu'il n'y avoit qu'un J.... F ... capable de tenir un pareil propos : comme il n'étoit pas direct au Bailly, il a jugé plus fage de faire une pirouette & de s'en aller. Le militaire eft un Sieur le Noir de Rouvray, frere du Notaire de ce nom, grand intriguant & qui avoit fes raifons, fans doute, pour parler ainfi.

Enfin le Sieur Bourboulon ayant paru au palais royal s'eft bientôt vu entouré, fuivi & a été hué au point qu'il a fallu qu'il fortit de la promenade.

24 *Mai* 1781. M. Joly de Fleury de la Valette a paru réfifter quelque tems aux volontés du Roi; enfin il s'eft rendu & a pris le porte-feuille, mais *par interim* feulement. Il n'a aucun titre : il n'a point prêté de ferment & a déclaré aux receveurs & aux fermiers géné-raux qui ont été à fon audience, qu'il ne rempliffoit cette place que par foumiffion aux or-dres du Roi & pour effayer fes forces. Du refte, il leur a ajouté qu'il fuivroit les erre-mens de M. Necker & tiendroit religieufement tous fes engagemens : il l'a fait dire auffi à la bourfe.

24 *Mai*. Quelques écoliers du collége d'Har-court ayant choifi un jour de congé le château de Belle-vue pour leur point de promenade, eurent de la peine à y entrer, parce que Mef-

dames y étoient ; mais ces princesses toutes bonnes ayant su les difficultés que le Suisse leur faisoit , ordonnerent qu'on les laissât aller dans les jardins. Le Roi étant venu, Mesdames en voulurent amuser S. M., qui les fit jouer aux barres & se constitua juge du camp. Ces jeunes gens ayant disparu pour aller manger à l'auberge où le repas étoit commandé , il vint un courier des Princesses qui leur annonça qu'elles leur avoit fait préparer à dîner & qu'elles les attendoient. N'ayant pu jouir de cet honneur parce qu'ils n'avoient plus faim , ils revinrent & eurent la liberté d'entrer dans les appartemens & de voir jouer le Roi au trictac. S. M. les interrogea & voulut savoir quels ils étoient l'un après l'autre , & comme tous portoient des noms connus : ,, Je connois tous ces noms-là , dit-elle ; ils me rappellent des gens qui ont bien servi l'état ; je ne doute pas qu'à votre tour vous n'en fassiez autant. '' Le Roi causa familierement avec eux , les fit goûter & leur donna rendez-vous pour le lundi, fameux jour de vacance dans les colléges, qui arrive au mois de juin. Cet événement fait une grande sensation dans le pays Latin & tous envient le bonheur de leurs camarades. La familiarité des Princesses & du Roi allume déjà dans ces jeunes cœurs l'amour de leur Souverain & de la famille royale. Quelques congés accordés par le Monarque doivent s'employer agréablement à le célébrer dans leurs innocentes orgies & à chanter ses louanges.

25 *Mai* 1781. Un nouveau pamphlet répandu depuis peu a désolé M. Necker, plus qu'aucun autre, par le ton leste qui y regne, par le ridi-

eule qu'il verfe à grands flots fur lui & fon parti, par la hardieffe avec laquelle il nomme chacun de ceux qui prônent à la cour ce directeur & dévoile les motifs qui les font parler. C'eft une brochure de 44 pages gros caractere in-8°., intitulée : *lettre de M. le Marquis de Caracoli à M. d'Alembert*, en date du premier mai. On l'attribue au Sieur de Beaumarchais, à raifon de fon extrème méchanceté.

25 *Mai* 1781. Extrait d'une lettre de Verfailles du 23 mai 1781. La démiffion de M. Necker a fort affligé Sa Majefté ; elle a été enfermée avec la Reine pendant une demi-heure, lors de cet événement & l'on ne favoit ce qui en arriveroit. Il paroit que la hauteur feule qu'il a mife dans fes demandes a empêché d'y acquiefcer. On l'auroit laiffé entrer au confeil, s'il n'eut exigé que cette faveur ; mais les actes de rigueur qu'il vouloit faire exercer fur le champ contre le parlement & contre les Intendans qu'il n'avoit pas trouvés dociles à fes idées, ont révolté. La Reine a fait fentir à S. M. que le ton impérieux que prenoit M. Necker, annonçoit un génie defpotique qui s'étendoit jufques fur fon maître, & qui ne feroit que s'accroitre fi l'on le fupportoit. Il a été décidé qu'il avoit mis le Roi dans la néceffité de ne plus le reprendre. Le Roi paroit aujourd'hui calme & ferein.

Le ton d'aménité qu'a mis M. de Fleury dans fon début, bien oppofé à la dureté de M. Necker, a achevé de tranquillifer la famille royale : on voit que ce nouvel adminiftrateur des finances a envie de plaire jufques aux moindres fubalternes. Du refte, il affiche le même défintéreffement que fon prédéceffeur, quoiqu'il ne foit pas auffi riche à beaucoup près, & il a refufé tous les bénéfices quelconques de fa place.

26 *Mai* 1781. Les gens de haut parage qui fe font mélés d'intercéder pour M. l'abbé de Boulogne auprès de M. l'Archevêque de Paris, n'ont jamais pu tirer de lui fes griefs contre cet abbé : envain ils ont interrogé les perfonnes conftituées en dignité qui ont fa confiance ; elles ont répondu que le prélat étoit entouré de délateurs obfcurs qui, pour lui plaire, venoient ainfi calomnier auprès de lui les plus honnêtes gens du monde & malheureufement étoient crus trop fouvent. Tout ce que ces puiffans protecteurs ont gagné de M. de Beaumont, c'eft qu'il oublieroit les fautes de M. l'abbé de Boulogne & qu'il lui accorderoit même fon amitié, mais à condition qu'il iroit quelque tems au feminaire : efpece de punition à laquelle celui-ci s'eft foumis : il eft à St. Lazare actuellement. Il paroît que M. l'Archevêque confus de cette perfécution, ne veut pas avouer cependant fon injuftice & a exigé cette démarche pour mettre fon amour-propre & même fa juftice à couvert.

26 *Mai*. M. le Comte de Paradès eft forti de la Baftille le lundi fept de ce mois & a donné dès le lendemain un grand repas. On affure que s'il ne s'eft pas juftifié entierement, du moins on n'a pu l'inculper affez pour le punir du fupplice réfervé aux efpions, aux traitres à l'état : du refte, nul doute fur fon origine & fur la maniere dont il s'eft pouffé dans le monde ; tout ce qu'on en a dit dans le tems fe confirme de plus en plus.

26 *Mai* 1781. Hier à la comédie on jouoit *le Mifanthrope* & les partifans de M. Necker ont encore trouvé dans cette piece de quoi faire des applications à ce qui fe paffe aujourd'hui relativement aux intrigues de cour, aux complots des pervers contre les honnêtes gens; il y a eu beaucoup de brouhaha.

On a fait auffi un couplet fort fimple & qui n'eft à conferver que pour l'anecdote:

> North & Necker dans leurs puiffantes mains
> De leur Etat foutiennent les Deftins :
>   Voilà la reffemblance.
> North triomphant éleve les Anglois,
> Necker tombant entraîne les François :
>   Voilà la différence.

26 *Mai*. Extrait d'une lettre de Strafbourg du 20 mai. Le délire pour le Comte de Callioftro eft pouffé au point qu'on a gravé fon portrait avec ces vers.

> De l'ami des humains reconnoiffez les traits :
> Tous fes jours font marqués par de nouveaux bienfaits ;
> Il prolonge la vie, il fecourt l'indigence :
> Le plaifir d'être utile eft feul fa récompenfe.

„ C'eft à qui fe pourvoira de la gravure de cet étranger célebre. "

27 *Mai*. M. Joly de Fleury fe nommoit ci-devant la Vallete : il eft fils du fameux Procureur général de fon nom & le cadet de deux freres, dont l'un Procureur général & l'autre Préfident à mortier. Le pere difoit en parlant d'eux, qu'il n'y avoit que fon *la Valette* qui

valût quelque chofe. Il a beaucoup d'efprit, eft fort inftruit & dévoré d'ambition. Il eft d'une fanté délicate, fe leve tous les matins à fix heures, travaille jufqu'au dîner ; après le repas caufe avec quelqu'un, fe remet au travail jufques à huit ou neuf heures du foir. qu'il vient faire fon wisk chez Madame de Font-pertuits logeant dans fa maifon, foupe légerement & fe couche à onze heures.

Cette Madame de Font-pertuis eft une ancienne habitude, à laquelle M. Joly de Fleury eft fort attaché ; c'eft une virtuofe dont la fociété l'intéreffe & l'amufe

M. Joly de Fleury eft peu riche, a peut-être de fon patrimoine dix à douze mille livres de rentes ; mais a environ 60,000 livres de bureaux. C'en eft affez pour le préferver de la cupidité que fes ennemis ne manquent pas de lui fuppofer. Il ne s'eft point inftalé au contrôle général & s'y rend feulement pour donner des audiences & y travailler. Il a déclaré que M. Necker avoit laiffé tout dans le plus bel ordre du monde & fur-tout 130 millions en efpeces ou valeur au tréfor Royal. Celui-ci à fon tour dit à tout le monde, que s'il s'étoit choifi un fucceffeur, il n'en auroit pas nommé d'autre.

On croit cependant M. Joly de Fleury peu au fait de la finance, n'ayant jamais travaillé dans cette partie & n'ayant été qu'un inftant Intendant en Bourgogne : on fuppofe que fon idée eft de devenir Miniftre & d'entrer au Confeil d'état, le feul dont il ne foit pas encore : il ne feroit pas fâché non plus de devenir chancelier, ou du moins d'avoir les Sceaux.

27 Mars

27 *Mai* 1781. M. l'Abbé Raynal n'eſt point à la Baſtille, mais il eſt ſorti du Royaume; on le dit aux eaux de Spa. On a dénoncé au parlement la nouvelle édition de ſon *Hiſtoire Philoſophique & politique*, & ſes amis l'ont obligé de ſe ſouſtraire ainſi au décret de priſe de corps décerné contre lui dès vendredi dernier. Son imprudence de mettre ſon nom & ſon portrait à la tête de cet ouvrage, d'y avoir ajouté un ſupplément concernant la guerre actuelle, & de nouveaux morceaux de déclamation injurieux au gouvernement & au Comte de Maurepas déſigné ſpécialement, l'ont mis dans le cas de craindre des ſuites trop fâcheuſes de ſon aveu, pour oſer le ſoutenir devant les Magiſtrats. Il faut donc attendre que la fermentation que ſon ouvrage occaſionne, ſoit paſſée.

28 *Mai.* Un bruit très-accrédité & appuyé de bulletins fort détaillés, s'eſt ſoutenu pendant deux ou trois jours ſur l'interception d'un convoi par les Hollandois & ſur un avantage conſidérable remporté par le Marquis de la Fayette : tout cela s'eſt trouvé complettement faux & il eſt aſſez vraiſemblable que le Gouvernement avoit autoriſé cette fauſſe rumeur pour faire diverſion aux lamentations du Public ſur la retraite de M. Necker.

28 *Mai.* C'eſt le mardi 25 Mai, Grand'-chambre & Tournelle aſſemblées, que M. l'Avocat-général Séguier a fait un long requiſitoire contre un imprimé en dix volumes in-8°., ayant pour titre *Hiſtoire Philoſophique & Politique des Etabliſſemens & du Commerce des Européens cans les deux Indes, par Cuillaume*

Tome XVII.   I

Thomas Raynal. A Genève, chez Jean Léo-
nard Pellet, Imprimeur de la Ville & de l'Aca-
démie, 1780. En conféquence la Cour a ordonné
que ledit livre imprimé feroit laceré & brûlé en
la cour du Palais, comme *impie, blafphéma-*
toire, féditieux, tendant à foulever les Peu-
ples contre l'autorité Souveraine & à renver-
fer les principes fondamentaux de l'ordre civil:
& l'Abbé Raynal a été décrété de prife de
corps, &c.

Les Magiftrats ne voulant pas donner fuite à
ce décret ont, avant de le rendre, laiffé à
l'auteur tout le tems de prendre la fuite : il étoit
à Courbevoye chez M. Paulze, Fermier général; c'eft de-là qu'on l'a fait évader.

28 *Mai. La lettre du Marquis de Carac-*
cioli à M. d'Alembert, eft un des plus jolis per-
fifflages qui aient été fait depuis long-tems.
L'auteur, après avoir décrit rapidement la maniere miraculeufe dont M. Necker s'eft élevé de
fon néant au Miniftere, s'arrête particuliérement fur celle dont il a fu myftifier la nation
Françoife depuis qu'il eft en place, infpirer ce
fanatifme avec lequel on le prône & l'on admire
de fa part ce qui feroit crier de celle d'un autre. Il s'étend plus au long enfuite fur le *Compte*
rendu & fur le fameux Mémoire ; enfin il révele
les manœuvres de toute efpece, par lefquellesfes
nombreux partifans ont cherché à parer le coup
dont étoit menacé leur héros.

On a d'abord perfuadé à la Reine que le bien
de l'Etat étoit lié inféparablement au fort de M.
Necker : c'eft le Marquis de Caftries qui, pro-
fitant de fon accès auprès du Trône, a engagé
S. M. à relever le courage du directeur général

des finances par quelque témoignage public de
fa bienveillance. La Ducheffe de Polignac a été
plus circonfpecte & n'a jamais voulu confeiller à
la Reine d'avoir une opinion fur une affaire
auffi délicate ; mais M. d'Adhemar a eu plus de
hardieffe.

Le Prince de Poix s'eft fur-tout diftingué par
fon zele à vanter les opérations merveilleufes &
patriotiques de M. Necker : l'Abbé de Vermont
n'a pas peu contribué à le bien mettre dans
l'efprit de la Reine.

Le détail de l'armée de prôneurs, d'enthoufiaftes & de créatures de M. Necker n'eft pas ce
qu'il y a de moins amufant dans l'ouvrage : à
l'avant-garde l'on place les vrais affidés & coin-
téreffés, portant les enfeignes dorées de la Ban-
que. Viennent enfuite le Clergé & les Proteftans
réunis pour la premiere fois fous la même ban-
niere ; l'un comme livré à quiconque étend fon
pouvoir ; les autres, comme voyant déjà leurs
prêches rétablis.

Arrivent fur la même ligne les amis de cour
tournant à tout vent, entr'autres les Noailles &
les courtifans ferviteurs - nés de l'homme en
place.

Vient après cela la grande troupe des dupes,
des fots admirateurs, des illuminés & de provinciaux, tous la bouche béante & les yeux fixés
fur le tableau du *Compte rendu*, qui leur fert
d'étendard. On voit autour des préambules bien
coloriés & pour devife les grands mots, de
Bienfaifance, de *Réforme*, de *Soulagement*
& de *Liberté*, gravés en lettres d'or. Toute cette
race moutonniere forme le gros de l'armée, &
marche péle-méle, fans favoir où l'on la mene,

au fon d'une mufique bruyante, compofée de gens de lettres qui y donnent le ton, d'Ecrivains périodiques & d'Economiftes, tenant tous la trompette, de l'Abbé Raynal faifant le fervice de timbalier, &c.

Sur les ailes marchent plufieurs efcadrons d'ambitieux, commandés chacun par des chefs différens, qui tous marquent leurs projets particuliers fous les dehors d'une fauffe concorde & ne tendent qu'a leur but, en paroiffant fervir M. Necker.

De ce nombre eft l'Archevêqne de Touloufe, vifant au Miniftere & cherchant fourdement à le fupplanter; le Duc de Choifeul, à qui l'adroit Directeur fait entendre qu'il le fert dans l'efprit du Roi; le Duc du Châtelet à qui il a promis d'ouvrir le chemin, foit au département de la Guerre, foit à celui de la Politique; le Prince de Beauveau, ayant la perfpective du département de Paris, ou au moins d'entrer dans le Confeil.

Les femmes s'en mélent auffi, mues par les hommes, ou dans des vues particulieres pour leur compte: l'impérieufe & dominante Ducheffe de Grammont, la fuperbe Comteffe de Brionne, la Princeffe de Beauveau à l'efprit féduifant, la Comteffe de Monteffon revêtue de tous les charmes que l'art peut donner; la précieufe Comteffe de Blot, au jargon fentimentaire; l'enthoufiafte Comteffe de Teffé; l'idolâtrée Comteffe de Châlons, trainant à fa fuite fon amant le Duc de Coigny; la merveilleufe Princeffe d'Henin, la fveltе Comteffe de Simiane, la piquante Marquife de Coigny, la douce Princeffe de Poix.

Le plaifant finit par revenir à la raifon & par l'énumération des fuites effrayantes que peut avoir l'illufion momentannée que caufe M. Necker, lorfque fes tableaux magiques difparoîtront, pour ne laiffer voir que l'affreufe vérité.

29 *Mai* 1781. C'eft aujourd'hui que le livre de l'abbé Raynal a été brûlé & l'on publie l'Arrêt & le Requifitoire en date du 25 Mai. Celui-ci fort verbeux a quatorze pages. On y peint le livre comme entremêlé de déclamations impies, de reproches amers, de farcafmes indécens & d'impoftures groffieres furtout ce qui eft relatif à la religon Chrétienne; comme contenant des differtations révoltantes fur les préjugés, fur l'influence de l'opinion à l'égard des mœurs, & fur le bonheur de l'homme; comme cherchant à fubftituer partout aux degmes, aux loix & aux principes, une philofophie audacieufe & facrilege; comme affurant que les lettres & les arts décorent l'édifice de la religion & que la philofophie le détruit : que l'impofture parle dans tous les temples & la flatterie dans toutes les cours : que tout écrivain de génie eft magiftrat-né de la patrie; que fon tribunal eft la nation entiere, le public fon juge, non le defpote qui ne l'entend pas, ou le miniftre qui ne veut pas l'écouter; que c'eft aux fages de la terre qu'il appartient de faire des loix, & que tous les peuples doivent s'empreffer de les adopter : comme vomiffant des atrocités contre la Souveraineté, calomniant fans pudeur la mémoire de Louis XV; comme critiquant témérairement les opérations & la politique du gouvernement, & rejetant fur la nation Françoife, fur

I iij

les Miniftres du Roi, fur le Roi même, tous les malheurs de la guerre actuelle.

L'orateur obferve enfin, que c'eft un homme qui a fait profeffion dans une ordre religieux, (des Jéfuites) un homme revêtu du caractere & de la dignité facerdotale, un homme qui fe qualifie de citoyen & d'ami de tous les hommes, un homme qui veut être le contemporain de tous les âges, qui ofe avancer de pareilles propofitions.

30 *Mai* 1781. Une des opérations de M. Necker très-injufte, mais contre laquelle on ne crie point, qu'on vante même, parce qu'elle n'attaque qu'une propriété financiere, c'eft la retenue qu'il a faite des répartitions revenant à chaque fermier général à la fin du bail, elles fe font trouvés de 600,000 livres: il leur en a fait toucher 100,000 livres feulement & a mis la main fur le refte. On ignore fi pour le furplus la rente leur en fera faite à cinq pour cent jufques au parfait remboursement.

M. de Senac, l'un des fermiers généraux fupprimés, a préfenté requéte à la Cour des Aides, pour demander qu'il lui fût permis d'affigner la compagnie des fermiers généraux actuels en reftitution des 500,000 livres lui revenant; la Cour des Aides l'a permis: l'affignation a été donnée, mais bientôt eft intervenu un Arrêt du Confeil d'évocation de la conteftation... On ne trouve point tout cela dans les grands principes de l'auftere équité.

30 *Mai*. C'eft aujourd'hui le moment d'annoncer un quatrain fait par M. de la Place, pour étre mis au bas du portrait de M. le Chevalier de la Motte-Piquet, Chef d'efcadre; il

n'avoit pas alors toute la juſteſſe qu'il a en ce moment :

Marin dès ta premiere aurore,
Guerrier, cher même à tes rivaux,
La France fait ce que tu vaux.
Et l'Angleterre mieux encore.

30 *Mai* 1781. Extrait d'une lettre de M. le Chevalier Gluck, datée de Vienne le 11 mai : ,, Ne croyez point tous les bruits qui courent ſur mon prochain retour à Paris ; à moins que des ordres ſupérieurs ne m'y attirent, je n'irai point en cette ville, juſqu'à ce que les François ſoient d'accord ſur le genre de muſique qu'il leur faut. Ce peuple volage, après m'avoir accueilli de la maniere la plus flatteuſe, ſemble ſe dégoûter de tous mes opéra, où il ne ſe porte plus avec la même foule qu'autrefois & voilà *le Seigneur Bienfaiſant* qui fixe aujourd'hui ſon attention ; il ſemble vouloir retourner à ſes Pont-neufs : il faut le laiſſer faire. "

30 *Mai*. Le zele du Parlement contre l'abbé Raynal ne s'eſt évertué qu'excité par des ordres ſupérieurs. Un ennemi de cet auteur a affecté de mettre ſur le Bureau du Roi un des volumes de ſa nouvelle édition, tellement relié & arrangé qu'il s'ouvrit naturellement aux endroits les plus répréhenſibles : S. M. n'a pas manqué d'y tomber ; elle a ſenti le danger des aſſertions qu'elle a lues ; elle a ſur le champ envoyé chercher le Garde des Sceaux & lui a fait des reproches de ce qu'il laiſſoit pénétrer en France un ouvrage auſſi condamnable ; S.

M. lui a ajouté qu'elle favoit qu'il avoit foufcrit
pour un exemplaire, ainfi que M. de Vergennes,
& qu'elle étoit furprife que des perfonnages
auffi religieux vouluffent avoir un pareil livre
dans leur bibliotheque. M. le Garde des Sceaux
eft fur le champ allé chez le miniftre des affaires étrangeres. Celui-ci a écrit à Genève pour
folliciter auprès de cette République la profcription du livre; on a en même tems pris
les précautions néceffaires afin d'en arréter l'introduction dans le Royaume & le parlement a
reçu injonction de lancer contre lui & l'auteur,
qui avoit eu l'audace de l'avouer & d'y mettre
fon nom, les foudres magiftrales. La Sorbonne
s'en occupe aujourd'hui & doit le condamner
théologiquement.

On croit que M. l'abbé Raynal fe fixera en
Suiffe. En général, il étoit plus eftimé des
étrangers que de fes concitoyens. Il avoit une
fois par femaine un déjeûner philofophique, où
affiftoit tout ce qu'il y avoit de plus illuftre à
Paris entre les Ambaffadeurs & Seigneurs voya-
geans qui fe trouvoient dans cette capitale :
c'étoient des caroffes comme à un fpectacle.

31 *Mai* 1781. On a différé jufqu'à préfent de
configner ici un acte de bienfaifance & de dé-
vouement civique fi extraordinaire de la part
d'un évêque, qu'on ne pouvoit y croire &
qu'on vouloit en acquérir la certitude. Il paroît
conftant aujourd'hui que M. l'Archevêque
d'Auch s'étant tranfporté dans cette capitale à
un incendie qui le 30 mars dernier a confumé
prefque tout un quartier & voyant au milieu
des flammes une mere & fon enfant qu'il s'a-
giffoit de fauver, offrit d'abord 800 livres &

fucceffivement 1200 livres à quiconque tente-
roit cette entreprife fi périlleufe, que perfonne
n'ofa s'en charger : alors tranfporté d'un zele
vraiment apoftolique il fe précipite lui-même
dans le feu & réuffit à lui enlever ces deux
victimes. Il a depuis affuré à la femme 800
livres de rentes, reverfibles fur la tête de
l'enfant.

Cet Archevêque eft M. d Apchon, qui a d'a-
bord fervi dans la Marine & à qui il fut annoncé qu'il feroit Evêque de Dijon; ce qui a
eu lieu.

31 *Mai* 1781. On a encore fait le quatrain
fuivant au fujet du renvoi de M. Necker.

Les vertus, le génie exilés de la Cour;
Ce malheur trop commun n'a rien qui me furprenne :
Que leur regne ait duré cinq ans dans ce féjour
C'eft ce que l'avenir ne croira qu'avec peine.

31 *Mai* 1781. La cérémonie du fervice folemnel célébré à Notre - Dame pour le repos de
l'ame de l'Impératrice-Reine a eu lieu aujour-
d'hui. *Madame*, Madame la Comteffe d'Artois
& Madame Elifabeth en ont fait les honneurs,
avec *Monfieur*, M. le Comte d'Artois & M.
le Duc de Chartres.

Quant à l'oraifon funebre, peu de gens en
peuvent rendre compte. M. l'Evêque de Blois
avoit déja déclaré modeftement qu'il ne craignoit que l'impreffion, parce qu'on ne l'enten-
droit pas.

Effectivement le défaut d'organe du Prélat a
fait paroître trop long fon premier point, roulant fur les vertus Impériales & Royales de

I v

Marie-Therefe : il s'eft apperçu du murmure &
de l'ennui qui regnoit dans l'affemblée & avant
de commencer le fecond roulant fur les vertus
Chrétiennes de cette Princeffe , il s'eft écrié :
„ j'aurois befoin ici, Meffieurs, d'un nouvel
„ organe & vous d'un redoublement d'atten-
„ tion. „.

1. *Juin* 1781. Les détracteurs de M. Necker,
après l'avoir démafqué dans leurs brochures, à
ce qu'ils prétendent, le plaifantent & le ridi-
culifent dans leurs chanfons. En voici une.

Pourquoi préfenter un Mémoire
    Qui fait fa fin ;
Chacun glofe fur cette hiftoire,
    Sur ce Martin.
C'eft que dans cette œuvre célebre
    Modeftement,
Il fait fon oraifon funebre
    De fon vivant.

Il n'eft point de Cour étrangere
    Qui pour de l'or
Ne voulût dans fon Miniftere
    Un tel tréfor.
Ah ! que n'eft-il , dit l'Angleterre,
    Mon Chancelier ?
Ah ! que n'eft-il , dit le Saint Pere ,
    Mon Moutardier ?

1 *Juin.* Le bruit général eft que M. de Fleury
entrera le lundi de la Pentecôte au Confeil
d'Etat & fera déclaré Miniftre. C'eft déjà un des
points qu'il ambitionnoit.

1 *Juin.* Enfin les partifans de M. Necker
entrent en lice & publient : *Obfervations modeftes d'un Citoyen fur les opérations de finan-*

ces de M. *Necker*, adreffées à *Meffieurs les
pacifiques auteurs des* Comment, *des* Pourquoi, *& autres pamphlets anonymes.* On attribue celui-ci à M. de Leffart.

2 *Juin* 1781. Les gens au fait du manege de la
cour ne croient pas que le Miniftere foit encore
bien tranquille ; ils veulent qu'il y regne une
fermentation fourde qui fera bientôt éclorre
un nouvel orage. M. le Maréchal de Richelieu
difoit à cette occafion, que depuis foixante-
dix ans qu'il habitoit dans ce pays-là, il n'a-
voit jamais remarqué tant d'intrigues, de cabales, de noirceurs, que durant les derniers huit
jours du voyage de Marly.

C'eft M. de Caftries, créature de M. Necker,
que la révolution regarde aujourd'hui ; on ne
lui pardonne pas (difent les gens de ce parti)
d'avoir plaidé la caufe de fon protecteur, d'a-
voir ofé dire à M. de Maurepas que le Roi pouvoit, quand il le voudroit, renvoyer lui & tous
fes Miniftres, qu'il en trouveroit toujours cent
de la même étoffe pour les remplacer, mais qu'il
n'y avoit qu'un M. Necker.

2 *Juin.* M. le Marquis de Menars ayant
longtems préfidé aux arts comme Directeur général des Bâtimens du Roi, mérite une notice
en cette qualité.

Après avoir acquis des connoiffances affez
approfondies en géométrie & avoir étudié les
élémens de l'architecture en 1749, il voyagea
en Italie, afin de fe mettre en état d'occuper dignement la place de M. de Tournehem, dont
il avoit la furvivance. Il fut accompagné dans
fon voyage par M. Souflot, architecte depuis
célebre ; par M. Cochin, deffinateur eftimé,

I vj

& par l'abbé le Blanc, homme de Lettres qui
fe vantoit d'avoir des connoiffances dans les
arts.

Revenu près de deux ans après il eut la
place en chef. Il augmenta le prix des Tableaux d'hiftoire, & en ordonna qui puffent
fervir de modeles à la manufacture des Gobe-
lins, moins pour le befoin qu'on en avoit,
que pour entretenir & foutenir ce genre peu
cultivé en France. Il ordonna auffi des Sta-
tues pour entretenir la Sculpture ; mais c'eft
furtout l'Architecture qui lui fut redevable de
fa régénération. Les éleves pour cette école qu'il
eut foin d'entretenir à Rome régulierement,
accélererent fingulierement les progrès de cet
art. Il appella de Lyon M. Souflot, & le chargea de la fuperbe bafilique de Ste. Genevieve.

En 1755 M. de Marigny, honoré du Cordon
bleu & de la charge de Secrétaire Commandeur
de cet Ordre, qui comprend auffi celui de
Saint Michel, eut la facilité d'augmenter les
encouragemens donnés aux Arts, en gratifiant
du Cordon noir les hommes célebres dans ces
différentes parties ; les Souflot, les Cochin,
les Pierre, les Pigale, &c.

En 1762 il fit nommer Carle Vanloo, à la
place du premier Peintre du Roi ; & ce qui
prouva que la faveur n'avoit point eu de part
à ce choix, ce fut le mot de M. le Dauphin,
qui, lorfque M. le Directeur général le préfenta
à ce Prince en qualité de premier Peintre, répondit : *il y a longtems qu'il l'eft.*

M. de Menars s'étoit propofé d'achever le
Louvre, mais la guerre l'obligea bientôt d'interrompre & il n'en réfulta que la dépenfe d'un

échaffaudage immenſe , qu'on a vu ſubſiſter pendant pluſieurs années & pourrir enfin. Le ſeul
changement connu qu'il y ait fait , c'eſt ce gui-
chet ſi néceſſaire & qui porte ſon nom.

M. de Menars avoit conçu pluſieurs autres
projets avantageux aux arts & à l'embelliſſement
de Paris, que les circonſtances ne lui permirent
pas de remplir davantage. Il ſe retira en 1773 ,
dégoûté par l'abbé Terrai , qui vouloit avoir ſa
place , & depuis ce tems il avoit tellement pris
la cour en averſion , qu'il n'y alloit jamais.

Quelques artiſtes lui étoient reſtés attachés
& lui faiſoient encore aſſiduement leur cour ;
entre autres M. Cochin , qui a eu le courage
d'inſérer ſon éloge au *Journal de Paris*.

2 *Juin* 1781. A tout ce qu'on a rapporté
concernant la pyramide élevée à Sasback, par
le Cardinal de Rohan, à la mémoire de Turenne , au lieu même où il a été tué, il
faut ajouter le quatrain ſuivant de M. l'abbé
d'Aymar, Vicaire-général de cette ville :

Turenne, enſeveli dans la tombe des Rois,
Du Roi qui l'y plaça , fait chérir la mémoire ;
Mais dans ce monument on célebre à la fois,
Turenne, ſes vertus, ſon trépas & ſa gloire.

3 *Juin*. Les modes ſont plus que jamais la
matiere du génie inventif de nos artiſtes dans
les divers genres : celles qui concernent les
ajuſtemens des femmes , exercent même le goût
des élégantes , des agréables , des petites-mai-
treſſes de la cour. Les dernieres robes en vogue
ſont les *Lévites*, imitées ſur ces robes majeſ-
tueuſes des enfans de la tribu conſacrée à la
garde de l'arche & au ſervice du temple de Jé-

rufalem. Ces Levites fe modifient déjà de cent
manieres. Madame la Vicomteffe de Jaucour
ayant imaginé des *Lévites à queue de finge*,
a paru il y a quelque tems, au Luxembourg
avec cette queue, très-longue, très - tortillée
& fi bizarre, que tout le monde fe mit à la
fuivre ; ce qui obligea les Suiffes de *Monfieur*
de venir prier cette Dame de fortir, pour éviter un trop grand tumulte. Il faut efpérer que
pour l'honneur de l'inventrice le public étant fait
à cette mode, on pourra s'y conformer impuné-
ment & fans fcandale.

3 *Juin* 1781. Le défenfeur de M. Necker commence par annoncer fon impartialité. Il ne doit
rien au Directeur général des finances, il n'en
attend rien, il n'a aucune relation avec lui :
il eft peut-être le feul qui eût lieu de fe plaindre d'une injuftice perfonnelle qu'il en a éprou-
vée, fous le prétexte même de l'intérêt de l'Etat.
N'importe, il eft citoyen, & à ce titre il ofe
entreprendre de juftifier le plan d'adminiftration
& le *Compte rendu* de M. Necker. En conféquence :

1°. Il confidere l'état des finances au moment où cet étranger fut appellé pour les diriger.

2°. Il décrit la fituation du royaume, du
crédit, de la marine.

3°. Il détaille les améliorations, les économies, les fuppreffions réfultantes de fon plan
d'adminiftration.

4°. Enfin il agite la queftion, fi les emprunts
ont été faits en proportion des améliorations,
& s'ils étoient préférables à l'augmentation des
impôts.

Le réfultat de ces quatre chapitres de difcuffion eft, que M. de Clugny durant une adminiftration de quelques mois avoit laiffé la maffe
des dettes augmentée de 200,000,000 livres,
outre les anciennes créances, les rentes arrié-
rées, & furtout les années de penfions dûes,
fans aucune amélioration ou économie : que
fous M. Necker la confiance a été rétablie,
les effets royaux font montés avec une rapidité
prodigicufe : la France a vu les arfenaux de
fes ports remplis, la mer couverte de fes flot-
tes ; elle en a impofé à fes ennemis par une
marine formidable, & a foutenu une guerre
de plus de quatre années, fans augmenter les
impôts & fans altérer les reffources du crédit ;
l'état de fes finances s'eft cependant augmenté
de plus de 43 millions : enfin la maffe des dettes
contractées par les opérations de M. Necker,
ne forme qu'un capital réel de la fomme d'environ 350 millions ; ce qui n'eft pas à beaucoup
près en proportion des bénéfices & ne furcharge
en rien la Nation, comme auroient fait les
impôts.

4 *Juin* 1781. Les *Obfervations modeftes,*
dont les raifonnemens & les calculs ne peuvent fe vérifier, & conféquemment peu intéreffantes fur cet article, font précieufes par
deux anecdotes. La premiere eft de M. Marmontel.

Ce Philofophe étoit à Verfailles le jour de
la difgrace de M. Turgot, il obfervoit dans un
morne filence la joie tumultueufe des courtifans, des financiers & de tous ceux qui efpé-
roient profiter de cet événement pour leurs
intérêts. Quelqu'un frappé de ce contrafte, lui

demande sur quoi il médite si gravement ? Il répond en élevant la voix : ,, je me repréfente ,, d'après tout ce que je vois ici , l'image d'une ,, troupe de brigands raffemblés dans la forêt ,, de Bondy , à qui l'on vient d'annoncer que ,, Grand-Prevôt eft renvoyé. ''

L'autre concerne le Maréchal de Richelieu. Lorfque le mémoire de l'*Ami des hommes* fur les Etats Provinciaux parut, Louis XV remarquant la fenfation qu'il caufoit & lui - même ému du tableau pathétique des ravages de l'arbitraire qu'il offre , ouvrit fon cœur au Maréchal. Ce cœur tout dévoué au defpotifme, mais encore plus à fon maître ne voulut pas prendre fur lui l'odieux d'exhorter le Roi a rejetter un projet auffi patriotique ; en fin politique il propofa au Monarque d'en parler à fon Confeil : ce que fit S. M. Le Confeil étonné demanda du tems pour examiner l'écrit & en rendre compte : enfin , fuivant ce qu'avoit prevu M. de Richelieu, le Confeil diffuada le Roi d'une pareille idée & lui en fit perdre pour jamais le defir.

Au refte, l'auteur des obfervations n'eft point affez aveuglé fur M. Necker , pour ne pas l'inculper fortement d'une affertion erronnée & trop dangereufe qu'il avance dans fon *Compte rendu* & dans fon mémoire. Cet étranger dit : *L'augmentation des impôts eft foumife à la puiffance du Roi de France ;* ce qui eft contraire à la conftitution : maxime dont Louis XIV., de tous nos Rois le plus jaloux de fes droits , le plus avide du pouvoir, reconnut la faufleté, ainfi que Louis XV, qui a toujours cru ce droit fubordonné à l'enrégiftrement.

À en juger par ce paſſage & par un *poſcrip-*
tum qu'on lit à la fin de l'ouvrage, l'écrivain
n'eſt point un adulateur intéreſſé de M. Necker ,
& ſon hommage eſt d'autant plus pur , qu'il
n'a publié ſes doutes qu'après le renvoi de ce
Directeur général des finances.

4 *Juin* 1781. Le mauſolée élevé à Notre-Dame
pour l'Impératrice-Reine, n'étant pas de l'eſpece ordinaire , mérite qu'on en conſerve quelques détails principaux & relatifs à la vie de
cette auguſte Souveraine.

Dans le premier des bas-reliefs ornant ce
temple funéraire, on voyoit *Marie - Thereſe*
préſentant ſon fils encore enfant à la Diette
de Hongrie ; on liſoit au - deſſus ces mots :
adjurans eos , oſtendit eis filium Regis.

Dans le ſecond , elle donnoit la couronne
Impériale à ſon époux : *poſuit Diadema Regni*
in capite ejus ; légende tirée de l'écriture
ſainte , comme la précédente & les autres.

Dans le troiſieme , l'Impératrice préſide à
l'éducation de ſes enfans : *in filios & in filias*
reſpicietur.

L'alliance des maiſons de Bourbon & d'Au-
riche faiſoit le ſujet du quatrieme : *Statuam*
pactum interme & te fœdere ſempiterno.

Le cinquieme étoit conſacré au ſouvenir de
'inſtitution de l'Ordre de Marie-Thereſe : *ſic*
urrite ut comprehendatis.

Le ſixieme étoit relatif à la réforme de la
uſtice : *Pondus & Statera judicia Dei ſunt.*

Le ſeptieme repréſentoit la Princeſſe échauf-
ant le génie des arts & du commerce : *cognovit*
uia bona eſt negociatio.

Le dernier rappelloit l'événement du mariage du Roi avec l'Archiduchesse Marie - Antoinette : *posuit Thronum ejus super Thronum Regum.*

Le monument funèbre, ou le Cœnotaphe, étoit élevé sur une base composée de six degrés; nombre prescrit pour les Catafalques des têtes couronnées.

Entre les autres ornemens il faut encore faire mention d'un grouppe de deux figures : l'une représentant l'Europe dans l'attitude de la plus grande affliction ; l'autre, la France debout devant elle, lui montrant pour la consoler, la nombreuse postérité de la Princesse ; entr'autres le portrait de la Reine, avec ces mots : *Similem reliquit sibi post se.*

Toute cette pompe funèbre, sous les ordres du Maréchal Duc de Richelieu, Gentilhomme de la chambre de service, a été conduite par M. de la Ferté, commissaire général de la maison du Roi, sur les desseins du Sr. Paris, dessinateur ordinaire de la chambre & du cabinet du Roi & membre de l'académie d'architecture.

Les sujets des figures en relief avoient été exécutés par le Sieur Bocciardi, sculpteur des menus plaisirs du Roi, d'après les desseins du Sieur du Rameau, peintre de la chambre du Roi & adjoint-professeur de l'académie royale de peinture.

5 *Juin* 1781. Il faut espérer que la Demoiselle Thenard, dont le debut brillant à la comédie françoise semble annoncer enfin la découverte d'une actrice en état de relever ce théâtre & d'y rappeller les jours brillans des Dumesnil & des Clairon, mettra les acteurs bientôt en état de jouer quelque nouveauté tragique.

Il y a quelques années que la Demoiselle
Thenard avoit paru fur la même fcene, mais
avec peu de fuccès. Cependant les connoiffeurs entrevoyoient déja fes heureufes difpofitions : elle juftifie aujourd'hui leur pronoftic.
Très bien partagée du côté du phyfique, elle
a d'ailleurs tous les moyens qui peuvent la
conduire à la perfection, une taille agréable,
une figure théâtrale, un organe noble, flatteur
& fenfible, de la chaleur, de la raifon, une
prononciation nette ; telles font les qualités
qu'on lui remarque dans ce moment, & qui
ont entrainé les fuffrages des fpectateurs, depuis qu'elle reparoît fur la fcene de la capitale.

5 *Juin* 1781. Actuellement que la retraite de
M. Necker vraifemblablement mettra fin aux travaux des artiftes lui élevant des trophées, on
peut recueillir toutes ces eftampes en fon honneur ; on a déjà parlé de la principale, intitulée *la Vertu récompenfée.*

La feconde eft fon portrait très-bien fait ; il
eft dans l'attitude d'un penfeur, & fa phyfio-
nomie n'eft point exempte de la morgue &
de la dureté que lui reprochent fes détracteurs.
A fa droite eft une écritoire, & un livre manufcrit relatif à fes opérations : à fa gauche
on chiffre : une guirlande de fleurs eft à fes
pieds & une corne d'abondance, emblême du
fuccès de fes travaux.

La troifieme eft une allégorie, pour fervir
le frontifpice au *Compte rendu.* La France, à
a tête de fa marine, appuyée d'une main fur
e *Compte rendu* au Roi par M. Necker, tient
le l'autre une corne d'abondance, d'où for-
ent des fruits & des édits de bienfaifance. Aux

pieds de la France un Léopard couché fur une
autre corne d'abondance renverfée, regarde
un coq qui le fixe avec fierté. Plus loin les
écuries d'Augias. Dans le fond une troupe d'habitans de la campagne pleins d'allégreffe dan-
fent autour de la ftatue de S. M., pour témoigner la joie que leur caufent la haute fageffe
& la bonté du jeune & vertueux Monarque ,
conftamment occupé du bonheur dont il les
fait jouir & de celui qu'il leur prépare.

Au bas on lit : *que le nom de V. M. toujours
chéri, ne foit prononcé que pour la confolation
& pour l'efpérance .... Compte rendu, folio
75.* Au haut eft cette légende tirée du même
Compte, folio 19 : *ce tableau fatisfaifant
n'eft dû qu'à l'ordre que V. M. a mis dans
fes affaires.*

La quatrieme repréfente Thémis redemandant
la paix. Cette Déeffe tient de la main droite
une balance; dans un des plateaux font les
dépenfes payées au tréfor & dans l'autre le
Compte rendu au Roi , & celui-ci l'emporte :
de la gauche elle montre un Ecuffon , où un
coq foule de fes pattes le léopard renverfé &
enchaîné, ainfi que l'envie, défignée par un
ferpent. Le pavillon françois triomphe & le
trident de Neptune devient l'attribut de la vo-
latile. Autour de l'écuffon on lit ces deux
vers :

Pour fon propre bonheur & le repos des mers,
Puiffe-t-il s'adoucir , ou refter dans les fers !

Minerve , au milieu de l'eftampe , lui montre la Déeffe de la paix docile à fes defirs &

portant dans fes mains une branche d'olivier,
Enfin on lit ces autres vers :

Amis! quel regne heureux! que de nouveaux bien-
    faits,
Si pouvant à fon gré déployer fa iuftice,
Louis, tranquille au fein des tréfors de la Paix,
N'avoit point à punir l'audace & la malice.
Bientôt ils reviendront ces fortunés momens:
Le Commerce, les Arts, la favante Induftrie,
Tout, enfin, prouvera ce qu'à l'aide du tems
Produiront fans impóts l'Ordre & l'Economie.

La cinquieme eft encore une *allégorie du
Compte rendu*. Elle eft très-compliquée. Louis
XVI fur fon trône reçoit ce chef-d'œuvre des
mains du Directeur général des finances, pofant un genou en terre. Henri IV du haut de
l'Empyrée applaudit à fon petit-fils & lui montre le médaillon.

Au-deffus du trône du Roi on lit ces deux
vers latins :

*Sol geminas noftris partitur munera terris :
   Dividit hic lumen, dividit alter opes.*

Au bas on lit ce quatrain françois :

Au bonheur de l'Etat confacrant fes talens,
Il va droit à fon but fans craindre les méchans ;
Comme un autre Sully, ce Miniftre fidele
A la Poftérité fervira de modele.

Autour font différens médaillons relatifs aux
travaux de M. Necker, avec des devifes.
La fixieme & derniere, eft encore le portrait
de M. Necker au fujet du *Compte rendu* & hif-

toiié en conféquence : il eſt en buſte, furmon-
tant un trophée élevé fur le corps de l'envie ren-
verſée : autour font épars les divers pamphlets
contre les opérations du Directeur général des
finances & contre fa perſonne, &c.

5 *Juin* 1781. Extrait d'une lettre de Lau-
bach dans la Carniole, le 6 Avril. „ Nous
venons de voir rétablir dans cette capitale une
académie qui, par laps de tems, s'étoit éteinte,
quoiqu'elle eût de la réputation dans fes commencemens. Elle avoit été fondée fous le titre
de *Glioperoſi* fous l'Empereur Léopold I. C'eſt
à la protection que Joſeph II accorde aux lettres, & aux foins du Comte d'Edling, Cham-
bellan & Conſeiller provincial, que nous de-
vons l'heureuſe reſtauration de cet ancien corps
Littéraire. Le 5 de ce mois il a tenu la premiere aſſemblée préſidée par le Comte d'Edling.
On y remarqua ſurtout un diſcours allemand
d'un jeune homme âgé de 23 ans, nommé
Zinhard, déja connu par des ouvrages qui ont
eu du ſuccès & qui ont fait concevoir de grandes
eſpérances de fes talens. Le jeune orateur ob-
ferva qu'il ne pouvoit y avoir une époque plus
propre au rétabliſſement d'un corps académique :
nous avons, dit-il, *toute liberté de penſer,*
puiſque Joſeph eſt ſur le Trône. Eloge d'autant plus frappant, qu'il étoit une fatyre indirecte du regne de Marie-Thereſe relativement
à cette partie.

6 *Juin.* Extrait d'une lettre de Dijon du
25 Mai. „ Le 12 de ce mois on a répété
en préfence de S. A. S. Monſeigneur le Prince
de Condé & de tous les membres des Etats
aſſemblés, dont la tenue avoit lieu alors, l'ex-

périence déjà tentée à Paris en 1777 d'une maifon incombuftible. Cet édifice, quoiqu'entierement conftruit en bois, a réfifté à l'action du feu le plus violent & le fuccès de cet effai, beaucoup plus complet que celui de la capitale, a été tel, qu'une partie de la maifon n'ayant été altérée, on auroit pu le répéter le lendemain fans aucune réparation, avec l'efpoir de la même réuffite.

J'ignore fi les procédés de cette expérience font les mêmes que ceux employés par l'artifte étranger. L'auteur de celle-ci eft M. Chauffier, membre de l'académie de cette ville : il a lu le précis du fait à l'affemblée publique de fa compagnie & fe propofe d'en publier inceffamment les détails. "

7 *Juin* 1781. Extrait d'une lettre de Strasbourg du 30 Mai 1781. „ Le fouvenir du fameux Borri, Milanois, chymifte, alchymifte, adepte, &c. qui paffa par cette ville dans le fiecle dernier, n'étoit pas encore effacé de la mémoire de nos vieillards, lorfqu'une heureufe influence nous envoya M. le Comte de Callioftro. On prétend qu'il a 200 ans révolus, & fon portrait très-reffemblant fe voit toujours à Médine & chez le Grand-Seigneur, où il eft repréfenté fous l'habit Oriental. On en voit auffi une copie à Londres chez Milord Pembrock.

Cet être fingulier & extraordinaire ne fe couche jamais que dans un fauteuil, ne fait qu'un repas avec des macaroni au fromage. Il eft antimédecin, anti-chymifte d'Europe; il y apporte la véritable chymie, qui eft celle des anciens Egyptiens, ainfi que leur médecine, & il propofe de fournir 50,000 écus pour fonder un hôpital Egyptien, où fe formeront fes éleves & à cet effet il eft prêt à facrifier un ou deux de fes diamans.

Les malades abondent de toutes parts dans cette capitale. Il ne communique point avec les gens de l'art, qui lui rendent le réciproque & le déteftent. Ceux-ci triomphent du mauvais fuccès du Marquis de Cambis; ils publient avec oftentation le traitement fait par l'empirique de ce Seigneur, jour par jour, depuis le 9 Avril jufques au 1 Mai, où M. le Marquis de Cambis a appellé les vrais médecins.

Le traitement externe qu'employoit M. de Calhoftro, fuivant ce journal, reffemble beaucoup & même complettement, à celui que pratiquoit, il y a quelque tems, un Thaumaturge, qui paffa à Lyon, à Grenoble, avec une voiture à fix chevaux, & qui avoit des montres fervant de boutons à fes habits. Ses remedes n'eurent point de fuccès. On en a vu un autre qui avoit une montre à répétion dans une canne achetée en Pruffe, & dont la femme avoit des montres à carillon dans des rofettes qu'elle portoit à fes oreilles. Ces petits acceffoires ne laiffent pas quelquefois que d'en impofer, & ajoutent infiniment au mérite des guériffeurs, dont les plus fameux, en général, nous viennent de l'Italie, le centre du merveilleux, tant au phyfique qu'au moral ,,....

7 Juin 1781. Ce qui fufpend un peu les regrets des Parifiens, c'eft l'idée où ils font que ne pouvant fe paffer de M. Necker, il eft toujours derriere le rideau & que M. de Fleury a la complaifance d'être fon agent. Une vifite que celui-ci a faite à St. Ouen, a donné lieu à cette mer-

veilleufe

veilleufe idée. Comme M. de Fleury, à ce qu'on affure, a demandé pour adjoint le Sr. Marquet de Bourgarde, grand vivrier, eftimé, dit-on, du Directeur général des finances, on fe confirme dans cette-opinion. Ceux qui connoiffent le caractere du Confeiller d'Etat & celui du Genevois, n'en croient rien; mais en même tems ils regardent le premier comme affez fin pour accréditer cette opinion & l'avoir répandue.

8 *Juin* 1781. Par la révolution arrivée en France dans la mufique depuis quelques années, le dépôt immenfe des ouvrages qui enrichiffoient le magafin de l'opéra devient nul. Il s'agit donc de le renouveller & d'en former un autre : en conféquence, on a augmenté les encouragemens des auteurs lyriques.

Déjà par un Réglement du 30 Mars 1776, S. M. accordoit, foit au poëte, foit au muficien, ayant compofé un ouvrage qui remplira la durée du Spectacle, 200 livres pour chacune des vingt premieres repréfentations, 150 livres pour chacune des dix fuivantes, & 100 livres pour chacune des autres, jufques & compris la quarantieme, & dans le cas où le nombre des repréfentations excéderoit fans interruption celui de quarante, une gratification de 500 livres doit être la récompenfe de ce fuccès.

A l'égard des ouvrages en un acte, les honoraires, fuivant le même Réglement, feront toujours pour chacun des auteurs, de 80 livres pour chacune des vingt premieres repréfentations, de 60 livres pour chacune des dix fuivantes & enfin de 50 livres pour chacune des autres qui fe feront, auffi fans interruption, jufqu'à la quarantieme inclufivement.

Entend néanmoins S. M. que l'administration ait la faculté d'interrompre les repréfentations de chaque ouvrage, quand elle le jugera à propos.

L'édition du poëme, qui auparavant appartenoit à l'Académie, appartiendra à l'auteur, pour la premiere mife au théâtre feulement, à la charge par lui de fournir *gratis* 500 exemplaires à l'Adminiftration pour les diftributions ordinaires, & de fe fervir de l'imprimeur de l'Académie, ainfi que des diftributeurs.

Par un autre Article, S. M. veut que les auteurs du poëme & de la mufique, qui auront fourni trois grands ouvrages, dont le fuccès aura été affez décidé pour les faire remettre au Théâtre, jouiffent leur vie durant, d'une penfion de 1000 livres, qui augmentera de 500 livres pour les deux ouvrages fuivans & de 1000 livres pour le fixieme.

Par un Supplément fait à ce Réglement le 18 Avril dernier & qui n'eft connu que depuis peu, l'article 18 porte : ,, S. M. defirant encourager de plus en plus les auteurs lyriques & les compofiteurs de mufique & leur donner des marques de la protection qu'elle leur accordera dans tous les tems, veut qu'indépendamment des honoraires qui leur ont été accordés particulierement par les articles 19 & 29 de l'Arrêt du Confeil d'Etat du Roi portant Réglement pour l'Académie Royale de Mufique du 30 Mars 1776, à commencer du premier Mai prochain, trois Actes féparés qui auront eu un fuccès décidé, feront comptés pour un grand ouvrage, relativement à la penfion à obtenir après trois grands ouvrages, dont le fuccès aura été affez décidé pour les faire refter au théâtre. De plus S. M.

accorde aux auteurs pour les trois grand opéra nouveaux qu'ils donneront, à compter du 1 Mai prochain, fans que cela puiſſe avoir un effet retroactif pour ceux déjà joués, une rétribution de 60 livres toute leur vie durant, à toutes les repréſentations qui en feroient données, paſſé le nombre fixé, & 20 livres de même pour ceux en un acte ,,.

8 *Juin* 1781. Ce n'eſt pas comme adjoint que M. de Fleury a demandé M. de Bourgade, mais pour en faire un Directeur du Tréſor Royal, à l'inſtar de M. Necker du tems de M. Taboureau, avec la différence que M. de Bourgade fera totalement fous les ordres du nouveau Miniſtre des finances & ne travaillera qu'avec lui. On croit que l'ojet de M. de Fleury eſt de confier à ce collaborateur la ſuite des opérations des finances entrepriſes par le Directeur général. Du reſte, M. de Fleury eſt effectivement entré au Conſeil le lundi 4 de ce mois.

8 *Juin.* Lors de la ſuppreſſion du plomb & du cuivre dans les uſages publics intérieurs, on propoſa d'y ſubſtituer l'étain, le Gouvernement, avant de l'adopter, laiſſa la ſubſtitution indéciſe dans la déclaration rendue à cet effet & il propoſa à la ſagacité des Chymiſtes cette queſtion : *peut-on, ſans aucun danger, employer les vaiſſeaux d'étain dans l'uſage économique ?* Margraaf avoit avancé que l'étain contenoit de l'arſenic.

En conſéquence du deſir du Miniſtere, M. le Lieutenant général de Police chargea le college de pharmacie de déterminer le degré de confiance que méritoit cette ſubſtance métallique. MM. Rouelle, Bayen & Carlard firent des ex-

périences très-précises, que le premier n'a pu
suivre étant mort. Il résulte de celles des autres,
que l'arsenic contenu dans l'étain est un infiniment petit, qu'on peut, quant aux effets,
réputer zéro. La précision des nouvelles expériences à cet égard est telle, que M. Bayen est
parvenu à retrouver jusques à un deux mille
trois cens quatrieme de grain d'arsenic allié
avec de l'étain.

9 *Juin* 1781. Hier au soir environ un quart-
d'heure après que tout le monde a été sorti de
l'opéra, le feu s'est manifesté dans la Salle & en
dehors, au point qu'en peu de tems tout a été
incendié & il n'est resté que les gros murs. Le
feu, sans s'étendre, duroit encore ce matin
dans les souterreins. Le Palais royal heureusement ne s'est pas ressenti de ce funeste voisinage.

On a retrouvé onze cadaves trop défigurés
pour les reconnoître & que M. le Lieutenant
général de police a fait transporter à la Morgue :
on présume que ce sont des acteurs, ou dan-
seurs, ou ouvriers, qui étoient encore dans
leurs loges, ou sur le théâtre, ou aux machi-
nes. Entre les plus célebres on n'est inquiet que
du Sieur Gardel le Cadet.

On a trouvé aussi un homme assez bien vêtu,
ayant deux montres & des bijoux, qui n'a point
été brûlé, mais étouffé par la fumée, suivant
les apparence.

On ignore comment le feu a pris ; on présume que c'est un simulacre du troisieme acte
représentant le feu des enfers, dont des flam-
meches, voltigeant jusqu'au comble, y auront
entretenu un feu sourd, qui aura éclaté au

bout d'un certain tems avec violence & aura tout embrafé.

9 *Juin* 1781. Le Concert Spirituel du jour de la Pentecôte n'a point eu le fuccès ordinaire. Le feul virtuofe qu'on y ait admiré eft M. Groff, violon de S. A. R. Mgr. le Prince de Pruffe. Peu jaloux de l'efpece d'admiration qu'excite la difficulté féchement vaincue, aux tours de force des modernes il a joint l'agrément des anciens, leur belle fimplicité, & il a excité les plus grands applaudiffemens par le naturel, le fini & la juf-teffe de fon jeu. Il eft bien à fouhaiter qu'il nous vienne beaucoup de virtuofes de cette efpece, pour fuppléer par des concerts à la ceffation de l'opéra, qui ne peut être que longue, & entre-tenir parmi nos artiftes & amateurs le goût de la vraie & bonne mufique.

9 *Juin.* M. Hallé, Chevalier de l'Ordre du Roi, Recteur de l'Académie royale de Peinture & de Sculpture, vient de mourir. Il étoit mort aux arts depuis long-tems & l'on a pu juger par les derniers Sallons que fes mains languiffantes ne pouvoient plus manier le pinceau avec au-cune forte de fuccès.

9 *Juin.* M. l'Abbé D.... defirant glaner dans les œuvres de Voltaire avant que la grande édition paroiffe, où toutes doivent être épuifées s'eft hâté de publier *Lettres de M. Voltaire à M. l'abbé Mouffinot, fon Tréforier*, écrites depuis 1736 jufques en 1742, pendant fa re-traite à Cirey, chez Madame la Marquife du Châtelet, & dans lefquelles on voit quelques détails de fa fortune, de fes bienfaits; quelles furent alors fes études, fes querelles avec l'abbé Desfontaines, &c.

K iij

Le plus curieux de ce recueil c'eſt de trouver
l'abbé Mouſſinot Janſeniſte, correſpondant de
Voltaire. Du reſte, on y apprend que ce grand
homme, accuſé d'avarice, répandoit cependant de petits bienfaits ſur de jeunes Littéra-
teurs, non ſans deſſein & dans l'eſpoir de s'en
faire des prôneurs, des créatures, des eſpions ;
en quoi il ne réuſſiſſoit pas toujours. On y apprend qu'il s'occupoit principalement de phyſique à cette époque, qu'il avoit déjà du goût
pour la retraite. A quelques paſſages près, aſſez
plaiſans, toute cette correſpondance n'étoit pas
digne de voir le jour. Cependant l'éditeur la juge
d'une ſi grande importance, qu'il promet de
dépoſer les originaux à la Bibliothéque du Roi.
Ce dont le diſpenſeroient bien, ainſi que de
cette publicité, pluſieurs perſonnes actuellement
vivantes & compromiſes par ces Lettres, qui
divulguent leurs affaires.

10 *Juin* 1781. C'eſt dans l'égliſe de St. Honoré
qu'on fait tranſporter les cadavres que l'on retrouve dans les décombres de l'opéra, dont le
feu ſe nourrit toujours des reſtes qu'il conſume.
M. le Prevôt des Marchands, M. le Lieutenant
général de Police y ſont encore ; ce dernier y
occupe onze Commiſſaires & tout ſe paſſe avec
le plus grand ordre. M. le Duc de Chartres a
veillé lui-même à ce qui le concernoit.

Du reſte, tout l'intérieur de la ſalle eſt en
effet conſumé, mais à peine s'en apperçoit on
du côté de la rue St. Honoré dont la façade
ſubſiſte. Ce feu formoit un ſpectacle horrible ;
& dans les rues adjacentes & même un peu
éloignées c'étoit une pluie d'étincelles, pendant
pluſieurs heures. Dans les premiers momens où

le peuple n'étoit pas inftruit de la caufe, il croyoit que c'étoit les étoiles qui fe détachoient du firmament.

Le plus extraordinaire, c'eft qu'il paffe pour conftant qu'il n'y avoit pas une goutte d'eau dans le réfervoir de l'opéra, & que fi l'on avoit pu jetter fur le champ quelques fceaux d'eau, on auroit prévenu cette cataf-trophe & l'incendie n'auroit été rien.

10 *Juin* 1781. Une perfonne inconnue, qu'on affure aujourd'hui être M. Necker, ayant con-fulté le curé de Saint Roch, paroiffe fur la-quelle elle réfide, relativement à une bonne œuvre qu'elle defire faire utile à la fociété, eft convenu avec le pafteur de placer folidement un capital de 100,000 livres, exempt de toute retenue, pour marier annuellement cinq filles de la paroiffe pauvres, mais vertueufes, labo-rieufes, irréprochables & fans tache depuis leur naiffance.

L'examen des filles doit être fait par le curé, à choifir depuis 17 ans jufques à 25 : le même examen eft exigé pour les garçons, depuis 25 jufques à 35 ans, fans qu'on foit obligé de les prendre dans la paroiffe. La condition effen-tielle & indifpenfable eft qu'ils foient arti-fans, connus par leur induftrie, leur conduite & leur probité.

Il y a tous les ans 5000 livres applicables à cet objet; c'eft-à-dire 1000 livres à donner en dot à chacune des cinq filles choifies. Ces fom-mes confiées aux foins du Pafteur doivent s'em-ployer à payer la maîtrife de chaque mari, à fournir tout ce qui eft néceffaire à chaque mé-nage particulier; le furplus eft deftiné à acheter des marchandises relatives à la profession de chaque garçon.

L'époque de ces mariages ayant été fixé entre pâques & la pentecôte, la premiere célébration a eu lieu le 17 mai avec une pompe digne d'une institution aussi respectable. Deux des marguilliers qui avoient présenté à l'église les cinq épouses, ont tenu un poële commun aux dix conjoints, qui, après la cérémonie, conduits à la fabrique, y ont trouvé, ainsi que leurs proches parens, un repas convenable à leur état.

11 *Juin* 1781. Les partisans de M. Necker, qui tant qu'il a été en place étoient restés dans la modération & n'avoient rien répondu aux injures de ses ennemis, sont furieux depuis son expulsion, ne se contiennent plus, se permettent contre M. de Maurepas les invectives les plus atroces & osent même reprocher au Roi de n'avoir point imité dans cette occasion le bon Roi qu'il a pris pour modele. Voici un quatrain dans ce genre qui fait le plus de bruit:

Monstre, qui n'as que trop vieilli,
Triomphe! l'Anglois va nous battre:
On juge au renvoi de Sully
Que nous n'avons plus d'Henri Quatre.

11 *Juin*. Les besoins de l'Etat ont fait imaginer un tribut sur plusieurs sortes d'actes & de transactions entre particuliers; tels que les contrats de mariage, les testamens, les contrats de société, les acquisitions d'immeubles, & une infinité d'autres. Le génie fiscal a fait succéder

dans la levée de cet impôt les tarifs , les explications , les diftinctions , les exceptions , &
le code du contrôle & de l'infinuation des actes
s'eft tellement accru & diverfifié , qu'il eft devenu un dédale , où s'enveloppe néceffairement
& s'égare le contribuable de bonne foi & même
le prépofé de la ferme.

M. Necker a jugé effentiel de s'occuper d'un
tarif nouveau & général , où l'on chercheroit à
établir une proportion plus jufte entre les actes
qui concernent les riches & ceux qui intéreffent
les pauvres & où fur-tout toutes les diftinctions
entre les diverfes claffes de la fociété & la nature des actes fuffent plus fimples & plus fenfibles , de maniere que chaque contribuable pût
facilement être inftruit de fon obligation. Un
homme expérimenté avoit commencé ce travail
depuis nombre d'années ; il l'avoit montré à M.
le directeur , qui l'avoit approuvé en l'exhortant
à le continuer. Ce travail extrêmement long &
difficile eft achevé : M. Necker l'avoit reçu &
confié à des Magiftrats du Confeil pour l'examiner ; il eft à préfumer que M. de Fleury fui-
vra les idées très-louables à cet égard de fon
prédéceffeur & l'on s'attend à une loi nouvelle
fur cette matiere importante.

11 *Juin* 1781. Extrait d'une lettre de Lyon
du 3 juin. ,, M. le Vifte de Briandes , chanoine, chantre de l'églife collégiale de St. Paul
de Lyon, vient de fonder dans fon prieuré
de Saint Symphorien d'Ozon un prix de fageffe,
qui fera donné tous les deux ans, le premier dimanche de mai, à la fille la plus ver-
tueufe & la plus pauvre du lieu. Ce prix confifte dans une fomme de 360 livres , dont

K v

le capital eft hypothéqué fur les biens du patrimoine du fondateur, & une couronne de rofes. "

„ La premiere qui pour ce prix a réuni pref-que tous les fuffrages, fe nomme Fleurie Drevon. Le 6 mai, jour de fon triomphe, ayant pour cortege toute la nobleffe du lieu & des envi-rons, une compagnie de jeunes gens qui avoient pris les armes, les douze compagnes qu'elle avoit priées, les parens & les juges qui l'avoient élue Rofiere, elle fut conduite à l'é-glife au fon d'une excellente fymphonie & aux acclamations de tous les fpectateurs. Entre les vêpres & le falut elle reçut la couronne des mains du curé, qui prononça un difcours très-attendriffant: enfuite collation, mufique, cou-plets, ballet, falves d'artillerie villageoife, &c. "

12 *Juin* 1781. Dans la lettre du Marquis de Ca-raccioli, il eft parlé des démarches du Marquis de Caftries auprès de la Reine, du zele avec lequel il a défendu M. Necker, fon ami & fon protecteur à la cour, il a engagé cette Majefté à le foutenir dans l'efprit du Roi. Quel-qu'un a profité de cette anecdote pour com-pofer un *difcours au Roi, préfenté à la Reine par M. le Marquis de Caftries* & le répandre manufcrit comme véritablement émané de ce miniftre. C'eft une feuille, où l'on peint d'a-bord la confternation générale de la France à la premiere nouvelle du renvoi de M. Necker, où l'on demande quel eft le fujet de fa dif-grace, comment il a pu déplaire au Monarque, quels font fes crimes? Après avoir rappellé à S. M. les heureux commencemens de fon regne, on exalte fon courage à vaincre les

obftacles qu'offroit naturellement le premier choix d'un homme de néant, d'un étranger, d'un proteftant, pour régir les finances de la France. On décrit rapidement le tableau des profpérités de ce Royaume, malgré la guerre, depuis qu'il les gouverne : on en prophétie l'état plus brillant encore à la paix ; on gémit que tout cela fe foit évanouï avec M. le directeur général, & l'on exhorte le Monarque à fe rendre aux follicitations de fon augufte compagne, qu'on fuppofe intercéder pour l'expulfé, & au vœu unanime de tous les honnêtes gens de la nation.

En lifant ce bavardage, où l'on repréfente M. Necker, *les yeux fixés fur S. M. comme l'aigle fur le foleil*, on ne peut le regarder que comme le travail d'un rhéteur & l'on eft parfaitement convaincu que le Marquis de Caftries n'a pu avoir parlé ainfi.

13 *Juin* 1781. M. Necker, comme on l'avoit prévu, rongé de chagrin de fe voir arrêté au milieu de la carriere où l'avoit fait entrer fon ambition, vient enfin de tomber malade ; on juge qu'il l'eft gravement, puifque le docteur Tronchin ne pouvant l'aller voir à St. Ouen aufli fréquemment que l'exige fon état, l'a déterminé à venir à Paris. Comme il n'a pas de logement arrêté en ce moment, fon ancien ami M. Fournier, qu'il avoit négligé durant fes projets de grandeur, lui a offert un afyle & l'a reçu. On prétend que M. Tronchin, vu la caufe de l'état fâcheux de M. Necker, craint qu'il n'y fuccombe, à moins qu'on ne vienne à bout de lui infpirer plus de réfignation, plus de calme & de repos dans l'imagination.

13 *Juin* 1781. Extrait d'une lettre de Lyon du 8 juin. „ Nous avons perdu depuis quelque tems M. Bordes, académicien de cette ville. Il étoit peu connu en littérature, parce qu'il étoit fort modeste, que la louange l'importunoit & qu'il n'avoit pas de prôneurs. Il a d'ailleurs peu imprimé : il osa entrer en lice contre Jean-Jacques Rousseau & a fait deux discours pour refuter les paradoxes de ce grand homme, lesquels pourroient figurer avec honneur à côté des œuvres de celui-ci.

„ Il a fait des poésies légeres, dont quelques-unes ont été attribuées à Voltaire; entr'autres la jolie *épitre au Pape sur les Castrats*. On a aussi de lui une très-belle *Ode sur la Guerre*, où il est tout à la fois poëte & philosophe.

„ Il a encore composé de très jolies comédies, du moins elle sont réputées telles par ceux qui les ont lues. Elles ne sont point imprimées ; mais on espere qu'elles ne tarderont pas de l'être.

„ Une qualité très-rare dans M. Bordes, c'est qu'il ne parloit jamais de lui dans ses œuvres. "

13 *Juin*. On confirme que l'incendie de l'opéra n'a fait autant de progrès que parce qu'il n'y avoit point d'eau & que les secours ont été trop lents. Le Roi lui-même, lorsque M. Amelot vint lui annoncer le vendredi soir à onze heures cette fâcheuse catastrophe, fit cette judicieuse observation & le ministre rendit à S. M. les excuses qu'on lui avoit données. Quoi qu'il en soit, comme c'est toujours après le mal qu'on songe au remede, on doit demain exécuter à

la comédie italienne la manœuvre d'une pompe
qu'on regarde comm infaillible en pareil cas.
Ce fpectacle étant placé dans le quartier le plus
peuplé de Paris & où les rues fort étroites
offrent plus d'aliment & de facilité aux flammes, en 1772 on imagina cet établiffement. Jufqu'à préfent on n'en a pas eu befoin heureufement. C'eft ce fimulacre qui aura lieu demain
en préfence de M. le Lieutenant général de
police, de M. le prevôt des marchands & de
M. le Comte d'Angiviller.

La pompe dont il s'agit tire de l'eau d'un
vafte réfervoir pratiqué fous le corps de garde
de la rue Mauconfeil & qui agit intérieurement
& extérieurement au premier coup de fonnette,
par lequel font avertis plufieurs factionnaires
durant le fpectacle; de maniere qu'en moins
d'une minute l'eau peut fe diriger dans tous
les endroits du théâtre de la Salle, & inonder
en méme tems tout l'extérieur.

C'eft par les ordres de M. de Sartine qu'a été
exécuté cette belle machine : elle a été depuis
entretenue journellement par les foins de M.
Morat, directeur des pompes. Il y a tous les
jours de fpectacle un nombre fixe de foldats
du régiment de gardes pour la manœuvre.

14 *Juin* 1781. En attendant qu'on puiffe re-
conftruire une autre falle d'opéra, on en doit
établir une dans le goût des Salles foraines,
qui fera élevée en peu de tems, & jufques-là
on exécutera des concerts françois, comme
on a fait en 1763 à la falle du concert fpirituel. Le premier doit avoir lieu mardi.

C'eft aux dépens du Roi que doivent fe conftruire les divers édifices. En outre, S. M.

entretient tous les fujets ; fur le pied où ils étoient & indemnife les propriétaires des loges à l'année, qui ne peuvent ainfi jouir de leur abonnement.

14 *Juin* 1781. Madame Telluffon à quarante-deux ans ayant voulu fe faire inoculer, vient de fuccomber au traitement par une maladie de femme qui lui eft furvenue & mortelle en pareille cir-conftance. On affure que M. Tronchin répu-gnoit à la fatisfaire ; c'eft cependant lui qui s'en eft chargé. On ne fait ce que va devenir le fingulier édifice conftruit pour loger cette dame ; il ne peut convenir aujourd'hui à fes enfans & ils auront peine à s'en défaire, même avec la plus grande perte.

14 *Juin.* Dans le *Compte rendu* de M. Necker on lit à l'article de *Main-morte* : plu-,, fieurs Seigneurs ont affranchi leurs ferfs, à l'imitation de V. M. ; *& dans ce moment le chapitre de St. Claude répondant à vos inten-tions, va rendre la liberté à fes mains-mor-tables, moyennant un léger cens, pareil à celui fixé dans vos domaines.* "

Les Chanoines de Saint Claude réclament contre cette affertion. Il eft bien vrai que M. Necker les a fait folliciter fortement à cet égard ; mais ils ne font point difpofés à perdre 25000 l. de rentes qu'il faudroit facrifier, à moins que S. M. ne les dédommage, & ils le lui ont déclaré. Il eft bien vrai qu'un de leur membres qui eft ici, pour faire fa cour au Directeur général des finances, lui a dit qu'il fe faifoit fort de fes confreres ; mais le Chapitre l'a dé-favoué. L'oftentation avec laquelle l'auteur s'eft permis ce petit menfonge, annonce peu de

délicateffe fur ce qu'il avance, & fait en conféquence révoquer en doute fa véracité fur d'autres points.

15 *Juin* 1781. Le fimulacre projetté à la
Comédie Italienne a eu lieu en effet hier. L'expérience a parfaitement réuffi, & il n'y a eu
que 22 fecondes d'intervalle entre le moment
du fignal & celui de l'effet. Tous les fpectateurs ont été enchantés de la précifion de la
machine.

15 *Juin.* A la fin du dernier Ballet d'*Orphée*,
qui eft fort long, un des chefs de la danfe s'é-
tant apperçu que le feu étoit à une toile, eut
la préfence d'efprit de finir tout-à-coup la danfe
& faire baiffer la toile pour ne point effrayer
le public, qui trouva le Ballet trop court &
eut ainfi le tems de fortir fans obftacle & fans
défordre. Cette toile enflammée eft une de celles
qu'on appelle *Frifes* : on demanda de l'eau ; il
n'y en avoit pas : on cria de couper les cordes
auxquelles la toile étoit fufpendue ; on ne le
fit que d'un côté ; la toile penchant alors per-
pendiculairement, donna plus d'aliment à la
flamme, qui embrafant la toile du fond, parvint bientôt au ceintre, fe communiqua à toutes les frifes : en moins de deux minutes le
théâtre fut embrafé. Tout fecours devint alors
inutile & les fpectateurs repouffés par la fumée
chercherent leur falut dans la fuite. Le feu
gagna toute la Salle : à une vapeur noire &
épaiffe fuccéda une colonne de feu à plus de
trois cens pieds. La charpente de l'édifice ne
s'affaiffa que vers les neuf heures & demie. Par
bonheur il pleuvoit ; le vent conftamment au
Sud-Eft & au Sud-Oueft étoit très-foible ; en-

forte que , quoique le feu ait pris à différentes reprifes au comble des bâtimens de la cour des fontaines , & à ceux du grand efcalier , les pompiers font toujours parvenus à l'éteindre.

Tel eft le fort de la nouvelle Salle, qui n'a duré que onze ans. On jouoit dans l'ancienne , brûlée en 1763 , depuis 1660.

On a fait deux enterremens des cadavres trouvés dans les décombres, l'un de douze & l'autre de neuf. Le fieur Gardel dont on a été inquiet fe porte bien ; c'eft un nom approchant du fien qui a donné lieu à la méprife.

Le feu brûloit encore ce matin dans les fonds , mais fans pouvoir gagner ailleurs.

Les Buftes de Rameau & de Quinault, qui étoient dans le grand foyer , font tombés & ont été brifés : il n'eft refté de bout que ceux de Lully & de Gluck.

16 *Juin* 1781. Les amateurs de méchanique vont voir une Pendule Aftronomique tout à jour, exécutée par le fieur Boucher , horloger du Roi. Elle a quinze pieds de haut fur dix de large , avec focle de marbre, pour être placée fur une cheminée ou fur une commode. Elle fonne les heures & les quarts ; elle préfente fix cadrans de face , & trois cercles tournans.

Le premier cadran indique les heures , les minutes , le tems vrai & le tems moyen ; le fecond , les mois ; le troifieme , les phafes & le quantieme de la lune ; le quatrieme , le lever & le coucher du foleil ; le cinquieme , les jours de la femaine & les fignes aftronomiques de chaque jour, & le fixieme le quantieme du mois. Le premier cercle marque les fignes du

zodiaque : le deuxieme les faifons ; & le troifieme les années.

Le mouvement fe remonte de lui-même toutes les quinze fecondes ; la verge de la lentille
eft compofée pour corriger les inégalités du
chaud & du froid.

16 *Juin* 1781. Les vrais amis de la gloire de
Voltaire font furieux de la publicité donnée
par l'abbé Duverney aux lettres écrites par ce
grand homme au chanoine de Saint Merri ; à
qui, fuivant l'éditeur, le Chapitre avoit confié
fa caiffe, les Janfeniftes la leur, & Voltaire la
fienne. Ils favent que quinze jours avant fa
mort celui-ci avoit prié l'abbé *de brûler ces
paperaffes, de peur qu'on ne l'y vît trop en
laid ou trop en négligé* : ,, on vous y verra
,, tel que vous avez été, ,, lui répondit l'é-
diteur. Eft-ce fincerement & réellement dans
l'idée que ces lettres feroient honneur à la mémoire de fon protecteur qu'il les a publiées ?
Les partifans du défunt ne peuvent le croire,
& jugent qu'à l'exception de la quarante-deuxie-
me, de celles à M. de la condamine & de trois
ou quatre autres déjà connues, dont on a groffi
ce recueil, tout le refte méritoit la condamna-
tion prononcée par l'auteur lui-même.

16 *Juin.* M. Valdec de Leffart, maître des Requétes, étoit le bras droit de M.
Necker, furtout relativement à la partie contentieufe des fermes, dont il étoit chargé de
rapporter les affaires. Il eft remplacé dans ces
fonctions par M. de Villevaud.

17 *Juin.* Extrait d'une lettre de Luxembourg
du 5 juin. ,, Au moment où on s'y attendoit
le moins, l'Empereur eft venu ici le jeudi 31

mai à deux heures après-midi. Il n'avoit pas été reconnu à la porte, & il fut quelque tems dans la ville qu'on ignoroit son arrivée. Il n'avoit avec lui que le Comte de Tercy & quelques domestiques : il venoit de Manheim, il alla droit à l'auberge & remercia l'abbé de Saint Maximin, qui vint le lendemain matin lui offrir un logement. Pendant son séjour ici, il s'est occupé alternativement à visiter les fortifications, & à faire manœuvrer les troupes. De retour à son auberge, il recevoit les personnes de tout rang qui venoient lui présenter des placets, ou avoient quelque chose à lui communiquer.

Le jour de la Pentecôte il a assisté à la grand'-messe de paroisse. On lui avoit préparé un fauteuil qu'il refusa, & il se plaça dans un banc parmi le peuple, ne portant sur lui aucune marque de distinction.

Le lundi de la Pentecôte il sortit de son appartement à quatre heures moins un quart : il reçut quelques placets qu'il fit mettre dans sa voiture & se rendit ensuite à l'église des Recollets, où il entendit la messe, toujours confondu dans la foule, comme un simple particulier, & vêtu de même d'un simple drap gris, avec des culottes de peau.

Au sortir de l'Eglise il revint à son auberge, devant laquelle il trouva sa voiture préparée pour son départ : avant d'y monter il se tourna vers le peuple, en demandant si personne n'avoit rien à lui dire ? Etant dans sa voiture, qui est ouverte par-devant, & qu'on appelle un chariot de Hongrie, il la fit avancer à petit pas, tant qu'il fut dans Luxembourg, se te-

nant droit, le chapeau à la main, & faluant
à droite & à gauche, jufqu'à ce qu'il fut à la
porte de la ville. "

17 *Juin* 1781. Comme dans les cadavres
trouvés dans les décombres de l'opéra, il en
eft plufieurs de danfeurs, morts ce qui s'appelle
in flagranti delicto, M. l'Archevêque auroit
defiré qu'on les eût privés de la fépulture chrétienne ; mais le curé de Saint Euftache a prévenu le Prélat à cet égard : en forte que les
cadavres étoient inhumés lorfque les défenfes
font venues.

17 *Juin*. Le Séminaire de Saint Lazare eft
devenu depuis quelque tems l'afyle des pécheurs
& des gens de Lettres pénitens, qui vont y
faire des retraites. On a déjà parlé de l'abbé
de Boulogne, qui y réfide pour complaire à M.
l'Archevêque : ce jeune & fervent eccléfiaftique ne veut pas en fortir qu'il n'ait compofé
fon *Eloge de Bofjuet*, fon *Sermon de la Cène*,
qu'il doit prêcher devant le Roi en 1782, enfin un *Carême entier*.

M. l'abbé de Launay, grand fou, ne man-
quant pas d'un certain talent, mais faifant des
vers rifibles, y eft allé, y a édifié toute la
maifon & a compofé deux Odes, l'une *fur
Dieu* & l'autre en *l'honneur de Saint Vincent
le Paul*, le fondateur des Lazariftes ; ouvrage
dont ces Meffieurs ont été enchantés : ils ont
rendu à M. l'Archevêque les meilleurs témoignages de l'abbé ; & le Prélat qui étoit prévenu contre lui ; le goûte aujourd'hui & veut
lui faire du bien.

On y a vu depuis peu encore, outre M. de
Boulogne, l'abbé Mignot, neveu de Voltaire,

& l'abbé de Lille. L'anecdote de celui-ci eſt curieuſe.

Il ſe promenoit ce printems à Marly, durant le voyage de la cour ; on le montre à la Reine , on en parle à S. M. comme d'un grand poëte digne de ſon admiration ; on lui donne le deſir de l'entendre : elle ordonne qu'on le lui amene & l'invite à lire ſon fameux poëme, de *l'art d'embellir les jardins*. Sa Majeſté en eſt en- chantée, elle dit à M. le Comte d'Artois, qui eſt préſent : ,, vous devriez lui donner quelque ,, bénéfice vacant dans votre appanage, " & le Prince lui a fait avoir une bonne abbaye. Mais la conduite de cet Eccleſiaſtique , peu canonique juſques-là , a dû ſe purifier par une retraite. Ainſi la poéſie qui avoit ſous l'Evêque de Mirepoix fait obſtacle à la fortune de l'abbé de Bernis , eſt devenue le principe de celle de l'abbé de Lille.

18 *Juin* 1781. M. d'Alembert, qui eſt très- méthodique & annonce longtems d'avance les fêtes académiques pour qu'on s'y prépare mieux , & qu'elles aient plus d'éclat, a reculé juſqu'au 5 juillet la reception de M. de Chamfort, & il y a déjà trois ſemaines que le jour eſt indiqué.

18 *Juin*. Extrait d'une lettre de Straſ- bourg du 31 mai. ,, Je ne cherche point à lever le voile que le Comte de Callioſtro ſe plait à laiſſer ſur ſa patrie, ſur ſa naiſſance & ſur les événemens d'une vie qu'il paroit avoir conſacrée toute entiére au ſoulagement de ſes ſemblables ; car , quoi qu'en diſe la faculté, il a fait ici de très-belles cures. Celle de M. le Chevalier Langlois, Capitaine de Dragons au Régiment de Leſcurne, ne peut ſe révo-

quer en doute, puifque c'eft celui-ci-même qui la publie. C'étoit un état de confomption pouffé au plus haut période ; fes vapeurs étoient fi noires qu'il vouloit fe donner la mort, & qu'on étoit obligé de prendre les précautions les plus humiliantes contre lui, afin de l'empêcher d'exécuter ce funefte deffein. Il eft revenu abfolument dans fon état naturel, & quoiqu'il ait éprouvé depuis toutes les efpeces de fenfations vives, capables de le remettre dans cet ancien état, elles ne produifent plus fur lui que l'effet qu'elles doivent caufer à tout être fenfible : il y a trois mois qu'il eft guéri, fans avoir éprouvé la moindre hypocondriaque. „

18 *Juin. Difcours au Roi, préfenté à la Reine par M. le Marquis de Caftries.*

S I R E,

„ C'eft envain que nous aurons recours au preftige de l'éloquence, pour attendrir le cœur de V. M. Quelles plus touchantes prieres que les cris d'une douleur univerfelle & les gémiffemens de tout un peuple !

La capitale & les provinces rétentiffent de la nouvelle la plus affligeante & la plus imprévue. Au filence de la confternation & de la furprife ont fuccédé ces queftions tumultueufes & réciproques ; „ *le Miniftre des finances eft-il difgracié ? de quoi s'eft-il rendu coupable ? fon éloquence mâle & libre auroit-elle déplu ? eft-on bleffé des formes Helvétiques avec lefquelles il a préfenté la vérité ? Enfin la religion du Roi auroit-elle été furprife ?*

Ah! S I R E, au milieu des follicitudes perfon‑
nelles, dont votre ame doit être agitée, dai‑
gnez jeter les yeux fur le tableau confolant
de votre Adminiftration, & la comparer à
celle des Rois vos prédéceffeurs: quels grands
& rapides changemens n'ont pas couronné les
travaux de votre Majefté! C'eft du choix des
Miniftres que dépend le falut de l'Etat; & ce
choix elle a fu le faire: elle a montré Mentor
à fon peuple; elle lui a rendu fes juges natu‑
rels; elle a refufé des tributs légitimes; enfin;
S I R E, vous avez été jufte & clément, &
vous avez fui la louange, en faifant tout pour
la mériter.

Votre Majefté a confié les refforts les plus
compliqués du gouvernement à celui que fon état
fembloit en exclure, & qui n'eut pas été choifi
par un Prince foible, ou indifférent au bien
public.

C'eft ici que fe multiplient les obftacles de
tout genre; c'eft ici que les idées vont plus
loin que les expreffions, & qu'un Adminiftra‑
teur des finances doit fe montrer fupérieur à la
difgrace, comme à fes ennemis. Il doit affron‑
ter leur haine dangereufe pour le fuffrage de
vingt millions d'hommes.

Celui qui emporte aujourd'hui les regrets de
la Nation, a ofé exécuter ce qu'il avoit ofé
entreprendre. Rien ne l'a arrêté dans fa pénible
carriere & les yeux fixés fur Votre Majefté,
comme l'aigle fur le foleil, il a dédaigné les
méchans, qu'il auroit fallu chercher dans les
ténebres. Livré tout entier aux grandes penfées
de l'Adminiftration, il ne s'eft occupé que des
moyens prompts & difficiles, qu'il falloit, pour

ainfi dire, créer vos Tréfors: une Marine formidable, un enthoufiafme univerfel alloient
vous rendre l'arbitre de l'Europe. Vous deve-
niez l'exemple des Souverains, dans un âge
où l'on a que des modeles à imiter. Des jours
de triomphe alloient encore embellir la France;
& l'hiftoire de votre Regne étoit celle de vos
fuccès & de vos vertus. Le nom feul de votre
Miniftre imprimoit autant de confiance à vos
fujets, que de terreur à vos ennemis. La plupart de ceux qui l'ont précédé, ont paffé comme
ces météores qui défolent la terre: celui-ci
laiffe après lui un fillon de lumiere qui doit
éclairer, mais effrayer fes fucceffeurs.

Votre Majefté pourra-t-elle réfifter aux inftances d'une jeune Princeffe, l'ornement de la cour,
la patrone de fes peuples, qui tempere le refpect par les graces, & qui ne peut vouloir que
votre repos, votre gloire & la profpérité de
l'Etat ?

Votre Majefté punira-t-elle un homme vertueux qui défend l'innocence & l'amitié, comme
il a défendu la patrie ? Un fujet dévoué à fon
maitre, qui n'a pas craint de lui déplaire, en
montrant le courage & l'énergie d'un Chevalier
François ?

Enfin, s'il eft vrai que le plus grand Monarque de l'univers doive régler les opinions fur
celles de quelques hommes fupérieurs, qu'il
egarde comme l'ame de fes Confeils, quel
doit être l'afcendant du vœu général de la Nation, qui, proffernée aux pieds de Votre Ma-
efté, la fupplie de rappeller un Miniftre inter-
prete de fes fentimens, un Miniftre qui eft

l'image d'un bon Roi, comme Votre Majefté eft celle de Dieu fur la terre. ,,

19 *Juin* 1781. On affure aujourd'hui que le difcours factice au Roi préfenté à la Reine par M. le Marquis de Caftries, eft du Marquis de Villette.

19 *Juin.* On parle beaucoup d'un ouvrage nouveau en deux volumes, intitulé *le Tableau de Paris* : on l'attribue à l'auteur de l'An 2240 & un particulier de Soleure, qui étoit venu dans cette capitale avec un nombre d'exemplaires du livre, a été arrêté & conduit à la Baftille. On dit l'ouvrage piquant & il eft fufceptible de l'être. Il y a quinze ou vingt ans que feu Chevrier publia un livre de cette efpece, ayant pour titre, *Paris.* On peut donner de tems en tems des defcriptions de cette ville, toujours neuves & intéreffantes.

19 *Juin.* M. le Comte de Thélis a fait paffer une *Lettre aux foufcripteurs des Ecoles Nationales*, où il leur apprend qu'il s'eft déterminé à retirer fes éleves du voifinage de la capitale, avec l'agrément de S. M., qui veut bien lui continuer les mêmes fecours en province.

On a dit qu'en approchant fes écoles de Paris. il n'avoit eu d'autre but que d'exciter le zele de fes habitans & leur faire connoitre fon établiffement par cet effai. Il a rempli fa tâche à cet égard : fes éleves ont conftruit une affez grande partie de chemin pour donner au gouvernement & au public une idée nette de la nature & de l'utilité de cette école. Il faut auffi & effentiellement s'occuper de leurs mœurs & éducation ; qui ne peuvent fe bien perfectionner que dans la campagne ; car M. de Thélis craint pour

fes

ſes jeunes gens, même la contagion des grandes villes.

Les deux écoles feront déformais en Berry
& en Forès. Le duc de Charoſt préſidera à la
premiere, M. le comte de Thélis à la ſeconde.

A la ſuite de cette lettre l'auteur a joint l'é-
tat des dépenſes des écoles nationales militaires
de Paris & de Lyon pendant les quatre premiers mois 1781, d'où il réſulte que la toiſe
quarrée de pavé, qui coûte ordinairement 24
livres 10 ſols, n'a coûté en ferré que 25 ſols,
& il aſſure que l'entretien de cette même toiſe
quarrée n'ira pas à plus de 7 à 8 ſols par année ;
ce qui feroit une économie très - grande pour
tous les chemins, qui ont le gravier plus à portée que le pavé.

19 *Juin* 1781. Le *Journal de Paris* eſt arrêté &
la feuille d'aujourd'hui 19 n'a point paru ; on dit
que c'eſt à cauſe de l'article où le journaliſte
rend compte de l'oraiſon funebre de l'Impératrice-Reine prononcée au louvre par l'Abbé
de Boiſmont, l'un des quarante, le vendredi
premier de ce mois.

20 *Juin*. Le *Journal de Paris* n'a été arrêté
que pour la journée d'hier. Il paroît conſtant
que c'étoit ſur les plaintes de l'académie, trouvant mauvais qu'on eût autant mal-traité un de
de ſes membres relativement à l'oraiſon funebre de l'Impératrice - Reine par l'abbé Boiſmont. Mais M. Sautereau, auteur de l'article,
a fait voir qu'il n'y avoit pas la plus légere
perſonnalité, qu'il s'étoit renfermé dans les
bornes d'une critique purement littéraire &
que cette critique étoit même tempérée par des
éloges. Il n'y a pas eu moyen de ſoutenir une

Tome XVII.   L

fufpenfion qui feroit devenue tyrannique &
auroit fait crier tous les foufcripteurs. Il paroît qu'on n'a même exigé du journalifte aucune rétractation , excufe, ni modification.

21 *Juin* 1781. M. le Comte de Chaftenai ,
lieutenant de vaiffeau, un des fils de M. de
Puyfegur , ayant eu d'occafion d'aller plufieurs
fois chez le docteur Mefmer , a fi bien étudié
& attrapé fa méthode, qu'il traite aujourd'hui
des cures comme lui. Le médecin Allemand ,
furieux de fe voir dérober fon fecret, ne veut
plus le recevoir chez lui. Au refte , cet exemple confirme fon affertion , que tout homme a
cet agent du magnétifme animal qu'il fait valoir & qui ne confifte que dans une certaine
préparation & méthode de l'employer.

21 *Juin.* Il eft décidé que la falle provifoire
à conftruire pour l'opéra , fera auprès de la
porte St. Martin , où étoit autrefois le magafin
de la ville. On doit avoir déjà commencé les
travaux & l'on veut qu'on y puiffe jouer au
mois d'octobre.

On regarde toujours comme décidé que la
falle effentielle aura lieu au même emplacement; mais on croit qu'on n'y fongera qu'à
la paix. Sa Majefté a demandé à voir les
plans.

21 *Juin.* C'eft mardi qu'on doit commencer
à plaider au palais le grand procès du Duc de
Chartres contre les propriétaires des maifons.
Me. Target doit requérir pour le prince l'enrégiftrement des lettres patentes obtenues par S.
A. Séréniffime à cet effet : M. Gerbier doit s'y
oppofer au nom des propriétaires. L'importance des acteurs de cette fcene & l'éclat qu'a

déjà eu cette conteftation, y attirera beaucoup de monde.

22 Juin 1781. *Journal de marine*, ou *Biblio- theque raifonnée de la fcience du navigateur.* Cet ouvrage périodique a été entrepris par M. Blondeau, profeffeur de mathématiques à Breft & membre de l'académie royale de marine. Il en avoit publié le *profpectus* dès 1776; mais les obftacles qu'a rencontrés fon projet, ne lui ont permis de commencer qu'au mois de Juin 1778 & fous les aufpices du Duc de Chartres, auquel il l'a dédié.

Cependant l'auteur prévoyant les inconvé- niens de fon journal, s'il entroit dans le récit des faits militaires & hiftoriques, avoit eu grand foin de prévenir qu'il s'abftiendroit de ces ma- tieres, quelques intéreffantes & curieufes qu'el- les fuffent, & il a reçu des ordres fupérieurs qui lui ont défendu de s'en occuper. Il a donc été borné à fe rendre utile, ne pouvant être agréable.

1°. A rapporter toutes les pieces capables de donner une idée & un développement de l'état de la marine actuelle chez nous & de la marine en général.

2°. A fournir des extraits, analyfes & criti- ques des ouvrages fur la marine, à mefure qu'ils paroîtront.

3°. Au récit des faits dont la connoiffance fera avantageufe à la marine; comme travaux nouvellement faits dans quelques ports, ou fur quelques côtes, pour la fûreté de la naviga- tion: inventions nouvelles, propres à produire épargne ou perfection dans les travaux de la marine; accidens qu'on peut prévoir & éviter

lorfqu'ils font connus ; annonces de livres nouveaux, qu'il ne fera pas poffible de faire connoître plus en détail ; actions mémorables dont
la connoiffance tiendra à la perfection de l'art,
ou à la fûreté de ceux qui l'exercent.

Dans l'état de féchereffe auquel eft réduit
cet ouvrage périodique, dont on ne publie que
huit cahiers par an, il ne peut être recherché
que des gens du métier, ou des nouvelliftes
curieux de fe mettre au fait d'un art très-ignoré
jufqu'à préfent & devenu depuis la guerre,
purement maritime, le fujet de toutes les converfations.

23 *Juin* 1781. Le Sieur Monvel vient à fortir du royaume & de fe retirer à Bruxelles. On
dit que cet événement eft la fuite de fon incon-
duite, qu'il doit 200,000 livres. Il paffoit pour
avoir des gitons & l'on veut que cette efpece
de plaifir lui ait coûté fort cher. Quoi qu'il en
foit, M. le lieutenant-général de police ayant
eu vent du projet de ce comédien, l'avoit envoyé chercher quelques jours avant, l'avoit con-
feffé, lui avoit donné des efpérances que les
chofes s'arrangeroient & exigé fa parole d'honneur qu'il ne partît pas : ce qu'il avoit promis.

Cette perte ne peut que jetter la comédie
françoife, déjà dans un défordre confidérable,
dans un délabrement encore plus grand. Il y
a fix mois qu'ils n'ont joué de nouveautés &
il n'y a pas d'apparence qu'ils en puiffent exécuter de fitôt.

23 *Juin*. On eft inquiet du maréchal Prince
de Soubife ; ce Seigneur a un mal confidérable
à une jambe, & comme le genre de vie qu'il
a mené ne fait pas préfumer qu'il ait le fang

très-pur, on fent que cet accident peut être de grande conféquence.

23 *Juin.* M. Cochu, avocat au confeil très-eftimé, ayant un peu tourné en ridicule la jurif-diction de la prévôté de l'hôtel dans un numéro en faveur du bailliage de Verfailles contre cette jurifdiction, a été interdit pour trois mois par arrêt du confeil du premier de ce mois. Le 13 l'arrêt lui a été fignifié : il s'eft défendu & a fait voir au Miniftre de Paris que fa religion avoit été furprife & dès le 21 nouvel Arrêt qui l'a rétabli dans fes fonctions.

Entre autres anecdotes plaifantes fur les fonc-tions du Prévôt de l'hôtel qu'il n'a fait que citer, on trouve que fa jurifdiction étoit de veiller fur les filles de joie fuivant la Cour; on l'appelloit *le Roi des Ribauds* & il avoit le privilege de faire faire fon lit par quatre maquerelles.

24 *Juin.* Un certain abbé Cardon qui avoit été prémontré, puis prieur de la Ferté en Normandie & s'étoit enfin établi à Paris, y fré-quentoit beaucoup les lieux publics, fe per-mettant les propos les plus indifcrets. Il a été arrêté, il y a quelques jours, & conduit, à ce qu'on croit, à Charenton. Cet homme ne man-quoit pas d'efprit & de connoiffances, il plai-foit fur-tout par fes farcafmes & fa méchan-ceté ; il étoit en outre très-obfcene. Quoique fils d'un artifan, il fe prétendoit homme de qualité & avoit allongé fon nom pour fe faire defcendre de l'illuftre maifon de Cardonne. En un mot, c'étoit un original de toutes les manieres.

25 *Juin.* Le public eft d'autant plus fenfi-ble à l'accident de M. de Soubife, qu'il vient

de donner à l'égard d'une portion de ce même
public un exemple de fa déférence & de fon
envie de lui plaire. Les propriétaires des maifons de la rue des quatre - fils trouvant que les
murs de l'hôtel de Soubife trop élevés en déro-
boient la vue aux premiers étages & même la
rendoient très-confufe & gênée aux feconds,
ont fupplié ce prince de vouloir bien permettre
qu'à leurs frais ils les fiffent baiffer. Cette démarche, qui peut-être eut été regardée comme in-
difcrette par beaucoup d'autres & même comme
offenfante, a été, au contraire, accueillie avec
empreffement par M. de Soubife. Il a répondu
qu'il s'eftimoit très-heureux de pouvoir faire
quelque chofe d'agréable à fes voifins, qu'il fe
conformeroit à leurs defirs & ne vouloit point
qu'ils fe conftituaffent en aucuns frais. Ce procédé bienfaifant & généreux eft regardé comme
une belle leçon qu'il donne en ce moment-ci
indirectement au Duc de Chartres.

25 *Juin* 1781. Dimanche dernier une pauvre
femme étant morte fur la paroiffe de St. Sulpice, un prêtre eft venu pour l'enterrer, mais
l'ayant trouvé fans biere & ne voyant point
d'argent pour la rétribution, s'en eft allé. Les
commeres voifines & amies de cette pauvre
femme, indignées du procédé de l'homme de
dieu, ont chargé le cadavre fur leurs épaules,
l'ont porté elles-mêmes à l'églife & ont conté
au peuple encore affemblé pour le fervice divin,
le fujet de cette aventure; ce qui a caufé un
murmure confidérable & obligé les prêtres de
fatisfaire bien vite à la cérémonie, afin d'éviter les fuites de la fermentation.

25 *Juin*. Entr'autres originalités de l'abbé

Cardon, on rapporte que peu après la mort
de M. de Clugny il entra au caffé du Caveau,
où le médecin Bouvart déjeûnoit avec une
taffe de chocolat. Il va à lui & lui dit : „ Monfieur le Docteur, je m'empreffe de vous remercier au nom de tous les bons citoyens, de
l'expédition patriotique que vous venez de faire,
en délivrant la France d'un de fes plus grands
fléaux, de ce J. F... de Clugny, qui auroit
marché fur les erremens de l'Abbé Terrai &
auroit achevé notre perte. " M. Bouvart le
regarde fixement, ne lui dit pas une parole ;
mais en allant payer fa taffe de chocalat s'écrie :
" il faut avouer que dans ces lieux on eft fujet
à entendre de bien mauvais propos. „

16 *Juin* 1781. Le *Tableau de Paris* eft précédé d'une préface datée du 8 Octobre 1780,
où l'auteur capte la bienveillance du lecteur
par l'annonce la plus piquante de l'ouvrage ;
mais il ne tient pas parole : rien de plus vague,
de plus découfu. C'eft un recueil de peut-être
trois cens titres, dont chacun pourroit être matiere d'un long chapitre & n'eft qu'effleuré ;
dont plufieurs n'ont pas plus de rapport à Paris
qu'à Londres, ou à Conftantinople ; dont le
grand nombre enfin font des morceaux abfolument étrangers à l'objet. On voit que l'ob-
fervateur a eu la tâche de fon libraire de
compofer une maffe de deux volumes in-8°.,
qu'il a rempli comme il a pu. Il voudroit être
méchant & n'en a pas la force. Le ftyle en
eft plus emphatique que noble & les penfées
fous un air de profondeur n'ont rien que de
trivial.

26 *Juin.* M. de Grimaldy, des Princes de

Monaco, Évêque & Comte de Noyon, Pair de France, eſt un Prélat faſtueux, entier & qui ne ſe pique pas d'édifier infiniment ſes ouailles par ſes vertus paſtorales. L'évêché du Mans où il étoit avant de paſſer à Noyon, eſt encore rempli de ſcandales qu'il y cauſoit avec une foule de jeunes abbés, égrillards comme lui, dont il faiſoit ſes grands-Vicaires : c'étoit à qui feroit le plus d'exploits galans. Cependant lorſqu'il quitta ce ſiege, le chapitre, par une délibération du 30 janvier 1778, arrêta de faire placer dans le reveſtiaire ſon portrait, au bas duquel devoit être gravé ſur un marbre l'inſcription ſuivante :

In omniore, quaſi mel, indulcabitur
Hujus antiſtis memoria,
Qui dilexit decorem domus Domini,
Honoravit templum,
Dedit in celebrationibus decus
Juxta Legem & Ceremonias.
Illuſtriſſimo ac Reverendiſſimo Patri
D. Domino Ludovico Andreæ de Grimaldy & Princi-
pibus Monæci,
Cenomanenſium Eſpiſcopo die V Julii MDCCLXXVII
Conſecrato
Ad Sedem Noviomeuſem die 26 Octobris 1777 translato;
Hoc perpetum amoris monumentum
Decanus, Canonici & Capitulum inſignis Eccleſiæ
Cenomanenſis
Memore poſuerunt,
In Comitiis generalibus poſt Feſtum beatiſſimi Juliani
celebratis.
Anno 1778.

Il paroît que le chapitre de Noyon n'a pas eu pour ſon nouveau chef la même adulation. M. l'Évêque ayant jugé à propos, ſans ſon concours, de supprimer par un mandement le chommage de cinq fêtes & de transférer aux dimanches le chommage de huit autres, d'affranchir le peuple de l'obligation du service le jour du vendredi saint; les chanoines s'y sont opposés & ont réclamé leur droit d'aider Monseigneur dans sa législation épiscopale, comme étant ses conseillers-nés, comme formant son Sénat. Le parlement a été saisi de l'affaire : il y a paru des mémoires curieux de la part de Me. Gerbier pour le Prélat, & de Me. Debonnieres pour les Doyen, Chanoines & chapitre de l'église cathédrale de Noyon.

M. l'Evêque vient de succomber & il a été décidé qu'il ne pourroit faire de ces innovations dans son chapitre, ou son Synode.

27 *Juin* 1781. L'affaire du Sr. Monvel s'éclaircit, mais d'une façon plus honteuse pour lui. Il passe pour constant qu'il a été surpris en flagrant-délit aux Tuilleries, où l'on le remarquoit se promenant souvent seul dans l'allée des stercorations. C'est-là le véritable objet du mandat de M. le Lieutenant général de police : comme c'étoit pour la cinquieme fois, on veut que ce Magistrat lui ait enjoint, au contraire, de se soustraire par une prompte fuite au supplice dont il étoit menacé. Ce crime devenu très-commun & même fort répandu à la cour, a besoin d'une indulgence qui ne pourroit avoir lieu si les loix qui le concernent étoient mises en vigueur ; on aime mieux fermer les yeux sur les coupables pour ne pas le propager encore davantage par la publicité.

. On dit aujourd'hui que le Sr. Monvel va à Stockholm, où il sera directeur de troupe,

L v

que la direction lui vaudra 12,000 liv., & qu'il aura en outre 6000 liv. d'apointemens de Sa Majesté Suédoise.

: — *Juin* 1781. Extrait d'une lettre de Strasbourg du 18 juin. ,, En 1779 on exécuta sur notre théâtre *l'Infante de Zamora*, opéra comique en trois actes, parodié sur la musique de la *Frascatana*, quoique ces deux sujets n'ayent ensemble aucune espece de rapport. Elle eut un succès non-seulement tel qu'on avoit lieu de l'espérer après le plaisir que cette piece avoit causé à Versailles, mais au-delà de toute ex- pression.

M. Framery, auteur de cette parodie, ayant traduit pour une société particuliere de Paris un autre opéra bouffon, *les deux Comtesses*, il a été joué ici au commencement de l'année avec un succès aussi complet que l'*Infante*.

Même feu, même tournure originale & bril- lante dans la musique, même soin, même at- tention à en conserver l'expression & le carac- tere dans les paroles. Si l'*Infante* est d'un plus grand effet par la magnificence du spectacle & la variété des détails, tant dans le poëme que dans la musique, le mérite des *deux Comtesses* est peut-être plus grand encore par l'ensemble, par la sagesse du plan, par la contexture des scenes, l'intérêt & la vérité du dialogue : il est même inconcevable pour ceux qui connoissent le poëme Italien, qu'on ait pu en tirer pour notre scene un aussi grand parti.

Nous desirerions également avoir *le Jaloux à l'épreuve* & comme les défenses faites aux Italien de donnner de ces parodies, rendent le talent de M. Framery inutil., Mlle. de la Haye,

directrice de notre fpectacle , a imaginé d'inviter tous les directeurs de province , fes confreres , à foufcrire pour faire un fort convenable au poëte. Ce qui leur fera très-avanta-
geux & déterminera celui-ci à fe livrer entierement à la profpérité de leurs troupes.

28 *Juin* 1781. Le 15 mars dernier S. M. ayant
agréé un deflin allégorique qui lui fut préfenté
en l'honneur de fon augufte mere l'impératrice
Reine, il s'exécute aujourd'hui ; mais cette eftampe intéreffante ne peut paroître qu'au mois
d'août prochain. Voici le fujet.

Le tableau offre une piramide furmontée d'une
Urne funéraire & d'un fablier, fur lequel un
aigle paroit fe repofer.

L'amour attache à la piramide le médaillon
de feue *Marie-Therefe* Archiducheffe d'Autri-
che , Impératrice Douairiere, Reine de Hongrie & de Boheme. Au deffus du médaillon eft
une couronne, que traverfent les attributs **du**
courage, des *graces* & de la *Majefté*.

Appuyée d'une main fur un bouclier, de l'autre tenant une pique, la Déeffe de la guerre
paroît debout trifte & abattue : elle occupe un
des angles de la piramide. A fes pieds font des
canons, des piques & des drapeaux, où l'on
voit les armes de l'Empire.

Junon, du côté oppofé, paroît auffi debout
avec fes attributs : elle figure dans fon maintien la majefté affligée.

Vénus, fur le devant, eft tombée de douleur. L'amour cherche à la confoler. Des deux
colombes de la Déeffe, l'une fuit & s'échappe ;
l'amour retient l'autre ; il la careffe, &, fous

cet emblême, l'auteur défigne la Reine de France.

Sous un ciel fombre, le tems paffe armé de fa faulx ; il s'eft enveloppé & fe dérobe au reproche d'avoir frappé une tête chérie.

Du côté oppofé la Renommée s'éleve ; elle paroît fonnant de la Trompette. A cet inftrument pend un Drapeau, fur lequel eft écrit :

Majus ab exequifis nomen in ora venit.

Sur la derniere des marches de l'Obelifque on lit :

Filiæ, uxori, matrique Cæfarum.

L'impreffion de ces objets funeftes eft combattue par un petit tableau placé au-deffus du grand, en faifant partie : on y voit un chêne abbattu ; un autre s'éleve ; l'amour l'ordonne.

Placé dans un cartouche, au deffus de cet arbre, il écrit avec une de fes fleches : *Altera furgat.* L'horifon eft éclairé par un Soleil levant.

Tout ce deffin eft entouré d'Arabefques formant un riche cadre. Les Vertus y figurent fous les traits des Amours, qui en tiennent les attributs caractériftiques.

La deftination du tableau eft annoncée par l'infcription fuivante :

Galliarum Reginæ pietati,
Felix Nogaret, Maffilienfis & Andegavens. Acad. Socius,
O. D. C.

Anno 1781.

D'où il faut conclure que c'eft M. Nogaret

qui a donné l'idée de la compofition, trop furchargée, pleine de puérilités & de froideur conféquemment.

28 *Juin* 1781. On a parlé des 600,000 liv.
de répartitions pour chacun des Soixante à la
fin du Bail des fermes, dont M. Necker s'étoit
emparé, en laiffant cependant à chacun
100,000 livres : il a gardé le furplus, formant
environ trente millions, promettant de le leur
rendre le plutôt poffible.

Le nouveau Miniftre des finances a cru devoir
tirer parti de cette forte d'injuftice, il a fait
entendre à ces Meffieurs qu'ils ne comptaffent
pas de fitôt fur ces fonds. Il a aiguillonné leur
amour-propre, en ajoutant que S. M. vouloit
bien les tenir de leur zele pour elle & les regarder comme un prêt gratuit, en prenant un engagement folemnel pour les leur rendre fous un
délai déterminé. En conféquence il doit paroître demain dans la gazette de France un bel
article fur cet objet, où l'on fera un compliment à ces publicains.

Il réfultera de-là que leur avance fera folide
& déterminée, que M. Joli de Fleury paffera
pour un homme encore plus adroit que M.
Necker, puifqu'il trouve à emprunter un auffi
gros capital fans intérêt ; enfin que nos ennemis feront effrayés du pouvoir d'un Monarque
ayant des fujets auffi riches, auffi défintéreffés
& auffi zelés.

28 *Juin*. Il paroît que M. de la Blancherie
a fi bien intrigué qu'il revient encore une fois
fur l'eau, avec un plus grand luftre pour fon
Agence : il annonce quarante foufcripteurs de la
première qualité, qui fe rendent fes cautions

d'un hôtel fuperbe, qu'il a loué rue Saint André des Arts.

28 *Juin* 1781. Les concerts, comme on l'avoit prévu, vont fort bien dans le commencement ; afin de rendre aux amateurs autant qu'il eft poffible l'agrément qu'ils avoient à l'opéra, de voir les filles de près & de caufer avec elles pendant la repréfentation, on a formé un rang de loges au niveau du parquet, où fe placent les Demoifelles habituées à fe voir une cour & à tenir cercle au fpectacle. Malheureufement on ne peut rendre aux paillards les jambes des Danfeufes, qui les émerveilloient fi fort.

29 *Juin*. M. de Pleinchefne, auteur des Boulevards, qui en a fait long-tems les délices, fe retourne aujourd'hui vers les entreprifes utiles & pécuniaires, mais toujours cependant dans le genre galant. Il vient d'imaginer pour la foire Saint Laurent un Wauxhall d'une efpece particuliere & originale, fous le titre de *Redoute Chinoife*, qui s'eft ouverte hier. On y trouve un Jeu de bague infcrit & tournant dans une pagode ou temple Chinois : une Efcarpolette Orientale ; un Reftaurateur placé dans un camp Afiatique. Hier ce fpectacle a fixé fingulierement l'attention des amateurs. On y a remarqué un Caffé d'un genre abfolument neuf : c'eft une véritable caverne très-vafte & où la plus grande fraîcheur n'eft dûe qu'à l'imitation exacte des formes & des effets de la nature.

Le Sallon de danfe offre le plus grand morceau d'architecture Chinoife qui ait encore été exécuté en France. Le plafond fur-tout s'eft fait remarquer tant par la richeffe de fes couleurs,

que par une collection de vingt-quatre tableaux
exécutés fur les deffins de Boucher.

C'eft dans la cour ou jardin où l'on trouve
les jeux annoncés, tous variés & dans le cof-
tume Chinois.

Cet ouvrage eft exécuté fur les deffins de M.
Munich, peintre, & la conftruction a été dirigée par M. Melan, architecte.

La feule chofe qu'on ait critiquée, c'eft l'Illumination, qui ne produifoit pas affez d'effet à
caufe des lanternes Chinoifes, formées par des
vers mats, très-favorables à la peinture, mais
peu propres au jeu des lumieres.

30 *Juin* 1781. La Reine avance heureufement
dans fa groffeffe & en plaifante agréablement.
Quelques courtifans rapportent que S. M. difoit
l'autre jour au Comte d'Artois : ,, *votre neveu
me donne de furieux coups dans le ventre ; &
à moi, Madame, des coups de pied au cul,* ,,
reprit Son Alteffe Royale avec beaucoup de gen-
tilleffe & de vivacité.

30 *Juin*. Les conférences pour le Code nouveau de légiflation des Colonies fe tiennent toujours, tantôt chez M. de Bongar, Intendant
de Saint Domingue, tantôt chez M. le Préfident Tafcher, ancien Intendant de la Martinique. Un M. Foulquier, Confeiller au Parlement
de Touloufe qui s'étoit fait nommer adjoint du
premier pour aller à St. Domingue, eft entré
en conféquence dans ce comité, où affiftent
auffi plufieurs Commis des Bureaux.

Ce M. Foulquier paffe aujourd'hui Intendant
à la Guadeloupe, d'où eft rappellé M. de Montdenoix.

30 *Juin* Les projets fur la Salle provifoire

font encore changés. On ne la conftruit plus près la porte Saint Martin : on a donné ordre aux François de fe difpofer à paffer à Paques dans leur nouvelle Salle & à vuider celle des Tuilleries, où s'établira le Théâtre Lyrique jufques à la paix. Comme cet hiver paroîtra fûrement long aux amateurs, on pourra jouer fur le Théâtre des Menus quelques fragmens, quelques petits actes propres à les amufer. Quant à la grande Salle, il eft toujours queftion d'attendre la paix avant d'y travailler, & malgré la foule des projets qu'on donne à cet égard, il y a à parier que le Duc de Chartres obtiendra qu'elle foit rebâtie dans le même emplacement.

1 *Juillet*. C'eft le jeudi 5 Juillet que doit recommencer à l'hôtel de Villayer, rue Saint André des Arts, l'affemblée des Savans & des Artiftes, dont M. de la Blancherie eft l'inftigateur & le promoteur en la qualité qu'il s'eft conférée, d'*Agent général de correfpondance pour les Sciences & les Arts.* Il a imaginé d'avoir trois fortes de foufcripteurs, pour donner à fon établiffement plus de confiftance qu'il n'en a eu jufqu'à préfent.

1°. Une fociété de quarante grands Seigneurs s'eft chargée de payer le loyer & c'eft à leur munificence qu'on doit le fuperbe emplacement où va s'inftaler M. l'Agent.

2°. Une autre fociété non moins bien compofée fe forme à fon exemple, afin d'affurer pendant trois ans un fonds pour les frais de la Correfpondance.

3°. M. de la Blancherie propofe encore de réunir à ces deux fociétés, toutes les perfonnes qui, par une foumiffion pour trois ans, voudront contribuer de deux louis par an à la confiftance de l'établiffement.

Tout cela eft indépendant d'un louis par an que fourniront les foufcripteurs de la feuille hebdomadaire, fous le titre de *Nouvelles de la République des Lettres & des Arts*.

M. de la Blancherie reftera chargé de la direction générale de l'établiffement, felon le Plan approuvé par l'Académie des Sciences & le Réglement publié en 1779. Tous les détails de la Correfpondance, dans toutes les parties des Sciences & des Arts, feront remis par lui à fix Savans affociés pour les rédiger.

Une petite Lotterie, car il en faut partout, eft propofée pour amorcer la cupidité des foufcripteurs. Outre l'avantage d'entrer librement dans ce fanctuaire, fermé déformais aux profanes, ils auront l'efpoir de poffeder par la voie du fort quelqu'un des morceaux précieux expofés pendant l'année, dont on fera l'acquifition de l'excédent des fonds provenans des diverfes foufcriptions, après avoir fatisfait à toutes les dépenfes.

Ces Meffieurs donneront gratuitement leur travail & leur tems, n'étant excités que par l'amour de la gloire & par un zele dévorant pour la propagation des Sciences & des Arts.

2 *Juillet* 1781. M. Hallé, dont on a annoncé la mort, étoit fils & petit-fils de Peintres, tous deux célebres. Il nâquit à Paris en 1711, & par une fingularité affez rare fuivit fes peres dans a carriere des Arts. Il remporta le premier prix le Peinture & alla fe perfectionner en Italie. à fon retour il fut agréé en 1747 & paffa fucceffivement par les divers grades de l'Acadé-

mie. Il obtint la Surinfpection de la Manufacture des Tapifferies de la Couronne en 1771 ,
& en 1775 M. le Comte d'Angiviller, jaloux
d'établir une nouvelle difcipline dans la geftion de l'Académie de France à Rome, le détermina à partir. M. Hallé, en effet, y ra-
mena en peu de tems la décence & l'économie. Il refufa toute récompenfe pécuniaire.
C'eft alors qu'il fut décoré du Cordon de Saint
Michel, & S. M. fournit à toutes les dépenfes
néceffaires pour fa réception.

Son pinceau a toujours été chafte : il n'avoit
point de fougue dans fa compofition, mais
elle étoit conftamment fage & foumife aux
vraifemblances & aux regles de l'art. La perfpective étoit la partie qu'il avoit la plus appro-
fondie, & il vifoit furtout à la correction. Sa
couleur étoit foible, mais avoit quelquefois un
ton argentin qui plaifoit à l'œil. Ce ton fe remarque particulierement dans fon Tableau de
Prédication, que l'on voit dans l'Eglife de St.
Louis de Verfailles.

M. Hallé avoit un extérieur fort doux, comme fon caractere, & le dernier figne de vie
qu'il a donné, a été un fourire à fa femme, à
fes enfans & à fes amis.

2 *Juillet.* Mercredi dernier 27 juin l'affaire du
jeune Comte de Solar a enfin été jugée au Châtelet : il a été reconnu pour le véritable fils du Comte
de Solar : le fieur Cazeau cependant déchargé
de l'accufation de l'avoir perdu, ou voulu perdre ; ce qui implique une finguliere contradiction. La Demoifelle de Solar mife hors de Cour,
feulement par rapport à la connoiffance qu'elle

étoit accufée d'avoir eu du crime de fa mere, avoué par celle-ci au lit de la mort.

2 *Juil.* 1781. Le fameux *Ami des hommes*, M. Mirabeau a fuccombé à une nouvelle demande en féparation intentée contre fa femme ; parce qu'il a été prouvé qu'au moment où, obéiffant à l'Arrêt, elle fe rendoit auprès de lui & rentroit dans fa maifon, il faifoit divorce lui-même & s'en éloignoit. Cette inconféquence de conduite prouvée a été un argument invincible contre lui.

2 *Juillet. Lettre du Comte d'Albany au Lord Bute, traduit de l'Anglois.* Tel eft le titre d'un ouvrage nouveau en politique, attribué à M. Favier, ci-devant employé dans les affaires étrangeres. Il eft encore fort rare, & l'on n'en parle que fur parole.

3 *Juillet.* M. l'Archevêque & Comte de Vienne marchant fur les traces de M. l'Evêque d'Amiens, vient auffi de publier un mandement, touchant l'édition annoncée des œuvres du fieur de Voltaire. Il eft daté du 31 mai ; & après un préambule non moins fougueux contre le Poète, le Prélat declare à tous fes diocéfains, qu'aucun d'eux ne peut, fans pécher mortellement, foufcrire à l'édition fufdite, acheter ces œuvres, les lire, les retenir, les communiquer : il les met au nombre des livres fpécialement défendus dans fon Diocèfe, & dont la lecture emporte par conféquent les peines encourues en pareil cas..... Il faut obferver, que cet Archeveque de Vienne eft un peu juge & partie ; c'eft le frere de M. de Pompignan, ci-devant Evêque du Puy & fi buffoné par le philofophe de Ferney.

3 *Juillet*. Il eſt aſſez vraiſemblable que dans les ſiecles de ferveur, l'inſtitution primitive de ſonner pendant les orages fut pour raſſembler le peuple dans l'Egliſe, afin d'implorer la clémence de l'Etre ſuprême, & de le ſupplier de ne pas laiſſer détruire en un jour l'ouvrage & l'eſpoir de l'année. Depuis longtems on ne prie plus dans les villages & même dans pluſieurs villes, mais on ne ceſſe de ſonner. Cette méthode peu conforme aux principes de la phyſique, ayant cauſé récemment pluſieurs accidens en Lorraine, M. Marcol, Procureur général du Parlement de Nancy, a écrit le 1ʒ mai une lettre circulaire à tous les Curés du reſſort, afin de les engager à inſtruire là-deſſus leurs ouailles & à leur apprendre que, s'il eſt utile d'agiter l'air par le mouvement des cloches, lorſque la nuée marche vers la ville, le bourg ou village, ce qui la diviſe & la diſperſe ; il eſt très-pernicieux de le faire lorſque l'orage eſt éminent, & qu'alors il faut ceſſer, en général, d'ébranler l'air & craindre de provoquer la foudre, en cherchant à l'éloigner.

3 *Juillet*. Ce ſont tous les jours au Palais Royal de nouveaux placards infames, qu'on affiche clandeſtinement dans la nuit & qu'on lit le lendemain. Cette voie abominable de tourmenter le Duc de Chartres par les menaces les plus inſultantes & les plus vaines, lui ramene beaucoup de gens impartiaux & ceux-ci commencent à préſumer qu'il faut qu'il ſoit dans le droit inconteſtable d'effectuer tous les changemens qu'il trouvera bons pour ſa commodité & l'embelliſſement de ſon palais,

malgré toutes les clameurs des parties adverfes.
Il paroît que les Lettres Patentes obtenues par
ce Prince, font enregiftrées au Parlement, fans
oppofition & qu'il n'y aura aucune plaidoierie.
On affure que des cinquante-quatre propriétaires réclamans, il y en a quarante-fept,
dont l'oppofition feroit abfolument nulle. Quant
aux autres, ils recevront, fans doute, une indemnité proportionnée.

M. le Duc de Chartres, pour mettre le public en état de juger de fon projet, doit en
publier inceffamment un *Profpectus*, qu'on
attend avec impatience.

5 *Juillet* 1781. *Dénonciation des feuilles du
feur Linguet, faite en Parlement, toutes les
Chambres affemblées, les mardi 11, vendredi
14 & mardi 18 juillet 1780; par M....*

On a parlé dans le tems de cette Dénonciation de M. d'Epremefnil ; mais on défefpéroit
de la lire jamais imprimée : elle perce enfin,
& la voici en 55 pages in-8°. caractere affez
fin. Au premier coup-d'œil on s'apperçoit aifé-
ment que cet écrit eft trop verbeux ; c'eft le
défaut ordinaire de l'orateur. On en rendra
compte plus en détail.

5 *Juillet*. Enfin la tragédie de M. du Rozoi,
intitulée *Edouard III*, fe donne demain 6.

6 *Juillet*. Le jardin du Palais Royal a 167
toifes de long & 72 de large.

Le projet eft de retrancher fur la largeur de
haque côté quatre toifes, & fur la longueur
ans le fond cinq toifes, pour faire des rues
paralleles à la rue de Richelieu, à la rue neuve
e Bons enfans & à la rue des Petits champs.

Ces rues nouvelles feront bordées du côté du

jardin de maisons, dont les façades seront uniformes, & les distributions intérieures à la volonté des acquéreurs sur une profondeur d'environ sept toises sur les côtés, & de dix au fond.

Ces maisons présenteront, sous une partie de
leur premier étage, du côté & au niveau du
jardin, une longue galerie couverte, libre de
bout en bout & ouverte au public dans tous
les tems de l'année. Elle aura environ douze
pieds de large, portera toute la hauteur des rez-
de-chaussée & entresols & sera percée de 188
arcades.

En avant de la grille actuelle, on bâtira un
grand-corps de logis de quinze toises de large,
& s'étendant en longueur depuis les maisons
de la rue de Richelieu, jusqu'à celle des Bons-
enfans.

Le petit jardin actuel, connu sous le nom
de jardin de son Altesse Royale, sera converti
en une cour ouverte de trois grandes portes sur
la rue de Richelieu, & communiquant par
trois arcades à la cour Royale.

Trois percées dans la rue de Richelieu, dans
celle des Bons-enfans, & dans la rue neuve
des Petits-champs, formeront les entrées &
dégagemens toujours libres de la nouvelle rue
établie au pourtour du jardin.

Le nouveau bâtiment construit en avant de
la grille sera soutenu par des colonnes, qui formeront trois galeries couvertes, de soixante
toises de long, à l'usage du public : ces galeries seront croisées carrément par d'autres galeries de droite & de gauche sous les deux aîles
de la cour Royale, dont seront supprimés
tous les appartemens des rez-de-chaussée & en-

trefols. La voûte qui est en face du grand es-
calier actuel, sera continuée sur la même longueur & de toute la profondeur du bâtiment
des archives, qui sera démoli. Enfin le passage
étroit & incommode qui conduit à la rue de
Richelieu, sera redressé & considérablement
élargi.

Ainsi tous les bâtimens de la cour Royale seront portés sur des colonnes & arcades, formant
des galeries ouvertes au public, qui s'uniront à
la galerie du pourtour du jardin, laquelle aura
324 toifes de développement & dégagera par des
arcades sur le jardin même, dont les dimensions
réduites alors à cinquante toifes de large sur 137
de longueur, formeront encore une étendue de
plus de sept arpens & demi.

Le nouveau jardin sera composé de deux al-
lées, qui auront chacune exactement les mêmes
dimensions que l'ancienne tant regrettée, appellée la *grande allée.*

Le jardin qui sera bordé par la grande colon-
nade du palais & par des maifons régulieres,
toutes assujetties à une façade uniforme, qui
communiquera dans tout le pourtour à la promenade couverte, la plus vaste & la plus magnifique, éclairée d'ailleurs le soir & même la
nuit, jusques à deux heures, par 188 réverbe-
res suspendus sous le cintre des arcades, & par
les lumieres des appartemens des nouvelles
maifons, spectacle à la fois & promenade de
toutes les faisons & de tous les momens, pré-
fentera de la forte dans son nouvel arrangement
un genre de beauté dont il n'y a pas d'exemple
à Paris.

Tel est le précis d'un *Exposé des changemens*

à *faire au Palais Royal*, imprimé par ordre du Duc de Chartres & qu'il fait diftribuer dans le public en profufion.

7 *Juillet* 1781. Extrait d'une Lettre de Cadix du 21 Juin.... ,, On attend ici le Duc de Crillon nommé Lieutenant-Général des armées de S. M. Catholique. La Cour l'a fort bien traité; il a le double des appointemens affectés à un Commandant & S. M. Catholique lui a fait donner en outre 100,000 livres pour fes équipages. Ce Seigneur, dans l'effufion de fa reconnoiffance, en quittant Aranjuez le 16 de ce mois, s'écria: *Sire, vous agiffez en Roi, je me conduirai en Crillon* ,,.

Le Duc de Crillon doit commander le détachement de 8000 hommes qu'il eft queftion d'embarquer & la deftination eft toujours un problème.

7 *Juillet*. Il feroit difficile de trouver un ouvrage dont la conduite fût plus mal entendue que celle de la tragédie jouée hier, dont le ftyle fût plus négligé, pour ne pas employer d'autre expreffion. Les trois premiers actes font d'une obfcurité difficile à éclairer. Le quatrième offre des fituations intéreffantes, mais qui en rappellent d'autres déja portées avec fuccès fur notre fcene. Le commencement du cinquieme acte a des beautés: le dénouement eft abfolument manqué.

L'auteur n'a pas eu même l'efprit de profiter des beautés fublimes de Shakefpeare & il en a tiré fi peu de parti qu'on entrevoit à peine fi celui-ci lui eft connu. Au refte, on a, en général, fi peu de confidération pour la perfonne du Sieur du Rofoy & une fi petite idée de fes talens,

talens, qu'on eſt venu à ſa tragédie plus diſpoſé
à rire qu'à pleurer, & qu'en effet ç'ont été des
brouhaha, des éclats continuels, comme à la
comédie la plus amuſante.

Dès avant la repréſentation on avoit répandu
dans les cafés & autres lieux publics des placards, dont le but étoit de tourner la piece en
ridicule & d'ameuter la foule contre le poëte. Il
a un amour-propre ſi puant, que le motif de
l'humilier, ſans doute, plutôt que la jalouſie
d'un talent auſſi médiocre, ou, pour mieux
dire, auſſi nul, a pu porter quelqu'un de ſes
confreres à ce procédé malhonnête.

8 *Juillet* 1781. Hier les Italiens ont donné pour
la premiere fois *Léonore ; ou l'Heureuſe épreuve*
comédie en deux actes, mélés d'ariettes. Le
poëme eſt lent, triſte & froid. L'action n'a rien
d'intéreſſant, parce que l'auteur n'a pas ſu
tirer parti des ſituations qu'elle lui préſentoit,
& qu'il l'a ralentie par le grand nombre de morceaux de chant, avec leſquels il a coupé ſes
ſcenes & ſon dialogue.

La muſique, de M. Champein, quoique fort
applaudie, a éprouvé quelques critiques. On
y a remarqué des réminiſcences ; on a reproché au compoſiteur de n'avoir pas un ſtyle
aſſez ſuivi, d'étouffer la partie du chant par
des accompagnemens trop chargés & trop
bruyans, d'avoir enfin manqué quelquefois
l'expreſſion à force de la chercher : mais on y
a trouvé du talent & des motifs d'eſpérance,
encore plus marqués que ceux que l'auteur a
donné juſques ici.

Il y a dans cet opéra-comique une ariette
le bravoure chantée par Madame Trial, qui,

quoique très-ridicule, a eu le plus grand fuccès. Les plaifans obfervent à ce fujet, que le
François veut être pris par les oreilles.

8 *Juillet* 1781. M. le Marquis de Courtan-
vaux, capitaine-colonel de la compagnie des
Cent Suifles de la garde ordinaire du corps du
Roi, eft mort.

8 *Juillet*. Dans le projet de fes nouveaux
édifices M. le Duc de Chartres n'a pas oublié
un inftant le public, au point que le fameux
méridien fi renommé, ne pouvant refter où
il eft, doit être remplacé au fond & fur le bâtiment du milieu du jardin.

Du refte, les plans originaux, profils & élé-
vations font dépofés dans un appartement du
palais royal, où, à commencer dès demain 9
juillet, chacun peut aller les voir.

Il eft définitivement conftaté qu'il y a des
oppofitions à l'enrégiftrement des lettres patentes, qu'il y aura plaidoierie, mais que les délais entraînés par les formalités inévitables de
la procédure, empêcheront qu'elles n'aient lieu
avant la Saint Martin. C'eft en effet Me. Target qui plaidera pour S. A. Séréniffime : Mrs.
Gerbier & Treilhard défendront les propriétaires des maifons : enfin M. l'avocat - général
Séguier portera la parole dans cette grande
affaire.

8 *Juillet*. M. le comte de Calioftro eft venu
à Paris pour le Prince de Soubife, qui fe trouvant
mieux n'a cependant fait aucun ufage des fecours
de cet étranger. La jaloufie des médecins n'a
pas fouffert qu'il reftât long-tems dans cette
capitale; il a été obligé de repartir, fuivi de
cinq ou fix petites-maîtreffes de la cour, en-

gouées de lui & qui vont fe mettre fous foɛ
infpection à Strasbourg.

9 *Juillet* 1781. Dans la dénonciation des feuilles du Sieur Linguet, M. d'Epremefnil commence
par un exorte oratoire, où il cherche à éloigner de lui la mauvaife opinion que femble
faire naître d'abord le rôle de dénonciateur ,
furtout à l'égard d'un homme fugitif, expatrié
& que fon malheur fembleroit devoir rendre
refpectable & facré. Il entre enfuite en matiere & après un hiftorique de ce qui a précédé
l'évafion du journalifte, il en vient aux annales , dans lefquelles il diftingue cinq objets :
les particuliers, la conftitution françoife, la
magiftrature, les fouverains, les peuples : il
fuit l'auteur fur chacun de ces articles & le
prenant toujours par fes propres paroles, par
es écrits, dont il cite d'amples fragmens, il
e convainc d'avoir dans fes *Annales* deftructi-
'es de tous les droits de l'homme :

Erigé la force en véritable droit.

Fondé toutes les couronnes fur des titres de
ɪng.

Soutenu que les Rois font propriétaires des
iens & des perfonnes de leurs fujets.

Soutenu qu'entre les Rois & les fujets, le
:el s'explique par des victoires :

Traité la magiftrature françoife de corps de
ditieux inconféquens & fes remontrances de
:clamations monotones, pédantefques & in-
ndiaires.

Infulté tous les tribunaux françois par des
cufations continuelles d'inconféquence, d'op-
effion, de meurtre.

Fait de la banqueroute publique un **droit**

de la couronne, un devoir de chaque nouveau Roi.

Outragé le barreau , travailler à femer la divifion dans le fein de la cour.

Et tout cela, non dans un paffage, dans un article , dans une feuille , mais dans les volumes de fes *Annales*, qui forment un corps de doctrine médité, fuivi, combiné, développé, dans la vue de prêcher aux fouverains le defpo-tifme , aux peuples la révolte, au genre humain la fervitude, aux François la haine de leurs loix & de leurs juges; ce qui tend à détruire les principes fondamentaux de la fociété , les regles générales de tout bon gouvernement, les maxi-mes conftitutives de la monarchie françoife, les droits & l'influence des corps dépofitaires & gar-diens de ces maximes, en un mot, à compro-mettre les perfonnes mêmes de tous les fouve-rains & la tranquillité de tous les peuples.

10 *Juillet* 1781. Le Frere Saint Jean de Côme , vulgairement appellé *Frere Côme* , eft mort avant-hier. Il n'eft perfonne qui ne connoiffe ce Feuillant renommé pour la taille de la pierre : perfonnage qui a longtems excité la jaloufie des chirurgiens & ne l'avoit furmonté que par les plus puiffantes protections.

10 *Juillet.* Les volumes XV & XVI des *Mémoires fecrets pour fervir à l'hiftoire de la république des lettres en France* , fe diftribuent depuis quelques jours ici. On voit dans un *avertiffement* des libraires : qu'on a repris de longues & nombreufes additions pour les volu-mes précédens , qui, n'allant cependant que jufques au troifieme font plus de fept feuilles d'impreffion ; ce qui néceffitoit une nouvelle

édition qui a eu lieu en effet, où l'on trouve plus de 1000 notices d'augmentation ; mais l'honnéteté des libraires les a engagés à les joindre au feizieme volume pour ceux qui voudront conferver l'ancienne.

Cet ouvrage gagne à mefure qu'il eft connu & c'eft à qui s'en pourvoira. C'eft un repertoire très-amufant pour les gens du monde, & une chronique d'un grand fecours même pour l'hiftoire : *indoctit difcant & ament meminiffe periti*. (Cet article eft tiré d'une gazette manufcrite très-accréditée dans Paris & attribuée à un abbé de qualité.)

10 *Juillet* 1781. M. Hulot, méchanicien bréveté du Roi, que la mort vient d'enlever, mérite une notice diftinguée. Sa naiffance & fa fortune fembloient l'éloigner pour jamais de toute célébrité : il étoit fimple tourneur en bois ; mais fon génie l'a élevé au point de lui faire inventer mille chofes ingénieufes pour l'exécution & la perfection des ouvrages en divers genres. L'horlogerie furtout lui doit des fecours importans. Il perfectionna l'art du tour en général.

Sa vivacité l'entraînoit à faire des incurfions dans les arts collatéraux au fien, ce qui lui procura des connoiffances prefque univerfelles, qu'il communiquoit avec la plus grande facilité : il prodiguoit fes fecours avec plaifir, non-feulement aux artiftes, mais aux amateurs. Cette difpofition bienfaifante lui devint nuifible par des pertes de tems confidérable ; ce qui mit un obftacle invincible à fa fortune.

M. Hulot a décrit dans un ouvrage l'art du Tourneur. Il éprouva fur la fin de fes jours des chagrins qui altérerent fa fanté & lui ont fait

M iij

terminer fa carriere à foixante - cinq ans feulement.

11 *Juillet* 1781. *Mémoire fur l'expédition
du vaiffeau particulier le Sartine, fur les caufes de la ruine de cette expédition, les événemens que cette ruine a entrainés, & fur les
actions qui en réfultent.*

Tel eft le titre de ce factum pour le Sieur
Lafond de Ladebat, écuyer, négociant à Bordeaux, armateur de ce vaiffeau.

Suit une confultation en date du 27 Mai
1781, fur le fond de fes demandes au confeil,
au fujet des indemnités réfultantes de l'expédition du vaiffeau *le Sartine.*

Le rôle que joue dans tout ceci un Sieur
Chevalier de Saint Lubin actuellement à la
Baftille, aventurier, dans lequel le gouvernement avoit mis fa confiance pour les négociations de l'Inde, rend ce mémoire extrèmement
curieux : on y développe les vues du miniftere
pour profiter adroitement de l'embarras des
Anglois durant leur guerre d'Amérique & leur
fufciter d'autres ennemis dans l'Inde.

11 *Juillet.* Le jeune Freron, dans le numero
IX de fes feuilles, en parlant du Sr. Defeffarts,
comédien de la comédie françoife, d'une vafte
corpulence & furtout d'un ventre énorme, l'a
appellé *Ventriloque* : le Sieur Defeffarts a trouvé la plaifanterie mauvaife, il s'en eft plaint
au Maréchal duc de Duras & ce fupérieur très-
zélé pour les comédiens a intéreffé le gouvernement dans cette querelle. On exige une réparation de la part du journalifte. Celui-ci confent à la faire, mais honnête & non telle que
l'a dictée le comédien ; on ne veut point de

cet arrangement & depuis un mois la négociation traine en longueur : enfin on a menacé le
Sieur Freron de lui ôter son privilege, si cela
ne se termine pas à la satisfaction du supérieur.

Un M. Salaun, coopérateur de M. Freron
& auteur de l'article, s'est mis en cause, s'est
avoué pour le coupable, s'il y en avoit, &
pour le seul à punir. On le prend à partie aussi ;
mais on n'en tient pas quitte le premier & jusques ici M. la Garde des Sceaux est inflexible.
On ne peut concevoir à quel excès d'avilisse-
ment on réduit ainsi les gens de lettres par
complaisance pour un grand engoué d'un mé-
prisable histrion.

12 *Juillet* 1781. On trouve dans la dénonciation de M. d'Epremesnil quelques anecdotes
qu'il ne faut pas omettre.

1°. L'animosité ne l'a point guidé dans cette
démarche & il la méditoit longtems avant que
le Sieur Linguet l'eût mis en scene. Dès la
publication du N°. 25 des *Annales*, son zele
magistrat s'étoit enflammé. On étoit aux vacances de 1778. M. le président le Pelletier de
Rozambo présidoit la chambre. M. d'Epremesnil en parla à ce chef, en présence de M. le
Fevre d'Amecourt ; il l'engagea d'en prévenir
M. le Garde des sceaux & le comte de Maurepas. Le résultat fut que M. le président, après
avoir conféré avec ces Ministres, détermina le
dénonciateur à rester tranquille sur la promesse
qu'on veilleroit à ce que le follicutaire s'expliquât avec plus de retenue. Dans son N°. 26 il
donna en effet quelque espoir de résipiscence,
mais vainement ; il reprit bientôt le cours dans
ses diatribes inflammatoires.

M iv

Depuis M. d'Epremefnil a tenté une nouvelle dénonciation; il en parla lui - même au
Garde des fceaux, qui l'en détourna en allé-
guant des motifs, auxquels le Magiftrat céda ,
plus par déférence que par affentiment.

Quoi qu'il en foit, il réfulte de ce narré que
l'incurfion de Me. Linguet contre M. d'Epremefnil a été l'effet & non la caufe du zele de
ce confeiller.

2°. On arrête en France, quand on le veut,
les feuilles du Sieur Linguet; on fait plus, on
les fupprime. Les N°. 59 & 60 n'ont percé
qu'en petit nombre & par des voies détour-
nées, du moins dans cette capitale. Il exifte
donc en France une autorité qui difpofe de ces
feuilles. Cette autorité a le pouvoir d'arrêter les
N°s. qui lui déplaifent. Elle n'a pas la volonté
d'arrêter ceux qui outragent M. d'Epremefnil,
& ce qui confirme, fuivant lui, cette defaffec-
tion du miniftere, c'eft qu'aux vacances dernieres il avoit prié le Premier préfident d'inter-
pofer fes bons offices auprès du miniftre des
affaires étrangeres, pour que les journaux étrangers, notamment le *Courier de l'Europe* & les
Annales politiques, fuffent avertis de s'exprimer avec exactitude & circonfpection fur le
magiftrat & fa caufe. Malgré cette précaution,
dès que l'intervention de M. d'Epremefnil a
éclaté : *journaux étrangers*, *journaux françois*; d'abord le *mercure de France* , enfuite
le *courier de l'Europe* , enfin les *annales politiques* fe font déchaînés contre lui. Envain
s'en eft-il plaint & au Miniftre des affaires étrangeres & au Garde des fceaux; il n'a pu obtenir
juftice. Ces Miniftres le renvoyoient de l'un à

l'autre. Il cite à cette occafion une lettre curieufe de lui à M. de Miromefnil, en date du 28
mars 1780, & la réponfe très-hétéroclite de
ce chef de la juftice, du 2 Avril.

3°. Tout l'hiftorique de la vifite de M. d'E-
premefnil chez le Sieur le Quefne, ainfi que
leur converfation, font reftitués dans leur exacte
vérité & l'on voit que M. d'Epremefnil s'y eft
conduit avec la parfaite modération que fon
rôle exigeoit ; que le marchand de foie y a
mis tout le refpect, toute la déférence convenable, a donné les plus belles paroles, mais
qu'il n'en a tenu aucune &, fans doute encouragé par les ennemis de M. d'Epremefnil, s'eft
porté à la plainte étrange qu'on lui a fuggérée.

12 *Juillet* 1781. Jufqu'à préfent on avoit
regretté que la caufe de la marquife de Mirabeau, fi curieufe en elle-même & encore plus
par la fingularité du Marquis, d'un auteur philofophe, affectant le Stoïcifme le plus rigide
dans fes ouvrages & vivant avec le plus grand
fcandale, n'eût pas eu de défenfeur en état de
la faire valoir & d'y imprimer tout l'intérêt
qu'elle comporte. Elle en a trouvé enfin un
digne d'elle & le mémoire de Me. de la Male
fe lit avec le plus grand plaifir, même depuis
que la caufe eft jugée. Après avoir réfumé les
faits antérieurs qu'on connoît, qu'il refferre &
préfente fous un jour plus frappant & plus
lumineux, il rapporte ce qui s'eft paffé depuis
l'arrêt du 21 Mai 1777, qui déboutoit la marquife de Mirabeau de la demande en féparation de corps & de biens. En conféquence elle
fe rend à l'hôtel de fon mari ; mais ce même

M v

jour le marquis fouloit aux pieds les loix qu'il avoit implorées ; ce même jour il continuoit le divorse le plus scandaleux , il exécutoit la répudiation la plus injurieuse que jamais femme ait soufferte : d'une main il recevoit l'arrêt , de l'autre il flétrissoit & repoussoit son épouse.

Le 20 mai à deux heures après-minuit, il sollicite une lettre de cachet ; on l'enleve & on la conduit au couvent de St. Michel, avec dé-fense de voir qui que ce soit. La Marquise de Cabris, sa fille, paroît sensible à l'infortune de sa mere ; elle s'attire la haine du Marquis : son exil, la défense d'approcher de Paris, l'inter-diction du Marquis de Cabris, la séparation vio-lente de deux époux arrachés du lit nuptial, en-fin la reclusion irrévocable de la Marquise de Cabris à Sisteron, sont les suites & la récom-pense de ses soins.

Cependant M. de Mirabeau s'empare du peu de bien qui restoit à sa femme &, pour reculer sa prison, il obtient un second ordre pour la transférer au Valdône de Charenton, où l'on enferme les folles. Heureusement son courage & la compassion de la Supérieure empêcherent que la translation n'eût lieu. Alors le Marquis voyant qu'il ne pouvoit éluder de reparoître en justice, eut recours à la ressource des momens difficiles, aux négociations ; mais, au moment même où il intéressoit les Ministres & les pre-miers Magistrats, obstiné dans son despotisme & encouragé dans sa haine, il exerçoit encore l'une & l'autre par des vexations secretes.

Tel est le tableau que l'Avocat de la Mar-quise nous offre de la conduite de l'*Ami des hommes* envers sa femme. Aussi une consultation du 25 Avril 1781 regardoit la féparation comme inévitable.

13 *Juillet* 1781. Tout le monde parle d'une eftampe fatyrique frappée en l'honneur de M. Necker & injurieufe au Comte de Maurepas. On a enlevé divers marchands qui la vendoient, entr'autres un du palais royal.

13 *Juillet*. Extrait d'une lettre de Limoges du 11 juillet. ,, Nous avons ici une troupe de comédiens qui nous jouent des pieces nouvelles. Ils ont donné le 7 & le 8 de ce mois, *il y a Bonne Juftice*, ou *le Payfant magiftrat*, drame en cinq actes, en profe, imité de l'Efpagnol de Calderon, d'après la traduction de M. Linguet. Il eft rempli d'incidens, à la maniere Efpagnole, qui en compliquent beaucoup l'action. Elle eft fouvent frappante : il y a des fcenes plaifantes tout-à-fait : un mélange de gaietés qui y font femées çà & là, & de réflexions philofophiques qui y dominent, rendent la piece non moins intéreffante à la lecture qu'au théâtre.

,, L'exécution n'a point été mauvaife & les acteurs ont montré beaucoup d'intelligence. ``

13 *Juillet*. On prétend que les troubles élevés à Bordeaux dans le fein de la magiftrature à l'occafion de M. Dupaty, ne font pas appaifés & que le Premier préfident eft de nouveau mandé en cour.

14 *Juillet*. Le célebre frere Côme ayant confervé après fa mort toute la férénité que fon vifage offroit à fes amis dans la fociété, fes confreres les Feuillans ont cru devoir céder à l'empreffement de ceux qui ont defiré profiter de cet inftant pour le peindre : ils s'y font

prérés d'autant plus volontiers que cet homme
si cher à l'humanité avoit toujours refufé de
laisser tracer son portrait. M. Note, jeune artifte eftimé, eft parvenu à le rendre fi ressem-
blant, que toutes les perfonnes à portée d'en
juger, lui ont confeillé de le faire graver : ce
que doit exécuter M. Godefroi.

14 *Juillet.* La Faculté de théologie, excitée
par l'exemple de deux Prélats qui ont profcrit
l'édition annoncée des Œuvres de Voltaire, a
arrêté au *primâ menfis* dernier, d'adreffer un
Mémoire à M. le Garde des Sceaux pour lui
témoigner les allarmes des fages maîtres fur l'introduction méditée en France de ces œuvres
de ténebres & de fcandale : le chef de la juftice
leur a répondu qu'ils n'euffent aucune crainte,
que c'étoit affaire de police qui ne les regardoit
pas, & qu'ils euffent feulement à veiller avec
leur zele ordinaire au dépôt de la foi & à la
pureté du dogme. Les fages maîtres ne s'attendoient pas à un pareil perfifiage & en font fort
fcandalifés. Il eft certain que cette réponfe eft
contradictoire à la publicité qu'on a laiffé prendre aux mandemens des Prélats inférés dans
les feuilles périodiques.

14 *Juillet.* Il paroit un arrêt du confeil
d'état du Roi en date du premier juin, portant réglement pour la vente des bibliotheques.
Il renouvelle entr'autres chofes les difpofitions des anciens réglemens & fon objet principal eft de maintenir l'exécution de celles
qui font, y eft-il dit, fi néceffaires pour conferver le bon ordre & réprimer la licence avec
laquelle les livres les plus défendus fe répan-
dent dans le public.

14 *Juillet* 1781. Le pere Vito, Portugais, de l'ordre de Saint Auguftin, plus engoué vraifemblablement de mufique que des devoirs de fon état, venu ici, comme on l'a dit, pour faire exécuter fon *Stabat*, n'y a pas recueilli toute la gloire qu'il efpéroit & après s'être fuccefivement produit au Concert fpirituel & à des concerts particuliers fans fuccès, s'eft déterminé à quitter Paris. Mais avant d'abandonner cette capitale, inftruit des efforts de fes envieux pour lui faire perdre le peu de réputation qu'il a acquife, inftruit que les uns difent qu'il n'eft pas auteur du *Stabat* exécuté fous fon nom, que d'autres lui refufent jufqu'au talent de la compofition, il porte un défi à qui voudra le foutenir. Il invite les compofiteurs françois ou étrangers qui fe trouvent à Paris, de fe rendre lundi 16 de ce mois chez M. l'abbé Rouffier pour faire affaut de compofition: on lui donnera un motif, il le remplira à autant de parties qu'on defirera. Si quelque compofiteur veut entrer en lice, il lui fournira également un motif & l'on publiera leurs productions refpectives.

15 *Juillet*. En 1770 le privilege de la Compagnie des Indes venoit d'être fufpendu. La navigation au-delà du Cap de Bonne Efpérance étoit ouverte au commerce particulier; mais l'obligation d'armer & de défarmer à l'Orient détruifoit cette liberté & tendoit à réunir tout le commerce de l'Inde entre les mains de quelques négocians commiffionnaires, qui par le peu d'étendue & le peu de reffources de nos établiffemens en Afie, devoient n'être bientôt que les facteurs des Anglois. M. Lafond de

Ladebat, négociant de Bordeaux très-eftimé, très-accrédité, honoré de lettres de nobleffe en 1773, follicitoit une liberté entiere, qu'il regardoit comme la bafe de tout commerce utile, & il demandoit que tous les armemens pour l'Inde & leur retour puffent être faits dans tous les ports du royaume. Il penfoit que l'économie particuliere & les fonds confidérables que les armateurs de tous nos ports, & fur-tout de Bordeaux, de Nantes & de Marfeille pourroient employer pour l'Inde, fi leurs opérations étoient libres, donneroient une plus grande activité à ce commerce, ouvriroient de nouvelles fources de trafic, féconderoient même nos manufactures intérieures & convaincroient bientôt le gouvernement de l'avantage qu'il y auroit à multiplier nos comptoirs & à protéger notre navigation dans cette partie du globe.

M. de Ladebat avoit en 1775 développé fes vues dans un mémoire communiqué au maire de l'Orient, qui fit imprimer & le mémoire & fes objections. M. de Ladebat y répondit & fa réponfe eft inférée dans les *Ephémérides du Citoyen* de 1776.

Quoique ce mémoire & fes principes euffent fufcité à l'auteur des ennemis, il avoit obtenu la liberté d'armer & il alloit propofer à Sa Majefté celle des retours lors du changement de l'adminiftration. Dans cet efpoir, il voulut toujours donner l'exemple au commerce de Bordeaux & il fit conftruire le vaiffeau le *Sartine*. Cet armement rempliffoit à plufieurs égards les vues du miniftere, il fe trouva lié aux intérêts de l'état, on y embarqua des fufils, des canons, des boulets, de la poudre à canon,

des munitions de toute efpece : ce qui n'annonçoit pas des projets bien pacifiques ; mais
ce qui plut fur-tout au gouvernement dans ce
projet, ce fut de pouvoir faire paffer dans ce
bâtiment, fans affectation, le Sieur Chevalier
de Saint Lubin, qui l'avoit féduit par fes fpé-
culations & fes promeffes. C'eft ce Saint Lubin
dont nous avons parlé plufieurs fois. Son hiftorique fe trouve tout au long dans ce mémoire
& n'en eft pas l'épifode le moins curieux.

15 *Juillet* 1781. La réception de M. de Chamfort à l'Académie Françoife, différée depuis très-
long-tems & remife plufieurs fois, eft enfin arrêtée pour le jeudi 19. Comme il a l'honneur
d'être fecrétaire des commandemens de S. A.
Monfeigneur le Prince de Condé, on croit que
ce Prince veut y affifter & l'on s'attend à une
très-brillante chambrée.

16 *Juillet.* Le Sieur de Saint Lubin a été
envoyé par le Gouvernement à la cour des Marattes, dans le vaiffeau *le Sartine*, armé par le
Sieur de Ladebat. Cet Envoyé n'avoit d'autre
pouvoir dans le vaiffeau que celui que pouvoit
lui déférer le refpect dû à fa miffion fecrete,
d'autre droit que celui des égards, & peut-être
celui de fe faire débarquer, & conduire au lieu de
fa miffion avec les honneurs dûs à un Envoyé
de la Cour de France.

Il paroît qu'il a abufé des pouvoirs du Souverain, en s'arrogeant une autorité abfolue fur
l'équipage, en s'oppofant, par des vues perfonnelles, à la vente de la cargaifon à Man-
galor, & à ce qu'il fût fait une nouvelle cargaifon de marchandifes propres au commerce

de la Chine : il paroît enfin que le vaisseau a été pris à Pondichery & la cargaison perdue.

Fondé sur ce que le Gouvernement est responsable de ses mandataires, lorsqu'en vertu de leurs pouvoirs ils attentent aux propriétés particulieres, le Sr. de Ladebat s'est pourvu devant le Roi & a supplié Sa Majesté d'ordonner qu'il fût payé du prix de son vaisseau, indemnifé de la perte de sa cargaison, & dédommagé des bénéfices qu'il a manqué de faire dans cette entreprise.

Pour faire droit sur cette instance, le Roi a établi une Commission particuliere, qui a déjà statué sur une partie de ses demandes, mais non sur toutes : d'ailleurs, M. de Ladebat a obtenu un Arrêt de surséance & suspendu ses payemens. Cet état affligeant pour un homme d'honneur le met dans le cas de faire tous ses efforts pour en sortir : en conséquence il a proposé trois questions aux Jurisconsultes.

1°. Si indépendamment de l'indemnité qui lui a été adjugée pour la perte du vaisseau *le Sartine*, il a le droit d'en réclamer une nouvelle pour raison des événemens du voyage, & comment elle doit être fixée ?

2°. Si le jugement qui a eu lieu peut suppléer en quelque sorte au supplément d'indemnité qu'il demande ?

3°. S'il doit continuer à former ses demandes à la Commission qu'il a plu au Roi de lui accorder ?

Par une nouvelle Consultation du 2 Juillet, d'Avocats au Conseil, il est décidé que c'est à la même Commission que le plaignant doit avoir recours, & l'on ne doute que les Magis.

trats qui la compofent, n'aient égard aux objets importans qui fondent fa nouvelle réclamation, d'autant que l'intérêt politique exige qu'on encourage ceux qui, comme le Sieur Ladebat, entreprennent le commerce des Indes & qu'on excite également les négocians à fe confier entiérement dans la juftice du Gouvernement, lorfque leurs fecours & leur entremife deviennent néceffaires pour des opérations fecretes.

16 *Juillet* 1781. M. Joly de Fleury, le nouveau Miniftre des finances, c'eft un peut barbouillé avec le Parlement: indépendamment du projet qu'on lui a reconnu de fe mettre à la tête de la Magiftrature, en fe faifant donner les Sceaux & même en obtenant de M. de Maupeou fa démiffion, on a fu qu'il vouloit faire premier Préfident fon frere le Préfident à mortier : ce qui ne pourroit avoir lieu qu'au préjudice de fes anciens, M. d'Ormeffon, M. de Lamoignon, &c. qui ont des prétentions encore mieux fondées ; enforte que tout le grand banc eft furieux & difpofé à le chicanner fur les opérations qu'il voudroit tenter.

16 *Juillet*. M. Saboureux de la Bonneterie, profeffeur en droit, vient de mourir. C'étoit lui qui, lors de la diffolution de la Société, avoit traduit les Conftitutions des Jéfuites par ordre de M. le Dauphin. Ce travail lui avoit procuré la confiance du Prince, qui l'avoit appellé à la cour auprès de fa perfonne ; mais cette lueur de faveur s'éclipfa à la mort de M. le Dauphin furvenue peu après.

17 *Juillet*. On fe rappelle que lorfque Rouffeau de Geneve rentra dans le Royaume après le décret laneé contre lui par le Parlement, il

affecta de renoncer aux livres & à la Littérature & de se livrer uniquement à la Botanique ;
il alla herborisant par toute la France & se retira
sur - tout en Dauphiné, où il prit le nom de
Renou. Madame la Présidente de Verna, de
Grenoble, sachant qu'il avoit établi son séjour
dans la province, lui écrivit pour l'inviter à
prendre un gîte dans son château ; il lui répondit & cette piece orignale, restée manuscrite
entre les mains de Madame la Marquise de Ruf-
fieux, fille de la Présidente, ayant échappé
aux Editeurs des Oeuvres de ce grand homme,
mérite d'étre consignée ici.

„ Laissons à part, Madame, je vous supplie,
les livres & leurs auteurs. Je suis si sensible à
votre obligeante invitation, que si ma santé
me permettoit de faire en cette saison des
voyages de plaisir, j'en ferois un bien volontiers pour aller vous remercier. Ce que vous
avez la bonté de me dire, Madame, des
étangs & des montagnes de votre contrée,
ajouteroit à mon empressement, mais n'en
feroit pas la premiere cause. On dit que la
Grotte de la Balme est de vos côtés, c'est
encore un objet de promenade & même d'ha-
bitation, si je pouvois m'en pratiquer une dont
les fourbes & les chauves-souris n'approchas-
sent pas. A l'égard de l'étude des plantes,
permettez, Madame, que je la fasse en Natu-
raliste & non pas en Apothicaire : car, outre que
je n'ai qu'une foi très-médiocre à la médecine,
je connois l'organisation des plantes sur la foi
de la nature qui ne ment point, & je ne
connois leurs vertus médicinales que sur la foi
des hommes qui son menteurs. Je ne suis pas

d'humeur à les croire] fur leur parole, ni à portée de la vérifier. Ainfi, quant à moi, j'aime cent fois mieux voir dans l'émail des prés des guirlandes pour les bergeres, que des herbes pour les lavemens. Puiffé-je, Madame, auffitôt que le printems ramenera la verdure, aller faire dans vos cantons des herborifations, qui ne pourront qu'être abondantes & brillantes, fi je juge par les fleurs que répand votre plume, de celles qui doivent naître autour de vous. Agréez, Madame, & faites agréer à M. le Préfident, je vous fupplie, les affurances de tout mon refpect. "

(Signé) R E N O U.

17 *Juillet* 1781. Hier, en conféquence de l'in-vitation du pere Vito, il s'eft trouvé chez M. l'abbé Rouffier plufieurs auteurs & amateurs de mufique. Un profeffeur François a donné au Pere Vito un fujet de baffe, pour y ajouter un deffus, une haute-contre & une taille. Le religieux l'a fait en dix minutes. Ce quatuor a été exécuté par Meffieurs Vandermonde de l'Académie des Sciences, Benault, de Lau-nay & le pere Vito. Tous les auditeurs l'ont redemandé à plufieurs reprifes.

Enfuite le pere Vito a fourni un fujet au même Profeffeur, qui après un quart d'heure y a renoncé. Le moine Portugais, quoique fachant très-peu la langue Françoife, a difcuté les principes de l'harmonie & de la compofition d'une maniere très-fatisfaifante pour les audi-teurs; enforte qu'on ne peut plus douter des connoiffances de l'étranger en mufique, ainfi

que de fes talens : il eft auffi profond dans la
théorie que dans la pratique.

17 *Juillet* 1781. M. le Marquis de Courtan-
vaux, le Tellier en fon nom, étoit non-feulement un protecteur des fciences, non-feulement un amateur, mais un favant lui-même :
il avoit établi à Colombe un riche laboratoire ;
il y avoit auffi un obfervatoire, qui bientôt fut
rempli des meilleurs inftrumens d'aftronomie en
Europe : il y appella les plus fameux chymiftes,
les plus grands aftronomes, des favans & des
artiftes de tout genre. Il avoit auffi des machi-
nes très-curieufes. M. Rouelle le jeune avoit
été fon maître en chymie & étoit devenu fon
ami, ainfi que M. Camus qui lui enfeigna la
géométrie, M. Jeaurat la gnomonique, Meffieurs
Pingré & Meffier l'aftronomie. Honoraire de
l'académie des Sciences, il en auroit pu être
membre comme fimple particulier.

Cette compagnie defiroit avoir une frégate à
fes ordres, afin d'éprouver les montres marines
de M. Julien le Roi : M. le Marquis de Courtan-
vaux, avec l'agrément du Roi, fit conftruire
la Corvette l'*Aurore* : il l'équipe ; il prend à
bord l'inventeur des montres, couronné depuis
peu par l'Académie ; Meffieurs Pingré, Meffier,
Dufalut : il entreprend le voyage lui-même,
& cette hardieffe lui fit infiniment d'honneur.

18 *Juillet*. On fait que tous les fujets
de l'opéra ont reçu défenfes de fortir de Paris,
fans congé, le Gouvernement, comme on a
dit, ayant déclaré qu'il leur continueroit leurs
appointemens, même pendant qu'ils ne joue-
roient pas. C'eft à ce fujet qu'a été compofé
par un plaifant le quatrain fuivant :

Paffe que les acteurs ne puiffent s'abfenter !
On peut avoir foudain befoin de leurs fervices.
  Mais que deviendront les actrices ?
  On leur défend de s'écarter !

18 *Juillet* 1781. Le Sr. Pallebot a joué différens
rôles , travefti fucceffivement fous le nom de
Winfeow , de Maffey , de Chevalier de Saint
Lubin. Sa famille , qui apprit de bonne heure
à le connoître , le fit paffer à l'Ifle de France ,
où il fut garçon chirurgien. Les détails de fa vie
dans cette isle ne lui fairoient pas d'honneur ,
non plus que les moyens qu'il employa pour
aller à Pondichery ; fes voyages au Bengale , fa
conduite avec le fieur Brayer , Ingénieur de
Calcuta ; avec M. Ziegenbalg , Gouverneur de
Sirampour , Etabliffement Danois ; avec M.
Taillefer , Gouverneur de Sinchurat , Comptoir
Hollandois ; fon retour en Europe ; les fervices
qu'il prétendit avoir rendus à la Compagnie des
Indes , pour obtenir d'elle des appointemens ;
fon voyage en Portugal , fon féjour à Lisbonne ;
fa fuite de Livourne , où M. le Duc de Chartres
avoit eu la bonté de l'accueillir ; fon paffage
en Chypre , à Bagdad , à Baffora , d'où il alla
dans l'Inde.
  Il parut en 1776 chez Hyder-Aly-Kan , décoré d'un croix. M. Mayftre de la Tour étoit
alors à la tête des François qui fervoient dans
l'armée de ce Prince. Le fieur de St. Lubin lui
ayant été annoncé comme officier fupérieur ,
par le fieur Houffé , Chef de la Loge de Ca-
licut , il s'empreffa de recevoir cet avanturier ,
avec tous les égards dûs au rang qu'il fe donnoit. Il le préfenta au Nabab , auquel le fieur

de Saint Lubin fit préfent d'une tabatiere qui avoit appartenu au Duc de Chaulnes.

Ingrat envers fon bienfaiteur, il obligea M. Mayftre de lui ôter le commandement qu'il avoit, & il fut réduit à exercer la chirurgie dans le camp. De nouvelles perfidies le firent arrêter, il fe fauva & fe rendit à Madras. Il fe préfenta chez les Anglois avec des projets de conquête fur Hyder-Aly : ils réuffirent d'abord, mais le courage d'Hyder-Aly le tira de ce mauvais pas & il força les Anglois à faire la paix en 1768. Le fieur de St. Lubin avoit obtenu, à Madras, la place de Commiffaire départi pour débaucher des foldats François, Danois, Hollandois, Indiens & les réunir aux forces Angloifes. Il étoit alors, ou fe difoit tout Anglois ; il écrivoit : ,, je fuis Anglois en dépit du hafard de la naiffance, car je me pique d'être homme : demandez à Martin combien de fois, dans le camp d'Hyder Aly, il m'a appellé Anglois, enthoufiafte des Anglois : j'en fais gloire, & me la ferai toute la vie. "

Son objet étoit uniquement de faire une grande fortune pour revenir dans fa patrie : ayant réuffi, il ofa s'embarquer pour l'Europe. Le vaiffeau qui le portoit, toucha à l'Isle de Bourbon. Le fieur de St. Lubin y débarqua, fous prétexte qu'il étoit mécontent du Capitaine. Sa conduite dans cette colonie & des dénonciations très-graves de fa conduite paffée déterminerent à le faire arrêter. On l'envoya prifonnier fur le vaiffeau l'*Indien*. En arrivant en France, il fut transféré à la Baftille. Cette détention tourna à fon avantage ; fon procès ne fut point inftruit par le défaut de témoins

& par le crédit de fes protecteurs fur ceux qui auroient pu parler ; il obtint fa liberté. Son efprit & fon argent lui procurerent des prôneurs. Il gagna la confiance de quelques perfonnes en place, il s'introduifit dans les Bureaux de la marine ; il fut chargé de quelques parties dans le département de l'Inde, & par ce moyen il eut fous fes yeux la plupart des papiers des Bureaux fur le commerce & la politique de l'Afie. Tous les Mémoires adreffés à l'adminiftration en 1774 & 1775, lui furent remis, fur lefquels il en compofoit de très-féduifans qui en impofoient aux Miniftres : pour voiler la fource où il puifoit, il répandoit adroitement le fiel de la calomnie fur la conduite des officiers refpectables dont il s'approprioit les projets. On remarqua que dans le même tems la Cour de Londres étoit parfaitement informée des dépêches de nos Gouverneurs dans l'Inde. Tout s'applaniffoit par le génie facile du fieur de St. Lubin : il donna des plans d'alliance & de commerce avec les différens peuples de l'Indoftan ; il fuppofa qu'il entretenoit des liaifons avec leurs Chefs ; qu'il en connoiffoit à fond & le caractere & la politique : c'eft ainfi qu'il trompa l'adminiftration, & qu'il obtint d'elle le titre d'Envoyé Plénipotentiaire dans l'Inde, & qu'il dévoila le 11 octobre 1776 fur le *Sartine*, en uniforme, ayant le Cordon rouge & l'Ordre du Chrift ; il étoit ordonné de par le Roi, en vertu des pouvoirs & des ordres que S. M. lui avoit confiés ; il étoit ordonné à tous François, Capitaines, Subrecargues & autres qui toucheroient à la côte de Malabar, de ne s'expédier qu'avec fon agrément & d'être foumis à ses ordres. Il lut ensuite les pleins-pouvoirs qu'il avoit de créer des Consuls, des Agens, des Députés de Commerce, des Capitaines de Port & demanda un salut de 21 coups de canon pour les ordres de S. M. & un second salut du même nombre de coups pour lui, comme Ministre Plénipotentiaire.... Depuis il s'arrogea toute autorité sur le Capitaine & le vaisseau, & par ses mauvaises dispositions est regardé par M. de Ladebat, comme l'auteur des accidens du vaisseau & de ses pertes. Cependant revenu en France, suivant le rapport de sa mission politique, cet aventurier se vante d'avoir allumé la guerre dans l'Indostan, où il prétend que c'est son génie qui a tout fait; que c'est son impulsion qui a tout produit, & que les victoires d'Hyder-Aly & des Marattes sont son ouvrage. Il s'est assis, dit-il lui-même, au Conseil des Marattes, &, sous le nom de Sahnees-Panas, ou Prince des loix, il a uni pour jamais cet Empire aux intérêts de la France. Cela n'a pas empêché qu'il n'ait été mis à la Bastille à son retour & il faut voir comment il en sortira.

18 *Juilleé* 1781. M. l'abbé Raynal avoit une pension de 1200 livres sur le *Mercure*; son décret & son évasion le privent de cette faveur. Le Ministre de Paris a offert à M. Garat de lui transporter cette pension; mais il a répondu qu'il ne savoit point s'enrichir des dépouilles des vivans.

18 *Juillet*. La foire Saint-Laurent que M. le Lieutenant général de Police a fait rouvrir & qu'il a à cœur de remettre dans l'état brillant où elle étoit autrefois, malgré la beauté
de

de fon local, attiroit encore peu de monde.
Cette année on a imagié une *Redoute Chinoife*, efpece de Colizée, de Wauxhall, fous
des formes bizarres & nouvelles. Il n'en faut
pas tant dans ce pays-ci de mode & de frivo-
lité. Ce lieu ne defemplit point & non-feulement les filles y abondent, mais les femmes
de qualité & toute la cour. Dernierement M.
l'abbé Arnaud y étoit. C'eſt un Académicien
quolibetier, grivois, ordurier, qui, fans faire
des vers, fe permet quelquefois des épigrammes
dures, mais falées : voici l'impromptu qu'on
lui attribue au fujet de la Redoute:

La voilà donc cette Redoute
Qu'à bon droit tout fage redoute,
Charmant & funefte réduit
Où, pour peu que l'on rime en oute,
Infailliblement il en coûte,
Et le plus fouvent il en cuit!

19 *Juillet* 1781. On parle beaucoup du rétabliffement des Receveurs généraux des finances en tout ou en partie ; on ne dit pas préci-
fément encore fur quel pied il s'effectuera,
mais il paroît conftant que M. de Fleury s'occupe de cette befogne, & tous les intéreffés
ont tous les plus grandes efpérances.

Si le nouveau Miniſtre des finances commence
une fois à attaquer quelque partie du plan de
fon predéceffeur, on ne doute pas que tout
l'édifice ne s'écroule, & que fes innovations
n'éprouvent le fort de celles de M. Turgot,
dont il ne refte plus de veftiges.

19 *Juillet*. La réception de M. de Chamfort
a en effet eu lieu aujourd'hui, & le Prince de

Condé, ainſi que Mademoiſelle de Condé, l'ont honoré de leur préſence. Le diſcours du récipiendaire a été mortellement long : il a duré une heure & n'a cependant roulé que ſur deux points : *la Chevalerie Françoiſe*, principal objet des travaux de M. de Ste. Palaye, l'académicien auquel il ſuccéde ; & *l'amitié rare qui ſubſiſtoit entre le défunt & un frere jumeau qu'il avoit*, mort peut de tems avant lui. On trouve dans tout cela un mélange de philoſophie, d'eſprit, de gaieté, de ſentiement, qui n'a pas produit tout l'effet attendu, à raiſon de cette longueur inſoutenable & du ton langoureux & affaiſé du lecteur.

M. Séguier ſe trouvant élu Directeur par le ſort, a répondu & a encore tenu une demiheure ſur le même ſujet ; ce qui a mis le comble à la ſatiété du public.

M. d'Alembert, qui ſaiſit toujours l'à-propos, a lu une notice ſur le Comte de Clermont, ancien membre de cette compagnie ; ce qui amenoit naturellement l'éloge du Prince de Condé, ſon neveu, & S. A. déjà fatiguée de l'encens que lui avoient offert tour-à-tour le Récipiendaire & le Directeur, a dû reſpirer encore celui du Secrétaire ; ce qui a paru lui repugner fort.

Du reſte, la notice ſur le Comte de Clermont étoit aſſez curieuſe par des anecdotes ignorées du public concernant l'admiſſion de ce Prince à l'académie & les relations qu'il a eues avec elle. Elle n'embraſſe uniquement que cette Partie de ſa vie. Ce qu'on a remarqué dans cet article, ce ſont quelques vérités que le philoſophe a eu le courage de dire & en même tems cette trifteffe continue dont il eft affecté en parlant de la Littérature. On ne fait quelle nouvelle affliction il éprouve ; mais il a déclaré que le regne des Lettres paffoit de jour en jour & que bientôt elles auroient plus befoin de confolations que de gloire.

Il a fini par la lecture du Programme d'un *Prix extraordinaire & annuel*, propofé par l'Académic Françoife. Ce Prix très bizarre mérite des détails particuliers, qu'on ne peut offrir qu'avec le fecours du Programme.

20 *Juillet* 1781. Extrait d'une Lettre de Montpeiller, du 7 Juillet. ,, Les Adminiftrateurs de l'hôtel-Dieu *St. Eloy* de cette ville, d'après une demande de M. Necker, ont profité de l'occafion pour manifefter les principes, les regles & les détails de leur geftion. Ils ont, en conféquence, rédigé un Mémoire, dans lequel on trouve la plus grande analogie entre Jeurs opérations & les procédés de Madame Necker, une égalité fi parfaite entre le prix des journées de chaque malade de l'une & de l'autre maifon, qu'il femble que les fondemens du nouvel hofpice de Paris aient été puifés dans le monument antique de la charité de nos peres.

D'après les comptes des dix années de l'hôpital St. Eloy, depuis 1770 jufques en 1779, il réfulte que le prix de chaque journée de malade fe trouve fixé à 16 fols 15 deniers, l'honoraire du médecin compris ; & celle des malades de l'hofpice de Madame Necker, eft de 16 fols 10 deniers ; elle s'éleveroit à 17 fols 2 deniers, fi le médecin qui fait le fervice gratuit, recevoit l'honoraire affecté à celui de notre hôpital.

20 *Juillet* 1781. Extrait d'une lettre de Grenoble du 30 juin. Le relevé général qui a été fait fur les regiftres des paroiffes de tout le Dauphiné pendant l'année 1780, porte qu'il eft né dans cette Province 14007 garçons, 12743 filles; en tout 26750 enfans. Il y eft mort pendant la même année 12666 hommes, 11903 femmes; ce qui donne un total de 24649 perfonnes: enforte que l'excédent des naiffances fur les morts eft de 2101. Il y a eu 6069 mariages.

20 *Juillet*. Extrait d'une lettre de Colonges le 13 Juillet. ,, Le village d'où je vous écris, eft à cinq lieues de Genève & eft mémorable par le fait fuivant. Voltaire paffa ici il y a environ dix ans. Le même jour un habile peintre s'y arrêta. Cet artifte, ce qui eft rare, n'avoit fur lui ni pinceaux ni palette: le génie fupplée à tout. Echauffé par la vue du grand homme qu'il rencontre, avec un charbon il le deffine fur le manteau de la cheminée d'une façon très-reffemblante. Peu de tems après de jeunes étourdis méconnoiffant le patriarche de Ferney, s'égaient fur fa figure grotefque, & alloient la défigurer. Ils portoient déjà leurs mains facrilèges fur cette tête vénérable, lorfque l'hôteffe s'en apperçoit & leur crie: *c'eft Voltaire!* Frappés d'un refpect religieux ils s'arrêtent & l'un d'eux prend la pofte, vole à Genève & ramene un vitrier qui met le portrait à l'abri d'une pareille infulte. Il eft de grandeur naturelle & peut-être le plus reffemblant qu'on ait. On a mis au bas ces quatre vers.

Mon œil le reconnoît, c'eft lui-même, c'eft lui
Qui de la vérité fut le plus ferme appui !
O toi ! qui dans ces lieux viens mettre pied à terre,
Trop heureux, ne pars pas fans contempler Voltaire !

21 *Juillet* 1781. Le même citoyen qui a
donné à l'Académie des Sciences une fomme
de 12000 livres pour des objets d'utilité publique relatifs aux Sciences & aux Arts, a fait
remettre à l'Académie Françoife par une perfonne publique & connue le mémoire fuivant,
en gardant l'anonyme.

„ A Meffieurs de l'Académie Françoife,

„ Meffieurs,

„ Un citoyen qui aime les Lettres, & qui
les croit utiles à l'humanité, défire fonder un
Prix en faveur de l'ouvrage de Littérature dont
il pourra réfulter un plus grand bien pour la
fociété ; fermon, piece de théâtre, roman,
profe, vers, hiftoire, traité de jurifprudence,
réflexions morales, differtation politique, mémoire fur les fciences ou fur les arts, recherches érudites, aucun genre n'eft exclu.

Ce Prix fera obtenu fans être demandé, &
adjugé fans examen ; c'eft-à-dire, qu'il fuffira
que les juges déclarent quel eft, parmi les
livres qui auront paru dans l'année précédente,
& dont ils auront eu connoiffance, celui qui
leur paroît devoir contribuer le plus au bonheur temporel de l'humanité. L'Académie dé-
cidera fi les ouvrages de fes membres doivent
concourir.

Le citoyen qui a conçu cette idée, fupplie
l'Académie d'agréer l'hommage qu'il rend aux

Lettres , & d'être juge du Prix. Une fomme de douze mille livres eft dépofée , pour être employée en une rente viagere fur la tête du Roi ; & du revenu annuel il fera acheté une médaille d'or qui formera le Prix.

Motifs de cette difpofition.

Un géometre méprifoit une piece de théâtre applaudie, parce qu'elle ne prouvoit rien ; ce géometre avoit tort : mais un citoyen aura raifon, fi pour régler l'eftime & l'intérêt que mérite un livre, il demande quel bien en réfulte-t-il ? Je fais aujourd'hui cette queftion , & c'eft à l'Académie qu'il appartient de répondre. On a repréfenté les Lettres & les connoiffances humaines comme un fléau ajouté à tous ceux qui défolent le monde : ainfi fouvent on a calomnié notre Religion, nos Loix, & les Inftitutions les plus fages ; & fi le fort de l'univers avoit changé fuivant nos opinions, l'imprudence de nos vœux auroit augmenté la maffe de nos maux. Les Lettres n'ont pas befoin d'apologie ; mais les hommes qui les cultivent, peuvent , comme le laboureur Romain , mettre leurs prétendus poifons fous les yeux de leurs accufateurs.

On prétend que notre nation eft légere & frivole. Je ne me permets point d'en être le juge ni le cenfeur : mais je vois un peuple oifif déferter les monumens du génie pour courir aux farces du rempart : je vois fe multiplier les éditions de romans médiocrement intéreffans & foiblement écrits : un livre férieux & profond eft eftimé, mais n'eft pas lu. Je vois les auteurs d'ouvrages qui doivent paſſer aux générations ſuivantes, n'être connus, recherchés, fétés dans la ſociété, que pour quelques débauches d'eſprit qui doivent les faire rougir de leurs ſuccès. Auſſi, tandis que la preſſe gémit pour une foule de brochures plaiſantes, épigrammatiques, licencieuſes, il nous manque une Hiſtoire de France complette & liſible, un Corps de Droit Public François, un Recueil d'expériences ſur la nature de notre climat & ſur ſes influences. Nous n'avons point de deſcription du ſol de nos provinces & des richeſſes qu'il renferme ; richeſſes que chaque ſiecle découvre ſucceſſivement, & qui n'ont échappé aux ſiecles précédens, que faute de recherches, &c. Dans ce déſordre, il faut que les chefs de la Littérature diſent à quiconque eſt entré dans cette carriere : *En voilà le but* ; & à la nation : *Voilà, dans la claſſe des gens de Lettres, ceux à qui vous devez le plus.*

Sans doute on objectera que ces vues ſont trop grandes pour une ſi petite diſpoſition ; car jamais on n'épargna un reproche à une action louable : mais vous ne penſerez pas, ainſi vous, Meſſieurs, qui dans toutes choſes, conſiderez le motif & les conſéquences, & qui ſavez qu'un fait peu important peut être l'origine d'un grand bien. Que le foible exemple que je donne ſoit ſuivi ! que tous ceux de mes concitoyens qui jouiſſent d'une fortune ſupérieure à la mienne faſſent un ſacrifice égal au mien ; & les Lettres, les Sciences & les Arts trouveront des ſecours immenſes ! ,,

Cette diſpoſition extrémement bizarre a occaſionné des débats dans le ſein de la compa

N iv

gnie & elle y a apporté des reftrictions dont nous donnerons le réfultat.

22 *Juillet* 1781. Les Italiens ont donné avant-hier la premiere repréfentation d'*Ariane aban-donnée*, mélodrame dans le genre du *Pigma-lion* de Rouffeau.

Théfée forcé par les Athéniens, abandonne *Ariane* dans l'isle de Naxos. Cette jeune Prin-ceffe, inftruite à fon reveil, par fes craintes & par une Nymphe invifible, du depart de fon amant, s'abandonne à toute fa douleur & finit par fe précipiter dans la mer, pour y terminer fa vie. Tel eft le fujet de la piece. Le plan, comme on le voit, en eft fimple & dénué d'ac-tion ; auffi cette nouveauté doit en grande par-tie fon fuccès à la mufique, qui y joue, pour ainfi dire, le premier rôle. Elle a paru d'un bout à l'autre de l'ouvrage, riche, variée, expreffive, & toujours bien affortie aux fen-timens des perfonnages. Madame Verteuil, dans le rôle d'*Ariane*, qui eft très-pénible, a obtenu les applaudiffemens les plus vifs & les mieux mérités. Il eft à défirer que le muficien, M. Benda, enrichiffe de nouveau ce théâtre de fes productions.

22 *Juillet*. Extrait d'une lettre de Bordeaux du 17 juillet. ,, Puifque vous étes curieux de favoir où en eft notre Parlement, c'eft toujours le même défordre. Quoique la Grand'Chambre foit compofée de trente juges environ, ils s'arrangent fi bien qu'ils ne font jamais en nombre compétent pour faire Arrét. C'eft une dérifion. Le Premier Préfident que le Roi dans fa derniere réponfe du mois de février, a chargé fpécialement de faire rendre la juftice avec

exactitude, de veiller fur la compagnie, &
que S. M. a rendu perfonnellement refponfable
des troubles qui y furviendroient, ne manque
pas d'être affidu lui-même & penfe être ainfi
à l'abri de tout reproche. Il eft incroyable que
le Chef de la Magiftrature s'endorme fur l'inaction totale de notre Parlement, qui n'a rien
fait abfolument cette année. "

22 *Juillet* 1781. L'Académie Françoife a reçu
la propofition dont on a parlé, avec toute la
reconnoiffance & l'eftime que mérite le donateur : mais elle n'a pu, relativement à fon inftitution & à fes loix, fe permettre d'accepter
la donation, qu'aux conditions fuivantes.

1°. Que parmi les ouvrages, *utiles au bien
de l'humanité*, qui auront paru dans le courant de chaque année, elle donnera la préférence à celui qu'elle jugera *le mieux fait &
le mieux écrit*. Ce mérite devant procurer à
l'ouvrage un plus grand nombre de Lecteurs,
n'en remplira que mieux l'objet *d'utilité* que
le donateur a principalement en vue.

2°. Que la compagnie ne portera aucun jugement fur les ouvrages qui auront pour objet
des matieres de théologie ou de jurifprudence
locale & contentieufe, ou celles dont s'occupe
l'Académie des Sciences [*], ou enfin les matieres d'adminiftration & de politique, dont la
difcufion ne feroit pas permife par le gouvernement.

[*] Le même Citoyen a donné à l'Académie des
Sciences une pareille fomme de douze mille livres
pour des objets d'utilité publique, relatifs aux Sciences & aux Arts.

3°. Qu'elle ne jugera que des ouvrages écrits en langue françoife, l'auteur pouvant être d'ailleurs ou François ou étranger.

4°. Qu'elle pourra, fuivant que les circonftances lui paroîtront l'exiger, ou remettre le prix, ou le partager entre deux ou plufieurs ouvrages, ou le donner double.

5°. Qu'elle exclura fes membres du concours.

Le donateur ayant approuvé ces conditions, l'Académie a, d'une voix unanime, & de l'aveu du Roi, fon augufte protecteur, accepté la donation propofée.

Elle annonce donc aux gens de lettres, qu'à la fin de décembre 1782 elle adjugera le prix dont il s'agit, à celui qui aura donné au public l'ouvrage *le plus utile*, en fe conformant d'ailleurs aux conditions expofées ci-deffus.

Ce prix fera une médaille d'or, de la valeur de douze cens livres.

Le concours fera ouvert, à commencer du premier janvier de la préfente année 1781.

Toutes perfonnes, excepté les quarante de l'Académie, feront admifes à concourir.

Quand l'Académie aura décerné ce premier Prix, elle en donnera tous les ans un femblable, qui fera annoncé par un femblable programme.

Elle auroit bien defiré de faire connoître le citoyen à qui les lettres & l'humanité font redevables de cette donation; mais il a conftamment perfifté à garder l'anonyme.

22 *Juillet* 1781. Extrait d'un lettre de Lyon du 10 juillet. ,, Le 3 de ce mois j'ai eu un plaifir confidérable à une féance publique de notre Académie où il y avoit environ cinq cens

fpectateurs. Le grand Avocat général Servant, aujourd'hui honoraire du parlement de Grenoble, qui en eft devenu membre, pour fa réception nous a lu un difcours fur les progrès des fciences & des arts, qui embraffoit fpécialement, par conféquent, les éloges des favans & des artiftes. Il y a fait venir auffi ceux des miniftres qui les ont plus favorifés, tels que Sully, Colbert, Fleury, Turgot & Necker. En parlant de ce dernier, il a mis tant d'onction dans les regrets de fa perte, qu'il a fait pleurer tout l'auditoire. "

23 *Juillet* 1781. On efpere que le Sr. de Bafeilhac, neveu du frere Côme & membre du college de chirurgie, continuera à faire ufage du lithotome dont ce Feuillant étoit l'inventeur ; inftrument avec lequel il a rendu de fi grands fervices à l'humanité pour la taille de la pierre pendant fa longue vie, quoique trop courte encore. Il eft mort à 79 ans. Le facheux c'eft que le fieur de Bafeilhac a une fenfibilité rare, capable de faire tort à fa dextérité : au contraire, fon oncle apportoit dans fes opérations un cœur de bronze.

23 *Juillet.* Extrait d'une lettre de Metz du 19 juillet. „ Le 14 de ce mois les trois ordres de cette ville ont agréé le projet de lettres patentes pour l'érection d'un mont de piété; l'on y prêtera fur gages fur le pied de dix pour cent par année, comme cela fe pratique à Paris & en Flandre. "

23 *Juillet.* Extrait d'une lettre de Rouen du 15 juillet. „ Dimanche dernier M. le Prince de Condé & M. le Duc de Bourbon, efcortés par la brigade de Maréchauffée, arriverent vers

N vj

le foir dans cette ville. Ils trouverent hors de la ville les compagnies de la cinquantaine & des arquebufiers rangées en bataille, & furent complimentés à l'entrée par le corps municipal. Ils defcendirent à l'Archevêché, où il y eut grand fouper : enfuite leurs Alteffes fe rendirent à la comédie qui ne commença qu'à dix heures. Une foule immenfe les y attendoit : on admira leur bonté, leur affabilité & fur-tout leur patience d'entendre les plats éloges dont les régala le Sr. d'Herbois, premier acteur de ce fpectacle. C'eft un des grands malheurs de la principauté que d'être ainfi obligé de faire bonne contenance à toutes les fadeurs qu'on vous débite..... "

23 *Juillet* 1781. Extrait d'un lettre de Limoges du 18 juillet. „ Madame la Marquife de Mirabeau, iffue de la très-ancienne maifon de Pierre-Buffiere, premier Baron du Limofin, éloignée depuis plufieurs années de fes terres, par les perfécutions de fon mari, les exils, les emprifonnemens qu'elle a fubis, ayant obtenu fa féparation d'après l'arrêt du 18 mai dernier & la jouiffance de fes biens, eft venue le 9 de ce mois prendre poffeffion de fa terre de Pierre-Buffiere. Tous fes vaffaux fe font empreffés de lui témoigner leur joie de la revoir : les principaux habitans font montés à cheval pour l'attendre fur la route de Touloufe, jufques aux dernieres limites de la juftice. Ceux de Saint Hilaire Bonneval ont été également en grand nombre fous les armes, pour, au fon des inftrumens, la faluer ; ils avoient leurs drapeaux & étoient conduits par plufieurs officiers à cheval, ayant à leur tête

M. Landry du Mafgardeau, qui après une falve lui adreffa des vers très-mauvais & très-plats, fuivant la coutume. La troupe enfuite a efcorté la voiture de Madame la Marquife pendant plus d'un quart de lieue : elle a pris congé après une feconde falve. "

„ A quelque diftance du pont de pierre de Buffiere, étoit poftée une troupe d'infanterie qui s'eft jointe au cortege : le clergé & les Dames attendoient de l'autre côté du pont. M. Dumont, juge de cette jurifdiction, a harangué Madame de Mirabeau avec beaucoup d'éloquence & d'attendriffement fur fes malheurs : cette fcene étoit vraiment pathétique par les larmes de joie qui couloient des yeux de la Marquife. Le foir il y a eu des feux de joie & illumination volontaire dans toute la ville. "

„ Le lendemain Madame de Mirabeau s'eft rendue à fon château d'Aigue-Perfe, ou de nouvelles acclamations l'ont fuivie. "

„ J'ai cru que ces détails vous feroient précieux à raifon de l'*Ami des hommes*, qui doit crever de dépit....... "

24 *Juillet*. Suivant le relevé de la généralité de Limoges, il y a eu en 1780, 26123 naiffances, 6823 mariages, 23071 morts.

24 *Juillet*. Un procès peu important en lui-même a cependant occupé tout Paris ces jours-ci à raifon des acteurs : il s'agiffoit d'une femme de condition qui, logée chez un Magiftrat & ne payant point, avoit été attaquée par les voies ordinaires de la juftice & pour prolonger avoit employé des moyens malhonnêtes & de mauvaife foi, tels que de fouftraire

les meubles faifis, de les mutiler au point de ne pouvoir plus conferver aucune valeur &c. Des gens de la cour s'y font trouvés impliqués comme complices & participans à ces infâmes procédés. Il a été répandu des Mémoires fatyriques propres à amufer le public. Enfin le 18 de ce mois eft intervenu l'Arrêt fuivant :

Enjoint au Chevalier de la Grange & à Bonnier de St. Côme d'être plus circonfpects à l'avenir.

Fait défenfes à la Comteffe de Couftain, au nommé Corbin ci-devant fon cocher & au comte de Lowendal de récidiver.

Condamne toutes les parties adverfes folidairement & par corps à payer au préfident de Chavaudon tout ce qui lui eft dû.

Condamne toutes les parties chacune en 50 livres de dommages & intérêts, applicables, du confentement de M. le préfident de Chavaudon, au pain des prifonniers.

Supprime le mémoire de la Comteffe de Couftain, interdit Monnaye (le procureur dont il eft figné) pendant un mois.

Condamne toutes les parties folidairement aux dépens.

24 *Juillet* 1781. L'abbé d'Efpagnac, Confeiller de grand'chambre & rapporteur de la cour, vient de mourir.

L'abbé de Breteuil vient de mourir aufli. On a eu bien de la peine à déterminer celui-ci, malgré fa robe, à fatisfaire au cérémonial d'ufage : c'eft l'Ambaffadeur de Vienne qui a dû l'exhorter fortement. Quant à l'autre, on prétend qu'il meurt de chagrin, à caufe de la

banqueroute du Sr. Hifs , le beau-pere de fon
neveu. Ces deux eccléfiaftiques laiffent de riohes
dépouilles à partager.

25 *Juillet* 1781. M. l'Abbé d'Efpagnac étoit
Rapporteur de la Cour : M. le Fevre d'Amecour a de grandes prétentions à lui fuccéder
& a eu provifoirement tous les papiers relatifs : les Clercs réclament & prétendent que
cette place doit néceffairement appartenir à
l'un d'eux, attendu que n'étant jamais de
Tournelle, rien ne peut les diftraire des fonctions qu'elle exige. Malgré leurs efforts on
croit que M. d'Amecour, intriguant très actif,
fort accrédité, lié avec beaucoup de grands
Seigneurs, l'emportera.

25 *Juillet*. De Marfeille le 14 Juillet.
., L'Académie des Belles-Lettres, Sciences & Arts
de cette ville, dans la féance publique du 25
Avril dernier, avoit annoncé que le Prix deftiné à un Mémoire *fur les caufes qui peuvent
diminuer la profondeur des Ports de Marfeille, & fur les moyens d'en prévenir les effets & d'y remédier*, avoit été rémis à l'année
prochaine. Ce prix confiftant en une médaille
d'or de la valeur de 300 livres, a paru trop
modique, & le Commerce que le fujet intéreffe, de l'autorifation du Marquis de Caftries,
Miniftre & Sécrétaire d'Etat au Département
de la Marine, y a joint pareille fomme de 300
livres; ce qui eft peu magnifique pour une
pareille Chambre de Commerce. "

25 *Juillet*. Quoique le Mémoire de Madame de Couftain ne fût' figné que de Me.
Monnaye, fon Procureur interdit pour un mois,
on a fu qu'il étoit de la compofition de Me.

Falconnet, qui, n'étant point fur le tableau ne pouvoit avoir cette faculté ; ce nouvel échec ne contribuera pas à l'y faire mettre & l'on défefpere aujourd'hui de l'y voir jamais infcrit.

26 *Juillet* 1781. Extrait d'une Lettre Mire-court le 1 Juillet. „ Un officier d'artillerie du Régiment de la Fere, du nom de Gaffendi & parent du fameux Philofophe de ce nom , ayant paffé par cette ville , M. François de Neufchâteau, notre Lieutenant général , lui a adreffé la piece de vers fuivante, que je vous envoie dans fa primeur ; elle eft d'ailleurs cour-te & je puis facilement vous la tranfcrire. Il faut préalablement vous obferver , afin d'eclair-cir d'avantage certains paffages, que cette ville a quelque réputation pour la fabrique des bons violons & que nous avons encore les débris d'un temple confacré autrefois à Mercure. "

> J'apprends qu'aujourd'hui la cité
> Qui jadis adoroit Mercure,
> Reçoit dans fon enceinte obfcure
> Un nom depuis longtems cité
> A côté du nom d'Epicure,
> Prétre d'Apollon & de Mars
> Gaffendi, defcendant très digne
> Du célebre Prêtre de Digne,
> Arrive au fein de nos remparts
> (Si pourtant de ce titre infigne,
> Il eft permis que l'on défigne
> Des murs ouverts de toutes parts.)
> Par malheur ce climat fauvage
> Aux enfans du Dieu des beaux arts
> Ne peut offrir aucun hommage.
> Mirecourt a fes violons
> Dont on eftime la cadence ;
> Mais c'eft à la belle Provence

De produire des Appolons
Et de les donner à la France.
Du moins l'écho de nos vallons
Repete le bruit de leur gloire ;
Notre refpect pour leur mémoire
Accroît le peu que nous valons.
Ainfi de la fphere célefte
Jettant les yeux fur l'univers,
Le grand Gaffendi que j'attefte
Recevra bien mes mauvais vers,
Comme on cueille une fleur agrefte
Qu'on trouve au milieu des déferts.

26 *Juillet* 1781. Extrait d'une Lettre d'Auch du 3 Juillet. ,, D'après le relevé de cette Généralité, on voit qu'en 1780 il y a 34216 naiffances, 7895 mariages & 27671 morts. "

56 *Juillet.* Le procès du Sieur le Bel eft à la veille de finir & le rapport eft commencé au Parlement. Il paroît deux mémoires de cet accufé, le premier oftenfible & répandu dans le public : le fecond plus détaillé, contenant l'hiftorique de toutes les friponneries commifes dans l'adminiftration des affaires de la Maifon d'Artois, qui n'a été imprimé qu'en un petit nombre d'exemplaires & pour les juges feulement. Les gens intéreffés à empêcher l'examen & l'approfondiffement de ce myftere d'iniquités avoient déterminé le Comte d'Artois à demander au Roi l'évocation du procès au Confeil ; mais S. M. a refufé.

27 *Juillet* 1781. Extrait d'une Lettre de Rennes du 15 Juillet. ,, Les ennemis de notre Evêque & il en a beaucoup, viennent de répandre dans le public un manufcrit intitulé *Généa-*

logie de la famille Bareau de Girac, 1780, avec les piéces au foutien.

„ Suivant cette généalogie il defcendroit d'un boucher d'Angouléme en 1562 & en feroit arriere-petit-fils.

Curieux de parvenir, il s'eft d'abord attaché au Duc de Choifeul, auquel il rendit beaucoup de fervices en tout genre & furtout dans l'efpionnage : ce Miniftre le fit faire Evéque de Saint Brieux en 1766.

Sa belle-fœur, jolie femme, n'a pas peu contribué à fon élévation. Un jour le Prélat Bareau témoignant à fon confrere M. de Bellefcife, Evéque de Saint Brieux après lui, qu'il n'étoit pas content de fon fort : celui-ci homme franc & plaifant lui répondit : *de quoi vous plaignez-vous? vous avez* 150,000 *livres de rentes, un palais à loger un Roi & une belle-fœur, oh! délicieufe, pour en faire les honneurs?* Cette méme belle Dame a fait faire fon mari Marquis.

„ On ne fait à quelle époque ni pourquoi les Bareau ont pris le nom de Girac.

En 1766 l'Evéque de Saint Brieux devenu membre des Etats, fe rangea du parti du commandant & le fervit chaudement durant toute cette tenue très-orageufe ; on le regarde comme le rédacteur de la fameufe proteftation des 83 gentilshommes.

En 1768 les Etats affemblés extraordinairement en l'abfence du commandant, qui comptoit fur l'Evéque de Saint Brieux dans la ville duquel ils fe tenoient, ce prélat fentant baiffer le crédit du duc d'Aiguillon fon protecteur, l'abandonna & fut un des plus ardens inftiga-

teurs des repréſentations de la nobleſſe, qui
porterent le dernier coup au commandant.

Devenu Evêque de Rennes en 1769 & récom-
penſé ainſi de ſa perfidie, il s'eſt conduit avec
le même eſprit d'aſtuce ſur ce théâtre plus brillant & a varié ſuivant que ſon intérêt l'exigeoit : tantôt zélé partiſan de l'œuvre du
chancelier, & puis affectant le plus pur pa-
triotiſme dans l'affaire de M. Deſgrée, il s'eſt
de nouveau livré à la puiſſance & au crédit ;
il eſt devenu tout Duras. C'eſt ce qui a donné
lieu aux recherches du pamphlet en queſtion,
non-ſeulement ſur ſon origine, mais ſur ſa vie
entiere. On y trouve des anecdotes hiſtoriques
très-curieuſes & accompagnées de preuves qui
en conſtatent la véracité. "

27 *Juillet* 1781. Voici la note que le jeune
Freron offroit de mettre dans une de ſes feuilles
pour correctif à l'endroit du compte rendu
de la piece du *Jaloux ſans amour* de M. Imbert, qui a cauſé tant de ſcandale dans le
tripot comique & excité la vive réclamation
du Sr. Deſeſſarts.

„ Nous apprenons que l'expreſſion de *Ventriloque* dont nous nous ſommes ſervis à l'é-
gard de M. Deſeſſarts l'a mortifié. Notre intention n'a jamais été de l'offenſer ni de lui dire
rien d'injurieux, comme il s'en convaincra aiſé-
ment à l'ouverture du premier dictionnaire. "

Le magiſtrat avoit trouvé l'article bien ; mais
le ſupérieur des comédiens a jugé que ce n'é-
toit pas ſuffiſant, que c'étoit à l'offenſé à dic-
ter les termes de la réparation. Ce à quoi le
journaliſte n'a pas voulu acquieſcer : *interea
patitur juſtus* & les feuilles reſtent ſuſpendues.

Le Sr. Panckoucke intrigue beaucoup pour faire supprimer *l'année littéraire* & l'annexer à son *mercure*. Tout le parti des Encyclopédistes le seconde & il est bien à craindre que cela ne tourne mal pour le pauvre Freron.

27 *Juillet* 1781. Frere Côme, originaire d'une famille nommée de Baseilhac, qui exerçoit la chirurgie, étoit né dans le diocese de Tarbes. Après avoir appris dans la maison paternelle les élémens de son art, il alla se perfectionner à Lyon chez un de ses oncles, d'ou il vint à Paris. Il s'attacha aux meilleurs maitres & aux hôpitaux. Il se lia bientôt avec les chirurgiens les plus célebres de la capitale, MM. Duverney, Petit, Boudon, La Peyronie, Morand, Guerin, Hevin, Gautier, Levret, & il en demeura constamment l'ami. On juge bien de-là que ces hommes célebres ne voulurent entrer pour rien dans les persécutions qu'il éprouva depuis de la part de leur corps.

Il s'attacha à M. l'Abbé de Lorraine, évêque de Bayeux, & fut chargé du soin de l'hôpital de cette ville. A la mort de ce prélat, il entra aux Feuillans & se voua au service des pauvres. Ses succès ne tarderent pas à lui faire une réputation. Il fut recherché des grands & des riches : en voulut lui faire quitter son ordre ; mais il ne se servit de la protection des uns & de l'opulence des autres que pour le soulagement des malheureux. Il forma un hospice, où il entretenoit constamment un nombre de malades : indépendamment des autres opérations chirugicales, il a fait plus de mille tailles. Il opéroit très-bien ; on ne lui a reproché avec justice que de ne pas préparer assez

& de ne pas fuivre le traitement avec tout le foin qu'il exige.

Le frere Côme a foutenu à fes frais pendant nombre d'années l'établiffement dont nous parlons ; non content d'adminiftrer les fecours de fon art , il foulageoit encore pécuniairement les indigens & leur donnoit de quoi retourner commodement dans leur province : auffi à fa mort la porte du cloitre des Feuillans a été trois fois forcée par la foule du peuple venaut pleurer fur fon cercueil.

Il étoit né avec un génie actif & du goût pour les arts. Il les connoiffoit tous : il a beau- coup vécu avec Meffieurs de Reaumur, d'O- fembray, Geoffroy, du Hamel, de Juffieu, de Parcieux , de Fouchy, Winflow.

Il étoit naturellement brufque & dur à l'ex- térieur & cette derniere qualité lui étoit effen- tielle pour opérer , mais au fond très-humain , très-compatiffant. Il feroit difficile qu'un hom- me auffi occupé fût très-religieux , cependant il fuivoit autant qu'il pouvoit les regles de fon ordre & fatisfaifoit de fon mieux à l'extérieur. Quelques gens prétendent qu'il avoit de l'en- jouement , qu'il étoit fort tolérant & qu'il avoit une tournure d'efprit fine & féduifante. Peut- être en effet avoit-il eu ces qualités, qu'on ne conferve gueres au milieu d'occupations pareilles aux fiennes & jufques à l'âge de 79 ans , où il eft mort.

28 *Juillet* 1781. Quoique le rapport de l'af- faire de le Bel foit commencé, ainfi qu'on a dit , le parlement par une faveur infigne, hier 27, a disjoint le procès en ce qui concerne Me. Elie de Beaumont, l'a déchargé des accufa-

tions contre lui intentées à la requête de M.
le Procureur - général , a déclaré Pyron non
recevable dans sa plainte , l'a débouté de sa
demande en 20,000 livres de dommages & intérêts, permet à Me. de Beaumont de faire imprimer & afficher l'arrêt partout où bon lui
semblera , condamne ledit Pyron aux dépens.

Les Conclusions de Messieurs les Gens du
Roi étoient les mêmes que ce dispositif & ont
été données d'une voix unanime au Parquet ,
ainsi que cet Arrêt rendu à l'unanimité des
trente-huit Magistrats formant la séance.

Me. René de Beaumont n'a point obtenu de
dommages & intérêts, parce qu'il n'en a point
exigé, même applicables aux pauvres; il a
regardé son adversaire comme ne méritant point
qu'il s'abaissât à cette demande.

29 *Juillet* 1781. Extrait d'une Lettre de Tre-
voux du 5 Juillet. ,, On compte dans cette Généralité pendant le cours de l'année derniere
1169 , naissances , 266 mariages, & 1211
morts. ,,

30 *Juillet*. Le résultat de la nouvelle
Requête du Sieur le Bel est de prouver que
n'ayant d'autres accusateurs sur tous les délits
mentionnés au procès que les chefs de l'Administration de M. le Comte d'Artois, qui
avoient intérêt de perdre le suppliant pour
l'empêcher de divulguer toutes les déprédations
commises dans l'administration des finances de
ce Prince, déprédations qu'il a été nécessité
de reveler, ils ne peuvent le charger d'imputations qui ne doivent être regardées que comme
des récriminations odieuses de leur part.

L'endroit le plus singulier de cet écrit est

celui où le Sieur le Bel cite une note de créance personnelle à Madame la Comteſſe d'Artois d'une ſomme de plus de 80,000 livres, que le Prince avoit conſenti en 1777 de faire acquitter de ſon tréſor & dont les parties prenantes ſe trouvent toutes ſous des noms ſuppoſés.

On parle, au ſurplus, d'un Mémoire en régle du Sieur le Bel, par Me. Blonde Avocat, dont on a déja dit un mot, où l'on dévoile des iniquités ſi grandes de la part des Chefs de l'Adminiſtration de ſon S. A. Royale, qu'on n'en a donné des exemplaires qu'aux juges.

30 *Juillet* 1781. A l'aſſemblée de l'Académie Royale de Peinture & de Sculpture tenue le 28 de ce mois, le Sieur Philibert Louis de Bucourt, de Paris, a préſenté pluſieurs tableaux dans le genre familier : la compoſition de tous les ſujets a été jugée bien ordonnée & la couleur de cet artiſte aimable & vigoureuſe en même-tems.

Le même jour le Sieur Paul-Joſeph Sauvage, de Tournai en Flandre, a ſoumis au jugement de l'Académie ſes ouvrages choiſis dans le genre de natures mortes, comme bas-reliefs & autres. L'imitation naïve du vrai lui a concilié Meſſieurs.

Ces deux artiſtes ont été admis dans la claſſe des Agréés.

30 *Juillet*. Le Premier Préſident du Parlement de Bordeaux a ordre d'être le 8 du mois prochain à Verſailles & d'y porter avec lui les Regiſtres qui font mention de tout ce qui s'eſt paſſé depuis la réception de M. Dupaty, & il a été auſſi adreſſé à la compagnie ordre de rendre la juſtice.

30 *Juillet*. On eſt revenu au projet de ſalle

provisoire pour l'Opéra & au même local dont
il étoit déja question. Le Sr. le Noir Architecte,
s'est engagé pour une somme de 200,000 livres,
de construire sur ce terrain qui lui appartient,
sur le boulevard près la porte Saint Martin, une
salle complette à quatre rangs de loges, avec
les dimensions qui lui ont été prescrites & de
la livrer entierement terminée de façon que le
spectacle puisse y être donné le 5 Octobre prochain. Pour assurer d'autant plus cet arrangement, il a consenti à ce qu'on appelle un dédit
24,000 liv.

On s'est déterminé à cet arrangement pour
plusieurs raisons. On s'est bientôt apperçu par
la différence des recettes, que les concerts ne
pouvoient suppléer à l'opéra: d'un autre côté,
la plus grande partie des talens qui font le charme de ce spectacle, demande pour l'entretenir
un exercice journalier, & les concerts ne peuvent offrir qu'une foible ressource à cet égard
pour le chant. Le rétablissement de la salle ne
peut être que l'ouvrage de plusieurs années: il
est douteux qu'on eût obtenu l'agrément de
jouer l'opéra sur la salle des Tuilleries, & pour
la mettre en état on ne pouvoit éviter la plus
grande dépense, ni une perte de tems considérable. Il falloit attendre que cette salle fut
libre, il falloit reculer les loges, aggrandir
le théâtre, réparer... L'offre du Sieur le Noir
prévient ces divers inconvéniens; mais son
emplacement en offre d'autres, l'éloignement,
la difficulté pour les gens de pied de sortir en
hiver, ou de se procurer des voitures. ...
Enfin les amateurs preferont encore ces dégoûts
à la douleur de se voir privés de l'opéra pendant
le

le cours entier d'un hiver. Ce projet en outre
ménage la dépenfe, fi, comme on l'affure, les
dimenfions de ce théâtre font prifes de maniere
que toutes les décorations qui y feront adaptées
pourront fervir fur le théâtre de la falle à conftruire. Enfin cette falle ne fera point détruite,
après la conftruction de l'autre, & pourra fervir
au befoin, non-feulement dans des cas comme
celui-ci, & pour les deux autres fpectacles,
mais même offrira des facilités pour des fêtes
publiques.

3 I *Juillet* 178 I. Hier a été jugée l'affaire du
Sieur le Bel, mais non définitivement. Il a
été élargi en état de décret d'ajournement perfonnel, avec un plus amplement informé de
fix mois : il a été prononcé plufieurs décrets,
dont le détail n'eft pas bien connu encore : on
fait feulement que Pyron en a un de prife de
corps & le Sieur Radix de Saint-Foix d'ajournement perfonnel.

3 I *Juillet*. M: le Duc de Chartres a donné
fon défiftement des Lettres patentes qu'il avoit
obtenues pour l'aliénation du terrein du palais
royal & il l'a fait fignifier à tous les propriétaires des maifons oppofans. Cela n'a pu leur donner qu'une joie momentanée : on affure que le
Prince n'en perfifte pas moins dans l'exécution de
fon projet, fans aliénation de terrein, & que
dès demain on commencera à abattre des arbres.

3 I *Juillet*. On revient fur le quatuor du
Pere Vito. Un Sieur Guerin, apprentif éleve en
mufique, fe donnant pour le difciple du Sieur
Goffec, critique ce morceau de compofition,
rempli de plufieurs irrégularités. Son maître
vient à l'appui & en faifant profeffion d'eftime

Tome XVII.   O

pour les talens du Religieux Portugais, dans une Lettre en date du 18 Juillet, inférée au *Journal de Paris*, pulvérife fon quatuor & fubftitue quatre manieres différentes d'en tirer parti.

1 *Août*. Il y a de tems en tems aux petits fpectacles des pieces qui méritent d'étre exceptées de la foule & qui attirent même les connoiffeurs les plus difficiles. De ce nombre font aux Variétés amufantes, *Jerome pointu*, & *le Fou raifonnable* : la premiere fur-tout eft un petit chef-d'œuvre dans fon genre & le Sr. Volange y joue avec une perfection fans exemple : quoique fon rôle foit très-long, puifqu'il refte fur le théâtre depuis le commencement de la feconde fcene jufques à la fin, il eft tellement transformé dans le perfonnage qu'il repréfente, qui eft un Procureur, qu'il ne s'en écarte pas un inftant, & il fe renferme dans les bornes du naturel le plus vrai, fans fe permettre la plus légere caricature. Le Sr. Préville ne pourroit jouer mieux & vraifemblablement joueroit plus mal, en ce qu'il charge & il en eft convenu modeftement lui-même.

1 *Août*. En effet on a commencé aujourd'hui à mettre la coignée dans la rangée d'arbres qui borde le côté des maifons de la rue de Richelieu : ce qui a excité une défolation générale parmi les propriétaires & les amateurs de cette promenade, en ce que ce début confirme le bruit que M. le Duc de Chartres perfifte dans l'exécution de fon projet.

1 *Août*. On ne peut douter aujourd'hui que le *Tableau de Paris* ne foit en effet de M. Mercier. Mais il convient lui-même qu'il n'a

entrepris cet ouvrage que comme une fpécula-
tion pécuniaire & une tâche qui lui avoit été
impofée par fon imprimeur de Neuchâtel. Celui-ci étant venu à Paris fans précaution & fe
trouvant muni vraifemblablement d'une quantité d'exemplaires du livre, a été arrêté, moins
pour l'ouvrage en lui-même que pour avoir fon
aveu de l'auteur; ce à quoi il s'eft refufé généreufement, déclarant qu'il tenoit le manufcrit
d'un *Quidam* qu'il ne connoiffoit pas & qui eft
venu le lui apporter. Le livre ne méritant aucune recherche ultérieure, l'étranger a bientôt
été élargi & eft reparti pour Neuchâtel avec M.
Mercier.

1 *Août. Ifabelle Houfard*, parade en un acte
& en vaudevilles de M. Desfontaines, a été
jouée hier aux Italiens pour la premiere fois
avec un très-médiocre fuccès. Le fujet en eft
très-fimple. *Cœur de Lion* revient de fon Régiment pour époufer *Ifabelle* : celle-ci veut s'affurer de la tendreffe de fon amant; elle fe dé-
guife en houfard, reçoit d'une enchantereffe
une épée avec laquelle on doit néceffairement
vaincre fon ennemi, & fe préfente à *Cœur de
Lion* comme fon rival. Ils mettent l'épée à la
main, & la victoire fe déclare en faveur d'*Ifabelle*, qui récompenfe par le don de fa main
l'amour de fon cher amant.

Il y manque cette gaîté ou plutôt cette folie
continue qui doit faire l'effence de femblables
facéties.

1 *Août.* Extrait d'une Lettre de Riom du 25
Juillet. „ Il y a eu dans cette généralité pendant l'année 1780, naiffances 27445, mariages 6090, morts 21766. „

2 *Août* 1781. Il faut ajouter aux Décrets pron-
noncés lundi dans l'affaire du Sieur le Bel, que
Nogaret a été décrété d'ajournement person-
nel, que les héritiers Baſlard ont été mis hors
de cour ſur la requête préſentée en demande
de réparation d'honneur ; ordonné que les termes injurieux contre le Bel ſeroient rayés dans
cette requête.

2 *Août*. Le Sieur le Noir fait travailler la
nuit à la conſtruction de la ſalle qu'il a entre-
priſe, pour tenir l'engagement qu'il a pris. Il
a obtenu par forme de ſupplément du prix, le
privilege durant dix années, lorſque l'opéra
ſera tranſporté à ſa vraie deſtination, de donner dans cette Salle des fêtes publiques pour
ſon profit particulier.

3 *Août*. C'eſt avant-hier que les fêtes pour
l'arrivée du Comte de Falckenſtein ont eu lieu
au petit Trianon : on ſait que c'eſt la Reine
elle-même qui arrète la liſte de courtiſans admis
au ſpectacle : c'eſt Sa Majeſté qui reçoit à la
porte & fait placer.

On a joué l'*Iphigénie en Tauride* de M. le
Chevalier Gluck, & l'exécution a été parfaite :
il y a eu bal, illumination générale.

3 *Août*. Suivant ce qu'écrit M. l'Abbé
Raynal à un de ſes amis à Paris, entre les diverſes conſolations que dans ſon infortune l'Europe
entiere & les plus grands Potentats ſe ſont em-
preſſés de lui prodiguer, il a ſu diſtinguer celles
de l'amitié & y attacher tout le prix qu'elles
méritent.

Du reſte, il eſt toujours à Spa, où le retient
le Prince Henri de Pruſſe, qui a exigé qu'il y
reſtât auſſi longtems que ſon Alteſſe Royale. Il

eſt heureux & tranquille , parce qu'il n'a aucun remords : s'il n'avoit point encore écrit les grandes vérités qu'il a publiées , il profiteroit du loiſir qu'il a pour les répandre & les conſigner à la poſtérité.

Enfin il eſt toujours incertain de l'aſyle qu'il choiſira entre ceux qu'on lui offre & il paroît qu'il préfere Bruxelles.

3 *Août* 1781 M. de Saint-Foix a été obligé de ſe défaire depuis ſon décret d'ajournement perſonnel de ſa charge de Surintendant des finances, bâtimens, arts , manufactures , jardins & garde-meubles chez M. le Comte d'Artois ; c'eſt un M. de Verdun, neveu du fermier général de ce nom , qui le remplace.

On avoit fait préalablement de nouveaux efforts pour le ſouſtraire à la jurisdiction du Parlement , mais le Roi a perſiſté à dire que le Parlement étoit inſtitué pour juger les fripons & qu'il falloit laiſſer un libre cours à la juſtice.

Ce magnifique Seigneur ſoutient de ſon mieux cette humiliation. Il a fait bâtir à ſa ſuperbe maiſon de Neuilly, une charmante vacherie , pour y loger, avec deux vaches, ſa maîtreſſe Mlle. de Saint Albans, qui ſe meurt de la poitrine & tout le monde va voir ce lieu par curioſité. On ſait que c'eſt un remede imaginé par nos Docteurs modernes pour les poitrinaires , de les faire habiter avec des vaches.

4 *Août.* La piece de *Jérome pointu* , qu paſſe pour être du ſieur Volange, eſt de l'auteur ordinaire de ces petits ſpectacles, ci-devant Abbé Robinot, aujourd'hui M. Robinot de Beaunoir. On veut que l'hiſtrion lui en ait donné l'idée & qu'il n'ait fait que l'exécuter.

Quant au *Fou raifonnable*, on l'attribue affez généralement à M. Cailhava : on ne fait pourquoi il s'en défend ; car elle ne lui auroit pu que faire honneur fur un autre théâtre : quoique moins parfaite dans ce genre, moins gaie que l'autre, il y a cependant plus d'intrigue & plus de vigueur.

5 *Août* 1781. Le fieur le Quefne, toujours zelé pour fon maître Linguet, & attentif à faifir les occafions de travailler à fon élargiffement, a cru que la venue de l'Empereur en France, étoit une circonftance favorable ; en conféquence, après en avoir conferé avec divers partifans & amis du journalifte, il s'eft transporté à Verfailles au moment où l'Empereur y eft arrivé ; malheureufement il n'a pas pu parvenir à voir encore ce Prince, il n'a parlé qu'à fon Ambaffadeur. Il écrit qu'il a eu une lueur d'efpérance ; mais que la cabale eft devenue fi forte contre fes follicitations, qu'il défefpere de réuffir. Cependant il ne défempare pas & ne veut avoir rien à fe reprocher. Il faut conclure au moins de fa démarche, que M. Linguet, dont on n'entendoit plus parler, eft toujours exiftant. Voilà le onzieme mois de fa détention qui court : on fait qu'un homme en place a dit depuis peu, en parlant à un journalifte qui s'étoit mis à dos le Maréchal Duc de Duras : ,, prenez-y garde, vous devriez ,, favoir combien ce Seigneur eft redoutable ,, & implacable dans fes vengeances. " Ce qui induiroit alors à croire que c'eft en effet le Maréchal qui eft la caufe de la détention de l'écrivain des Annales.

5 *Août* M. de Mouville eft un riche par-

ticulier de cette capitale , qui , comblé de tous
les dons de la nature , y a joint tous les talens que l'art lui pouvoit procurer, & pourvu
ainſi de diverſes choſes capables de rendre en
apparence un homme heureux , eſt cependant
le plus ennuyeux mortel de France. Quoi
qu'il en ſoit, il ſupporte ce fardeau & le ſe-
coue autant qu'il peut. Pour ſe diſtraire il a
choiſi une de ſes poſſeſſions , intitulée le *Déſert*.
C'eſt un lieu à l'extrêmité de la forêt de Marly ,
où il a prodigué les merveilles dans le genre des
jardins Anglois Le plus curieux morceau de cette
Thébaïde eſt aujourd'hui ſon château à la Chi-
noiſe , parce qu'il eſt dans un genre neuf, dans
un coſtume unique & parfaitement conforme
au rapport des divers voyageurs qui ont été
ſur les lieux. Les autres parties non moins
agréables ſont ſemblables, du reſte, aux ſurpri-
ſes qu'on trouve partout. Il fait travailler actuellement à deux bâtimens plus originaux & piquans par leur bifarrerie : l'un eſt une maiſon
dans un fût de colonne , l'autre eſt une porte
en rocher.

Le *Déſert* , quoiqu'à ſix lieues de Paris , eſt
devenu aujourd'hui l'objet des promenades des
amateurs ; mais on n'y entre qu'avec un billet
de M. de Mouville , qui ne le refuſe point
aux gens honnêtes. La poſſeſſion eſt de quatre-
vingt-dix arpens , enclos de murailles. La Reine
y eſt allée pluſieurs fois & s'y plaît beaucoup.

6 *Août* 1781. Les comédiens Italiens , de
plus en plus encouragés par l'inaction des François , ne ceſſent de donner des nouveautés
même dans le genre le plus analogue à ceux-ci.

O iv

Ils annoncent pour demain *les Maris corrigés*, comédie en trois actes & en vers.

6 *Août* 1781. Il a percé ici des exemplaires de la *Lettre de M. Linguet*, un de ces écrits qui ont fort chagriné le Parlement de Bordeaux & contre lesquels il avoit commencé une procédure que la Cour a arrêtée.

Cette Lettre roule sur l'affaire de M. Dupaty & rend compte de ce qui s'est passé à son sujet au Parlement de Bordeaux, depuis la séance du Maréchal de Mouchy, comprise jusques à la fin de l'année. Cet historique qui auroit dû remonter à l'origine de l'affaire, est encore très-vague & peu satisfaisante pour ceux qui aiment les faits. On juge, au surplus, qu'il a été écrit par un partisan zelé de M. Dupaty. On y voit que la réjection de cet Avocat général élevé à la Présidence du Parlement, a paru un acte complet d'iniquité réfléchie à MM. Dudon, de la Vie, de la Molere, Dousenge & de Reygnac. Ces noms sont d'autant plus remarquables que plusieurs d'entre ces Messieurs étoient des restans & conséquemment dans des principes très-opposés à ceux de M. Dupaty, renommé pour sa résistance à la révolution : la malheureuse scission actuelle a fait disparoître l'ancienne, & par un mélange monstrueux on voit contre lui les membres les plus patriotiques, entre autres le Premier Président, auquel se sont réunis aussi plusieurs restans.

M. le Président de Virazel est le plus mal accommodé de tous les adversaires de M. Dupaty. C'est lui qui à la rentrée fit le compliment d'ouverture, où l'on ne trouve qu'une fatyre mal-adroite contre les Magiftrats expulfés & leurs partifans, une amplification de rétho-rique remplie de chofes communes, triviales & rédigées indignement.

On peut reprocher à l'auteur de cet écrit d'avoir très-mal choifi fon correfpondant, dont les principes & les intentions n'étoient pas affez purs pour qu'il méritât d'être le défenfeur de M. Dupaty. Son zele aveugle en faveur du Magiftrat le fait auffi aller trop loin & avan-cer des affertions erronnées contre les empiéte-mens des Parlemens, qu'il réduit à la qualité de jugeurs ; ce qui tendroit à la fubverfion de la conftitution. On frémit d'entendre dans fa bouche les horribles blafphêmes de M. de Mau-peau & de fes adhérens.

6 *Août* 1781. Dans le Mémoire du fieur le Bel, Meffieurs de Saint-Foix, Pyron, Nogaret & la Chenaye, Secrétaire du premier, font peints comme des fripons. Ces jours-ci on lifoit le mémoire au caveau ; M. Favier entre, il demande ce que c'eft, on lui répond que c'eft le *Factum* de le Bel, qu'il eft très-piquant : „ oui, s'écrie-t-il, je le connois ; c'eft du „ *Vinaigre des quatre Voleurs.* „

7 *Août.* Extrait d'une Lettre de Montpel-lier du 25 juillet. „ On a compté pendant l'an-née 1780, daus la Généralité de Languedoc, 71590 naiffances, 15836 mariages, & 57397 morts. „

7 *Août.* Le neveu de M. le Comte de Graffe, commandant le *Pandour*, eft arrivé le 2 à l'Orient & dimanche dernier à Verfailles & a porté deux loques avec lui ; c'eft ainfi que les plaifans appellent les pavillons de Tabago : ils

O v

difent encore que c'eft *une prife de Tabac.*
Quoiqu'il en foit, il en réfulte que c'eft à cette
conquête que fe bornent aux Antilles tous les
exploits de ce redoutable marin.

7 *Août* M. le Comte de Thélis, fenfible à
l'empreffement de plufieurs foufcripteurs de fon
école nationale, qui ont paru défirer que le
détachement d'élcves amenés dans cette capitale, s'y fixât pour achever le chemin de Verfailles, en a retardé le départ, & le retardera
auffi longtems que les fonds des foufcripteurs
le permettront.

Ces éleves doivent en outre s'occuper à ferrer
une partie des nouveaux boulevards dans toute
fa longueur, pour diminuer la pouffiere & rendre cette promenade plus agréable. Si cet effai
réuffit, M. le Comte de Thélis fe flatte que,
frappés de l'utilité de l'inftitution, les bons citoyens s'efforceront de la foutenir en verfant
dans la caiffe des fecours abondans.

Ces éleves travaillent auffi à élargir avec du
gravier, le chemin pavé qui va de l'Ecole Militaire à Vaugirard, lequel n'avoit que douze
pieds de largeur.

Les Gentilshommes font logés à Paris, pour
être plus à portée de leurs maitres : ils ne coû-
teront annuellement à leurs parens que 420 ou
430 livres, tant pour leur nourriture que pour
leur entretien, jufqu'à ce que leurs talens leur
méritent des appointemens; ce qui doit avoir
lieu, dès qu'ils auront affez profité des inftructions pour être en état d'inftruire leurs camarades.

Du refte, ils vont à tour de rôle au camp
pour y joindre le coup-d'œil de la pratique à
la théorie & y remplir un fervice purement mi-

litaire, dont la direction des travaux fait essen-
tiellement partie.

8 *Août* 1781. Arrêt du Conseil d'Etat du 20
juillet dernier, concernant l'administration de
la Généralité de Moulins. Le préambule, où
il est question de l'assemblée tenue le 1er. Mai
1780, & des Lettres patentes du 13 Mars
1781, concernant l'Assemblée provinciale &
l'établissement d'une Commission intermédiaire,
porte : „ & S. M. étant informée que, malgré
les preuves de zele & d'amour pour le bien
public que les membres de ces deux assemblées
ont données jusques à présent, différentes cir-
constances n'ont pas encore permis de déterminer l'exercice de leurs pouvoirs ni la forme
de leurs assemblées ; S. M. a jugé nécessaire de
surseoir à l'exécution de ses Lettres patentes,
concernant l'assemblée provinciale du Bourbonnois, jusqu'après la publication des Réglemens qu'elle se propose de donner à celles du
Berry & de la haute Guyenne : mais comme
S. M. ne veut pas que les habitans de la sus-
dite Province soient privés de l'effet de ses
bontés, elle a bien voulu autoriser la dite assemblée à nommer des Syndics pour assister à l'as-
siette des impositions, avec pouvoir de repré-
senter, tant par rapport à la répartition des
impositions qu'en toute autre matiere, ce qu'ils
estimeront convenable pour l'intérêt général de
la Province, ou celui de leurs Ordres en particulier „ . . . .

8 *Août*. Un M. *de Germival* qui donne
dans tous les travers du siecle & qui a pour
maxime qu'on doit rougir d'aimer sa femme,
tâche, par ses conseils & par son exemple, d'en-

traîner fon beau-frere, jeune homme que la corruption des mœurs n'a pas encore tout-à-fait gâté. *Cloris*, piquée de l'indifférence de fon mari *Germival*, engage fa belle-fœur à feindre, ainfi qu'elle, d'avoir une inclination ; perfuadée que c'eft en excitant la jaloufie qu'on peut rallumer des feux prêts à s'éteindre. Une de leurs amies, qui, dans prefque tout le cours de la piece, paffe pour un homme, feconde leur projet, en jouant auprès d'elles, avec fon mari, le rôle d'amans favorifés. *Germival* & fon difciple, après avoir été longtems intrigués par leurs femmes, furtout dans un Bal mafqué, où elles changent entre elles de domino, pour furprendre leurs fecrets, finiffent par abjurer leurs faux foupçons, leurs faux principes & par fe raccommoder avec elles. Tel eft à peu près le canevas des *Maris corrigés*, qu'une verfification facile, des détails très-agréables & le ton de la bonne compagnie ont fait applaudir. On y a critiqué au fond un manque de clarté dans l'expofition, dans la marche, dans l'imbroglio, peu de liaifons entre certaines fcenes, l'inutilité de quelques-unes pour l'action, un défaut de vraifemblance dans plufieurs incidens ; enfin on a trouvé des longueurs, principalement dans les deux derniers actes.

La piece a été fupérieurement jouée par le Sieur Clairval & Madame Verteuil rempliffant les premiers rôles & les faifant fingulierement valoir.

L'auteur eft M. de la Chaboifiiere, qui, par fon talent & fa modeftie, mérite d'être encouragé.

9 *Août.* Depuis le commencement de ce

mois il vient de s'inftituer à Lille une feuille intitulée , *Annonces , Affiches , Nouvelles & Avis divers de la province de Flandre*, concernant tout ce qui peut l'intéreffer. Elle doit paroître chaque vendredi & aura huit pages in. 4°. Elle a pour épigraphe ce vers d'Ovide : *En ego lætarum , venio tibi nuncia rerum.* Si le profpectus eft bien rempli , elle fera fans contredit plus inftructive , plus amufante & plus gaie que les autres. La premiere du trois août n'a rien de bien piquant encore.

9 *Août.* Extrait d'une lettre de Befançon du 28 juillet. „ On a compté dans cette généralité pendant le cours de l'année derniere 18528 naiffances , 6149 mariages & 19622 morts. “

9 *Août.* Par l'Arrêt du Confeil dont on a parlé , les cinquante-deux députés de l'affemblée provinciale de la généralité de Moulins , nommés le 1 mai 1780 , font autorifés à nommer neuf Syndics & procureurs fondés , favoir trois Eccléfiaftiques Bénéficiers , trois Gentils-hommes & trois dans le nombre des Bourgeois notables , dont trois du Bourbonnois , trois du Nivernois & trois de la Marche.

Dans leurs délibérations les voix feront comptées par ordre & non par tête.

10 *Août.* On a fait avant-hier au foir en préfence de M. le Lieutenant Général de Police , & de Meffieurs les Prévôts des Marchands & Echevins , le premier effai de la *Pompe à feu* établie à Chaillot pour fournir de l'eau dans tous les quartiers de *Paris.* Cette Machine exécutée par M. Perrier , avec l'intelligence fupérieure qu'on lui connoit , & d'ailleurs modelée

fur celle de Londres, a élevé & verfé une très-
grande quantité d'eau, dans les réfervoirs pra-
tiqués fur la hauteur de Caillot, à 110 pieds
du niveau de la riviere. Les Magiftrats & les
fpectateurs ont témoigné une grande fatisfaction de la reuffite. Il eft à defirer qu'un établiffement auffi évidemment utile foit bientôt
porté à toute la perfection dont il eft fufceptible.

10 *Août* 1781. La comédie du *Chirurgien de
Village*, piece nouvelle en un acte & en profe,
exécutée ce foir pour la premiere fois par les
comédiens françois, n'a pu aller jufques à la fin.
Malgré fa brieveté elle a paru fi longue que les
acteurs ont cédé, par refpect, à l'ennui du public, & ne l'ont point achevée : il eft par conféquent inutile d'entrer dans aucune efpece de
détail fur l'intrigue & le dialogue de cette comédie. Elle devoit être fuivie d'un divertiffement qui n'a pas eu lieu. On l'attribue à un M.
Simon, Chirurgien.

10 *Août.* Le Pere Vito ne s'eft pas tenu
pour battu par M. Goffec, & il a inféré aujour-
d'hui dans le *Journal de Paris* une lettre
pour fa défenfe, où il repouffe vivement l'attaque de fon adverfaire. Il n'eft que des gens
très-exercés dans la compofition qui puiffent
juger de cette querelle, fort ennuyeufe pour
tous les autres.

10 *Août.* Depuis la deftruction du Palais
royal, le jardin des Tuilleries qui, malgré fa
beauté, étoit abandonné, reprend fa fplendeur; la foule y abonde & il eft aujourd'hui
le théâtre des fcenes bifarres ou ridicules,
inévitables dans les lieux publics & propres

à amufer un moment, à diftraire de leur ennui les oififs dont cette capitale abonde. Trois
événemens de cette efpece s'y font pafsés dimanche & font encore l'entretien des cercles.

Un jeune homme y a paru dans l'après-
dînée avec un habit, vefte, culotte & bas de
couleur de merde d'oie ; il avoit la bourfe &
les fouliers de la même couleur & étoit pou-
dré d'une poudre femblable : ce qui l'a bientôt fait entourer & obligé les Suiffes de le prier
de fortir.

A cet original a fuccédé une dame fort bien
mife, en Levite & en chapeau, mais tenant
fon chapeau à la main à la maniere des hommes, l'ôtant & le remettant alternativement :
la fingularité du fpectacle a porté le peuple
vers elle & les Suiffes font venus lui faire le
même compliment qu'au jeune homme.

Enfin un troifieme perfonnage ayant rencontré une jeune femme avec un homme en tête
à téte a donné publiquement une paire de foufflets à la premiere ; fcandale plus grave, qui
l'a fait arrêter & conduire au château. Il s'eft
excufé tout haut, prétendant que c'étoit fa
femme qui s'étoit abfentée depuis plufieurs
jours, féduite par ce galant, & qu'il n'avoit pu
fe refufer à cette correction.

11 *Août* 1781. C'eft le Roi lui-même qui a
dit au neveu du Comte de Graffe, lorfqu'il
lui a apporté les drapeaux de Tabago, & s'eft
écrié : ,, *qu'eft-ce que c'eft que ces loques que*
vous m'apportez-là ? " Ce quia rendu fort
fot cet officier, s'attendant à quelque récompenfe. S. M. a témoigné, au contraire, ainfi
le peu de cas qu'elle faifoit d'une pareille con-

quête & fon mécontentement que l'oncle avec
une auffi belle armée navale n'eût rien opéré
de mieux.

11 *Août*. Extrait d'une lettre de St. Quentin du 28 juillet. „ M. le Comte de Falckenf-
tein venant de Bruxelles, accompagné du Général Tercy, a quitté la grande route à deux
lieues de cette ville pour aller voir le canal
fouterrain qui doit joindre la Somme à l'Efcaut.
Il a été reçu à l'entrée de ce canal par M.
d'Agay, Intendant de Picardie, accompagné
de M. Laurent de Lyonne, Directeur des Ca-
naux de Picardie & de Flandre; de M. de la
Gatinerie, Ingénieur de la Marine, & de M.
Rigaud, Phyficien de la Marine.

L'illuftre voyageur defcendu dans le canal
fouterrain, l'a parcouru en bâteau, fur une
longueur de plus de trois cens toifes, jufques
à un morceau exécuté en grand, & dans les
dimenfions que tout le canal doit avoir. M. le
Comte de Falkenftein en arrivant à la galerie
s'eft exprimé fur cet ouvrage en ces termes:
„ je fuis fier d'être homme, en voyant un de
mes pareils imaginer & exécuter un ouvrage
auffi vafte & auffi hardi. Cette idée m'éleve
l'ame. " Pendant deux heures & demie qu'il
a employées à vifiter dans le plus grand détail
cet ouvrage, à faire des queftions & à differter
en connoiffeur, il n'a ceffé d'admirer & a
fait feulement une objection fur quelques retranchemens poffibles des dépenfes, quant à
la magnificence des dimenfions de ce fuperbe
établiffement.

M. le Comte de Falkenftein s'eft fur-tout
étendu avec complaifance fur l'utilité du canal

en tems de paix, comme en tems de guerre, pour le commerce de France & des Pays-bas Autriciens. Il s'éft enfuite rendu fur le Port de Saint Quentin, pour y voir la jonction de l'ancien canal de Picardie avec le canal fou-terrain.

12 *Août* 1781. On voit dans un Eloge de l'Ab-bé de Breteuil, inféré *au Journal de Paris*, nu-mero 8, qu'il eft très-facile de traveftir en hom-mes fupérieurs, les hommes les plus médio-cres. Il eft vrai que les faits cités à l'appui des grandes qualités prodiguées au défunt, ne répondent gueres à l'idée qu'on en voudroit don-ner. Par exemple, on regarde comme une preuve de fa fageffe, d'avoir fait fon teftament avant fa mort. Il eft aifé de juger que l'au-teur de la notice n'étoit pas intéreffé pour peu à fon exécution.

On parle de fa bienfaifance; mais on n'en raconte aucun trait, & l'on fait que, quoi-qu'il eût pour 300, 000 livres de bénéfices, le patrimoine des pauvres, fuivant le vœu des fondateurs & fuivant l'efprit de l'Evangile & les canons de l'Eglife, il leur en donnoit peu & confervoit fes gros revenus à l'avancement & aux prodigalités de fon neveu; on fait que fes maitreffes en avoient auffi une partie, ce qui eft encore moins édifiant dans un prêtre : enfin, l'on fait qu'un de fes cofeigneurs ayant fait un établiffement de charité dans fa pa-roiffe & y ayant confacré 300 livres., il a eu beaucoup de peine à faire contribuer l'abbé de Breteuil, & n'en a jamais pu arracher que 200 livres.

On le donne auffi pour un homme de let-

tres, ou du moins pour très-capable de produire des ouvrages d'esprit, sans la multipli-
cité de ses affaires, & sans une sorte de paresse
aimable, & l'on vante un discours de sa com-
position sur l'affaire de l'Archevêque d'Aix
contre le chapitre de son Eglise Métropoli-
taine; un autre, au sujet de l'établissement
d'un Bureau d'Agence, enfin un Réquisitoire
sur une demande de Don gratuit, pieces d'éloquence obscures que personne ne connoît, &
que même, suivant toute apparence, il n'avoit
pas enfantées.

13 *Aout* 1781. On raconte que M. le Comte
de Falkenstein se trouvant dans l'œil de bœuf
avec beaucoup de courtisans en attendant qu'on
pût entrer chez le Roi & causant avec eux &
sur-tout avec le Marquis de Castries, apperçut
en un coin un seigneur isolé, remarquable par
sa bonne mine; il demande qui c'est? On lui
dit que c'est le Comte d'Estaing, qu'il ne con-
noissoit pas & qu'il n'avoit pas eu occasion de
voir durant son dernier voyage. A l'instant il
quitte le Ministre fort sot pour aller à lui,
pour lui témoigner sa joie de le rencontrer,
mais sa surprise en même-tems qu'un aussi
bon serviteur restât dans l'inaction : il entre
ensuite en conversation plus particuliere & ne
le quitte que lorsque S. M. apprenant que
le Comte de Falkenstein est-là, le fait ap-
peler.

13 *Août*. On vante beaucoup la modestie
de M. de Verdun, le nouveau Surintendant
de la maison de M. le Comte d'Artois. Il a
demandé à ce Prince la permission de conserver la place de Fermier général qu'il a actuel-

lement, pouvant ne pas plaire à fon Alteffe Royale, ou manquer des talens néceffaires pour fes nouvelles fonctions: il a refufé auffi le gouvernement des châteaux de Saint Germain & de Maifons, que follicitoit le Sieur Radix de Sainte-Foix; il a dit que cette dignité étant faite pour des militaires, on fe moqueroit d'un financier qui s'en revétiroit. Tout ce qu'on craint, c'eft que M. de Verdun n'ait pas affez de fineffe & de fermeté pour arrêter les déprédateurs & découvrir toutes leurs rufes.

13 *Août* 17 1. Tous les préparatifs préalables néceffaires étant faits à la falle des Menus, on y doit jouer demain des petits actes. On commence à habituer le public à une augmentation de prix des places; & celles du parterre, autrefois de deux livres huit fols, aujourd'hui font à trois livres, fous prétexte que c'eft un parquet, & qu'on eft affis.

Au refte, c'eft fur-tout pour exercer les fujets de la danfe, pour les empêcher de fe rouiller & les tenir en haleine qu'on s'eft hâté de fubftituer ce fpectacle aux concerts.

14 *Août.* Hier à onze heures du foir a été jugée au Palais une grande affaire qui tenoit tout le public en fufpens & avoit attiré une foule prodigieufe de curieux. C'eft celle de M. de St. Pierre, Marquis de la Rochelle: ce fcélérat, qui avoit fait périr fon pere de chagrin après onze procès qu'il lui avoit fufcités, avoit imaginé une accufation de poifon dans laquelle il avoit enveloppé fa belle-mere & tous fes ennemis principaux, au nombre de fept.

Par l'Arrêt d'hier tous les accufés ont été déchargés de l'accufation & l'accufateur condamné à 20, 000 livres de dommages & intérêts envers M. Dumont, Avocat, à 10,000 livres envers fon cocher, à 6000 livres envers fa belle-mere, à 6000 livres envers la fœur de celle-ci, enfin à 1000 livres envers les Sieurs Mauni, la Thibaudiere & la Morendiere.

Enfuite le Procureur Général ayant rendu plainte en fubornation de témoins & en machination calomnieufe d'une prétendue accufation de poifon, fa plainte a été admife; le Sieur Marquis de la Rochelle a été décrété d'ajournement perfonnel, & la Defchamps, fa maitreffe, de prife de corps. On a été furpris de ne voir ce monftre que décrété d'ajournement perfonnel, & l'on ne doute pas que ce ne foit une tournure prife par les juges pour ménager la famille & donner à l'accufé le tems de s'enfuir.

14 *Août* 1781. Rien de plus miférable que tous les quolibets imaginés par les ennemis du Duc de Chartres pour tourner en ridicule, ou rendre fon projet odieux. Ils difent qu'il a beau faire arracher les arbres de fon jardin, il y reftera toujours le platane; (le plat âne) ils le repréfentent avec un crochet, fouillant dans les ordures & cherchant des loques à terre (des locataires) : mais ce qui eft plus atroce, c'eft une lettre qu'on lui a adreffée, à l'ouverture de laquelle il n'a trouvé que cette phrafe du pfeaume de l'*in Exitu* : *mare vidit & fugit* ....

14 *Août.* Depuis que le *Mont de Piété* s'eft étendu & a fini fon magnifique bâtiment,

ce lieu eft devenu une des curiofités de Paris qu'on va voir. L'ordre avec lequel tous les effets font placés dans les falles , leur immenfité , la foule des détails que ce travail journalier entraîne , étonne le fpectateur. On y compte 40,000 montres , tout le refte en proportion. Mais un coup-d'œil vraiment affligeant, c'eft celui de toutes les guenilles qu'on y trouve en dépôt; preuve douloureufe & irréfiftible de la foule de malheureux dont cette capitale eft remplie. On porte à 15 millions environ l'argent en circulation pour valeur des effets dépofés , qui ne l'étant , l'un portant l'autre , que pour moitié, font un total de trente millions , & l'on frémit en fongeant que fi le feu y prenoit , en peu d'heures ce mobilier énorme fe trouveroit anéanti.

Ce dépôt occupe 60 commis.

15 *Août* 1781. Par un arrêt du 7 de ce mois, le Parlement , Grand'Chambre & Tournelle affemblées , a fupprimé un *mémoire du Comte de Lally Tollendal en réponfe au dernier libelle de M. Duval d'Epremefnil, Confeiller de la première des Enquêtes.*

Quoique ce mémoire foit daté de 1781 , l'avocat-général Séguier , dans fon réquifitoire , obferve que cet écrit ne porte ni le lieu de l'impreffion , ni le nom de l'Imprimeur; qu'il a tous les caracteres de la clandeftinité, & & en cela eft déjà repréhenfible comme contraire aux réglemens de la librairie.

Il remarque enfuite que cet écrit fort tout-à-fait des bornes de la modération, de la décence, du refpect dû aux perfonnes revêtues de quelque caractere. Il eft, fuivant l'orateur , rempli de farcafmes ámers, de plaifanteries indécentes, de méchancetés groffieres, d'injures même les plus graves ; en conféquence il ne peut croire qu'il foit de la perfonne dont il porte le nom.

Il eft fort fingulier que, d'après ce réquifitoire, le parlement n'ait fait que fupprimer ce mémoire ; qu'il n'ait ordonné aucune information pour connoître l'auteur de cette contravention & de cette diffamation publique ; enfin, qu'il n'ait pas au moins ordonné que le Comte de Tollendal feroit tenu d'avouer ou de défavouer ce libelle.

15 *Aout.* O a déjà vu des vers de *Monfieur* fur un éventail. Tout le monde fait que ce Prince aime beaucoup l'étude & les lettres, & qu'il s'occupe d'amufemens ingénieux. C'eft ainfi que tout récemment il a propofé à M. le Marquis de Montefquiou Fezenfac, fon premier Ecuyer, *des bouts rimés* à remplir extrêmement baroques, & ceux qui ont lu les vers affurent que ce Seigneur s'en eft tiré d'une maniere piquante & facile.

16 *Aout* 1781. Extrait d'une lettre d'Alençon du 10 Août. „ Suivant le relevé fait dans cette généralité, en 1780, il y a eu 19506 naiffances 5084 mariages & 18000 morts. "

16 *Aout.* *Bouts rimés à remplir, donnés par* MONSIEUR.

Un accord
Lioit Mars à Venus ; Vulcain au pied   Synallamatique
Voulut faire contre eux valoir fa   Fourchu,
Les Dieux rirent au nez de cet Epoux   Pragmatique ;
                                           Crochu.

Cette hiftoire
Apprend à tout mari fourchu, crochu,   Hiéroglipique
                                           Ventru,

A voir fon horofcope écrit dans	l'Ecliptique :
S'il eft fage, il rit, & n'eft pas moins	Dodu.

Dans la machine	Pneumatique,
Renfermât-il la Belle, il fe verra	Berné ;
S'il n'oppofe à fon fort une ame	Phlegmatique
Mieux vaudroit mille fois pour lui d'être	Mort-né

Les cœurs font tous foumis aux Loix de	L'hydraulique
Iis cherchent leur niveau : maint auteur a	Beuglé
Pour dire le contraire : Orgon	Apopleetique
Met les graces en fuite & juftifie	Eglé.

16 *Aout* 1781. Depuis long-tems on parloit beaucoup d'un mémoire du Comte Dubarry le Roué, le pere de celui qui a époufé la Demoifelle de Tournon, dans lequel il lui reproche une ingratitude caractérifée, en ce que née fans fortune, n'ayant rien apporté en dot, elle avoit abjuré dans fa viduité le nom, les armes & la livrée d'un mari dont elle n'a aucun fujet de fe plaindre ; en ce qu'elle cherchoit à avillir fa mémoire, à méconnoître fes bienfaits, ceux de fon beau-pere & de toute la famille, par lefquels elle a été comblée lors & depuis fon mariage de tous les avantages poffibles ; & afin de rendre plus marquée & plus grave l'injure qu'elle leur a faite, reprendre fon nom de fille.

Ce mémoire, fort rare, jufqu'à préfent, & dont on avoit arrêté la publicité, fans doute dans la crainte de la fermentation qu'il pouvoit occafionner, perce infenfiblement, & l'on en peut parler à préfent en connoiffance de caufe.

Il a pour titre *mémoire à confulter pour le Comte Dubarry Cerès, Seigneur & Gouverneur de la ville de Levignac, contre la Comteffe de Tournon, ci-devant Vicomteffe Dubarry.*

Il eft fuivi d'une confultation en date du 22
Mai 1781 , fignée de trois Jurifconfultes & appuyée fur une confultation délibérée à Touloufe les 11 & 15 février 1781, qui décide
que les grands avantages faits à la Comteffe
de Tournon par fon contrat de mariages font
révocables, & parce qu'elle ne remplit pas la
condition fous laquelle ils lui ont été faits,
& par fon ingratitude en la maniere annoncée
ci-deffus.

17 *Août*. Mademoifelle de Tournon , fille
d'un Gentilhomme du Vivarais , pauvre & ayant
deux autres enfans, fut mariée en 1773 au
Vicomte Dubarry, qui avoit été Page de la
chambre du Roi, Officier au régiment de S.
M. Infanterie, & Cornette des chevaux-légers
de la garde, avec rang de Meftre de Camp de
Cavalerie : on accumula fur elle une infinité de
donations & d'avantages par le contrat que le
Roi & la famille Royale fignerent le 18 Juillet.

Après plufieurs tracafferies domeftiques &
même une féparation, une évafion de la femme, elle revint à fon mari, le rendit pere d'un
garçon , & prit fur lui un tel afcendant qu'il
n'ofoit refufer de fatisfaire à fes goûts difpen-
dieux. En 1778 elle le fit aller à Spa, où ayant
fait connoiffance avec le Comte de Rice, elle
défira voir l'Angleterre.

Ce fut-là qu'arriva le combat au piftolet
entre le Seigneur Anglois & le Vicomte, qui
fut tué. Son pere n'a jamais pu tirer de fa bru
les motifs de fa querelle.

Pendant fon veuvage elle fit acquifition de
deux petits fiefs en friche en Corfe ; elle obtint
des lettres patentes pour les faire ériger en
Comté

Comté de Tournon, & en effet, les 13 & 14 février 1780, elle parut à la cour fous le nom de Comteffe de Tournon, & fe fit annoncer ainfi dans les différentes maifons où elle fut rendre vifite. Six mois auparavant elle avoit fait effacer de fa voiture, dans le tems du plus grand deuil, les armes de fon mari accollées avec les fiennes & y avoit fubftitué un T en chiffre : quant à la livrée, elle ne l'a jamais fait porter à fes domeftiques.

L'odieux de cet éclat fut aggravé par les circonftances les plus férieufes, lorfqu'on demandoit au Sr. Dubarry, fon beau-pere, comme non-noble, le droit de franc-fief. Il prétend, quant à ce dernier point (par parenthèfe) être forti vainqueur de la conteftation le 26 février 1780, où il eft intervenu un jugement de l'Intendant, qui a caffé & annullé la contrainte décernée contre lui.

Quoi qu'il en foit, voilà comment Mlle de Tournon a reconnu des bienfaits dont elle demande à jouir, montant à 747,000 livres.

Envain fe prévaut-elle de l'exemple du troifieme frere Elie, qui fe nomme aujourd'hui Comte d'Hargicourt. Il a dû fe conformer à une donation confidérable dont il ne pouvoit jouir qu'à cette condition. Il eft bien vrai que le Comte Dubarry infinue que c'étoit une tournure prife pour le fouftraire à l'influence des circonftances, où Elie fe trouvoit il y a fix ans ; mais il y a loin, ajoute-t-il, des orages paffagers de 1774 au calme profond de 1780.

En général, ce Mémoire eft mal fait, mal écrit, contient peu d'anecdotes & ne fatisfait pas la curiofité du lecteur.

Tome XVII. P

17 *Aout*. La *Réponse du Comte de Lally de Tolendal*, que l'Arrêt du Parlement a fait connoître, n'en est que plus recherchée. Elle est datée du 3 juin 1781 & a pour objet surtout un *Mémoire contenant Déclarations de son adverfaire*, qui lui a été fignifié par huiffier. Ces déclarations, au nombre de trois, font 1°. que le Comte de Lally de Tolendal n'a rien fait fignifier à M. d'Epremefnil de ce qu'il a fait imprimer, quoique le dernier fe foit conduit tout différemment.

2°. Qu'il n'a ni vu ni lu la Requête de fon adverfaire, qu'il ne la connoît pas ; mais qu'il ne doute pas que les imputations n'en foient calomnieufes, telles qu'elles foient.

3°. Qu'il pardonne ces calomnies à M. de Lally, s'il parvient à réfuter un des raifonnemens de fon intervention réduite.

Toute cette guerre de plume ne contenant gueres que des injures, où il n'y a ni faits, ni anecdotes, commence à devenir faftidieufe.

Ce qu'on voit de plus fatisfaifant dans cet écrit, où M. d'Epremefnil eft tourné dans le plus parfait ridicule & traité comme un poliffon, comme un pendart, c'eft que M. de Lally va enfin entrer en lice au Parlement de Dijon, & après des obftacles qu'il a fallu lever, y pourfuivre rigoureufement & infatigablement la juftification de fon pere.

17 *Aout* 1781. M. le Premier Préfident du Parlement de Bordeaux, après avoir été quelque tems à la fuite de la Cour, eft exilé à Meaux ; il n'a pu obtenir de l'érre à Virlade, fa terre. Le Maréchal Duc de Richelieu, qui ne peut le fouffrir, en eft enchanté ; il difoit

ors de fon dernier mandat : ,, Le Roi a pris
n fi grand amour pour le chef de la Magif-
rature Bordeloife, qu'il ne peut être fix mois
ans le voir.

Cette punition eft la fuite de l'entêtement
le ce Premier Préfident dans l'affaire de M.
Jupaty & l'on parle de Lettres de juffion en-
oyées au Parlement pour qu'il ait à rendre la
uftice, interrompue depuis cette malheureufe
querelle.

18 *Août.* Les Poëtes Efpagnols ont déjà cé-
ébré le Duc de Crillon, & voici une piece
que M. de Sancy nous a traduite dans le *Jour-*
nal de Paris.

Quel eft donc ce guerrier plein de feu, de courage :
Que l'on voit s'élancer dans les champs du carnage :
C'eft Mars, diroit, fans doute, un enfant d'Apollon,
La vérité m'infpire & me dit, c'eft Crillon ;
Mars aime trop Vénus ; Crillon chérit la Gloire ;
Mars eft fait pour la fable, & Crillon pour l'hiftoire.

18 *Août.* Au Concert Spirituel de famedi
dernier, on a admiré furtout le concerto de
violon de M. Ifabey, jeune débutant qui n'a
pas encore quinze ans, & annonçant une précifion & une fermeté dans les doigts, qu'il eft
très-rare de montrer à fon âge.

18 *Août.* Extrait d'une lettre de Soiffons
du 2 Août. ,, Suivant le relevé de cette généralité. on y a compté en 1780, naiffances
17334, mariages 3955, morts 14691.

18 *Août.* Hier a eu lieu une cérémonie
unique : on a fait à Saint André des arts l'i-
nauguration d'un Maufolée élevé dans cette
paroiffe en l'honneur de M. Léger, fon ancien

curé, mort il y a fept ans : elle a été précé-
dée d'un fervice, où ont affifté tous les Curés
de Paris & dix Evéques. M. de Senez a prononcé l'oraifon funebre de ce Pafteur, dont
il avoit été le difciple & le coopérateur.

Cet orateur eft convenu que la matiere étoit
très-ftérile; mais il a eu l'art de la féconder.
Il a divifé fon difcours en trois parties : il a
confidéré M. Léger, 1°. dans les fonctions de
la vie paftorale: 2°. dans la direction des ames:
3°. dans fa vie intérieure.

Le tableau d'une paroiffe & le développement des fonctions d'un Curé ont paru dans
la premiere partie un morceau vraiment oratoire, très-philofophique & d'un genre neuf.

Une anecdote curieufe & ignorée a frappé
dans la feconde. M. de Senez nous a appris
que Louis XV, lors de la diffolution des jéfuites, fe trouvant dans le cas de chercher un
confeffeur, & apportant dans ce choix la fagacité
rare dont il étoit doué lorfqu'il fuivoit fes propres
lumieres, avoit eu envie de nommer à cette
place M. Léger. Il n'a pu dire pourquoi ce
choix n'avoit pas eu fon effet. Il a fu feulement que, pour écarter ce pafteur, on avoit
repréfenté au Monarque qu'il étoit déjà âgé;
à quoi S. M. avoit repliqué: ,, *tans pis ! je
veux trouver dans mon confeffeur un ami,
& il me feroit douloureux d'avoir à m'en
féparer.*

Dans la troifieme partie on a entendu avec
plaifir le prélat donnant des leçons à fes confreres, faifant l'éloge des curés de Paris &
traçant d'un pinceau ferme & terrible les défor-
dres qui regnent dans cette capitale.

Ce difcours, dans le genre tempéré, a eu beaucoup de fuccès ; on y a trouvé une grande fenfibilité, & du refte l'orateur l'a orné de plufieurs épifodes qui, fans être étrangers au fujet, ont paru des reffources que n'auroit pas imaginé un panégyrifte ordinaire. Il a fait un grand éloge de feu Madame la Comteffe de Gifors, une des dévotes affiliées au défunt curé, chez qui avoit été conçu pour la premiere fois, le plan des honneurs funéraires à rendre à M. Léger, du monument à lui élever ; ce qui a amené naturellement ceux du Duc de Nivernois fon pere, du Comte de Maurepas, & plufieurs autres : M. de Senez n'a point perdu l'occafion de faire venir dans ce difcours l'éloge de l'Archevêque de Paris & de vanter fa fermeté & fon zele ; en un mot, fans fortir des bornes que lui prefcrivoit fon héros, il a intéreffé, il a foutenu l'attention de fes auditeurs & les a touchés au point de faire répandre des larmes à plufieurs ; ce qui eft la perfection de l'art.

On n'entroit à ce difcours que par billets.

Le maufolée, encore imparfait, offre le Curé à genoux, que la Religion enleve à la Charité qui le réclame.

19 *Août* 1781. Le Sr. Rouffeau de Touloufe fait un article de nouvelles dans fon Journal Encyclopédique. Il y avoit mis le prononcé de l'Arrêt rendu dans l'affaire du Sr. le Bel : il étoit tout imprimé & alloit paroître ; mais un ordre eft venu de biffer cet article & de fubftituer un carton.

On fait auffi qu'ayant été inftruit qu'on réimprimoit le Mémoire du Sr. le Bel ; M. le Comte d'Artois, à la requifition des officiers de fa maifon, auxquèls il a confiance, a fait donner des ordres pour en retirer les exemplaires; malheureufement il étoit trop tard, la diftribution étoit faite.

Tout cela prouve que le Sr. de Sainte-Foix a encore du crédit & pourroit bien échapper à la vindicte des loix.

19 *Août. L'Edit du Roi de ce mois portant augmentation de deux fols pour livre en fus des droits, établiffement, fuppreffion & modération de différens droits*, a été fort mal accueilli du public: il eft effrayant & par l'énormité de l'impôt en lui-même qu'on affure devoir rendre vingt-à-vingt-cinq millions pour Paris feul & par les fuites incalculables qu'il doit avoir, & par fon obfcurité; par fes contradictions plus redoutables que l'impôt même.

On en trouve le préambule fort dérifoire, hypocrite, & l'on fait très-mauvais gré au parlement de l'avoir enregiftré auffi légerement. La cour des Aides ne l'a pas vu du même œil & à arrêté des remontrances.

Ce qu'il y a de certain, c'eft que, malgré fon enregiftrement, on ne commence pas encore à percevoir l'impôt aux barrieres; & les Corps du commerce qu'il intéreffe ont fait à cet égard des objections difficiles à réfoudre.

Cependant, par un abus qu'on devroit bien arrêter, les marchands ont augmenté leurs denrées, comme fi eux-mêmes y étoient déjà affujettis.

19 *Août.* On peut fe rappeler une affaire d'ufure d'Angoulême très-confidérable,

agitée au Palais il y a quelques années , fous le miniftere de M. Turgot , & arrêtée par l'autorité de ce Miniftre, ne regardant point l'ufure comme un crime & comme une manœuvre vicieufe dans l'Etat & dangereufe à la fociété. Dans cette affaire étoient impliqués plufieurs gens riches & notables d'Angouléme, entr'autres le Sr. Marot , Receveur des tailles de cette ville. Par une fuite de cette affaire, fon fils, pourvu de fon office, a un procès pendant au Parlement. Mr. Goupillot de Villeneuve , fon Avocat adverfe, l'a fort maltraité dans un mémoire. Ce Marot outré, ayant trouvé l'Avocat à la redoute, a prétexté de lui vouloir parler à l'écart, & lui a donné un fouflet ; ce dont a rendu plainte M de Villeneuve, & ce qui fait la matiere d'un procès nouveau qui doit fe plaider inceffamment.

L'offenfé ne plaidera point lui-même fa caufe, & l'on dit que c'eft Me. de Bonnieres qui s'en eft chargé pour lui. Le public, attiré par l'éclat & la nature de l'offenfe, doit fe rendre en foule aux plaidoyers.

20 *Août* 1781. Mlle. Dumefnil, illuftrée à l'Opéra fous le nom de *Cecile*, jeune danfeufe qui, par fes talens & fes graces, en faifoit un des principaux ornemens, vient de mourir en couche. Elle étoit déjà dans la plus grande opulence & avoit pour entreteneur M. de la Ferté, Intendant des Menus, Commiffaire du Roi pour la direction du Théàtre Lyrique. On dit ce financier plongé dans la plus grande douleur.

20 *Août*. Il y a toujours des gens habiles à fuccéder non - feulement aux morts, mais

même aux vivans, lorfqu'ils peuvent le faire avec impunité & fans réclamation. C'eft ainfi qu'on voit à Genéve Mrs. Mallet & Durey de Morfan continuer les Annales de Me. Linguet. Ils fe font flattés fans doute que ce prifonnier ne paroitroit pas de fitôt ; car, malgré les éloges qu'ils lui prodiguent, on ne croit pas qu'il fe vit de bon œil remplacé par ces Meffieurs. Malheureufement, les efforts inutiles qu'a dernierement fait le Sr. le Quefne en fa faveur, en fe jettant aux pieds de l'Empereur, donnent lieu de craindre qu'ils ne jouiffent long-tems de leur ufurpation. Cependant le Sr. le Quefne defavoue cette entreprife au nom de fon maitre, & le nouveau journal de ces Meffieurs n'entre que furtivement en France.

20 Août 1781. Les Italiens donnent aujourd'hui encore une nouveauté ; c'eft une comédie en un acte avec ariettes, intitulé l'*Automate*. Ce titre femble annoncer quelque reffemblance avec l'*Amant Statue* de M. Desfontaines. L'auteur a cru devoir prévenir le public qu'il avoit compofé fon ouvrage en 1774, & qu'il a été reçu en 1779 au mois de février. Le poëte eft un pauvre diable qui a été comédien de province, puis commis, &c. Il fe nomme M. Cuinet d'Orbeil. L'auteur de la mufique eft M. Rigel.

20 Août. Avant-hier l'Académie Royale de Peinture a reçu Académiciens, M. Renou, adjoint Secrétaire, M. Barthelemy & M. van Spaendonck. Le morceau du premier, qui lui a mérité les fuffrages des juges, eft un plafond ovale de douze pieds fur huit, deftiné à décorer la Galerie d'Apollon. Il repréfente

Caftot ou l'Etoile du matin & fait pendant au Morphée peint par Charles le Brun dans la même galerie.

Pour fe conformer à fon pendant, le peintre s'eft impofé la loi de compofer fon plafond d'une feule figure & par conféquent de prendre une proportion coloffale. On a trouvé la compofition bien entendue, & l'on y a remarqué un bon parti d'effet & de couleur.

Le fujet traité par le fecond, auffi Peintre d'hiftoire, eft Apollon, qui, après avoir lavé le fang dont le corps de Sarpedon étoit tout défiguré, & l'avoir parfumé d'ambroifie, ordonne au fommeil & à la Mort de le porter promptement en Licie, où fes amis lui firent de magnifiques funérailles. Ce tableau, compofé avec grace, d'une touche ferme & d'une couleur aimable, a été agréé avec beaucoup d'éloges.

A l'égard du troifieme, un vafe de marbre, rempli de fleurs & de fruits d'une fraîcheur de ton, d'une vérité & d'un foin extrême, a fait prononcer par Meffieurs unanimement qu'il étoit le rival de Vam Heufum. Ce nouvel Académicien eft déjà décoré du titre de deffinateur & peintre du Cabinet du Roi pour les fleurs.

21 *Août.* Il paroît conftant que M. Amelot a écrit à M. le Duc de Chartres, qu'il pouvoit difpofer à fa volonté du terrein vacant par la deftruction de l'opéra ; qúe S. M. avoit décidé qu'il ne feroit pas reconftruit au même endroit, & qu'il feroit placé dans fon palais des Tuilleries dans la cour des Princes.

21 *Août.* Le fujet de la piece jouée hier aux

Italiens est si rebattu, qu'il seroit fastidieux d'en donner une Analyse suivie. Toute l'intrigue roule sur un jeune homme qui, voulant arracher sa maitresse des mains d'un tuteur jaloux, se fait présenter à lui comme un automate merveilleux. Aprés quelques scenes qui en rappellent plusieurs de la même espece à ce Théâtre, entr'autres la scene de *la Momie* dans *Arlequin & scapin voleurs par amours*, il se déguise en clerc de Notaire, fait un contrat de mariage; y met son nom au lieu de celui du Tuteur, &, au moyen de cette supercherie, finit, comme c'est l'usage, par épouser celle qu'il aime.

Les bouffonneries dont cette piece est remplie, ont procuré à l'auteur le seul succès qu'il pouvoit espérer; celui de faire rire. Quant à la musique, elle ne répond pas à l'idée que M. Rigel a donnée de lui dans ses autres essais. ses partisans prétendent que ses talens auroient brillé davantage, sur un canevas plus heureux: celui-ci prêtoit cependant, & auroit eu grand besoin de son secours.

22 *Août* 1781. On critique beaucoup une décision du nouveau Comité de la guerre, suivant laquelle S. M. veut que dorénavant les sujets qui seront proposés pour être nommés à des sous-Lieutenances dans ses Régimens d'infanterie Françoise, de cavalerie, de chevaux-légers, de dragons & de chasseurs à cheval, soient tenus de faire les mêmes preuves que ceux qui lui font présentés pour être admis & élevés à son Ecole Royale militaire. On craint que cela n'ôte l'émulation de l'ordre du Tiers-Etat; d'ailleurs, cela rend nulle l'Ordonnance concernant la noblesse militaire; enfin, il en doit

réfulter dans les troupes de terre, la même morgue, le même efprit d'indifcipline & d'in-fubordination que dans le corps des officiers de Marine, dont on a fenti les inconvéniens infurmontables auxquels plufieurs Miniftres fe font envain efforcés de remédier.

22 *Août* 1781. Ce qui aggrave la douleur de M. de la Ferté, c'eft que Mlle. Cecile ayant appelé un confeffeur, ce perfonnage aufter a exigé non-feulement qu'elle éloignât d'elle cet entreteneur, objet d'un fcandale public; mais, avant cette cruelle féparation, qu'elle lui décla-rât que les enfans venus durant leur union n'étoient pas même de lui. Un tel aveu, quoi-qu'il dût s'en douter, mais fait à la face de toute la maifon appelée en témoignage, a fingu-lierement humilié M. de la Ferté. Il en étoit tellement épris, qu'après l'avoir comblée de biens, il fe difpofoit à l'époufer & à reconnoî-tre fes enfans. Quel coup de poignard!

Mlle. Cécile n'avoit débuté qu'en 1776, fous l'adminiftration du Sr. le Breton, & avoit eu dès ce moment le plus grand fuccès. Elle étoit éleve du Sr. Gardel l'aîné; elle n'avoit que vingt-un ans. Les préférences que lui valoit la protection de M. de la Ferté, la rendoit peu agréable à fes camarades, non moins jaloufes de cette injuftice que de fa figure & de fes charmes.

23 *Août.* Extrait d'une Lettre de Rouen du 15 Août. ,, On a compté cette année dans cette Généralité 27819 naiffances, 8597 maria-ges & 24729 morts. "

23 *Août.* M. le Comte de Broglio étant allé à Rochefort dans cette faifon mal-faine, y

eft tombé malade d'une fievre putride ; on ne l'a tranfporté qu'au bout de quatre jours , & il en eft mort.

23 *Août*. Extrait d'une Lettre d'Auxerre du 16 Août. ,, Vous ferez peut-être bien-aife de connoître un Etat que cette ville a publié de fes trois dernieres récoltes en vins, fon prin-cipal commerce ; tous ces détails font utiles pour apprécier la richeffe d'un royaume.

La récolte de 1778, compris 3000 muids de 1777 , s'eft trouvée monter à 12541 muids. Il en a été confommé dans le pays 2600 muids, vendu à l'étranger 7624 muids. Il refte encore à vendre 2317 muids.

La récolte de 1779 a produit 18047 muids, dont on a confommé dans le pays 6628 muids, vendu à l'étanger 8514 muids ; à vendre 2905.

Celle de 1780 a produit 13527 muids : con-fommé dans le pays 5700 , & vendu à l'étran-ger , jufques & compris le 20 Juillet, 4000 muids. Il refte à vendre 3327 muids qui, réunis à qui refte des deux récoltes précédentes, font un total de 8549 muids. ''

23 *Août*. L'Arrêt intervenu dans l'affaire du foufflet venge Me. Goupillot de Ville-neuve en ce que fon adverfaire eft condamné à vingt-cinq Louis d'aumône envers les pau-vres, ce qui n'eft pas infamant ; mais il lui eft défendu de récidiver à peine de punition corpo-relle ; ce qui rend l'Arrêt grave ; il n'y a point eu de dommage & intérêts prononcés, l'Avo-cat ayant déclaré qu'il n'en vouloit point.

24 *Août*. Quoique la falle de l'hôtel des Menus foit fort agréable, le théâtre ne peut comporter que de petits ballets & ne fupplée

qu'imparfaitement au vuide que laiffe l'incendie de l'opéra. Il a fallu diminuer le nombre
des inftrumens de l'orcheftre, celui des acteurs
& des actrices des chœurs, enfin celui des
figurans & figurantes dans les ballets. Il faut
conféquement choifir les actes fufceptibles de
femblables retranchemens & auxquels ils ne puiffent nuire. L'effai qu'on a tenté par l'acte de
Théodore, a prouvé que le genre héroïque ne
pouvoit s'exécuter avec fuccès fur cette fcene.
Envain M. L'arrivée s'eft efforcé de proportionner fes fons à l'étendue du local; on voyoit
fenfiblement qu'il étoit géné & comme en pri-
fon. Ainfi il eft à fouhaiter que la promeffe
de l'Architecte le Noir s'exécute, & il s'en flatte de plus en plus : il croit avoir affez de tems
devant lui pour n'avoir plus befoin des travaux
de nuit.

25 *Août* 1781. Mr. de Caumartin défirant
illuftrer fa Prévôté des Marchands par quelque
établiffement utile & mémorable, fe propofe
de former une Ecole de Natation. Ce qui répond
à merveille à ceux déjà formés en faveur des
noyés. Prévenir la jeuneffe contre les accidens
& les fureurs de l'onde fera encore plus heureux. Il vaut mieux obvier aux maux que
d'y remédier.

25 *Août*. Aujourd'hui on a expofé toute la
journée aux regards du public dans les falles de
l'Académie Royale de Peinture & de fculpture les morceaux qui ont concouru pour les Prix.
Ceux de fculpture ont été vus avec le plus grand
intérêt. Il s'agiffoit de repréfenter *David qui
empêche Abifaï de tuer Saül pendant fon fom-*

meil, & qui se contente de lui enlever sa lance & sa coupe.

Le sujet du Prix de Peinture est le *Martyr des Machabées.* Un seul a excité l'attention du public.

Les prix ne seront décernés que dans quelques jours. *Le Projet d'une Cathédrale* est aussi le sujet du Prix d'Architecture.

Dans les salles de cette Académie on voyoit aujourd'hui plusieurs plans d'un *Prix d'émulation*, proposé pour celui qui fourniroit le meilleur projet de *fêtes pour la paix.* Ce Prix paroit trop prématuré, en ce que la Paix peut être plus ou moins avantageuse & que les fêtes semblent devoir s'y proportionner.

Fin du dix-septieme Volume.

www.ingramcontent.com/pod-product-compliance
Lightning Source LLC
Chambersburg PA
CBHW072347030726
47505CB00014B/1156